丰子恺
译文集

—— 第一卷 ——

丰陈宝 丰一吟
杨朝婴 杨子耘
丰睿

编

ZHEJIANG UNIVERSITY PRESS
浙江大学出版社

图书在版编目（CIP）数据

丰子恺译文集 / 丰子恺译；丰陈宝等编. —杭州：
浙江大学出版社，2021.8
ISBN 978-7-308-21518-3

Ⅰ.①丰… Ⅱ.①丰… ②丰… Ⅲ.①丰子恺
(1898—1975)—译文—文集 ②小说—作品集—世界 Ⅳ.
①I11

中国版本图书馆 CIP 数据核字(2021)第 121377 号

丰子恺译文集(全十九卷)
丰子恺　译
丰陈宝　丰一吟　杨朝婴　杨子耘　丰　睿　编

策划编辑	葛玉丹	
责任编辑	罗人智　闻晓虹　张一弛	
责任校对	胡　畔　董齐琪	
封面设计	尚书堂	
出版发行	浙江大学出版社	
	（杭州市天目山路 148 号　邮政编码 310007）	
	（网址：http://www.zjupress.com）	
排　　版	杭州青翊图文设计有限公司	
印　　刷	绍兴市越生彩印有限公司	
开　　本	880mm×1230mm　1/32	
印　　张	248.5	
字　　数	5964 千	
版 印 次	2021 年 8 月第 1 版　2021 年 8 月第 1 次印刷	
书　　号	ISBN 978-7-308-21518-3	
定　　价	1268.00 元（全十九卷）	

版权所有　翻印必究　　印装差错　负责调换

浙江大学出版社市场运营中心联系方式:0571－88925591;http://zjdxcbs.tmall.com

出版说明

　　丰子恺(一八九八——一九七五),原名润,又名仁、仍,号子颛,后改子恺,堂号缘缘堂,笔名"TK"(FONG TSE KA),生于浙江省崇德县石门湾(今浙江省嘉兴市桐乡市石门镇石门湾)。著名的漫画家、散文家、翻译家、艺术教育家。新中国成立后,历任上海市人大代表、全国政协委员、中国美术家协会上海分会主席、上海文联副主席、上海中国画院院长等职。一九七五年九月十五日,逝世于上海华山医院,享年七十七岁。

　　丰子恺先生以漫画及散文著称于世,但其对我国翻译文学发展作出的贡献亦彪炳史册。丰子恺先生一生翻译了三十多部艺术理论和文学方面的著作,涉及日、英、俄等语种,为中国艺术教育的普及和对外文化的交流,尤其是中日文化的交流作出了重要贡献。丰子恺先生的翻译既忠实于原文,又不拘泥于原文,通俗易懂,自然流畅,风格鲜明,多年来广受读者喜爱。丰子恺先生在翻译外国文学和文艺理论方面取得了显著成就,在中国翻译文学史上占有重要地位。

　　本次整理出版的《丰子恺译文集》,凡十九卷,近六百万字,主要收录丰子恺先生翻译的文学和艺术作品(《朝鲜民间故事》《大乘起信论新释》此次因故未能收入)。按照文类、主题、写作或出版时间、篇幅容量考虑,各卷安排如下:第一卷主要收录日本作家石川啄木短篇小说八种和意大利作家李奥柏特作品三种;第二卷收录俄国作家屠格涅夫的代表作《猎人笔记》;第三卷收录《竹取物语》《伊势物语》《落洼物语》三部日本物语小说;第四卷主要收录了丰子恺初试译笔的屠格涅夫作品《初恋》、日本作家厨川白村的《苦闷的象征》和英国作家史蒂文生的《自杀俱乐部》,这三部作品在八九十年前问世后没有重印过(另出于全卷篇幅考虑,该卷还收录美国作家霍桑《泉上的幻影》、克洛德·盖威尔《盲子与疯瘫子》、英国作家格拉汉姆《青房间》、法国作家法朗士《一串葡萄》、日本作家滨田广介《会走的木宝宝》与和田古江《有结带的旧皮靴》等短篇小说或文章);第五卷收录日本作家夏目漱石的中篇小说《旅宿》、德富芦花的中篇小说《不如归》,以及蒙古作家达姆定苏连的短篇小说四种;第六卷是根据丰子恺的翻译手稿编入的,有日本作家大仓登代治的《美国猪》(中篇)、中野重治的《派出所面前》(短篇)和《肺腑之言》(中篇)等三部小说;第七至九卷收录日本平安时代女作家紫式部的著名长篇小说《源氏物语》;第十至十二卷收录俄国作家柯罗连科的著名长篇小说《我的同时代人的故事》;第十三至十九卷主要以艺术为主题,收录丰子恺先生从日语、英语、俄语译介过来的有关音乐、绘画等知识普及性和中小学(幼)教学类著作。各卷前均有简短的"本卷说明",以交代每一卷收录作品的版本来源。

　　全书尽量保持作者发表或出版时的写作习惯和风格,一些用语、标点和译名等不根据现有标准强行统一,除有明显排版错讹外,一般不作更动。另外,个别作品中的插图系从早期版本中扫描而来,图像清晰度不高,还请读者谅解。

　　《丰子恺译文集》的编辑出版得到了丰子恺先生家属的大力支持和配合,尤其是丰陈宝、丰一吟、杨朝婴、杨子耘、崔东明、丰睿等,协助搜集整理了大量资料,提供了丰子恺先生早期译著的原版样书或复印样本,并在编辑过程中提供了诸多宝贵意见。另外,原浙江省新闻出版局局长钟桂松先生,为促成该文集的出版,给予了大力支持和热忱指导,并倾情为文集撰写序言。在此,谨向关心和帮助《丰子恺译文集》出版的各界人士致以诚挚谢意!

由于编辑自身的知识局限,文集中难免有疏漏、错误之处,恳请专家、学者及广大读者批评指正。

浙江大学出版社

二○二一年七月

总卷目

丰子恺与翻译（代序）

钟桂松

读丰子恺先生散文总有一种沁人心脾的感觉，回味无穷的同时又记忆一生，这种阅读着实是所有文本阅读中的一种高级享受。所以，读过丰子恺先生的《缘缘堂随笔》之后，记住了这位文坛前贤，记住了丰子恺先生笔下那些充满艺术而又深刻的人生往事。然而本以为对丰子恺先生作品已经有所了解，却在品读丰子恺先生部分译文时，忽然发现本以为然的东西原来还只停留在一个方面或者说一个侧面。集绘画、散文、音乐、翻译于一身的丰子恺先生在不少读者眼里仅仅是他的一个侧面，喜欢他漫画的人往往只将其看成一个大画家，喜欢他散文的人往往只将其看成一个散文大家。等等这些，也是自然之事，因为一个人的阅读精力是有限的，这往往制约了对一个大家尤其像丰子恺先生这样多才多艺的大家的全面认识。我的这篇文章也不例外，也仅对丰子恺先生的翻译作品作些介绍，以为喜欢丰子恺先生的人弥补多一方面的了解。

说起丰子恺先生，读过他散文和看过他漫画的人都知道其名。但丰子恺先生的人生经历，恐怕对二十一世纪的读者来说，并不人人都清楚了。丰子恺先生，浙江省桐乡市人，一八九八年十一月九日（农历九月二十六日）出生于浙江古运河畔的石门镇上。他出生时，"丰同裕"染坊的丰家长辈们将他视为掌上明珠。因为在他出生之前,丰家已生有六个女儿,所以这在当时那个时代里,丰子恺的出生,自然成为丰家的喜事!丰家所在的石门镇,因为京杭大运河在镇中有个拐弯,所以又名石门湾。丰家在石门镇上既有诗礼传家的习惯,又有邻里和睦、生意兴隆的殷实,其父亲丰鐄先生靠自己的刻苦在丰子恺幼年五岁时考取了举人,成为当地的一件盛事!但遗憾的是,丰子恺父亲中举后却因丰子恺的祖母去世,只得丁忧在家。不久,举人父亲也去世,年仅四十二岁,给丰家带来难以估计的损失和影响。后来,丰子恺入石门镇溪西小学念书,成绩为学校里的佼佼者。当时县里的督学徐芮荪到石门溪西小学视察,发现了品学兼优的丰子恺,便毅然决然将自己长丰子恺一岁的女儿徐力民许配给丰子恺。一九一四年,丰子恺以小学第一名的成绩毕业。后来报考杭州的浙江省立第一师范学校,以第三名的成绩被浙江第一师范学校录取。在这个师范学校里,聚集着一大批精英学者名流,如沈钧儒、经亨颐、夏丏尊、马叙伦、张宗祥、李叔同等等。丰子恺先生在那里学习了整整五年,于一九一九年毕业。同年年初,与从小定亲的徐力民结婚。七月份毕业后旋即应邀去上海专科师范学校担任教务主任,教授西洋画等课。一九二一年赴日本留学,十个月后,回到学校继续任教。后来又去上虞春晖中学教书,一九二四年冬离开春晖,回到上海参与创办立达学园。此后,丰子恺先生先后在杭州、嘉兴、石门等地居住,一九三三年在石门旧居上建造正直明亮的缘缘堂。抗战爆发后,他携妻带儿女一路奔波,从浙江、江西、贵州而重庆,历尽艰辛。新中国成立前夕,丰子恺先生从香港飞上海定居。一九五四年起,任中国美协常务理事、上海美协副主席。一九六〇年任上海中国画院首任院长。"文革"中遭受迫害,于一九七五年九月十五日病逝。终年七十八岁,不算高寿,也没有见到一九七六年的变化。

　　丰子恺先生一生,天资聪慧,勤奋刻苦,五十三岁学习俄语并翻译俄国文学作品,精通英文、日文。他一生出版绘画、教育、音乐、文学、翻译著作达一百六十多部,是一位著作等身的多才多艺的大师。

　　丰子恺先生的文学道路,是从翻译起步的。一九二一年冬,二十四岁的丰子恺在日本留学十个月后坐船回国。在漫长的海上旅途中,丰子恺先生开始翻译英日对照的屠格涅夫小说《初恋》。尽管《初恋》于一九三一年才出版,比丰子恺先生一九二五年最早出版的《苦闷的象征》迟了六年,但丰子恺先生依然把《初恋》称为自己"文笔生涯的'初恋'"。这部英汉对照的注释读物,在当时普及俄罗斯文学过程中,曾影响了一代文学爱好者。作家王西彦曾回忆自己"对屠格涅夫作品的爱好,《初恋》的英汉对照本也未始不是渊源的一个方面"。在日本十个月的苦学生涯,使得丰子恺先生对日本民情风俗和日本文学有许多切身感受,因而他一见到日本优秀作品,便有译介到中国的冲动。丰子恺先生后来回忆当年在日本见到古本《源氏物语》的情景时说:"当时我曾经希望把它译成中国文,然而那时候我正热中于美术、音乐,不能下此决心。"这是当时丰子恺先生的一个梦想,经四十多年后,这梦想才变成现实。

　　丰子恺先生带着许多甘美回味从日本回国后,不仅在归途中翻译了《初恋》,一九二五年四月还在商务印书馆出版了他的第一本译著——《苦闷的象征》,这是厨川白村的文艺论文集。当时,鲁迅也已将《苦闷的象征》译毕。二种译本同时译出并分别在上海、北京报刊连载,又分别在上海商务印书馆和北京北新书店出版。鲁迅在一九二五年一月九日写给王铸的信中也说到此书,告诉王铸:"我翻译的时候,听说丰子恺先生也有译本,现则闻已付印,为'文学研究会丛书'之一。"一九二七年十一月二十七日,丰子恺先生去内山书店拜访鲁迅,谈起翻译《苦闷的象征》时,曾抱歉地对鲁迅说:"早知道你在译,我就不会译了。"鲁迅也客气地说:"早知道你在译,我也不会译了。其实这有什么关系,在日本,一册书有五六种译本也不算多呢。"据说,当时年轻的丰子恺先生听了很是感动。

丰子恺先生的翻译,早期在时间上主要集中在二十世纪二十年代至三十年代初,这段时间除《苦闷的象征》《初恋》外,还有《自杀俱乐部》以及艺术教育类的教材性质的作品,如《艺术概论》《生活与音乐》等。另一个时期是五十年代至六十年代初,这个时期是丰子恺先生翻译的黄金时期,生活相对安定,时间充裕,主要译作除了他钟爱的艺术教育类外,重点完成了《猎人笔记》《夏目漱石选集》《石川啄木小说集》《蒙古短篇小说集》《落洼物语》《肺腑之言》等,同时又完成了百万字的日本紫式部的《源氏物语》上、中、下三册。这些译作成为丰子恺先生文学世界里的一个重要方面。

丰子恺先生翻译成果之丰与他的苦学是分不开的。据说,丰子恺先生到日本后,"白天在川端洋画学校读美术,晚上则苦攻日文和英文。他学日文,并不去专为中国人而设的学校,他嫌这些学校进度过缓,却去日本人办的英语学校,听日本老师用日语来讲解初等英语,从这些教授中去学习日文"。丰子恺先生五十三岁那年,重拾俄文学习,几个月后便能读托尔斯泰的俄文原著《战争与和平》,最后将三十余万字的屠格涅夫的《猎人笔记》译成中文出版。据丰一吟同志撰写回忆,丰子恺先生学习一个外语单词,一般分四天来学,第一天读十遍、第二天读五遍、第三天读五遍、第四天读二遍,合起来二十二遍。在着手翻译的时候,丰子恺先生极为认真,真正力求每个字词句都能做到信、雅、达,所以女儿丰一吟在与他合译时,常常发现"父亲仰靠在椅背上望着窗外十一层楼的洋房发呆的时候,十有八九是为了想形容词的译法"。也正因此,我们今天读丰子恺先生的译作,才能感到丰子恺先生笔下的译文文笔流畅、辞章丰富、文采斐然。

丰子恺先生的全部译文,还没有收集起来集中出版过,浙江大学出版社用几年时间,花费了大量的人力、物力、精力,广泛收集整理出版丰子恺先生的译文,以十九卷之巨和近六百万字的规模出版《丰子恺译文集》,虽然还没有达到全集的程度,但已是弥足珍贵。丰子恺先生的译文,除了大家熟知的《源氏物语》《我的同时代人的故事》等多卷本大部头外,还有《苦闷的象征》也特别值得一提,因其是九十余年前出版后未曾重印过,是丰子恺先生第一本正式出版的译著,而且当年此书出版前后与鲁迅先生有过一段佳话。另外,二十世纪二三十年代,丰子恺先生发表在一些报纸杂志上的翻译小说,同样是不可忽略的;但是,因为是八九十年前的单篇发表的翻译作品,丰子恺先生从未收进集子过,所以一般的世界文学爱好者很难见到。在《译文集》里还值得关注的,是收入了丰子恺先生当年应出版社之约翻译的但从未出版过的日本著名作家中野重治和大仓登代治的长篇、中篇小说。其中《肺腑之言》是中野重治的自传体长篇小说,《派出所面前》是他的短篇小说;《美国猪》则是日本作家大仓登代治的中篇小说。这些作品共约有三十万字,都是丰子恺先生在五十年代末或六十年代初的译作。据著名翻译家文洁若老师告诉我,当年《肺腑之言》都已经编辑好,只差开印了,却因为"文革",出版社自顾不暇,出版自然就没有了结果。中野重治是日本著名的诗人、作家、评论家,日本当代著名作家大江健三郎称其为"日本唯一能在文学与人品上接近鲁迅的作家"。相信丰子恺先生这些尘封近半个世纪的译作一旦问世,对日本文学的了解又将多一个窗口。

在浙江大学出版社即将出版的《丰子恺译文集》里,除日本作家石川啄木、和田古江的小说外,还有俄国作家柯罗连科的短篇小说以及美国作家霍桑的《泉上的幻影》、意大利作家李奥柏特的《大自然与灵魂的对话》等一些很让人养眼的美文,以及一些有滋有味的短篇小说。丰子恺先生翻译的大名鼎鼎的俄国作家屠格涅夫的重要小说《猎人笔记》——一部被高尔基称为"异常卓越的"作品,自然是丰子恺先生翻译中的重要作品,曾多有单行本问世。还有日本《竹取物语》《伊势物语》《落洼物语》三部小说,这三部作品也曾结集单独印行过,因为这三部作品在丰子恺先生翻译生涯中有着重要意义,所以不得不看。丰子恺先生初试译笔的屠格涅夫作品《初恋》、日本作家厨川白村的《苦闷的象征》和英国作家史蒂文生的《自杀俱乐部》,这三部作品都是八九十年前问世后再没有重印过的,这次出版有鲜花重放的味道。日本作家夏目漱石的中篇小说《旅宿》、日本作家德富芦花的中篇小说《不如归》以及蒙古作家达姆定苏连的四个短篇小说,其细腻、其清新、其缠绵、其优美,相信都会给人耳目一新的感觉。根据丰子恺先生的翻译手稿编辑出版的,主要有《肺腑之言》《美国猪》《派出所面前》等三部(篇)作品,我记得当时收到丰一吟同志寄来厚厚的手稿复印件时,十分震撼,丰子恺先生那熟悉的字体,在手稿里竟然那么干净和清楚。文洁若老师告诉我,这部《肺腑之言》翻译手稿,是二十世纪七十年代末,寄还给丰一吟同志的。因此,这些作品的面世,不能不说是丰子恺文学宝库的新收获。

　　综览丰子恺先生译文,也可以看出丰子恺先生的审美风格和译笔文风。丰子恺先生以他丰富的学养和渊博的知识,使他笔下的译文真正做到了传统的信、雅、达的要求。人物故事生动、描述准确、语言丰富,哪怕一个细小部位,丰子恺先生总是尽量用最贴切甚至贴切到艺术精确的程度,可见丰子恺先生的翻译是从来都不肯马虎的。据丰一吟同志回忆,丰子恺先生的译作,尤其是晚年的,都是应出版社之约而翻译的,但丰子恺先生也绝不马虎或敷衍了事,而总是在了解作者的基础上研究原文,进而着手进行翻译的。丰子恺先生年轻时曾尝试用英语的思维方式来翻译,"觉得其思想的精密与描写的深刻确是可喜"。但太久后又觉得变得沉闷、重浊了,于是,真正开始翻译时,他又用了看西洋画一般的"兴味"动起手来。最早的《初恋》就是在这样的想法和做法中开手的。

　　从翻译屠格涅夫的《初恋》开始,丰子恺先生的文学活动明显显露出了他的偏好。一是对俄罗斯文学的喜爱。他读过不少俄文原作,二十世纪五十年代又专门翻译了屠格涅夫的《猎人笔记》这部被许多名人赞扬的小说,列宁曾"多次反复地阅读过屠格涅夫的作品",称赞其语言的伟大而雄壮。托尔斯泰认为,屠格涅夫的风景描写达到了顶峰,"以致在他以后,没有人敢下手碰这样的对象——大自然。两三笔一勾,大自然就发出芬芳的气息"。现在猜想,屠格涅夫的这种手法,与丰子恺先生的漫画创作思维恐怕有某些共通之处,所以艺术的共鸣性让丰子恺先生特别钟爱屠格涅夫的作品。二是对日本文学的情有独钟。丰子恺先生留学日本,对日本的风土人情、山川风物十分了解,他曾说:"我是四十年前的东京旅客,我非常喜爱日本的风景和人民生活,说起日本,富士山、信浓川、樱花、红叶、神社、鸟居等浮现到我眼前来。中日两国本来是同种、同文的国家。远在一千九百年前,两国文化早已交流。我们都是席地而坐的人民,都是用筷子吃饭的人民。所以我觉得日本人民比欧美人民更加可亲。"他又说起:"记得有一次在江之岛,坐在红叶底下眺望大海,饮正宗酒。其时天风振袖,水光接天;十里红树,如锦如绣。三杯之后,我浑忘尘劳,几疑身在神仙世界。四十年来,这甘美的回忆时时闪现在我心头。"对日本风情的喜爱,是丰子恺先生对日本文学的了解和熟悉引起的,他的这种情感,浸淫在日本文学的翻译里。他二三十年代的翻译,大量的是日本作家的著作,除译文集收入的《初恋》《自杀俱乐部》及少量短篇是英文的俄国、英国题材外,其他几乎全是日本的作品,如田边尚雄的《孩子们的音乐》和《生活与音乐》、黑田鹏信的《艺术概论》、上田敏的《现代艺术十二讲》、门马直卫的《音乐的听法》等。三十年代也同样,译的除上面提及的《自杀俱乐部》外,其他都是日本作品。因此,可以说,丰子恺先生在日本留学十个月的艺术熏陶对他一生的艺术价值取向至关重要。

丰子恺先生译文,无论是其艺术价值还是思想价值都具有较高水准。屠格涅夫是俄国的大文豪,有关他的生平和文学贡献,丰一吟同志在《猎人笔记》的"译本序"中已有充分精到的介绍;《落洼物语》中有关三部物语在日本文学史上的地位和影响以及它们的艺术成就,唐月梅先生在其"译本序"中也作了酣畅的阐述,读者从中可以增长许多知识。

至于蒙古著名小说作家达姆定苏连,也许对今天的读者来说已颇为陌生了,况且蒙古小说在中国的读者并不众多。然而,也正是这一原因,许多中国读者失去了领略蒙古小说的风采的机会。达姆定苏连,是诗人、散文家、翻译家兼文学评论家,他一九二九年出版的《被遗弃的姑娘》被选入蒙古文学教科书。一九〇八年他出生于蒙古国一个放牧者的家庭里,十六岁以前一直和家属们同在广阔无涯的蒙古草原上过着游牧生活,因此他有条件观察人民生活世态,看到多重压迫下人民的劳苦。十八岁的达姆定苏连参加了人民革命军。在这时立下了他的文学志向,并开始翻译和创作。一九三三年至一九三八年,达姆定苏连到苏联求学。四十年代他担任了蒙古人民革命党中央委员会机关报《乌南》的主编。丰子恺先生翻译的达姆定苏连的四个短篇小说主要是反映蒙古普通人民的生活情况,有人评论他的创作是"严格的现实主义,生活的知识,以及将生活充分具体地表现出来的愿望,在达姆定苏连是和温暖的抒情主义以及看到祖国生活阴暗面的人物的轻松幽默结合在一起的"。所以"在他以简单而明朗的笔调描写故乡的自然景色中特别明显地流露出来"。这些评价,在这四个短篇小说中显得格外充分。那种身临其境的感觉以及蒙古大草原上那种草的气息,从字里行间扑面而来,那种与草原生命同在的骏马的拟人化描写中,让人在阅读中深切地感受到草原上人们与马的那种形影不离的深厚感情。所以相信,这些蒙古小说对今天的读者来说,将会有一种久暌的淡淡的而又亲切自然的感受。

而这次距离丰子恺先生翻译近半个世纪后面世的日本著名作家中野重治的自传体长篇小说《肺腑之言》,是中野重治的一部重要作品,曾获得日本一九五五年度每日出版文化奖。尽管在现当代日本文学发展中中野重治有他的重要地位,与中国广大读者熟悉的小林多喜二齐名,但由于他在中国尤其是二十一世纪的读者中同样有些陌生,因此,趁《肺腑之言》的出版,先来简要介绍一下这位无产阶级诗人、小说家、评论家。一九〇二年一月二十五日,中野重治出生在日本福井县坂井市丸冈町,父亲藤作是大藏省烟草专卖局职员,家里人丁兴旺,他有一个哥哥、三个妹妹。其中一个妹妹也是一个诗人。一九二四年,中野重治进东京帝国大学文学系德国文学专业学习。第二年由林房雄等人介绍,加入社会主义研究团体新人会,此后又与久板蒙二郎、鹿地亘等组织东京帝国大学社会文艺研究会。一九二六年初,中野重治创作的小说《愚蠢的女人》获《静冈新报》一等奖。同年受新人会委派,参加共同印刷厂罢工斗争。自传体长篇小说《肺腑之言》就是主要叙述受新人会委派去组织罢工斗争这段经历。

不久,中野重治又与千田是也、叶山嘉树等人组织马克思主义艺术研究会,并与西泽隆二、堀辰雄等人创办同人杂志《驴马》,发表《黎明前的再见》《歌》《火车头》等诗篇,成为日本无产阶级重要诗人。同年底加入无产阶级艺术联盟,当选为中央委员。此后为揭露当局对日本共产党的镇压,把主要精力用在写小说和评论上。小说《早春的风》讲述一个婴孩在三月十五日对日本共产党的大逮捕中被折磨致死的故事,揭露统治当局的残暴,歌颂共产党人英勇不屈的斗争精神。这个时期反映工农群众反对地主、资本家斗争的小说有:《老铁的故事》(一九二九)、《停车场院》(一九二九)、《年轻人》(一九二九)、《波谷》(一九三〇)和《开垦》(一九三一)等等。一九三一年夏,在日本共产党屡遭镇压时期加入日共,第二年被捕,一九三四年作了退出共产主义运动的保证后出狱。从一九三五年一月起至一九三六年写了五篇所谓"转向"小说,抒发他转向后的痛苦心情,对那些坚贞不屈的同志表示敬仰,也流露出继续创作和革命的意向。一九三七年创作了描写铁路工人生活和斗争的小说《火车司炉》后受到内务省警保局禁止创作的处分。一九三九年他见控制稍有松动,又拿起笔写成自传体中篇小说《告别短歌》和《空想家与脚本》,分别写他学生时代思想成长的过程,及被勒令停止写作后在东京社会局做着无聊的抄写工作的情景。一九四〇年完成重要评论《斋藤茂吉作品阅读笔记》,流露出"对天皇、战争和法西斯暗中抵抗的意识"。一九四五年十一月,重新加入日本共产党,积极参加新日本文学会的组织工作。一九四七年当选为参议院议员。同年问世的《五勺酒》,对日共的斗争历史进行反思,被认为是他战后的代表作和当时日本文学的杰作之一。战后其他主要著作有评论《批评的人性》。五十年代以后主要著作有获一九五五年度每日出版文化奖的自传体小说《五脏六腑》(一九五四)和《梨花》(一九五八),以及描写日本共产党近半个世纪曲折斗争的《甲乙丙丁》。一九六四年因反对日共中央处分神山茂夫而被开除出党。一九七九年夏,逝世于东京。日本福井现在保存中野重治的故居,并建有中野重治文库(资料馆),已成为今天福井的一个观光的文化景点。

　　这里,我之所以不厌其烦地着重介绍一下中野重治这位作家,因为新世纪的中国读者对《肺腑之言》的作者了解不多,承日本福井的朋友提供相关材料,才对中野重治先生的生平事迹有个大致了解,相信对了解《肺腑之言》会有助益。中野重治的小说,除自传体长篇小说《肺腑之言》外,丰子恺先生当时还翻译了他的一个短篇小说《派出所之前》,因为手稿从未发表过,这次也一并收入。这个短篇小说讲述了日本警察欺压百姓的故事,情节并不复杂,但揭示的主题十分深刻,语言也十分洗练,所以也是值得一读的。

　　总之,可以想见,浙江大学出版社出版的《丰子恺译文集》是一部值得期待的文学精品,从中可以全面了解丰子恺先生翻译的题材不一、风格各异、语言丰富、故事精彩的外国文学作品,也能体会到丰子恺先生的翻译智慧和心血,以及他的审美理想。相信丰子恺先生的译文和他的散文一样,都是丰子恺先生文学世界的宝贵财富。

本卷说明

　　本卷收录丰子恺先生翻译的《石川啄木小说集》(原单行本署名"丰子恺等译",但未列其他译者姓名,今仍署"丰子恺等译",悉数收录)和李奥柏特作品三种(名称为编者现拟)。《石川啄木小说集》由人民文学出版社以单行本形式于一九五八年十一月出版,本卷即根据此版本校订刊出。李奥柏特作品三种原载于一九二八年的《小说月报》第十九卷,其中《大自然与灵魂的对话》《大地与月的对话》原载于第六号,《百鸟颂》原载于第七号,本卷即根据此版本校订刊出。

本卷目录

石川啄木小说集

[日]石川啄木 著

丰子恺 等译

目　　录

云是天才

1

六月三十日，S村两等小学的教职员室里壁上的自鸣钟，照常懒洋洋地发出毫无生气的悲鸣声，——恐怕连这自鸣钟也受了学校教师的单调生活的感化吧，——报告下午三点钟。这时候大约将近四点钟了。为什么这样说呢？因为乡村小学校的自鸣钟大都慢些，我到这学校来服务已经有三个月，从来不曾看见过这自鸣钟和K火车站的大自鸣钟正确相合。至少慢三十分钟；据每星期六到该火车站乘车回到附近的家乡去的一位女教师说，有时竟慢到一点又二十三分。据校长先生自己的辩解，说这学校的学生大多数是农家子弟，倘使确守时间，开始上课的时候学生势难到齐。其实这里的勤勉的农家，吃早饭比普通人家早得多。然而同事之中，没有一个人肯越俎代谋地设法匡正这自鸣钟的怠慢。大家希望早上到校的时间越迟越好，没有一个人希望早一分钟。我自己怎么样呢？老实说吧，几年来睡懒觉已经变成了第二天性。……

下午三点钟，规定的课业已经在一小时前全部结束了。倘是平日，这时候我正站在高等科的讲坛上教两小时的课外授业。但是这一天校长说月底要作各种结算，又因为今天他的妻子头痛，身体不好，希望早些放学生回去,要求我停止了课外授业。原来这校长一家四口——一妻和两儿——久已破例地以学校的值班室为家;一个公费雇用的校工,兼任洗尿布的职务;他家里牝鸡司晨的内情,连我也都完全知道了。据说每逢这妻子脸色阴沉的日子,这个当一校之长的人对待学生就极其苛刻,雌威之盛,由此盖可想见。我满肚子的不快涌上喉头,几乎呕吐出来,只得忍耐着,无可奈何地停止了课外授业。我原来是一个担任初小二年级课的代用教员[1],每月叨光拜领月薪大洋八元正。每天在正课以外又担任两小时的课外授业,在别人看来是不费劳力的报酬,不,是无报酬的劳动;然而在我自己毫无不平之念。为什么缘故呢? 因为这课外教授,是我有生以来初执教鞭而忝列本校教职员室末座后的第一星期内依照学生的希望——其实我自己比学生更热烈希望——而开办的。表面上是初等英语和外国历史概要各一小时,实际上是我所有的一切知识(虽曰知识,当然是很贫乏的,然而我正以日本唯一的代用教员自任)、一切不平、一切经验、一切思想——总之,一切精神——在这两小时内乘机待时地变成了火箭而从我的舌端上射出。这不是无的放矢。不论男女,五十几个年龄已达十三、十四、十五、十六岁的少年人的青春的胸怀,好比盛满鲜红血油的青春的火盆,专候人去点火。火箭飞射过去,油着了火,就融融地燃烧起来,发出人生的烽火的烟气! 如果能讲英语,到世界上无论什么地方都无不便。——我虽然仅有这一句平凡的话,但这在我就是可放百万枝火箭的坚强的弓弦了。从前有一个叫作希腊的国家。基督被判处磔刑。一个人生下来的时候一件东西也没有,只有精神。罗马是一个都会的名称,在古昔又是世界的名称。卢骚在欧洲高声吹喇叭。

---

〔1〕　非师范毕业而当教员者,称为代用教员,地位比正式教员低。

柯尔西卡岛是拿破仑出生的地方。世间有一个叫作拜伦的人。托尔斯泰还活着。高尔基以前是个流浪者,现在患着肺病。俄罗斯比日本强。我们还年青。世界上哪里有没有血的人?——唉,一切问题都是火种。我自己也是火。五十几个胸怀中就开始燃烧了。七八方丈的教室就仿佛充满了烈火的洪流。我的骨瘦棱棱的拳头砰砰地敲桌子。于是有的人跳将起来,有的人激烈地挥手,有的人呼万岁。完全是一种暴动。如果我的眼睑中流出了一滴感激之泪,就各处响应,有的出声哭泣,有的怒火中烧,脸色通红,积愤欲泄,挺身而起,好像革命之神的石像。这里竟出现了一幅为生命而斗争的活画图。眼泪不是水,是心的根干里榨出来的树脂,是油。火势越来越扩大。"一九〇六……是年某月某日,S村两等小学一教室中发生暴动。"——后世的世界史上即使没有这样的记录,然而这一场可怕的光景,恐怕已经被用"时间"的激浪所难于摧毁的永不磨灭的金字来描写在我和五十几个过激党人的胸板上了。毫无疑义,这两个钟头,是我在一天二十四小时、一千四百四十分钟之内最得意、最愉快、最幸福的时间;我每天出入于这学校之门的意义,也仿佛完全在于这课外教授。然而这六月三十日,由于这位田岛校长老爷——"教育"的十全型范、数十年来献身于教育敕语、口上忠信孝悌之语十足反复说了一千万遍、思想的稳健中正和风采的质朴无疵均达于平凡之极致、具备爱和平而尚温顺的美德之外又有拜倒妻子裙下不以为耻的忍耐力、现在此S村享受每月十八元的全村最高薪俸的田岛校长老爷——的一句话,非出本愿地停止了这课外教授,又间接地讨好了这个所谓"马铃薯脸"的田岛太太,真是倒霉之极。现在不得不退到教职员室的一角,眼睛盯住了点名册而把算盘珠拨上拨下,计算过去一个月内各个儿童的出席和缺席的次数,由总数求得百分比,造成了所谓月表,明天交到像饿瘦的狗一般的俗吏的手中。不仅如此而已，还有成绩调查、缺席事由、食料携带情况、学用品供给情况等不少工作，名目虽然好听，几乎全无意义。我在这里所感到的天堂和地狱，决不是宗教家的说教方便，却是实际存在于我们这世界中的天堂和地狱。这一天的我，明明是由于校长老爷的一句话而从赴天堂的途中堕落到了连时间也比娑婆世界差一小时的这个闷热的地狱里。算盘珠的劈拍、劈拍、劈拍、劈拍的声音，岂非完全就是中世纪末遨游地狱、净界、天堂三界的大冒险家但丁·阿利基哀利听了也不禁落胆的地狱里的声音"拍劈、撒丹、拍劈、撒丹、阿立贝"〔1〕么？我计算这种东西的时候，实在不能像吝啬的富翁计算自己的财产时那样面带笑容。从天堂到地狱！下这永劫的宣言的是谁？到底是谁？是校长。我从来不曾像这一天那样精密地看出这校长脸上所表出的丑恶相和缺点。第一，他的鼻子下面的八字须毫无光泽，这便是这个人毫无生气的证据。又这髭须好像鳗鱼的须，两端完全向下巴方面垂下来，这大概是精神的象征，即表示忘却了向上。只有朝鲜人和从前的汉学先生和现今的学校教师有这样的髭须。他脸上一共有三颗黑痣。左眼下面的一颗最大，好像一颗不吉的星，非常触目。这颗黑痣俗称泣痣。我在自己一族的人以及平素畏敬的人的脸上，幸而从来没有看到过这样的痣。宜哉，这个人将来无论如何不会遇到好运的。……计算起来，缺点甚多，但归根于这样的结论：田岛校长＝0。总之，我对于这个人毫无一点好感。

---

　　〔1〕　意大利诗人但丁著《神曲》，记述梦游地狱、净界、天堂三界的情形。其地狱篇的第七章中，记述他由老诗人维吉略引导，来到地狱里，遇见一个鬼叫作百路督，口中念着"Papè Satàn Papè Satàn, Aleppe!"意义不明，声音可怕。"拍劈、撒丹、拍劈、撒丹、阿立贝"系音译。据王维克译的《神曲》的注解中说：有人意译作"你显出来，撒丹，在你的光辉之中"。

　　我在学生休息室的一角里把这不法的"苦迭打"[1]的本末尽行告诉了我们过激党的全体人员之后,一团暗云立刻笼罩了五十几张青春的天真的脸。这是封闭乐园之门的铅色的云雾。他们显然是和我一样地吃了满肚子的不快和不平。我当然没有连他妻子头痛的话都说出来,然而我的话一说完,就有人在地板上顿足,骂"校长混蛋!"又有人接着骂"鳗鲡!""烤鳝鱼!"最后还有人怪声怪气地和着他们骂"岂有此理!"我微笑着向他们一看,就慢慢地向着地狱之门走过去。走了十五六步,以为后面的骚扰停止了,忽然发生一阵哄响:"一、二、三、鳗鲡!"校舍竟被喊得震动,其中还夹杂着裂帛一般尖锐的女学生声音。我多事地回转头来一看,然而这时候这班革命健儿已经有半数以上从学生出入口像狂风中的树叶一般飞出门外去了。恐怕正在门前玩耍的、校长的儿子的小头上,今天又将吃到暴雨一般的拳头了吧。然而休息室里还有不肯空自回去而留着的人。这些都是想等候机会同我作某种特别谈话的、性情固执的人,其中也有两三个女的,一共是十一二人。校工的第二个儿子和女教师宿舍的房东家的儿子(这两人都为了这缘故,校长老爷不大管),这两人跟着我走来,一直像管门一般站在这地狱的入口,察看里面的光景。

　　所谓入口,只是裱纸破碎了的两扇格子门。这房间和学生休息室,就隔着这两扇格子门。从校门一直走进来,走上[2]正门,靠左手便是这房间。这入口里面就是我身所在的地狱——教职员室。这房间约有十条铺席大小,天花板极低,醒醒的墙壁、旧式的小窗和因年久而歪扭了的皮椅子,都表示一种人生的倦怠之色。房间里面有四张桌子朝着门摆成

---

　　[1]　"苦迭打"乃法文 coup d'etat 的译音,意思是果断政策,专横行为。
　　[2]　日本房子从门口到室内须得跨上一步。

凹字形。中央两张桌子相连接,右面的一张是校长老爷的座位,左面的一张是检定试验及格的老训导长的座位,校长旁边的一张是我的座位,我对面的一张是一位女教师的座位。我们学校里的教职员只有这四个人,我在其中不消说是最末位。当然,即使有一百个教职员,代用教员总是忝列末座的。这里面一切都照老例,非常陈腐而又可笑。我的座位后面,隔着一重格子门,便是值班室。

在这教职员室里,女教师背后墙壁上的自鸣钟用懒洋洋的悲鸣声来报告下午三点钟的时候,四个教职员割据着各自的座位。——因为桌子互相密接,所以这时候的状态确有一种割据时代的形势。——已经继续了二三十分钟的"拍劈、撒丹、阿立贝"的苦痛的声音,在三四分钟之前忽然停止,好像田里的青蛙被足音所惊而突然停止叫声一样。同时(大概是那位尊严的老导师维其略拉着但丁的颤抖的手,进入另一层地狱里去了),一阵新的杀气扑面而来,在这房间里出现了另一种光景。

倘使详细说明起来,实在是不足道的一回事。事情是这样:两三天以前,我偶然兴到,作了一首可以给这 S 村小学的学生日常歌唱的所谓校歌之类的歌词,又谱了乐曲。这一次试作乐曲,在我呱呱坠地以来的二十一年中实在是初次;然而我不怕难为情地自白:把作成的乐曲叫嗓子透彻的我妻唱一遍看,觉得还好听。(我现在还认为确是这样。)我妻也称赞这歌曲作得好。这天晚上有两三个学生到我家来玩,我就自己拉小提琴,把这歌曲教他们唱,他们也赞赏这歌曲,说非常好听,以后要每天歌唱。这歌曲的歌词共六首,每首六行;乐曲是 C 调四分之二拍子,但最后两行变化为四分之三拍子。我妻说:这样一变化,更加好听了。然而这是另一回事,且不必细说。总之,我作这件事并无罪愆,是明白的事实。对于作歌作曲,决不能和盗贼、伪善者,乃至一切无耻之徒的行为同等看待。代用教员没有作歌曲的资格——难道有这样的定规么？这样看来,我还是一个正大光明的人,俯仰不愧于天地的大丈夫。岂知这件堂皇坦白的事,竟变成了敌人放矢之的! 我全无夸张的必要:这天晚上由我教唱这歌曲的学生,只不过三人(他们的姓名我也清楚地记得)。然而因为我们这班过激党员的胸中都有同样的色彩,都有青春的生命的嫩绿和汹涌的春泉的血色,并且像火一般燃烧着;他们的唇舌都同样地干燥,因此野火蔓延得极快,在一两天之内,眼见得传诵殆遍。到了今天,高年级学生几乎有三分之二——不,五分之四——已经的确会唱了,虽然音调不免还有唱错的地方。白天课间休息等时候,不拘何人领头,大批人在运动场上结队游行。人数大概靠近一百,——当然也有非出本意的一群闲人混杂在内,——大家齐声唱起歌来,唱的便是新田耕助先生新作的校友歌。我自己所作的歌被大批人歌唱,决不是可耻的事,也不是罪恶;却是愉快的事,得意的事。我看他们游行的时候,不知不觉地兴奋起来,身体中某处似乎觉得痒痒的,自己也想加入他们的行列中才好,虽然这游行不过五分钟而已。……问题的关键还在后面。

　　下午三点钟以前三四分钟,那位校长——也一直用笨拙的手指拨着算盘、反复着"拍劈、撒丹、拍劈、撒丹"的校长田岛金藏氏——刚刚算好了点名册上的出席缺席次数,慢慢地抬起头来,伸手拿了那根烟管,在桌子边上啪啪地敲两下。他的巨大的喉头突然发出一种难于名状的声音,好像狐狸难产时的声音,又好像自来水管暴发的声音,再说得恰当些,好像邻家的猪在盛夏受了感冒而发出的怪声,——简实是怪声,——仔细地分析起来,大概是一种病态的咳嗽吧。接着又发出轻轻的一声。我想,尽乎此了吧,就把这时候算盘上所得出的八四点七九这数目记录在月表中出席百分比的男生部中,又把笔头咬一下。在这刹那间,听见一个像去年死去的黑猫的幽灵在昼眠的梦中出现时那么沉痛的声音：

"新田先生。"

校长老爷开了金口。

我猛然抬起头来。同时别的两个人——训导长和女教师——也抬起头来。这一瞬间"拍劈、撒丹、拍劈、撒丹、阿立贝"的声音突然肃静了。女教师默默地看着校长的脸。训导长扭过身来，准备抽烟。他心里似乎正在等待什么事情发生。然而在这不过三秒钟的沉默之后，就有近来罕有的风暴发生了。

"新田先生。"校长再叫我一声。他似乎想装出十分严肃的态度来。然而抱歉得很：他那把凡庸和丑恶加入"教育者"型中而铸成的相貌中，已经没有容纳别的表情的余地了。这实在完全是"无意义"的事。如果勉强要装出严肃的态度来，其结果只能使对方感到一种滑稽和少量的怜悯之情而已。然而他本人当然完全不知道，就更进一步，用他那破钟一般的声音来向我质问了："有一点事我倒要请问你：那个，'生命之林……'第一句是什么？（他向训导长看看，训导长表示非常为难的样子，默默不语。）噢，有了有了，就是'春光尚浅月尚早，生命之林夜香飘，使我神魂全向往……'这歌曲。新田先生，据说这歌曲是你秘密作出来教学生唱的，真的么？"

"是假的。歌词和乐曲的确都是我作的，但是秘密作出来是假的。我不喜欢做秘密工作。"

"那么，古山先生刚才说是这样的。"他又向邻座的训导长看看。

古山的脸上还蒙着为难的暗云。他还是默默不语，偷偷地向我瞥一眼，鼻孔里喷出烟气来。

我目击这光景，心中早就直觉到：哈哈，原来如此。关于我那首正大光明、坦白无私、俯仰不愧于天地的歌曲现在向我提出的抗议,原来并不是鳗鲡金藏老爷一个人头脑里想出来的。这完全是和古山商议的结果。或者是古山首先提出的,也未可知。不,一定是这样的,因为光是这校长一个人,无论如何不会有这样的勇气。原来古山这个人,是生长在本村的,在这学校里已经混了十多年。年纪超过四十,还是照五年前一样拿十三块钱的月薪,自己却心满意足,可见是个没有志气的家伙。他是以夫妻吵架出名的人。(在这一点上,他比较起校长来,稍稍缺乏温顺的美德。)谈起话来,题材总不过是酒、年轻时的经验谈、关于女人的事,还有一件是钓鱼。就中关于钓鱼一道,他在这村子里首屈一指,可谓已入名人之域,——他自己这样相信,别人也这样赞许他。因此他做人没有主义,也没有主张。(从古以来,凡是钓鱼的名人,一定是没有主义也没有主张的。)因此他和当年二十一岁的我话不投机。据我说来,校长和这个人,都好像是营养不足而枯了的朴树。倘是松树,即使枯了,枝条也有神气;朴树枯了之后则毫无表情。他们和我,连每天吸的烟草也不同。他们吸的是干枯了的橡叶的粉末,也不辣,也不甜,也不香。我吸的呢,虽然是三分钱可买半两的廉价物,然而却是真正的烟草,香气很强,又辣又甜,是真的有活气的人生的烟。有一次古山说,他吸了一支百合牌香烟会头晕目眩,确是真话。因为如此,我被看作这职员室里的特殊分子,螟蛉子,和平的扰乱者。如果要在这小天地中找求我的谈话对手,实在只有女教师一人。她芳龄稍过,今年正是二十四岁,是比我年长三岁的姐姐。然而她还是独身,又是热心的基督教徒,善于唱赞美歌,曾经受过新教育,思想很健全。相貌怎么样呢?相貌因为天天看见,并不觉得特别惹人注目;面颊是桃色的,头发是带赤的,眼睛的生动和年龄不相称,常常闪现出判断力来。她是初等小学一年级的主任教师,真是一位善良的保姆。我所说的话她大都理解,凡有理的,她一定同情。然而到底是女性,顾虑不免稍多,遇到像今天这样的场合,她就一言不发。但是她的眼球的轻微的运动,已经充分表示出她是我的同情者。况且不久以前我的确听见她在低声地唱我所作的那首歌曲,不知是从谁那里听来的。

于是我就详细说明了这歌曲如何作成、如何流传的经过。最后一句话出自我口,达到校长、训导长、女教师三人的六个耳朵里的时候,壁上的自鸣钟懒洋洋地叫出"当,当,当"。突然我背后的格子门里面发出"唉——唉"的一声。大概是头痛而身体不好的马铃薯太太照例把一条带子一头缚在三岁的女儿身上,一头缚在自己脚上,以防她跑到危险地方去,自己却半睡半醒地躺在熄灭了的炉子旁边,现在自鸣钟的声音吵醒了她的昼梦吧。"唉——唉"又听见一声。

可怕的沉默继续了三秒、五秒、十秒钟。四个教职员各自割据着一个桌子。打破这沉默的第一枪,是古山这朴树。

"这歌曲有没有获得校长先生的认可?"

"没有,我的确没有认可,绝对没有认可。"校长代我回答了。

我若无其事地衔着烟管,向女教师默默地微笑。古山也重新吸起烟来。

校长的脸不知什么时候开始发红了,鼻子上冒出水蒸气来。"真是太自由了。新田先生,你也是受过新教育的,这样未免太任意了吧……"

"是这样的么?"

"当然,显然是这样的。喏,那个,我记得确是今年四月四日吧,是我去向郡视学平野先生请安的时候。是的,确是这时候。郡视学向我说起新田先生的事,我终于把新田先生请到了这学校里来。看郡视学面上,我一向对你很客气,很宽容。可是你如果太任意了,那么我毕竟是掌握

一校的校长。"他说到这里停顿一下,身体向后一仰。我不放过这机会,连忙插嘴说:

"请不要客气。"

"放肆!把校长看得屁也不值。"

他说时把声音略微提高些,同时握着拳头在桌子上敲一下,那个算盘吃惊似的翻落在地板上,发出刺耳的声音。我从来不曾见过这校长也有这样的活气。或者,像他自己所坦白,过去因为看郡视学面上而特别客气,也未可知。然而他所说的话倒是实在的:我的确把这校长看得屁也不值。这时候我背后的格子门发出声响。大概是马铃薯太太爬出来,在那里倾听情况。

"我刚才听了两位先生的话,"古山假痴假呆地说,"觉得校长是有理的。可是新田先生也并没有什么大错;不过我认为:擅自作这校歌,擅自教学生唱,在不按手续顺序的一点上,新田先生大大地,不,多少犯了错误。"

"这学校里有校歌么?"

"以前是没有的。"

"现在呢?"

这回由校长回答我:"现在不是你作了一曲么?"

"问题就在这里。凡事都有手续顺序……"

我不让古山说完,举起手来阻止了他,抢着说:

"并没有问题。是你们把我所作的那歌曲称为校歌的!我并没有想替这S村两等小学校作校歌的企图。我只是想试作一首可使这学校的学生朝夕吟唱的类似校歌的东西而已。你们就把它称为校歌,蒙你们承认它是校歌。于是学生就大家唱这歌,唱这校歌。并无问题,事情再简单没有了。"

校长和古山互相看看。女教师的眼睛里现出满足的微笑。门口除了两个管门的以外,又新来了几个人。我背后的格子门嘶的一声拉开了,一个怪物悄悄地从里面走出来:腰里缠着一根细绳,歪歪斜斜地穿着一件肮脏的细条纹棉布夹衣,没有束带,露出胸膛,奶头上吊着一个婴孩。马铃薯太太出来了。她的夹衣上的黑缎子领襟发出油光,这样子实在不堪入目。她的眼梢向左右吊起,像针一般尖锐。她向我一瞥,就站定在校长身旁了。地狱底层白发如茅、骨瘦如柴的饿鬼两手握着自己儿子的骸骨,而塞在嘴里格拉格拉地咬嚼时的声音,如果能在现实世界中化作眼睛看得见的形状,恐怕这形状就是这女人向我一瞥时的眼光吧。朝朝夜夜被这眼光刺痛胸臆的校长老爷的心事,由此亦盖可想见。

这个活的女神——贫穷的女神?——石像一般默默地站着。忽然这房间里发生了电光一般的变化。校长仿佛想重新装出早已忘记了的严肃态度来,他的颜面筋肉中有两三处显出一种运动。是因为援军来到而回复勇气么,或是感到恐怖么?不得而知。总之,是他心中感到了一种激烈的冲动吧。古山也抬起了头。然而已经无用,因为现在他们的攻势已经变成守势了。而在我这方面呢,敌势的增援反而加强了我的胜利之感。女教师一看到这女神,似乎被一阵极度不快的暗雾遮塞了她的清白的心胸,忽然低下了头。她大概是由于感到耻辱,或者感到懊恼,或者感到愤怒,她的脸红到了耳根上。她用铅笔尖敲着桌子。

古山先开口:"不过,凡事都有手续顺序。如果不按照这手续顺序……也不能一下子就当陆军大将啊。"不错,这真是古今无比的卓见!

校长接上去说:"如果不按照正当的手续顺序,即使是可以采用作校歌的,也不能称为校歌。你虽然没有正式的证书,然而身任教育之职,并且领受了月薪,却不顾办事的手续顺序,实在太不成话,太不成话了。"

他说罢之后紧闭了嘴唇。可惜嘴唇的样子太难看了。

女神的视线像冰箭一般射到我脸上。大概是催促我答复吧。啪嗒一声响,一只梳子从她的随随便便地——不,乱七八糟地——结束着的头发上掉落在地,但她并不把它拾起来。我笑着说:

"你们老是说手续顺序,手续顺序,到底有什么手续顺序? 说出来难为情:我实在一点也不懂得。……如果由于不懂得校歌采用法及其顺序,将来冒充做了某校校长的时候,做出失策的事情来,倒是不得了的。现在可否请你们指教?"

校长嫌恶地回答:"所谓手续顺序,并不是多么复杂的事情。第一(他用力地说),要校长认可;倘使校长认为好的,然后送交郡视学。郡视学批准了,说这歌曲可以教学生唱,这歌曲方才成为校歌。"

"哈哈,这样说来,我所作的歌曲,没有按照正当的手续顺序,所以,明白地说,是不及格的。很好。在我作者看来,这歌曲被采用为校歌,或者不被采用为校歌,是屁也不值的问题。我只要看见自己所作的歌曲被学生大家歌唱,就十分满足了。哈哈哈哈哈,那么,不必再谈了。"

"不过,"古山的话来了,不过两字是他的拿手好戏,"我以为要给学校里的学生唱,也应该先把这歌曲的意义告诉校长和我,或者作成之后把歌曲先给我们看看,方为稳便。"

"不但这件事而已,听说你在对人说,学校的教案等都是形式的,没有记录的必要。所以一回家就写小说之类的东西。这样的人可以做教育者,真出我意料之外。实在是,真是……不过这又是另一回事。新田先生,学校里有教育部规定而公布的教授细目呢! 算术、国语、地理、历史自不必说,就是唱歌、缝纫等科,也正确地规定着细目。照我们长年从事教育事业的人看来,现今所公布的细目实在尽善尽美,竟可说是入精穿微了。十几年前,我们还在师范学校读书的时候,曾经请那时早已赚到四十五元的有名的助教谕小原银太郎先生监督,编制小学校教授细目。然而那时候所编制的和今天的比较起来,啊哟,实在太不成话,令人不胜汗颜!所以,凡是真正的教育者,必须恪守这完善无缺的规定细目,一丝不乱地进行教课。要是不然,小则对不起所教的学生的父兄和发给月薪的村公所,大则犯了捣乱我大日本教育制度之罪!这正是我们教育者的最重要关头,我们已经有十多年——我到这学校里来虽然还只有四年零三个月——在这点上努力精进了。当然不是说细目中所没有的一概不许教。正如刚才古山先生所屡次提到的:凡事必有手续顺序;如果按照顺序而获得认可,当然也不妨教。要是不然,就会变成我刚才所诚告你的情况。况且,我既然受命为校长,恐怕连我也有责任。如果这样,我们大家都不方便。不但如此,我们这学校也有伤面目。"

"这样说来,问题真严重了!"我用十分诙谐的语气说。在他的说法期间,我当然常常几乎失笑,好容易忍住了。"那么总而言之,我所作的歌曲,是那完善无缺的细目中所不载的。"

"当然不会有的。"古山说。

"不会有的,这歌曲还是两三天之前作的。啊哈哈哈哈。你们刚才所讲的许多道理,归根结底是极明显的一句话:这歌曲不能给学生唱。把手续顺序的枝条和教授细目的叶子统统斩去,赤裸裸地说,是这样的一句话吧。"

对于这话没有回答。

"在这唠叨的细目中,是否写明代用教员除了在讲台上以外一概不能教学生别的东西,或者写明正课以外的教授另有别的细目?"

"细目中哪里有这种无聊的东西!"校长动怒了。

"那么可以放心了。"

"什么放心?"

"事情是这样:我刚才详细说过,我教那首歌曲,是在两三天之前,就是这歌曲作成这一天的晚上,我所教的只是到我家来玩的三个学生,并非在教室里教的,所以我不须受细目老爷的申斥,只要不是那歌曲里面含有某种危险思想或者学生所不该说的话。……啊,我真担心!但是现在已经看见青天白日,证明我是无罪的了。"

全胜的花冠加到了我头上。眼见得敌人已经退却到铁岭以北,剑折马毙弹丸尽,决无继续战斗之理了。

"我昨天也向荣儿(学生的名字)借来抄写了这歌曲呢。我是什么都不懂的,但觉得这歌曲作得非常好,我很想在明天的唱歌课上教唱呢!"

女教师第一次开口。这是射箭一般投到胜利的我的胸膛上来的美丽光荣的花环。

2

这时候,校长田岛金藏氏大受刺激,几乎落泪了。他起初怨恨似的看看女教师的脸,接着突然转过头来,仰望站在旁边的臭污的女神,头痛的怪物,缎子领襟的马铃薯太太。他那双平常像死鲫鱼眼睛一般暗淡无光的眼睛,只有这时候显出激战的火花的影迹,并且由于极度的恐怖和愤慨而略带润湿了。世间有描写懦夫献出全身的爱情来博得妻子一顾之怜的画图,这画图中所写的正是目前这光景。然而这个涂泥的大理石女神的脸上一根毛发也不动,只说了一个"哼"字。呜呼哀哉,世间也许有人明白了解这"哼"字的意义吧! 忽然她弯下身子去拾起了掉落的梳子。这时候她抱着的孩子还是衔着乳头不放。贪欲极强的孩子!

古山的卑野的眼色中充满了愤怒之色,他用这双眼睛盯住我。水面的白色浮标欲沉未沉、不死不活时的光景,正是这样的吧。这时候我的值得敬慕的善良的女教师山本孝子女士又开始"拍劈、撒丹"了。

我向门口望望,看见四个头发剃得三分长的圆圆的头和两个束着粉红色缎带的头并列着。我转向他们的时候,大家都对我嫣然一笑。其中有一个人,女教师的房东家的荣儿,眨动他那双大眼睛,向我抛送一种暗号的贺电。真是一个特别乖巧的少年! 我也向他回电。于是六个人眼睛一齐眨动起来了。

忽然听见生气蓬勃的勇壮的合唱声。这声音是从楼上传来的:

　　　　春光尚浅月尚早,
　　　　生命之林夜香飘,
　　　　使我神魂全向往,
　　　　梦耶非耶林中绕……

啊,就是这歌曲。日俄开战的原因就是它。我突然发生触电一般的感觉。同时扶梯上响出嘈杂的脚步声,歌声有些乱了。我想,他们走下来了;这时候一群人早已出现在眼前。五个健儿,站在前头的一个叫作了辅,是村长的儿子,身材不高,是校中第一个顽皮孩子;他成绩优良,在过激党内也是一个最急进的、所谓爆弹派的首领。他们大概是躲在楼上，为了今天课外授业被阻止而开复仇的秘密会议吧。看他们很精神的样子，似乎已经胸有成算。但愿不要再像上次那样乱暴地在深夜里把石子下雨一般丢进值班室里去。

一群健儿用春晓的钟声一般清脆的声音唱着歌，勇敢地跨着步，先在广大的休息室的中央绕一个大圈圈，然后向着我们的教职员室威武堂皇地走来：

> 右手按住"平等"剑，
> 左手高举"博爱"旗，
> 跨上千里"自由"马，
> 理想之路走到底。
> 今宵到达生命林，
> 林荫水滨把身栖。
> 青山耸峙是墓标，
> 凭吊千古之英豪；
> 河水无声日夜流，
> 永载芳名赴远道。
> 我问："此间是何处？"
> 月言："汝之故乡到。"
>
> 忽闻骏马一声嘶，
> 好梦惊残心茫茫。
> 白甲银楯在何处？

烟消云散人惆怅。
唯有我身不磨灭，
独立理想之路上。

岩手山上雪盖头，
姬神山名真优秀！
千古之水北上川，
两山之间蜿蜒流。
洗净人心……

　　唱到这地方的时候，了辅的右脚正好跨进教职员室的门槛。歌声停止了。这几分钟之间室内的光景，我一点也不知道。因为我只是出神地看着走近来的了辅的眼睛，在心中和他们一起唱歌——却是绞尽心声而唱的。

　　忽然注意到：世界毁灭的大活剧似乎将在一秒钟之后出现了。校长的脸像野火一般烧起来。显然看见他全身正在索索地发抖。古山已经从椅子上站起身来，像逢着饥馑的金刚一般握着拳头，也正在全身发抖。他的脸上涨满了很粗的青筋。

　　荣儿把嘴凑在了辅的耳朵上，低声说了些话。了辅的眼睛拼命地张大，好像象的鼻孔。了辅的声音大概是天生响亮的，他回答的话连我也听得见：

　　"……怎么，说这歌曲？……嗯……胜利了，嗯，对啊，当然对啊，这真好看……他没有喝酒么？……那么红！红鳗鲡！"

　　最后几句话声音较高。古山用激动的声音叫：

"校长先生!"

校长站起身来,他的椅子乘势向后面翻倒了。他的妻子还是站着不动,然而脸色凄惨可怕!

"到那边去!"

"你们到那边去吧。"

我和女教师同时这样说,并且挥挥手,使个眼色。了辅的眼睛和我的眼睛相对看,我竭力用眼色来阻止他。

了辅终于跑出去,同时唱着:

> 青山耸峙是墓标,
>
> 凭吊千古之英豪;

别的孩子都跟着他跑。

"胜利的老师万岁!"

他们这样地叫喊。这是五六个人的声音。其中了辅的有力的嗓子和荣儿的童高音特别显著。

我的眼光和女教师的眼光突然在空中相接触。她的眼睛里充满着异常的激动之色。从光彩上可以知道这当然不是对我不利的激动。正在这时候——

正在这时候,听见正门口有人声,似乎有人在那里争执。然而起初我心中大概也激动着,所以没有听清楚。一个是校工的声音,另一个声音呢? 竟是从来不曾听见过的声音。

"……随便你怎么说,乞丐还是一个乞丐。我刚才对你说过:学校不是乞丐来的地方。校长先生常常关照我:倘使有乞丐来,不管他是何等样人，都把他赶走。你爽爽快快地走出去吧，不要在这里白费口舌。"

一个威风凛凛的青年男子的声音回答："我固然是个乞丐，但是和普通的乞丐略有不同。你怎么可以说我敲诈勒索呢？好，好，随便怎么说都好，总之，请你把这封信交给姓新田的那个人看。你不是刚才说过新田白牛这个人在这里么？"

"怪了！"我想。校工又说：

"新田耕助先生，一个年轻人，我们这里是有的，但是叫作白牛的可笑的东西，我们这里绝对没有。耕助先生也不会有当乞丐的亲友。你弄错了。你一定是认错了人。你把信拿回去吧。"

"你这个人真讨厌。我对你毫无请求，我只要见一见新田这个人。我只要见到新田君，就满足了，就达到愿望了。老兄，你懂得么？……拜托你，把这封信交去，拜托拜托。……如果你再不肯的话，我就要自己上去找我所要访问的那个人了。"

这时候我想走出去看看。然而不知怎的站不起来。大概是完全陶醉在这个从广阔的胸底里流畅地发出来的宏亮悦耳、威严堂皇的声音中了。我无端地想起了常常在照相版上看见的抱着一个孩子的拿破仑的相貌。我想，现在站在正门口呼我的姓名而要和我见面的那个人，一定是和拿破仑相像的人。

"唉，这怎么可以！我要被校长骂的。那么这样吧：你等在这里，我光是把这封信拿进去给先生看看再来。……你弄错人了。我在这学校里做了十六年，从来不曾见过收到乞丐的信的先生。"

我的心被一种奇妙的感觉所支配了。我向四周看看，但见校长和古山已经坐在椅子上，马铃薯太太还是保持着不动的姿势，女教师也照旧坐着。四人的眼睛都向我注视，好像正在期待什么。我心中想：在古代，在大理石造的壮丽的剧场里,观众坐在看台上怀着兴味俯瞰一个无罪的赤手空拳的奴隶(完全"无力"的选手)对于那只象征暴力的巨兽——换言之,对于那只代表神权的狮子——能作若干程度的抵抗,这些观众的眼色,大概正是这个模样的吧。

校工是一个好人,村里的人给他取个绰号叫作"佛菩萨"。你如果喊他的名字忠太,无论下雨日子或者起风日子,他总是回答你一声"嗳"。这时候他的厚嘴唇里嗫嗫地说着什么话,走进教职员室来。

"来了一个乞丐,说要我把这个给先生看。嗳。"

他用异样的眼光怯怯地看看我,把一封信放在桌子上了。然后用手指点正门方面,闭住了左眼睛,歪转了嘴巴,模仿眇目歪嘴的相貌给我看。

"是一个怪东西,您要当心。我几次三番拒绝他,他死不听话。"

他放低了声音说。

我默默地拿起那封信来。但见信壳反面用有力的粗笔写着一个"∂"[1],几乎占据了全面。下面用淡墨草率地写着"朱云自八户寄"六个字,笔迹是熟悉的。没有写发信日期。"啊,是朱云寄来的信!"我不知不觉地叫出。翻转来一看,认真地用行书写着:"岩手县岩手郡 S 村两等小学内、新田白牛先生。"我想起了某一件事;然而这时候无暇及此,连忙拆开信来。所有的人的视线都集注在我的不知何故而颤抖的瘦长的手指上。心里不禁怦怦地跳动起来,青春的生命的轰响像电气一般激动了全身的血液。颤抖的手指拉出一张贡纸来,纸上的字写得很大,文句当然极短:

---

〔1〕 这是日本人写在信的封口上的记号,即"缔"字之简体,是"固封"之意。

比来久疏问候,失敬之至。

这几个字就占据了两行。下面是:

此信付石本俊吉持送。兄对此人当尽力帮助。弟有生以来初次写此介绍信。

六月二十五日,天野朱云拜上

新田耕兄。

信纸上面的空地上,横写着一句:

(是独眼龙。)

世界上倘有极粗鲁极乱暴的信,恐怕就是这封信了。然而这不是普通性质的书信。这介绍信竟是一个人全凭自己的信用而使另一个人和一个不相识的第三者握手时在神前祭坛上宣读的一种所谓神圣仪式的告文。倘使收到这样的介绍信的人是一个温厚稳健而万事崇尚中庸的当世士君子,例如我们的校长田岛氏,说不定没有看到站在正门口的那个人就认定他是前门之虎,趁后门还没有被狼拦阻的时候慌忙地穿了一只草鞋逃出后门去吧。然而写这封信的人,是曾经在这 S 村里呱呱坠地,而从这学校(当时校舍只有现在的一半,教师只有一人,当然是还没有办高等科时的简陋的单级小学)里的一位教育者——也很稳健、中正、无爱、无憎而绝对尊敬规则、顺序、年终奖金、教育部和妻子的一位教育者——受得圣代初等教育的日本国民之一,即现年二十七岁的天野大助。你如果知道这封信是这个人写的,你将用怎样的言辞来表示惊愕之情呢? 实际上,这并不是介绍信,这是命令,是非常乱暴的命令:要我尽力帮助一个素不相识的独眼龙! 然而我惊心动魄地读完了这封奇怪的信之后,完全没有上述那样的感觉。敢问读者:世间滔滔皆是的浮文虚礼,在这封信中哪里有半点影迹? 从前山药的三吉所写的马费请求书:"马费三两正。送不送? 怎么样? 送,就好。不送,不得甘休。我有手腕。"果然像大儒新井白石所说,是千古名文。那么我的好友朱云的介绍信,也正可称为千古名文。不但如此,满不在乎地写这样的信的他和满不在乎地读这样的信的我,两人之间非真有同心一体、肝胆相照的交情不可。略去一切枝叶,脱去一切服饰,挺起赤裸裸的六尺之躯,坦然地向目标所在的城门肉搏,便是这封信的态度。这坦然的地方,实在洋溢着充塞乾坤的无限的信用和友情。我仅仅在三四秒钟之内读完了这封信。这瞬间我想起了这好友的活跃的面目,听到了我们的温暖的信用和友情的声息。

"好的。请他到这房间里来。"

"叫乞丐到这里来?"

校长怒吼起来。

"这太不成样子了! 新田先生! 叫乞丐到学校的教职员室里来?"

这叫声非常尖锐,使得窗玻璃都震响,好比几亿劫来不曾出声的千万条毛虫齐集在一起,为了求雨而吱喳吱喳地祈祷,真是讨厌之极的声音。这是我本来以为没有舌头的马铃薯太太突然发出的凄惨的第一声。

校工忠太的栗子似的眼睛骨碌骨碌骨碌地回转了三次。他失却了主意,站着不动。这时候有威吓一下的必要:

"请他进来!"

我喝了一声。忠太慌慌张张地走出去了。不久他就回来,后面跟着一个人。料想这人早已脱去草鞋,跨上踏步了。

"新田先生,你可以这样的么? 喂,新田先生,这不是你一个人的学校! 你,一个代用教员,想怎么样? 你看,那样的东西!"

马铃薯只管叫喊。我睬也不睬她。我全部注意力集中于即将在忠太背后出现的被呼为"那样的东西"的声音嘹亮的拿破仑。朱云的信的上端注着"是独眼龙",但我只认为他是在滑铁卢大战中误失一眼的,我确信这千古侠骨的拿破仑·鲍拿巴德的飒爽的威风决不因此而受毫厘之损失。我又想,也许因此反而增加了秋霜烈日的威严吧。

忠太的身体退避在一旁,低下了头;忽然像逃走一般溜了出去。

现在毫无隐蔽,英雄的正身突兀地站在目前咫尺之处了。我也站起身来。

这时候我突然大吃一惊,几乎叫了出来。可怜千载一遇的此月此日此时,我的眼睛突然失却了效用! 这样剧烈的不幸,在这世界上不能再有了。我尽力把眼睛眨了两三次,又尽力睁开眼睛来。然而无效。在滑铁卢大战中为流弹而误失一眼、反而增加了秋霜烈日的威严的拿破仑·鲍拿巴德,已经是新田耕助所永远不能瞻仰的了! 数秒钟以前我曾经想像这里将要出现一个千古英雄;然而我睁大了眼睛一看,只看见一个像垃圾堆里的瘦狗一般的人物悄然地站着。这实在是天下的奇迹! 据说无论多么伟大的英雄,死后留存下来的遗迹只有骸骨。那么现在站在我面前的,也许是拿破仑的骸骨。

就算是骸骨吧,这实在是很丑陋的骸骨! 身长五尺零寸零分,穿着一件肮脏得条纹也看不出了的布夹衣,腰里束着一条很窄的牛皮带,衣裙底下露出七八寸宽的白色小仓布裙[1]。袜子当然没有穿。头发长到两寸,宛如在泥泞路上滚过的毛栗子。眼睛怎么样呢? 果然是独眼龙,不过当然不是在滑铁卢丧失一目的。大概是天生成的吧,左眼照前世死的时候一样紧闭着。右面一只也不是完全的眼睛,比较起普通人的眼睛来,似乎黑眼珠的位置有些不同。鼻子没话可说,嘴巴略向左歪。面颊很薄,血色极恶。在这些陈设之中,只有宽广的额骨最为道地,这额骨上有不少汗珠正在发光。六月三十日,天气并不冷,这个出门人却穿着夹衣。我想,忠太模仿眇目歪嘴的样子给我看,马铃薯称他为"那样的东西",虽然是由于他们没有看见自己的相貌的缘故,然而也并不十分失当。

我这样的感想,当然是一瞬之间的事。虽然是一瞬之间的事,然而这样卑鄙的感想发生在我这个日本独一无二的代用教员的胸中,实在是惭愧之极的恶德。——使我感到这一点而精神忽然觉醒的鞭策,是这奇人的歪嘴里进出来的第一声:

"我叫作石本俊吉。"

啊,只有声音的确不愧为拿破仑的声音。这是从宽广的胸中流畅地发出的一个优美悦耳、威严堂皇的男性的声音,我疑怪这声音是贮藏在这身体里面什么地方的。据说在一瓣牡蛎壳中,诗人能够听见无边的大海的劫初时代的轰响声。那么这个人的身体虽然只是草草雕成的一肉块,或许其中深藏着能使人生这大殿堂根本动摇的、一撞万响的巨钟声,亦未可知。如果这样,那么把我从可惭愧的恶德中救出的,不是这依稀仿佛的拿破仑骸骨,而是那无尽藏的人生至奥的钟声。不错,的确是这

―――――――――――

〔1〕 日本服装男人也穿裙。小仓布是小仓地方所产的布。

样。这时候我全靠这永远无穷的声音而悟得了人生的大道,并且悟得了现在我正面对着好友朱云的千古名文所介绍的石本俊吉,正要同他叙礼。

"我就是新田。初次见面。"

"初次见面。"

两人互相行了一礼。

"天野兄的信,拜领道谢!"

"岂敢。"

这样交谈的时候,我不期地感到一种痛快。这是因为不管极度严酷的反抗而清风一般飘然地出现在这教职员室里的那个人,不是命运制定的庸碌凡夫,实在是异彩焕发的奇男子。我亲手拉过一只椅子来请石本坐了,然后昂然地向四周一看。女教师凝视着这新来的客人的后影,不知作何感想。其他三个人的脸色不言可知。我无疑地站在征服者的地位上了。

"我来介绍一下:这位是拿了我所认为哥哥的人的介绍信而远道来访的石本俊吉君。"

大家默默无言。这更加使我感到痛快了。马铃薯舌头上发出"嘘"的一声,向我瞅一眼,还是默不作声,立刻又把眼睛盯住石本。大概她是被石本的异彩焕发的态度所吓丧了。石本也并不低头。他虽然只有一只眼睛,也立刻看出这光景的不快;但他满不在乎,仿佛无感觉一般。这真有意思。他一定是一个身经百战的人。把他推到狂暴的狮子面前,他也不会忘记今天早上吃几碗饭。——我觉得此人足有这样的勇气和沉着。

我得意地微笑着坐下去。石本也坐下了。两人的视线在空中相接。

这时候我发现对方的右眼中有一颗拔群的眼球。这当然不是头脑敏捷的人、智力旺盛的人的眼睛,总之我只觉得是拔群的眼球。我又发觉:这颗拔群的眼球对我看的时候,决不像看初次见面的人,却亲切地、温顺地、坦率地看着我,好像看十年老友。同时他的歪嘴、他的独眼龙、拿破仑的骸骨、忠太所说的"您要当心"等念头,全部从我胸中消失了。容易感动的我,心里已经无暇考虑利害得失,只管张开自己的胸怀来容受充溢在他眼睛里的好意。青年人无论喝过多少尘世上辛酸的水,行为常常是这样的。富有思虑的人恐怕要笑。笑由他笑吧,毫无关系。我总归是一个青年人。唉,人生青春几何!然而我想:即使头童齿豁,这一点温暖而生气蓬勃的心情我一定要永远保住。况且现在我的心早已变成蒸馏水一般纯洁了。我和石本俊吉相识还只有两分钟,已经变成知交。我今年二十一岁,他好像比我年长,又好像比我年轻,然而他是比我大一两岁的哥哥。大家都是青年人。初次见面的寒暄结束之后,两人的眼光在空中相交,这时候两个青春的灵魂密切地相接触。变成知交的过程,就此已经完成了。我相信他也是一个快男儿。

然而他的风采怎么样?呜呼,他的风采真奇妙!——我坦白地说,刚才正值战乱多端之际,我的心实在稍稍失却了平衡。因此对于这新来的客人的观察,不免有未到之处。现在共桌相对,用十年老友的心情来坦率地仔细端相起来,我的感动更加深了。呜呼,他的风采何等奇妙!开口吐辞,音节嘹亮,真是威风凛凛的男儿之声。然而这样地无言相对,我竟感觉到不能正视。除了呜呼以外,我的青春蓬勃的友情竟不易找到可以表达这感情的其他言辞了。我以前曾经说过"一个像垃圾堆里的瘦狗一般的人物悄然地站着",真是失礼的话;然而这比喻恐怕还不适切。与其说是"人物",恐怕不如说是"悄然"二字的形象化更为妥当。

　　他的颜面上的陈设很不调和,竟是奇怪的,是十分混乱的。然而,也许是出于混乱的缘故吧,没有表出某种集中的印象。倘使把这些陈设一个一个地顺次归纳起来而作结论,所得的也许反而是和"悄然"正反对的X,亦未可知。然而这个人的悄然是事实,所以没有办法。长长的鬈鬖的头发、尘垢堆积得条纹都看不出的旧布夹衣、血色极恶的瘦脸,这些当然是他的"悄然"的条件的各种项目;然而如果仅乎如此,那就不一定是世间无比,而且我也实在看见过不少;可是像他那样的极度"悄然"的风采,我生二十一年来今天是初次看到。也许是无理之谈,然而如果可以这样说的话,那么我要说:他这人只是一个具有不调和的形象的肉的断片,只是一个别无所有的肉的断片;然而围绕着这断片的不可见的大气,是极度的"悄然"。对啊,他本身完全是他本身,只是他的周围的大气,是由阴郁、沉痛和悲惨凝固而成的一种云雾。这也许是一时的,然而长年的"疲劳"所使然的憔悴,形成了一种阴影,使得这大气的"悄然"之趣更加浓重了。或者这里面含有"饥饿"的暗影,亦未可知。

　　我的无礼的空想的翅膀像电光一般闪动了:由于造物的恶戏而偶然被造成,不知有父母,不知有兄弟,被抛弃在荒烟蔓草之间,被养育在从地狱的铁壁里传来的大地的冷气之中,而常常沿着人生之都外围的壕沟,在幻影似的枯柳林下幻影似的到处奔走的所谓野生的放浪者,大慈大悲的神明亲手抛弃在荒野里的人肉的断片,——岂非就是我眼前这个人么?这样说来,那不相称的嘹亮的声音,大概是某日某时因某机会而从吃蝗虫、尝野蜜、穿骆驼毛衣而呼号于旷野中的预言者口上学得的,也可推想而知了。而且,这个人和厌恶车水马龙的大路而常常彷徨于人生的小巷中的朱云相知,也可确信其不是无理的了。然而"石本俊吉"这个漂亮的绅士式的姓名,总觉得似乎和这个人很不相称。那么,也许他从前也吃过慈母之乳,偎过慈父之怀,在爱的摇篮中受过温暖的日光的照临和清净的月光的接吻;后来被世间到处皆是的叫作"不幸"的高利贷夺去了两亲,摧毁了家庭,榨尽了纯洁的血汗,结果同掉落在冷酷的苍苔上的青梅一样永远不见天空的阳光,而在苦痛、贫穷、耻辱、饥馑之中不带寸铁,奋勇直前,用幼弱而残废的身体来作昼夜不息的苦战,以致血肉消磨,骨瘦如柴,变成了人生的壮烈的战士——就是这个人。朱云曾经受得九元的月俸,在这种人生战士的暂时休息所的某监狱里担任看守的职务。这样看来,这两人也许是在这里获得接近的机缘的。我现在想起,他曾经说过这样的话:"认为监狱是恶人的巢穴,就大错而特错了。人们称犯人为鬼,但犯人反而把我们这种身为政府的官吏而受月俸、挂佩剑的看守人称为鬼呢。的确如此,真的鬼难道会触犯人类所作的法网么?犯人也有眼泪,也有血,又很懂得事物的意味,实在是出色的战士;所可悲者,只是武器一件也没有。世间有锦衣玉食的家伙,他们都持有叫作金钱或地位的武器。出色的男儿只因没有这种武器,所以战败,就穿上了柿色的囚衣。做了君王,做了大官,即使犯着滔天大罪,普通的警察不敢染指——世间不是这样的么?我也是一个看守人,但我虽然常常和同僚争吵,却从来不曾用手指碰过犯人的面颊。有些同僚一天到晚像夜叉一般怒吼:我怎么能做这样的事呢?"

　　然而我这种想像也不一定确当。为什么呢?因为现在我所望着的这个人的右眼中所发出的亲切、温顺、坦率而柔和的光,虽然并不说明理由,却似乎表示着"并不如此"的意思。平日只管自夸眼识明亮的我,在这刹那之间也不能下十分精确的判断了。总之,我的石本君的极度优秀的风采和态度中,只有一点充分表明着:他决不是在平凡的直道上缓步从容地走过来的人——这是我所能断定的。我还没有听到他一句述怀

的或说明的话,然而已经有这样的感觉,而对这个悄然的人表示无限的
同情了。我和石本君的亲密程度,每过百分之一秒钟加深一次。这时候
我心头云一般地涌起了深切的敬意,就同看见在旅顺大战中折足碎手又
失去两眼的残废军人胸前挂着辉煌的金鵄勋章而坐在乳母车里推过时
一样。

　　现在我要用稍稍简略的笔法来记述。石本君对于我的问话,照例用
嘹亮的拿破仑嗓子来详细说明,其全部大略如下:

　　石本俊吉现在是从八户(青森县三户郡)来的。他的故乡是更南方
的静冈县。他出生于当地一家中等生活的农家,有一个哥哥和一个妹
妹。他的妹妹并不像他,相貌同天使一样美丽;由于这美貌作怪,三年前
正当十七岁的青春年华中遭遇了悲惨的牺牲。据说是一个身任公吏的
像野兽一般贪婪的男子把九寸五分长的冷铁刺入了这无罪的少女的胸
中。他的哥哥体格修美,然而日清战争时在九连城畔可怜地阵亡了。俊
吉附加地说:“只有我,因为是一个丑陋的残废者,所以还没有被人杀
掉。”他的父母非常勤谨,从来不曾做过一件错事;然而不知怎的,自从哥
哥死后,虽然并未发生特别不幸之事,家运却渐渐倾颓了。到了俊吉十
五岁那年的春天在当地高等小学毕业的时候,他家的山地和田地都变成
了别人的所有物,留剩的只是少许的田和房屋了。这一年秋天,他和一
个比他年纪稍长的朋友一同乘夜逃往东京。到达新桥[1]的时候,身边
只剩两元三角五厘。他对前途当然怀着很大的希望。从小以来由于身
体残废而受到的耻辱,使他发生了一种不可抑制的复仇心;这一次的乘
夜逃走,实在也是为此。根据这同一理由,他上京之后在劳动和勤学之

─────────

　　〔1〕　新桥是东京的地名,有火车站。

外又热心学习柔道[1]，现在也还在学加纳派的初段。然而那时候的悲惨境遇，真是一朝一夕说不完的：饥饿，哭泣，回乡没有旅费，到了下一年二月有人救济，方才获得一定的宿处。十六岁上进了某私立中学。三年之后，他的保护者死了，他又像一块石子一般被抛弃在大都会的中央了。然而全靠极度辛苦的劳动，获得了微少的学费，总算仅乎保住了这学校的学籍。去年夏天，生了一个月病，在东京无法糊口，迫不得已，于九月初靠朋友帮助，又沿途乞食，东归八户。在一星期以前，他实在还是那地方的中学的五年级生，每天早上当《八户日报》的送报人，下午三时至七时的四小时内在朋友所开的糕饼店里当雇员，替他们做当地名物八户煎饼，获得每月六元的工资来维持生命并缴纳学费，度着孤独的苦学自炊生活。年龄二十二岁，身体之所以残废而弱小，大概是在母胎内熬不到七个月就无理地钻出到这娑婆世界上来的惩罚吧。

　　他和天野朱云的交际，到今天正好半年。不能忘却的今年元旦，他在学校里行过拜四方的仪式之后，到体操教师——特务上士预备少尉——家去拜年，受到了苦学生所视为甘露的啤酒的招待。下午四点钟告辞，酒醉未醒，吹着北国正月的利镞一般的风，意气洋洋地回去的时候，在某街上看见一个神气特异的人向着他走来。正月元旦，大家饮酒祝福，穿红着绿，而这个人同他一样寒酸：穿着一件旧棉衣，衣裾上露出棉絮；外衣也不穿，帽子也不戴；头发蓬松，好像戴着熊皮冠；然而盛气凌人，大肆挥动手杖，悠然独步，眼睛注视彤云密布的天空……起初他以为这是个狂人。走近一看，一张扁平的脸几乎全部埋在五分长的漆黑的须髯中，注视着天空的眼睛竟像两个凄厉可怕的巨大的洞穴。他想这是一

---

〔1〕　柔道是日本特有的一种拳术。

个极不文明的人,就准备交臂而过;忽然那人举起他那大肆挥动着的手杖来,在俊吉肩上打一下。俊吉把身子一闪,叫一声:"做什么?"那人也站定了,却若无其事地向俊吉俯视。俊吉冒起火来。如前所说,他已经学得加纳派初段的柔术,一秒钟之后,这个极不文明的人就突然跌倒在积雪冻结的路上了。那人立刻爬起身来。俊吉以为他要打了,又把身子闪避,然而那人还是若无其事,并不动怒,却用破钟一般的声音说:

"你真是个元气旺盛的男子!"

为了这一句话,俊吉全身的气力立刻消失得不知去向了。那人又突然说:

"真有趣。怎么样,你跟我一同去吧!"

"你也真是一个怪人!"

俊吉也这样说,然而并不起什么作用。那怪人悠然地向前走去,俊吉默默地跟在后面。他越看越觉得这真是一个奇妙的人,越想越觉得这真是一个奇妙的人。他从来没有看到或听到过这样的人。他被一种好奇心和一种被征服的意识所引导,走了半里多路,那人说:

"就是这里。我是独身者,不必客气,请吧。"

所谓"这里",在并不广大的八户市街中,是连当送报人的俊吉也不认识的地方,其偏僻可想而知了。这是龌龊的小巷子里面一条白天也黑暗的小路尽头两间比猪棚更简陋的小屋。这一天俊吉从这里回去,已经是晚上十一点钟过后。此后几乎每天晚上到这猪棚里来。这个怪人便是朱云天野大助。俊吉自己告白:"天野君是我的朋友,我的兄长,我的先生,又是我的导师。"

俊吉走出家乡,到现在已经足足八年,其间只有三年前妹妹惨死的时候回乡一次。他的家境一年零落一年,这时候除了住屋以外,他父亲所有的田地已经一点也没有了。全靠租借一些土地，劳苦耕作，勉强举火。老母表示，想就此把俊吉留住在家，然而父亲一句话也不说。过了两星期，他又离家。临别父亲对他说："希望你做个壮健伟大的人。我不死等候着。希望你使石本一家恢复从前的样子！"说着，由于五十多年的辛劳而凋疲了的老眼里滴下很大的泪珠。然后把不知从哪里筹措来的十三块钱亲手塞入俊吉的衬衣里面的袋里。这是父亲的最后的话，又是最后的慈悲。现在不能再在这世界上看见父亲了。

这是因为父亲在五十九岁上，即两星期以前，已经变成另一世界里的人了。这消息传到俊吉那里，实在是一星期前的一个下雨的晚上。他从衣袖里摸出一封信来，说："就是这封信。"于是用呜咽的声音继续说：

"我现在已经在哭了。那一天下雨，糕饼店里没有伞，我用包袱皮盖头，回到宿舍里，女房东递给我的就是这封信。我翻来覆去读了好几遍，看见写着的总不过是父亲死了。我埋怨他们为什么不打电报通知我。然而我们的村子在山里，离开电报局有百里之遥！这一天正好是头七，我就把平日不喜欢的代数教科书和几何教科书卖掉，只卖得三角钱。我去买了一束花和一些黑糖球——就是我小时候老父常常买给我吃的那种黑砂糖做的坚硬的小糖球。没有照片，就把这封信放在桌子上，把花束和黑糖球供在面前。……这时候的心情，我的嘴巴说不出了。家里只剩母亲一个人；我呢，住在离家两百多里的远方，也是孤苦伶仃的一个人。"

石本的话停顿了。大粒的眼泪从他的右眼睛里滴滴答答地滴下来。我也出眼泪了。我张开了嘴巴想说些什么，然而没有声音。

"这天晚上我完全没有睡觉。将近十二点钟，忽然想起忘记了买线香，就走出去买。店家已经睡了，好容易敲开店门，总算买到了。可是尴尬得很，因为雨下得很大，我还是包袱皮盖头的，这时候包袱皮已经湿透了。我想，线香拿回去怎么会不淋湿呢？就暂时站在这药材店檐下考虑办法。店门立刻关上，四周完全黑暗，一点也看不见了。雨大得厉害，一阵一阵发出轰响。一线希望完全断绝了。我有生以来一向颓丧地度日，然而从来没有像这时候那么颓丧——目瞑意倦，气息奄奄，万念俱灰，一味想死而已。这种时候眼泪也流不出了。

　　"再说，我在那里站了多少时光，自己并不知道。觉察到的时候，雨已经完全停止，但觉脚边有些明亮。仰起头来一看，东方微微发红，天已经亮了。大概我失神直到这时为止吧。可是站着不倒下去，却也稀奇。线香怎么样呢？线香很好地握在手里，紧紧地握着。可是已经淋湿，不中用了。

　　"我想再买，然而湿淋淋的衣袖里只剩一分五厘。一把线香要两分钱……我拿卖书所得的三角钱买了写家信用的信纸、信封和邮票；买花用五分钱，已经太多了；黑糖球也买了一角五分——只是为了痛惜父亲的死，神志昏乱之故，现在想来实在太没打算。无法再买线香，只得就此回去。这时候格子窗也已经发白，我又拿出这封信来读。看见信中反复写着：务望早日还乡。昨天晚上我完全没有注意到这话。读当然是读到的，大概是因为只有'父亲死了'这一句话充塞了我的脑中的缘故吧。的确，和父亲同年、也是五十九岁的母亲，只剩下一个人了；我也希望及早回家，如果有翅膀，想飞去才好。可是没有钱，身边只有一分五厘，买一双草鞋也要两分钱呢。报馆和糕饼店，实在一向都是月初预支的，不能再借了。况且本月份的房租还没有付。把所有的财产卖光，开销之后余剩的不过五分或一角吧。所谓财产，是坐垫一个，旧矮桌一只，书只有汉文、读本和文法各一册，其余价钱贵的书都是借来抄写的，卖不得钱。固然还有一条毯子，可是上面已有四个大洞，也是卖不得钱的。房租每月四角，住的是连檐房里的搁楼。向儿玉糕饼店开口，他们未始不肯给些，然而过去已经照顾多次了。考虑再三，去年从东京来的时候有过乞食的经验，当然不是很丰富的经验，然而没有办法，终于下个决心，一定乞食归乡。像贫穷那么厚颜无耻的，世界上没有了！这决心也不是我自己下的，是贫穷要我下的！既然已经决心，一刻也不犹豫，立刻写信回家，说明这件事。然后九点钟到学校里去，提出了退学申请，再向朋友告别。要告别的朋友其实只有两个人。……校长却对我这样说：'你的确是苦学的，那么回乡去有没有旅费呢？'我回答他，说准备乞食回乡。他说：'这种没算计的丧失廉耻的事，还是不做的好吧。'我问他，那么怎么办呢？他含糊地说：'啊，仔细考虑一下，总有办法。'我听了心里冒火。回来的时候到糕饼店去，把这事情告诉他们；又到报社里去辞退了工作；然后带了一个旧货店老板回到宿舍里。刚才所说的东西加上一件小仓布校服的上衣和一个砚台，讲了一会价钱，他说四角钱不能再多出一文。他估量我有急用啊！好容易讲到四角五分，就卖掉了。然而开销之后，只剩六分五厘，无论怎样穷惯的人，到这地步实在无聊！然后把房东家借给的自炊用具统统归还了。桌子也没有，什么也没有，幽暗的房间里只坐着一个残废的我。本来迟钝的头脑，经受了昨夜的困顿，完全疲乏而昏迷，只有'老父已死，乞食还乡'这一件事漠然地保存在脑里。在这既无目的也无手段的空洞而漠然的心境中，有一种消沉的悲哀，使我只想放声大哭；可是声音也发不出，眼泪也流不出。我只感到说不出的辛酸和颓丧。这一天没有吃早饭，肚子饿了，心里挂念家乡，就抓起一把昨夜买的黑糖球来，胡乱地咀嚼。

"不久就要动身了。我就到天野君那里去一趟，时间大概是下午一点吧。在以前,天野君往往非到夜深不回家;但是现在学校把他免职了,他一天到晚不出门,常常在家。"

"天野免职了么?"

"嗯? 是啊,是啊,你还没有知道。终于免职了。那个所谓校长的家伙,我也看见过两三次,是个长着鲇鱼须的极古怪的高丽人。天野君同这个校长辩论,理直气壮,驳倒了他。过了两三天,突然被免职了。这是本月十四五日间的事。"

"原来如此!"我说。我听了石本君这几句话,不禁脸上现出微笑。似乎无论什么地方的学校里,校长一定是个长着鲇鱼须的高丽人,而且辩论起来一定是失败的。

然而这微笑当然不过继续三秒钟。石本的沉痛的话立刻继续下去:

"天野君自从被免职之后,一天到晚坐在家里想。我对他说:'你一步也不走动,对健康有害呢。'他回答我:'胡说!'我说:'你想什么呢?'他说:'你们懂得的事我不会想的。'我说:'你走近解脱之路了吧。'他照例回答:'人生是一条隧道。不走到应该到的地方,解脱之光怎么会射过来呢?'我到他那里去的时候,入口处的门照例是关上的。初次来的人一定以为他不在家。然而他说过:如果门不关上,自己就不觉得是在家里。往常我推开了门,里面总叫一声'石本么?'可是这一次里面肃静无声。我以为他不在家,准备在那里等他回来,就跨上踏步去。我向里面一看,原来他并没有出去,是在家的。在是在的,可是对于我的进来只当作不知,还是像木偶一般低着头想。我说:'你怎么了?'他突然仰起头来说:'石本么? 你很像命运呢!'我问他为什么像,他凄凉地笑着说:'你突然侵入,不是很像命运么?'接着又说:'你的脸色怎么了? 竟是阴惨的命运呢! 与其脸色这样,还不如死了吧,死了吧……不然,你是生病么?'我回答:'病确是生的,但是缠住我的就是那叫作命运的病。'他又凄凉地笑着说:'噢,倘是这样的病,那么你去拿些炭来,烧开水吧。'天野君的脸色本来不很明朗,这一天不知怎的非常凄凉。这也使我感到悲哀。……我们两人烧起开水来,一同吃饭,同时我把今后准备乞食还乡的事从头至尾讲给他听了。天野君好几次掉下大粒的眼泪来。这时候我已经忘记了父亲死的事和家乡的事,只想和这样的人住在一起。可是天野君对我这样说:'你也是一个不幸的人,实在是一个不幸的人。可是你不可丧失元气! 不把人生的不幸连渣滓都喝完,不能变成真的人。人生是一条长而暗的隧道,这里面到处都只有叫作都会的骸骨之林。走进这里面而忘记了出路,是不行的! 脚底下有永久的悲痛汩汩地流着,恐怕在人生开始以前早就流着了。倘使被它拦阻而就此折回,那便糟了,这黑暗的洞穴就越来越暗。不是死就是前进,除了这两条路以外没有别的路。前进就是战斗。战斗非有元气不可。所以你不可过于丧失元气。至少你一个人是活着的。希望你战斗到最后,战斗到完成壮烈的牺牲为止。只要血和泪不干枯,就不需要武器,也不需要战略,赤手空拳地威武堂皇地战斗! 如果厌恶这世界,那就完结;我至少希望你不发生厌世的念头。像过去我和你谈论到的:在现世的社会里,什么东西不应该吃破坏的斧头? 现今的社会,除了全部破坏以外没有别的改良办法。建设的大事业,且让后来的天才者去做,我们必须先用破坏的斧头来把它根本摧毁。然而这战斗决不是容易的事。因为不容易,所以加倍需要元气。你不可丧失元气! 你赤手空拳,乞食还乡,当然是一件遗憾的事。可是除此以外别无办法,所以我也赞成。我如果不是穷光蛋,当然不会让你这样身体羸弱的人去做乞丐。然而我的情况你是知道的。我只有一封信写给以前曾经对你说起过的新田君,你必须去访问这新田。因为他也许在挂念我。我除了这个人和你以外,没有别的朋友了!'他说过之后就写刚才送给你那封信。此后又讲了许多话。过了一会,他说:'你如果能够等待一个星期,我有办法弄到火车费。怎么样,你等待不等待?'我问他有什么办法,他说:'喏,把我的财产全部卖掉!'我问:'那么你怎么办呢?'他略微沉吟一下,回答说:'我要到远地方去。'问他到什么地方去,他只说远地方,却不说别的话。天野君的事不可捉摸,我想一定有某种痛快的计划。他平日所想的大概也是这问题吧。照他想的时候的态度看来,一定是个大计划呢。"

"噢,天野说还要到别的地方去? 他也是一个专走人生小路的人,他有什么计划呢?"

"这当然是我这种人所不懂得的。因为这个人的言行,都出乎我们这种凡人的意想之外。然而我衷心地敬佩他。天野君的确是天才,是了不起的人! 这回的事也了不起:为了我远行没有旅费,要把全部财产卖掉,给我作火车费。这难道是普通人所能做的事么? 这样一想,我认为受他这点厚意已经够了,就向他告辞。可是又觉得依依不舍,就暂时不走,又谈些话。后来他说:'你可以走了。'我说:'那么就此告别了。'就站起身来。但是他要我再等一下,拿出锅子里的饭来,要捏九个大饭团送给我。我说让我自己来捏吧。但是他说:'不要,请你接受了天野朱云的最后的友情,爽爽快快地去吧。'说着,流下眼泪来,就背向了我,忙着捏饭团。我忍不住了,放声大哭起来。我哭着,合掌向他的背影作揖。天野君的确是了不起的人。像他那样了不起的人是没有的了。……(石本闭上了眼睛,掉下眼泪来。我也不禁热泪满眶。听见女教师啜泣的声音。)于是又坐下来。他说:'现在就要分别了。石本君,当这生离又兼死别的时候,我并不殷勤牵衣探问再见之期。你也不必谈这件事。分别就算了。分别之后你回乡去，我到远地方去。前路是死，否则是战斗。战斗才能活。所谓死，……不，虽说是死，其实是新生的意思。出阵战斗而哭，是儿女之态！分别吧，爽爽快快地精神勃勃地分别吧，石本君！'我说：'我是男儿，我会爽爽快快地和你分别。然而这决不是生离兼死别吧。人生固然是一条黑暗的坑道，然而往来只此一条路，我不能相信和你没有再见之期。会再见的，一定会再见的。我除了你之外，没有可倚赖的人，我们一定会在某地方再见。'他说：'人生的事没有这么如意称心！……然而你决不是去死；而且，我也还不至于死。……决不至于死，所以我们的确不能说永无再见之期。不过执意盼望再见，未必不会失望。你不要计较这种无聊的事！人生的雄赳赳的战士，计较起这些事来便怯弱了。……我到这八户地方以来，得到了你，方才感到一种慰藉和幸福。在仅仅半年之间，可说是匆忙贫困的半年之间，我由于你而感到的幸福，将永远使我们两人成为莫逆之交了。我决心到远地方去的时候，你也离开这八户，飘然地回到遥远的故乡去。好，走吧，去吧，好好地去，不必再问！但愿不忘记朱云天野大助这个世外狂人！……你懂得么，石本？'说着，眼睛盯住我看。我说：'我懂得了。'就低下了头。他不再说话。我抬头一看，天野君两手放在膝上，低头瞑目了。我虽说懂得了，其实一点也不懂得，只觉得胸底里好像被搅乱了，就站起身来走到门口。我眼睛昏蒙，手指颤抖，草鞋很难穿上，好容易结好了绳子。我拿了报纸包好的饭团，向里面一看，呜呼，天野君像死一样俯伏在地上了。我忍痛地说了一声'再见'，好像不是自己的声音。天野君俯伏不动，愤怒地叫一声'去吧'。我已经一句话也说不出，就放声大哭而跑出去了。跑到小巷口，回头一看，当然不看见他走出门口来。我知道他已经悲痛得不能出来相送了。我心中又感谢，又高兴，又怨恨，只能两手捧着饭团包向他的门口作揖。然后茫然地跑出去了。……人生到处是悲惨的。天野君把我看作兄弟一样,我认为是我生涯中唯一的幸福。"

石本说到这里,伸起他那只枯瘦的手来,用手背揩揩眼泪,悲哀地看看我。我也叹一口气,揩揩眼泪。女教师已经俯伏在桌子上了。

明治三十九年(1906)八月

葬　　列

　　离开很久,回来一看,曾经常常被当地的报纸骂作"睡眠的都会"的盛冈,也和五年之前情形大不相同了。首先使我吃惊的,是从前寄寓过的、姐姐家的房子,现在变成了一家样子很殷实的鱼店;正好是我放书桌的地方,吊着一条大章鱼,鱼的脚东歪西斜地挂着。我昨天一次,今天两次,一共三次走过这鱼店门前,三次都看到这条上吊的大章鱼。倘使是从前,这条鱼这样地吊着,好几天卖不掉,而我坐在这下面念《平家物语》[1]之类的书:"瀑布之水,鸣声和悦;旭日照临,淙淙不绝……唉,好文章!"一定有鱼身上的腐烂汁水滴滴答答地滴到我衣领上来吧。我希望在我能够看到的期间内,早些儿有一个主妇来买;不敢希望她全部买去,但把最长的一只脚买去也就好了。这房子隔壁的一所住宅,本来面前是枸橘编的篱垣;记得五月初我每天早上去上学,经过这篱垣旁边,看到它那醒目的嫩绿色,心中感到无限的欢喜。住宅的主人大概是一个不解风趣的丑恶男子,否则他大概有什么秘密藏在这屋子里,生怕被行人看见,所以现在已经把篱垣拆去,改用一人高的涂黑的板壁。再走过去些,从大泽河滩到稻田开辟了一条宽广而笔直的新路。原先的那条狭陋的小路靠在这新路旁边。记得那时我有一个极亲爱的朋友藻外,住在这

---

　　[1]《平家物语》是日本古代文学作品。

小路旁边的宿舍里。但是现在这条小路已经变成废道,路上堆着许多花岗石块和木材,路变得更加狭小,石块和木材之间到处乱生着一尺来长的杂草。我看了这光景心中只感到一种闲愁。我想暂时在这些木材上坐一下,回想想从前的情形;然而不行,倘使有警察走过,看见我在这宛如所谓人生的暗路的地方彷徨,一定以为我在考虑明处不能考虑的事情,认为行迹可疑,因而害得我终身不幸,倒不是玩的。这样一想,我就不去坐了。然而倘使这时候我和藻外两人在这里,一定不怕面子难看,要和他们作一场诗趣的搏斗了。总之,人在孤独的时候心情往往是怯弱的。盛冈这变迁,在我看来毫无可喜之处。与其这样地变迁,还不如照旧做个“睡眠的都会”,在我自己,在这“美丽的回忆之都”,都是可感谢的。县公署本来是平屋,表面看来好像是养着八个姨太太的富豪的公馆;现在已经变成很漂亮的二层洋楼,据说是模仿东京某公署的样式而建造的。曾经有人讥讽为盛冈的银座大街[1]的肴街和吴服街上,已经开着些书店和文具店,就像东京神田区的小川街上所看到的一样。种种变迁之中,可称为破天荒的,是电灯公司的开办,女学生的穿皮鞋,中津川岸的西菜馆的开设,以及荒芜了的不来方城脱去了几百年来的破衲而变成了时髦的岩手公园。这旧城的变化,仿佛秃头上生了胎发;我倘是一个再稍富有文学气质的人,这时候一定会做这样的文章:“噫!汝不来方城乎!!!今日之汝,俯瞰此长眠初醒之三万盛冈市民……实为文明之仪表。然而回忆昔日之汝,松风明月,清怨无穷!……凡知汝者,于今来此,对此盛装之汝,谁不如我之五体投地,而苦无赞颂之辞哉?汝乃文明之仙境,新时代之乐园,无可疑议矣。……然而试思之,试与我共踞此一

───────────────

　　〔1〕　银座大街是东京最繁华的街道。

片顽石而深思之：昔日曳杖登此城头，小立于终古如斯之晚风中，遥听钟声而堕泪于萋萋芳草之上者，岂能预料汝有今日之荣哉？……由是观之，春秋递变，世态行复更新之时，谁能保汝不重遭昔日之命运，而又埋没于枯藤蔓草之中乎？……噫，已矣哉！"然而我毫不发生这种感想。什么缘故，不言可知。因为这新公园最近才举行开园式，仪态文明，秩序整然，毫无俗气，同从前一样可以眺望美丽的远景，使我感到十分满意。一个初生的婴孩非常可爱，如果有人以为这孩子将来年纪老了，也难免悲惨的死亡，因此不如乘他现在熟睡的时候把他杀死了吧。——这样想法的人实在是天下无类的愚夫！所以我走进这公园的时候，不期地发生了如下的感想。这感想在人面前说出来，尤其是在盛冈人面前说出来，有点不好意思；然而我不是认真想这样做，不过是乘便披露自己的偶感而已，想来说说无妨。我的感想是这样：这公园不作为公园，而作为我自己的私有物。四周用很厚的枸橘篱垣围绕起来，使别人不能入内。在牙城的遗迹上建造起希腊风的或其他古城式样的大理石房屋来。我肩上披满了比雪更白的头发，身上穿了俄罗斯农民的服装，独自住在这房屋中。终日读书。晴天的夜里，用大炮似的望远镜来研究星的世界。阴天或雨天，潜心研究空中飞艇。肚子饿了，打电话叫河岸上的西菜馆里送上等的肴馔来吃。仆人倘是普通的仆人，那就乏味。相貌怎么样，倒无甚关系，总之须得是一个十八岁的好女子，身上穿着曙色或淡绿色的简单的西装，戴着面纱，脚上穿着落地无声的很厚的棉袜，经常肃静无声。打扫房间很麻烦，所以必须留意保持清洁。一年一度，乘了古代罗马皇帝凯旋式用的或"即兴诗人"阿奴痕底阿塔所乘的辇舆那样的车子，在市中到处巡游。倘使在途中遇到了跛子、盲人或癞病者之类的人，(先须深究催眠术的奥义)只要用手在这些人的头上一摸，病就痊愈了。……想的时候都很有趣;然而这样写出来,却兴味索然了。此饶舌之所以有伤品格也。

　　我叫作立花浩一,距今二十几年前生在离开这盛冈十几英里的一个寒村里。十岁上的春天,在村里的学校的初等科里以最优等成绩毕业,竟能独自负笈到此不来方城之下。此后八易星霜,除了每年暑假归省以外,都在这地方长育起来。母亲是当地望族的一位旧藩臣的幼女。因此在这旧城之下的苍古的市街中,我有不少舅父、舅母和表兄弟。外加我十三四岁的时候,我的现已亡故了的大姐嫁在这盛冈地方。我在这些亲戚人家轮流寄食,从高等小学到中学,渐渐深入文林。因此我的少年时代的回忆,到现在还是活跃在眼前:许多天真烂漫的朋友大家出肺腑相示,时而握手共泣,时而抚掌大笑,时而怒骂决绝。有一个年长朋友说立花的相貌有些像拿破仑,因此我不禁发生当军人的志愿,每天十分认真地练习体操。读了俾斯麦的传记,立刻装出小俾斯麦的态度,造成同级友之间的冲突。生来身体虚弱,爱好历史研究,作文是得意之事,因此就以小吉本[1]自任,立志将来一定要著一部"印度衰亡史",把它译成印度文,以唤起那些可哀的亡国民的爱国心,使他们兴起独立军;不,首先日本必须设法把暹罗弄到手。……这时候的我,步拜伦之后尘,正在高倡以笔代剑之论。后来,在一个艳丽的少女的春星似的双眸中最初看到了人生的曙光的闪耀,立刻变成了昼夜沉浸在香梦中的人,且暮怀着《若菜集》[2]或《暮笛集》[3],到附近田圃中小寺旁的巨大的栗树下的墓地上,坐在淹没于青草中的石塔台上独自哭泣;到校的时候,也在伦理课堂上

[1]　吉本是十八世纪英国历史家,曾著《罗马帝国衰亡史》。
[2]　《若菜集》是当时日本作家岛崎藤村的诗集。
[3]　《暮笛集》是薄田泣堇的诗集。

偷偷地拿出《乱发》[1]来读。——这一切可恋的过去的回忆,大都是以中津河畔这个美丽的都市为舞台而出现的。盛冈实在是我的第二故乡,是"美丽的回忆之都"。

我在十八岁那年的春天,方才辞别了这第二故乡,回到第一故乡。十几个月之间与闲云野鹤为友。五年前的秋天,忽然决心客游都门,在一位大名鼎鼎的历史家那里当了书僮。下一年受了教育部的检定试验,获得了历史科中学教员的证书。不过这时候有一件遗憾的事:我虽以东洋吉本自任,怪哉,成就并不见得伟大。现在担任着茨城县第○中学的助教员,去年年底把父母、小妹和伯母接到任地,度着虽不富裕也不穷困的生活。

今年夏天,校长嘱托我搜集常陆乡土史材料,一个半月的欢乐的暑假完全费在这件事上了。九月下旬,校长特别准许我三星期休假,以供扫墓及访问亲戚,此外还要我把以北上河畔的厨川栅为中心的安倍氏勃兴史料略加以实地调查,因此我就来到了这阔别五年的盛冈。我下车于通称新山堂的五谷祠背后的姨母家里。这姨母比我母亲大两岁,五年不见,并不老些。她出来迎接我的时候把穿着新洋装的我周身上下打量一下说:"呀,浩儿长大了!"——这正是前天黄昏人静之后秋风漫然地吹渡这苍古的城市时的事。

盛冈地方,有岩手、姬神、南昌、早池峰这四个山回绕在远方,以望月有名的镊山、形似黄牛背的岩山、杉树葱翠的爱宕山峙立在近处;有河鹿鸣声的中津川的浅濑贯穿在中央,水声潺潺的北上川靠近在旁边;令人怀古的夕颜濑桥、有青铜雕饰的古色苍然的上中二桥、杉土堤上的形如

[1] 《乱发》是与谢野晶子的歌集。

暮虹的明治桥,都历历在望;爬上巍然矗立在市中央的不来方城而俯瞰下方,但见万家屋宇高低冥迷地隐现在茂树丛叶之中。——这盛冈,确是无论何人看见了都不能不推崇为日本美丽都市之一。据说有人初次来游此市,曾经说:"杜陵〔1〕乃东北之京都。"用"东北之京都"这近代的语言,不甚高明;我喜欢用"陆奥之平安城"〔2〕这风雅的语言。

在这美丽的盛冈,就时间上说,我所最喜欢的,一天之中是夜间,天时之中是雨天,四季之中是秋天。把这三者综合起来,就是说秋雨之夜最好。然而这样太完全了,太寂寥了。我自己总算是历史家,因此开天辟地以来出现在这世界中的人、物、事,大都知道,至少在有文字记载的范围内大都知道。然而其中可以正当地冠用"完全的"这形容词的,一个人也没有,一样东西也没有,一件事情也没有。因此我对于"完全",极少同情。不完全也不妨,只要拔群就好了。世界上随处存在着"不完全",因此"希望"不致断绝。这"希望"正是世界的生命,历史的生命,人类的生命。某学者说:"历史乃进化之义。"我教学生时,说"历史乃希望之义"。在世界的历史中,由于十分错误的希望而耗费了时间和劳力,并且招致了和"进化"正相反的结果的事例,实在不少。我想:这"错误的希望"和"不错误的希望"的鉴别,岂非就是历史的正当的意义么?据我一人的私见,在六千年的世界史中,自从伯里克理斯〔3〕时代的雅典直到今日为止的一部分,是依据错误的希望而进化的最大实例,换言之,是依据堕落的希望而堕落的最大实例。这样一想,这世界实在令人意懒心灰。然而这样反而有趣味,很有趣味。我假定着:"完全"这东西,在人类能够

〔1〕 杜陵是盛冈的古称。
〔2〕 陆奥是盛冈一带的古称,平安城是京都的古称。
〔3〕 伯里克理斯(Pericles,495 B. C.—429 B. C.)是希腊雅典大政治家。

计数的年限内决不会出现在这世界上。(为什么呢?因为我把"变成完全"这句话解释为水变成冰,希望和活动变成死灭的意思。)所以,我们的过去只不过六千年,而未来也许有亿万年;这无限的历史便是我们人类的历史。——这样一想,胸襟立刻豁然开朗了。在具有无限无际的生命的"人类",两三千年的堕落实在不算一回事;况且,离开完全很远的今日的我们,比较起离开完全稍近的雅典来,岂非反而具有更大的希望么?……我认为希求真理的心比真理本身更为可贵,对完全的希望比完全本身更为可贵,所以我认为夜的盛冈的静寂可爱;但倘三者具备,变成了一个三足鼎,那么这个又重又黑又冷而又久雨的秋夜的大鼎罩在头上,其苦痛教人如何能堪呢?雨和夜和秋的盛冈,为什么特别使我喜爱?这不是我自己所能知道的。大概最近三十几年间这都市的命运,就是雨和夜和秋的命运吧!

昨天一早就开始降下的秋雨,一直继续到下午三点钟才停止。我和"新山堂姨母"隔着一只长火钵相对而坐,继续昨夜的长谈——像雨丝一般不尽的长谈。健谈的姨母,以我的父母和光姐(我的妹妹)的事、姨母的四个女儿的事、八岁上死了的源坊的事,以及我少年时代的事等凡百话题为纬,以自己四十九年间的一切记忆的丝为经,而织成这长谈。这娓娓不倦的凄清而充满欢欣的追忆谈,同雨天的盛冈的凄清的空气和凄清的秋声完全相调和。将近午时,邻近的街上传来一个低钝而懒洋洋的长尾的叫声:"豆腐啊——"呜呼,这"豆腐啊——"!这岂非就是我在整整五年间不幸而完全忘记了的"盛冈之声"么?这低钝而懒洋洋的长尾的情调,正是雨天的盛冈的情调。这声音飘摇在凄清的雨声中,在我耳中异样地响了几十次之后,渐渐来到了这屋子的门前。无论远听近听,都是同样的一种老熟的声音;经过了门前,又是低钝而懒洋洋地、喃喃自语似的叫着"豆腐啊——"而远去了。姨母对这声音如同未听见一样。不久,车站的工厂里的汽笛发出润湿的叫声,报告十二点钟。四家街的教堂里的钟咚咚地响起,约略传达这市内的天主教之声。另一个声音立刻盖没了这声音。这是不来方城的钟楼里发出来的、几百年来一直不变地响彻陆奥的天空中的巨钟之声。这钟声精确地响了十二下之后,以前若有若无地响着的、三万市民的活动声突然静止了。"盛冈"此刻正在吃今天的午饭。

"啊哟,我真是……连准备午饭都忘记了……"姨母这样说着,慌慌张张地站起身来。又对我说:

"浩儿,豆腐担好像还没有挑过吧。"

这姨母的一举一动,都和雨天的盛冈很调和。

早上想去洗澡,澡堂还没有开;只得在午饭后再到附近的澡堂去。我撑了一顶很大的雨伞,穿了一双很高的木屐,走上街道,看见同我一样地撑着大雨伞、穿着高木屐的男男女女在街上走着。大家默默无言,为了谨防泥水溅起来,大家极慢地极小心地一脚一脚地跨步。在街道两旁的低小的屋子里,常常看到十多年前的同学。他们大都是木匠、铁匠或杂货店员。又看到从前见惯的小姑娘,现在已经变成了讲究梳头的大姐,她们站在各处人家的门口,默然地向街上眺望。这种旧时相识的人,大都决不先开口和我说话,有的连目礼也不行。这使得我更加充分体感到雨天的盛冈的趣味,觉得非常幽玄。总之,盛冈的人、盛冈的言语,一切都十分适宜于雨天。倘使有人到盛冈来,在街上徘徊半天,一定可以看到某处街上的理发店门前站着一个梳银杏髻[1]的面团团的十七八岁

---

〔1〕 银杏髻是日本妇女结发式之一种。

的姑娘，并且听到她和里面的剃头司务用土白作这样的谈话：

女："喂，我告诉你！只有这家伙，我告诉你！昨天真有趣呢！我告诉你，就是这个人。"

男："嗯，嗯，你也去的么？嗯，的确是这样的，我告诉你。这个人啊，到我这里来的时候也很有趣！这真是不得了啊！"

这两个人的奇怪的问答，至少含有足够编一出三幕剧的事实。假使有一个人从来不曾踏过盛冈的土地，而能够懂得这会话的非常深刻的意义和非常优美的调子，他大概是一个具有大小说家或大侦探家的资格的人吧。不然，一定是久已听惯了檐前雨滴的凄清萧索而沉闷悠长的声音的人吧！

在罩着匀净的钢铁色的天幕而肃静无声的盛冈夜间的街上独自像狗一般地彷徨的乐趣，是我从前每天晚上都尝到的。然而这回五年阔别，重游旧地，还只过了两夜；可惜这两夜都在屋子里度送了。现在有了电灯，从前的乐趣一定失却了一半。现在我在这里唤起旧时的记忆，描述对于夜街的感想，觉得非常愉快。然而有一件事情蟠踞在我心中，使我不能深切地回忆往昔。所谓有一件事情，就是从前我夜间在盛冈街上彷徨时所发生的一大奇闻：有一天晚上，我照例出去散步。从仁王小路到三户街，从三户街到赤川，从赤川到樱山的大牌坊之间有一条约一里半长的笔直的田圃路，叫作畷。我往返于这一里半的无人之境，也不辞劳。不但如此，还要毫不踌躇地再多走些路，到有名的田中，在星光之下抚摸那地方的石地藏菩萨像的背脊。我平素有个习癖，散步的时候喜欢吹口哨唱《松前追分》[1]。这一天照例吹着口哨回来，路上碰到一个身

[1]　《松前追分》是日本一种谣曲的名称。

穿外套而头巾蒙在眼睛上的男人。然而我也并不怎么注意他。我忽然想起了同我和藻外三人成鼎足关系的花乡,想去访问他,就略微加紧脚步。四家街肃静无声,只有一家理发店的玻璃窗里射出灯光来,传出话声来,才使我想起这里也是人世间。不久走进了花屋街。这里须得加以说明:这条街的旁边便是暗娼所在的大工街,离开艺伎所在的本街也很近。花乡所住的地方,是一家职业不大明白的人家。然而听说其主人是某村的村长,这老屋里只有他的祖母一人留守着,生活还过得去。花乡是这祖母的兄弟的儿子,住在这老屋的楼上。我抬起头来,看见楼上的格子窗映着灯火,就"嘘"地吹一声口哨。楼上也"嘘"地答应一声口哨。我再吹口哨"霍霍开柯"(这是我的名字的暗号),楼上又"嘘"地答应一声口哨。这样,访问的礼节已经完成,就可以照例地走进去了。我正要举起手来按门,万万想不到暗中伸出一只铁一般的手来,紧紧地握住了我的手。我吓了一跳,在星光中仔细辨认,看见一个身穿外套而头巾蒙在眼睛上的中等身材的男子,正是刚才在暌碰到的那个人。

"立花!被我找到了,这回你完结了!"

我大吃一惊,真是大吃一惊。听这声音,知道他是我们中学校里的体操教师,姓须山,是个预备上士,兼任校外监督,是校中第一个坏蛋。

"刚才你在田圃路上吹口哨,吹的是什么?是俗曲吧。我跟着你走,果然又看到你用口哨来同暗娼打招呼。……"

我的手被握着,张开了嘴巴,不知所云。

"最近开职员会议,有人说你每天晚上独自出门,不知到什么地方去,很可疑。你所住的仁王小路,在我的监督范围内,因此红胡子(校长)向我发脾气,真正岂有此理!我一连三夜跟着你走,前天晚上看见你在吴服街买一只很漂亮的簪,我偶然问问你,你却撒谎,说是送给妹妹的。

昨天晚上在古河端的皂荚树下看到你。到了今天晚上,方才被我当场捉住了。果然不出我所料,你到大工街来了。大概你到本街去钱不够吧。……哈哈,在军队里的话,要进营仓〔1〕呢!"

我的困窘可想而知了。正在这时候,花乡一只手拿着洋灯,把门开开了。他表示非常奇怪的样子,打着盛冈土白问我:

"什么事?"

我立刻获得了元气,把情由逐一说明了,又向须山说:

"老师,这条街不是大工街,是花屋街。小林君也不是暗娼。"

须山不回答。花乡摇晃着手里的洋灯,用滑稽的声音大叫:

"这是立花白苹〔2〕君的奇闻! 奇闻!"

"立花,你要好好地当心! ——你不行。你要记牢!"

须山教师骂了几声,他的黑影立刻消失在暗夜中了。

我已经叙述了五年阔别、重来此市时所见的种种变迁和看到这些变迁时的感想;又叙述了这都市和我的关系,说这是日本的美丽的都市之一,说这美丽的都市在秋雨之夜最使我喜爱;又约略描写了雨夜的盛冈的趣味。现在我有机会尽量详细地记述这一年中最美的秋天的盛冈,——即记述这大穹窿的无边澄澈,空中的了无纤尘,记述各处乡村赶来的卖炭卖柴的马的清脆的铃声响彻市中的情况,记述市内和雨滴相似的女子被严肃天真而澄净的秋气所感动而互相交谈着"唉,唉,今年又是秋天了"时的微妙的心理状态,记述各处井边谈着的有趣味的会话,以及

〔1〕 营仓是兵士犯过受惩罚的地方。
〔2〕 白苹是浩一的别名。

这女性的都会中所发生的一切秋的表现。

然而我必须用另一件记事来代替关于这秋日盛冈的详细记述。

我相信所谓"另一件记事",在这里决不是像木头上接竹头那么唐突的。不,也许选用这记事,反而可以更确切地表现这秋日的盛冈。为什么呢?因为这正是美丽的盛冈的三秋中最美丽的九月下旬的一天——即今天——所发生的一件事。

坦白地说,我刚才吃过晚饭,口称有点调查录要记载,避开了健谈的姨母,笼闭在这十条铺席的内室里,在不很明亮的五分芯洋灯[1]底下执笔写这篇文章,实在是因为我永远不能忘记今天在路上偶然碰到的一件事,即下文所述的一件事,——这件事虽然和我全无关系,然而使我的全部思想根本地崩坏了。我对于这稀有的事件的记述非常热心;为了要说明这件事是怎样碰到的,是在哪里碰到的,所以不惜劳苦地先作以上数千言的形似不必要的记述。

预先声明:以下的记述,也许是在这具有无限的生命的世界上几乎无一顾之价值的一件极琐屑的事。所以倘使有人读这篇文章,这人也许立刻会嘲笑我,说:"怎么了,立花君,你为什么这样认真地记述这种事情?"然而我相信这件事在我这个小人物的短短二十几年的生涯里所亲自碰到的事件中,是最重大而最有深刻意义的一件事。正因为我有这自信,所以不惜牺牲了吃着本市名产长泽屋豆银糖和茶、同从小亲爱的姨母闲谈往事的乐趣,而在这幽暗的五分芯洋灯底下呕心挖血地从事这苦业。

再来一个声明:我已经相信这件事是我亲自碰见的事件中最大的事

---

[1]　五分芯洋灯,就是芯子(纱带)阔五分的洋灯。

件;为了这事件,我二十几年来所养成的全部思想根本地崩坏了。我现在正站在新的心情生涯的源头上。——是的,我现在所站的地方的确是"源头"上,因为关于这大问题的解决,我还一分一厘也没有进行过。也许到今夜搁笔的时候,能够发现解决的一些端绪,亦未可知。……不,不,这是不能盼望的事。我认为这块新发掘出来的"罗塞达石"[1]表面刻着的神圣文字,无论托马斯·琼,无论善波力温,无论普修斯,都是费了十年或二十年也读不出的。

我今天早上从新山堂旁的姨母家里走出门,大约是八点半光景吧。昨天的雨在路上留下的水坑,处处反映出行人的倒影。天色晴明,空中手掌大的一块云也没有。山上的秋阳暖烘烘地晒着透明的空气。

我先到加贺野新小路的亲戚家。姨父到市公所的卫生科去办公了。身体瘦瘦的姨母拿出些麦煎饼来给我吃,这些饼大概含有昨天的雨的香气,潮得很了。走出这亲戚家,来到附近的住吉庙,看见那棵叙述着无数往事的大银杏树一张叶子也还不曾凋落,我几度仰望它的枝条。从这树下向左转弯,是一条凹凸不平的丛林小路;在这路上向东走一里许,便是天神山。庙前一个宽广几十步的庭院,四周围着茂盛的杉树,青苔斑驳的石板的两侧乱长着秋草,温暖的秋阳快适地照临着。森严的殿堂里完全肃静,只听见远处的鸡鸣声。我的木屐踏着石板,声音响彻四周。走到正殿面前,不期地看到了我的亲爱的旧知己。所谓旧知己,便是蹲在庙门前的一对石高丽犬。它们的不美观的头被无数参拜者的手抚摸到现在,已经发出乌黑的油光。讲到它们的相貌,真可谓天下之珍品了!

---

〔1〕"罗塞达石"(Rosetta Stone)是埃及发掘的刻着古代象形文字的石碑。法国有名的语言学家兼考古家善波力温(Jean François Champollion)最初考出石上文字的读法。

那张脸只管毫不留情地凹进凸出，又丑陋，又愚蠢；然而仔细一看，实在是很可爱的娇媚的相貌。是完全超脱世事的高士的面影；不，比高士更加脱俗，这相貌仿佛在说：我出生以来还不知道世间在西面还是在东面。我从前和友人到这里来玩的时候，常常对它们说："石高丽犬啊，你也是懂得诗的！"或者说："石高丽犬啊，你也是吾党之士！"说着，频频地用手杖来打它们的不美观的头。今天幸而没有带手杖来，只用手亲切地摸摸它们。转眼之间，我从杉树隙处望去，已经看见原野和山坡上都有新秋的美丽的红叶了。这竟像一幅杰作的风景画。四周流泛着很好闻的秋草的香气。这香气又使我回复到了十几年前的往昔。那时候幼小的我每逢晴朗的星期日，总到村校附近的叫作平田野的松林中去采蘑菇，闻着这秋草的香气和新蘑的香气，向各处松荫中奔走探索。

我在神子田的表姐家里吃午饭。这表姐名叫苑姐，是新山堂的姨母的第二个女儿，比我大三岁。吃过饭之后，苑姐摸着去年生的可爱的婴孩的头，对我说："浩弟，我介绍一个人给你，好不好？""什么人？""咦，不说你也可想而知了。介绍一个漂亮的新娘给你呀。"她说着，高兴地笑了。

我在归途中访问马街的一位老师，约他最近几天内一同到厨川栅去。所谓马街的先生，不须说明，是当地最有名的一位学者，俳人[1]，兼书法家；尤其是关于地方史料，积有极广博而精确的研究。他是我旧日的老师。

宽广而美丽的内丸大街上，师范学校旁边的巨钟向澄碧的秋天的天空中发出犹似从广大无边的胸中榨出来的大梵音，报告下午三点钟，这

---

〔1〕 俳人就是作俳句的人，俳句是日本的一种短诗。

时候我正好经过钟楼下面,向西走去。我经过富丽堂皇的县公署、阴气沉沉的师范学校、以石割樱[1]有名的法院,走到了十字路口,就看见一个穿着雪白的衣服的巨人,拔地而起似的矗立着。

这是这市内最惹人注目的雄大的粉墙高楼,是我的亲爱的母校,就是盛冈中学。是巨人么? 是的,确是巨人。不但是盛冈六千户的建筑中的巨人,并且在我的记忆世界中,在一切意义上,这巍巍堂堂地兀立在澄碧的秋天之下的雪白的大校舍也是一个巨人。从前我在这巨人的肚子里,有时做小拿破仑,有时做小俾斯麦,有时做小吉本,有时做小克伦威尔,又有时做小卢骚,做小拜伦,做学校时代的雪莱。从十三岁的春天到十八岁的春天,我的整整五年间的生命,实在是这巨人的永远的生命的一小部分。唉,不错,不错! ——我这样想的时候,似乎觉得这个过去的幻影似的巨人即将摇摇摆摆地走出来了。然而他还是不动,只管像地里生出来似的一动也不动地穿着白衣屹立在净碧的秋天之下。

"印度衰亡史"自必不说,连别的著述也一册都没有,只在茨城县乡下当一个月薪四十元的中学历史教员,——这个没出息的吉本现在走到这历史的巨人面前,不知不觉地低下了头。

这白色的大校舍的正面,并立着两根也是白色的大门柱。这两根门柱的两旁,排列着几百根也是白色的木栅。白! 白! 白! 这白色大概就是出入于此白门而逍遥于学园中的无数青年的不染世尘的纯洁的心的颜色吧! 木栅前面种着一排老樱树。它们的变红了的美丽的叶子,此刻映着午后三点钟的秋天的斜阳,仿佛正在静静地燃烧。也有五六片红叶

---

〔1〕 石割樱是一种天然纪念物。日本盛冈地方法院院内巨大花岗石之裂缝内所长出之白色彼岸樱。

散落在树根旁边显出扫帚纹的泥土上。木栅和樱树之间有一条浅溪,用手掬起来可在掌中变成水晶似的清澄的秋水,反映着白木栅和红樱叶的倒影而在溪中缓缓地流着。几乎每一根木栅的尖头上都停着一只深红色的蜻蜓。

我胸中充满了一种说不出的亲爱和尊敬,向着这白门前进。溪上的花岗石桥上,坐着一个披头散发、龌龊褴褛的女乞丐,怀中一个两岁模样的石头一般婴孩衔着她的乳房。周围站着五六个男孩子,他们正在交头接耳地谈些什么。白玉殿前着了这一点丑恶!然而我不敢把这丑恶认为丑恶。为什么呢?因为我决不忘记这地方是盛冈;在市中心的大街上,并且在白昼,龌龊的女乞丐坐在地上,袒开了污秽的胸膛,在人前抛出乳房!——这光景在别的大都会里是一定没有的,不,是不可能有的;然而在这盛冈是常有之事,不,因为有这光景,反而具备了盛冈之所以为盛冈的必要条件。唯其如此,我看见了这光景不但不敢认为丑恶,反而感到一种兴味。我慢慢地走进门内。

校内的路径我很熟悉。走进门立刻向左转,一直跑进校工室的门里。

"鹿川先生有没有回家?"

所谓鹿川先生,是从创办以来和这学校共命运的、年近七十的、县内德隆望重的老儒者。所以过去出入于这学校的讲堂的无数莘莘学子的真心的畏敬之情,当然集中于这老先生的一身;他那千年老鹤似的瘦躯,不啻是一切教师的仪表。坦白地说:就像我自己,虽然从前受过二十几位教师的教益,然而至今犹能亲切地回忆而流感激之泪的,只有这鹿川先生一人。我今天的访问的意义,不言可知了。

校工听到了我的问话,有三五秒钟不回答,忽然记起了,就用老熟的声音说：

"啊,是立花君么？真是长久不见了！"

啊,对啦,这声音的所有主不可忘记。这老校工姓阿部,和鹿川先生一同从学校创办以来服务了近三十年,为人正直,而步态可笑,因此人们用"家鸭"这个绰号来称呼他,也已近三十年了。

"今天是星期六,所以先生们都回家了。"

星期六？啊,不错。凡是学校的教师,没有一个人不屈指等候星期六的来到。我也是教师之一,并且详细地考查过:这一星期七天的制度,是五千年前和黄道十二支一同由伟大的阿开地亚人创造出来的;后来这制度由亚历山地利亚输入希腊;罗马人在西历纪元的时候舍弃了八天一周的旧制而采用这制度,从此一直在世间沿用到今日。我怎么忘记了今天是星期六？真是愚痴的话！也许我在这里滞留了三天,早已受到盛冈人的无思无虑的性情的感化了。

这校工室里的泥地间里,有一只砖造的大灶,灶上放着一只很大的锅子,照从前一样煮着开水。记得我在这学校里当一年级生那年的冬天,全级一百二十人只配给两只火炉,我力弱挤不到火炉旁边去,常常到这大灶前面来吃面包当午饭。我就离开了这地方。

走出门,仰起头来望望正门上面的大露台。从前每逢课间休息十分钟,我总和藻外及花乡三人站在这露台上愉快地谈话。我正在仰望的时候,忽然听见站在女乞丐周围的儿童之中有一个人怪声怪气地叫起来:

"喏,喏,冈柯来了,冈柯来了。"所谓冈柯,在盛冈地方就是说"葬列"。这一来使得我突然从悠悠的追忆的欢乐中退回来,向儿童指点的方面眺望,这声音的响亮可想而知了。这好比送电报的人用和缓的声音说"△△先生有电报",不如用爆发似的惊慌的声音来说"电报！"可以使人对电文更加担心。我那时实在非常吃惊,不知道是怎样奇怪的葬列。

这怪声怪气的警告并不是谎报。在宽广美丽、洁净无尘而照着温暖的秋阳的大街上,有一群葬列从我刚才的来路的反对方面慢慢地走来。然而这葬列实在很稀奇。不但稀奇,竟是异常寒酸。前面是一对破碎了的高柄灯笼,其次是一对纸造的莲花,后面就是棺材了。这棺材上裹着白布,白布上面胡乱地缚着些粗绳,粗绳里套着一根棒,两个男子扛着这根棒。棺材后面跟着一群送葬者。数一数看,这一群有几个人,请勿吃惊:只有六个人。我说请勿吃惊,因为我自己这时候大吃一惊。这六个人大家同样地毫无悲哀之色,毫无严肃之相,仿佛以参加这寒酸的葬式为羞耻的样子,大家脸上表示懊恼,不自然地走着。我看着这似哀非哀的葬列在大圣人一般透彻无边的碧穹窿下的宽广静肃的大街上无声无息地走来,心的深处感到一种难于名状的冲动。我想:这光景大概是天显示给我看的一种最冷酷的滑稽吧。然而这都是一瞬间的念头,我立刻就想到:“这是犯人的葬式。”

我作此极不吉祥的观察,毫无理由地断定这是犯人的葬式,在这里似乎非常唐突。然而我自有理由。记得确是我十一岁时候的事:我有一个早年死了妻子而度着独身生活的姨父,为穷困所迫,和别人一同做了触犯法网的勾当,就迁居到狐森第一户去了。(狐森第一户是盛冈的监狱。)这时候他已经是一个六十多岁的老人,过了半年光景,终于病死在狱中了。领取这“悲惨”的结晶的遗骸的,就是现在住在加贺野新小路的姨父。举行葬式的一天,同今天所见的一样,也只有六个送葬人,其中三个便是新山堂的姨母、苑姐和我。我那时候虽然年幼无知,也觉得这葬式和一般的不同,很寒酸,一路上走去的时候觉得肩身缩小起来。那么,看了今天这六个人的不自然的步态,很可忖度他们的心情了。

这也是一瞬间的念头。

有一群少年从一排樱树底下走来,和葬列的先头相并行。他们早已看到和我一同站着的"警告者"的一群孩子,就快步跑出来。两群人之间的相互谈话如下:"这是哪里来的冈柯?""是疯子,是繁!""唉,是高沼家的繁疯子么?""嗯,是的,是高沼家的疯子。""呵!""今天的报纸上也登着,繁还是死了的好。""呵!"

高沼繁?繁疯子!我立刻觉得这名字决不是初听到的名字。沉在我记忆深处的许多石块之一,的确名叫"高沼繁";这名字的确是某一个疯子的名字。——在我作这样的感想的百分之一秒时间内,忽然又发生另一事件,使我大吃一惊。

一直坐在我所站着的石桥上给怀中的婴儿哺乳的那个女乞丐,突然站起身来。一站起身,就一手抱着怀中的婴儿,一手高高地举起,蓬头赤脚,衣带零乱,以疾风之势向着肃静无声地走来的葬列飞奔过去。将近葬列的时候,她用钻入骨髓似的尖锐的声音喊出一句难于听懂的话,不,喊出一个叫声。这叫声碰到我的鼓膜上的时候,我不禁"呀"的叫了一声。这时候那肃静无声的葬列突然停止了进行,两个抬棺材的人之中前面的一个举起了左脚,这个污秽的女乞丐就跌倒在他的脚趾之下。和我并立着的一群少年大家高声叫喊:"啊,夏姐,夏姐,女疯子!"

这个名叫"夏姐"的女乞丐喊着一句难于听懂的话,向棺材扑过去,但是被抬棺材的人踢倒了。——这一幕非常的活剧,当然是在一瞬间演出的。

唉,唉,"夏姐"这名字,也决不是初次听到的名字,也是沉在我记忆深处的石块之一的名字。这的确是一个女疯子的名字。

上面的两个熟悉的名字,不知不觉地在我头脑里结合起来。这一刹那间有一种辉煌灿烂而庄严的光景像电光一般闪现出来,障塞了我的两眼。

现在我必须暂时回复到五年前的昔日。时间是阴历十月底某日的清早,地点就是这新山堂旁边的姨母家里。

我怀抱了史学研究的大愿望,决心上东京去;辞别了父母之家这一天的傍晚,来到这姨母家里,预备在这里度送晚秋的三四天,依依不舍地和这第二故乡告别。

有一天晚上,我和姨母及苑姐谈话,直到十分夜深,就枕的时候远近各处头鸡啼的声音已经听到了。然而不知怎的,第二天醒得非常早。枕前的格子窗上还只显出微明的晨光,这晨光无声地浮动着。原来昨夜苑姐热中于谈天,忘记了关板窗。我想:还早得很。然而我是怀抱大愿之身,这时候感到初次临阵之晨一般的心情,认为睡醒之后不肯离开犹有余温的卧床是一种贪图安逸的行径。我就悄悄地起身,以免妨碍别人睡眠;拿了挂在柱上的毛巾,无声地拉开了格子门。秋晨的冷风沁入全身,令人感到快适。我走到了院子里。

我绕到屋子后面。这里是一个不到一亩地的菜园:芋头的阔大的叶子被霜打倒在地上;紫色已褪而只剩茎子的枯瘦的茄子并列在田畦间;拔残了的萝卜的叶子矗立在空中——这些上面都映着曙光。不,这不仅是曙光,这是露珠和曙光的冷冰冰的接吻。这菜园的尽头,有一道木槿编成的篱垣,菜园和新山堂的五谷祠隔着这篱垣背靠着背。四面八方连脉搏跳动的声音也没有。

我为了要洗脸,悄悄地走到井边去。但我不须让吊车的辘辘声打破这清晨的神圣的静寂。一个很大的花岗石台上载着一只盥洗盆,满满地盛着水银一般明亮的秋水,眼见得几乎要溢出来的样子,水面上一根毫毛的皱纹也没有。并且这明镜上面还载着一把金色灿烂的小扇——在天下一切树叶中可称为后妃的银杏树叶。这大约是从新山堂里的参天大树的枝头上跟着天上的移星一起飞舞下来的吧。

我只是恍恍惚惚地对它看。这时候的心地不是浑忘自我而魂魄逍遥于无有之境时的心地，这可说是曙光沁入骨中而身心都像水一样透彻似的心地。

过了一会，我慢慢地把这一片银杏树叶从水面上拿起来，把它上面的一两滴银色的水点滴在口中。然后郑重其事地把它安放在清净无尘的井台上了。

洗过脸之后，我肃静无声地把污水倒出，换上清水，使盥洗盆同以前一样清彻而满盈；然后把那把小扇拿过来，让它同以前一样地浮在水上。

这样做，我满心感到一种不可言喻的清净的满足。

天色比我起身的时候明亮得多了，然而离开太阳出来还颇有些时间。家里和邻家都一个人也没有起身。我慢慢地作深呼吸，在菜园里走来走去。

渐渐地走远，走到了菜园尽头的木槿篱垣下面，看见地上并列着六七个带露的雪白的卷心菜，都好像刚刚从山头升起来的大满月。我在这霜降后的凋零的秋圃里看见这象征丰收的"菜王"，独自感到无限的欢喜。

忽然觉得似乎有人走近来的样子。是菜园里满地露珠的声息么？不，不，露珠不会有声音。我这样想着，抬起眼睛来的时候，不禁愕然，暂时停止了呼吸。

前面说过，现在我目前这古旧的木槿篱垣，是五谷祠和这菜园的交界之处。这篱垣外面离开几尺的地方，便是祠殿最后一排稍稍腐朽了的柱子。大家都知道：五谷祠的背面，很高的地板底下建造着一个特殊的小龛。据说这是五谷神的使者白狐来寝息的地方。有些人认为无论何等不足道的东西，只要你虔诚信仰它，也会有灵感。这些人常常拿油豆腐、青鱼干或饭团之类的食物来虔敬地供奉在这小龛里。现在我所站的地方，正可通过了落叶的木槿而窥见这白狐的寝殿。

然而现在我的不禁愕然，并不是为了这里面跑出一只牛一般大的白狐来。

有一个服装奇特的男子穿着破草鞋，无声无息地在这古祠殿的檐下向这边走过来。这个人身材瘦长，年纪大约三十左右，脸上长着薄薄的须髯，枯瘦的面颊上毫无血色，身上穿着一件染遍灰尘的短夹衣，脚上穿着一双龌龊的白袜，腰里束着一条褪色了的毛织的女子用的带子，脖子里围着一块红棉布……他低着头，眼睛看着脚尖，微笑着走过来。

我一看就知道这服装奇特的男子是盛冈地方无人不知的天真的疯子高沼繁。这个人天天像丧家之狗一般地在市里彷徨；有时在人家檐下整整地站立一天；有时在同一条街上不计次数地走来走去，好像在找寻什么东西。——这都是我早就知道的。还有，他有一次跪在不来方城顶上，向天的一方膜拜，口中念念有词；有一个夏天的正午，正当中学校里上课完毕，学生成群结队地走出校门来的时候，他像卫兵一般站在校门前，向走出来的每一个人殷勤地施礼；又有一次，大名鼎鼎的美人，即当时的县长夫人，在招魂社行祭礼的一天带着两位小姐一同去参拜的时候，这个人突然从人丛后面跑出来，一声不响，用一个很大的淡黄色包袱皮来蒙住了这盛装的县长夫人的头。——这都是我亲眼见到的。我又知道：他有父亲，有母亲，又有家；然而他常常拿新山堂下的白狐龛当作免费宿舍。

我认明了这服装奇特的男子是谁，就回复了平常的心情。我努力屏息静气，不使他注意到我，然后怀着好奇心仔细观察他的举动。

他微笑着，低着头跨步，不久一摇一摆地走到了白狐龛前。他突然站定了，同时叫一声"嗖"，把瘦长的身体弯下来，两只脚跨着极小的步子逐渐逐渐地向后面退却。——这动作态度非常滑稽，不可名状，我几乎笑出声来。

我怀着几乎达到高潮的好奇心，窥探他所注视着的龛内。

原来这里面也有一个人，我一向没有注意到。这人不是男子，是个女子。她身上穿着一件肩上有褶襞的红条纹棉衣，然而非常污旧，红条纹几乎看不出了。她的头发卷起，上面插着一只七八岁女孩子们所常用的红梳子，年纪大约二十一二岁，脖子龌龊到变成黑色，面孔圆而白……

昨天过午到姨母家门前来喊"打扰啊！打扰啊！"的，丝毫不差地就是这女子。姨母正在厨房里做什么事，我就走到门前，诧异地问她："你是哪里来的女客？"她回答："我肚子饿，肚子饿，一步也走不动了，请你……"说着，只管向我伸手。这时候姨母走出来了，给了她几个铜钱。后来姨母告诉我这样的话："这女子名叫夏姐，十一二岁上在霞石的兼平屋旅馆（姨母的亲戚家）当使女。那时候旅馆的主人到这里来对我说：她小的时候并没有什么两样，年纪大起来，人渐渐愚笨起来。今年春天，有一个早已死了老婆的独身的轻薄儿到这旅馆里来借宿一宵。这一夜夏姐的举动非常奇怪。第二天这轻薄儿走了之后，夏姐走到门口，只管向这人走去的秋田方面眺望。主人几次骂她，吓她，她总是不睬，一直在门口站了两个钟头。下一天主人起身的时候，夏姐已经不知去向，他们找来找去，都找她不到。一个多月之前她突然回来了，但是已经变成了一个真正的疯子，看见了主人也不像从前那样有礼貌了。她在失踪的半年间做了什么事，当然没有人知道。初回来的时候，身上还带着二十几块钱。大概是当了乞丐回来的吧。这女人是哪一天到盛冈来的，不得而知了。近来每天总是这样地到人家门前来求乞，说的总是这两句话：'打扰了，我肚子饿。'浩儿，你也看见的吧：这个人做乞丐，脸上却总是点胭脂，并且穿着新木屐呢。晚上不知睡在什么地方的。"

这个夏姐现在泰然地坐在这狭小的白狐窠里，她的脸茫茫然地向着窠口。大概她很早就醒来了吧。

弯下身子去探察夏姐的繁，不知怎样一想，好像被狗袭击的猫的样子地尖起了嘴唇，喝一声"嘘！"大概因为这本来是他的家，现在被别人占领了，所以他在发泄愤怒。

夏姐也不知怎么想，忽然转过身去，把背脊斜向着繁。她似乎在探摸什么东西，摸出来的是一个小碟子——胭脂碟。我不胜惊诧，静静地看着她，但见她用小指蘸些唾沫，把胭脂调匀了，在嘴唇上浓重地涂了两三次。然后回过头来羞答答地向繁一看。

繁的身体频频地抖动。

夏姐再涂些口红，再回过头来羞答答地向繁一看。

繁喉咙里"噢"地叫一声。

夏姐看见繁的气色渐渐感动了，连忙第三次涂胭脂，第三次回过头来。然而这一次并不羞答答，她连身体也略微转过来些，然后，然后，仰起头来看着繁，向他嘻嘻哈哈地笑。因为口红涂得太多了，所以那张嘴好像太阳晒着的牡丹花，填满了她的脸。

我这时候已经完全忘记了现实的观念，觉得仿佛身在喜马拉亚山一

带的万仞深谷的底里,正在观赏与山岩同年的老猿们表演千年一度的
戏剧。

夏姐嘻嘻哈哈地笑得脸都变形的时候,繁叫了三声"噢"。他忽然飞
奔过去,握住了夏姐的手,把她拉了出来。这时候繁的脸相真奇妙!既
不是笑,也不是哭。我不知所云了。

夏姐还是嘻嘻哈哈地笑着,听凭繁拉她的手。两人走到檐下,转一
个弯,不见了。他们走到祠堂前面的大庭院里去了。我也走到另一个地
方去,走到望得见庭院的地方去。

平坦的大庭院的中央,站着一棵凌云的大银杏树,现在正当一年一
度的盛装时期。所有的叶子都作金黄色,一动不动地映着晓光,在澄碧
微茫的大天盖上画出鲜明的轮廓。举头仰望,宛如一个罩着金色云彩的
巨人。

两人走到这银杏树底下的时候,繁很快地低声说些话,夏姐似乎点
点头。

忽然繁口中发出非常狂暴怪异的声音来:

"来得好啊,好啊,好啊。"

"再来一个,杭,唷,啰,呵。"

夏姐和着他这样叫。他们手挽着手跳起舞来了。

虽说跳舞,其实是狂人的乱撞。有时夏姐的脚绊了一下,倒身在地
上。有时繁的身体在大银杏树的干上猛撞一下,茫然自失了。每逢发生
这种情况的时候,两人都用丹田里迸出似的声音来哈哈大笑。笑罢之
后,再喊着"来得好啊,好啊,好啊","再来一个,杭,唷,啰,呵","来了来
了,哼!哈!",认真地继续跳舞。

天上有一种灵响飘曳起来,好像神明的笑声——这是晨风初动。于

是那个巨人身上罩着的金色的云就分散开来,好像古昔的宙斯神〔1〕化身一般,开始把黄金的雨向这两人撒下来了,啊,多么美丽的光景:几千万把金色的小舞扇分而复合、合而复分地满天飞舞,几乎掩没了这两人的身体。有几片好像是用无形的丝悬挂在空中的,既不回返故枝,也不降落地面,只是在光明的晨风中飘荡回旋。空中是叶的舞蹈,地上是人的舞蹈!远远望去,上下和合,不分高卑。金黄色的叶舞完了天上的舞蹈而落到地上。狂人繁和狂女夏姐正在神明的庭院里作地上的舞蹈。

忽然,梵天的七彩缤纷的大光明照破了人天三界,犹如开天辟地时的曙光。起初这大光明射到隐在云中的这巨人的头上,接着闪烁地染遍了他的金色的衣服,不久普遍地照明了地上的万物。朝阳已经离开山顶了。

请看,请看手舞足蹈的夏姐和繁脸上的光辉!枯瘦而无血色的繁到哪里去了?脖子黑黑而神色茫然的夏姐到哪里去了?现在眼前这两个人,脸色都同天上的太阳一般灿烂,他们是神明为了天庭里的朝舞而遥远地从下界选召上去的两个舞人。金色的树叶不断地降下来。金色的日光鲜明地照着。是这些树叶和这些日光的辉煌把两人的脸染成这模样的么?不,不会如此,恐怕不会如此吧。

倘使如此,那么这是一种虚伪了。在这金色灿然的庄严的境地中,怎么能够潜藏一点虚伪的阴影呢?我相信不是如此的。

我的心完全停止了活动,只是恍惚地、茫然地、悠然地把自我没入在目前的光景中。这时候我只能用若有若无的声音在心的最深处轻轻地说这样的一句话:"柏拉图说狂人是天的宠儿。"

---

〔1〕 宙斯(Zeus)是希腊神话中主宰天地之神。

夏姐提高了嗓子唱歌：

"相思呀——相思噢——，若松哥啊——，哈，相思呀！"

"哈，相思呀，相思呀，相思呀——"

繁跟着她唱。这两个"天的宠儿"感谢全智全能神秘莫测的天，他们的衷心的祈祷实在不外乎此吧。

上述的光景像电光一般地闪现出来，障塞了我的两眼；然而一瞬间就消失，宛如那几千万片黄金色的叶子一时无声无息地散尽了的样子。但是这一瞬间在我是极重要的一瞬间。我在这一瞬间中能够分明地解释目前所发生的事件的全部意义。

疾风一般向棺材扑过去的夏姐，被抬棺材的人踢了一脚，立刻翻倒在地上。这时候她怀中的婴儿"哇——"地发出剧烈而悲哀的哭声。这悲哀的哭声只有一声。我吓得直跳起来。唉，这婴儿不是跌死了么？……

明治三十九年(1906)十二月

两条血迹

　　梦一般的幼小时候的追忆,喜悦和悲哀都只是天真纯洁的事情,朦胧地连续着,现在想到,仿佛是隔了一层微微的哀感的淡霞来看那华丽的儿童演剧似的,觉得很可怀恋。其中有两件事,就是在十五六年后的今日,还是鲜明地留在我眼前。

　　哪一件在前,哪一件在后,很难于明了地想起来了。我在六岁时进了本村的小学校,在从二年级升到三年级去的大考里,我遇着了这半生里只有这一回落第。在那落第时候藤野姑娘正还存在,因此其中的一件记得确凿是第二次做二年级生的八岁的那一年,暑假中的事情。还有一件因为是盛暑中的事,大约也是那时候的事情吧。

　　现在是教育部令很严紧,叫学龄前的儿童入学的事,全然没有了,在我幼小的时候,又因为是偏僻的乡间,却似也不要费怎样麻烦的周折。但是只有六岁,又很虚弱像我这样的人,去入学的却很少。当时实在因为我的游嬉的同伴,比我年长一两岁的小孩,都五个一回七个一回地进了学校,寂寞得了不得,天天去逼迫和善的父亲(要上学去),当初只是说你还太小,不准我去,但原来不是什么坏事,父亲也似乎心里很欢喜,所以末了有一天他终于去和高岛先生说妥,从第二天起我也请父亲给我买两枚对折的纸石板,以及石笔砚台等,同大家一起上学校去了。因为这缘故,我的入学比同级的学生要迟一个月了。我的父亲是少有的喜欢学间的人,在没有工作的冬天的晚上,时常拿了熏黑得几乎连字也看不出来、书面也粉碎了的《孝经》或《十八史略》的残本,到高岛先生那里去喝茶谈天,顺便请他指教。

那时父亲大约是三十五六岁,在乡间是稀有的晚婚,或者因为这缘故,我没有兄姐和弟妹,只是一个独子,连一句硬话都没有被说过,这样地养育下来的,所以身长虽然同平常一样,却是瘦削细长,和近地的小孩们也常常赤着脚作户外的游戏,但不知怎的脸色总是苍白的,无论竞走或是角力为我所败的人一个都没有。因此,即使这样地游嬉着,偷偷地溜走,回到家里去的事也常有。上了学校去以后,这个脾气终于不曾改,虽然因为墙上写字,或者从栅栏里钻出,被先生呵斥,也如别个学生一般,但总是怯弱,不大说话。倘若被命令去读写在黑板上的字,便涨红了脸,低着头,也不回答,变成石头一般的坚硬了。虽然是自己愿意进学校去的,对于学校却终于没有兴味,而且有时还乘中午放学回家,不给别人知道,躲在后面堆积杂物的屋里,不再去做午后的功课了。病身的母亲有一天曾经摩着我的头顶说道,这个孩子只要肯略略和人家的小孩们去打架,那就好了。我听了也不说什么,但是心里想道,倘若打起架来,我是一定要输的哩。

我家是村里只此一家的箍桶铺,单靠箍桶的生意,不能够维持生活,所以又从近村的号称近江屋的一家大地主那里赁了几亩田来耕种。因此整年吃的是杂着许多种子的饭,一点都没有黏气,偶然晚上有人来谈天,母亲便拿一握的米放在火炉里炒焦了(泡上开水),拿出来代茶;家里是这样的境况,我也就终年穿着满是补钉的洋布裤,只到腰间为止的洗旧了的小袖衣服,跟了穿着同样服装的小孩们赤着脚走路,这些事也都已习惯了;头发长了的时候,父亲便亲自给我剃。名字叫作桧泽新太郎,但是村里的人,大家只叫我作"箍桶铺的新太"。

我在学校里,既然如上文所说,对于各种学科一点都不用功,当从第一年级升到第二年级去的时候,在三十多人的一班里,考在倒数第二名,总算勉强及格了。但是不幸我家两边邻舍的小孩,一个是上级的男生,一个是同级的女生,在那时都领到用"水引"〔1〕束着的几帖白纸当作奖品,我虽然幼小,但心里也觉得不很舒服,这一天从学校回家,并不同平常一样地到门外去,直到天黑只是蹲在很大的地炉的角上,茫然地弄着火筷。父亲吃过晚饭,买了两条黑羊羹〔2〕来,说因为你是最小,安慰了一番。

这件事到了第二天也完全忘记,还同以前一样地时常不做下午的功课,这样过去,七岁这一年完了,就是正月,第三学期正开始的时候.学校里发生了一件颇为稀有的事情,这就是名叫佐藤藤野的在村里是无比的美丽的一个女孩子,突然编进一年级里来了。

百余的学生都撑起眼睛来了。实在这藤野姑娘,即使现在想起来,也是不大常见的美丽的女儿。前发垂到眉边,圆的脸庞,大而且黑的眼睛很是明彻,颜色极白,笑起来的时候颊上现出笑窝。男生不必说了,便是女生也都只用什么红布片之类束发,头上包着醒醒的月白手巾,或者在下雪的日子,穿了粗笨的雪屐,从头上披着半截的红毛毯上学校来:在这样一群人的中间,夹着身穿染出大朵菊花的华丽的绉绸衣服的藤野姑娘,正是比在村端泥田里开着的荷花还要鲜明地映在我们的眼里了。

藤野姑娘据说以前曾在离村不过十里的盛冈市的学校里学过,现在

---

〔1〕 水引是半红半白的纸捻,有赠与时,以此横缚物品上。
〔2〕 羊羹是一种点心,以豆沙和糖及石花汁煮后凝结而成的。

同母亲寄住在近江屋的支派,开着绸缎铺的称作新家的家里。

据村里的传闻,藤野姑娘的母亲便是从二三年前患着眼病的新家的主妇的妹子,本来在盛冈也开着颇大的铜铁店,不知怎样的破了产,丈夫上吊死了,她便带了遗腹子藤野姑娘,到新家来寄住,一面给他们助理家务,这个传说就是我们小孩也都知道的。藤野姑娘的母亲是一个身材瘦小、颜色很白而且美丽的人,又和她的姐姐那新家的主妇不同,很是快活而且待人非常和善。

村里的学校在那时不过是很简陋的国民科的单级,此外补习科学生六七人,教师只是高岛先生一个人,教室也只一间。学级虽然不同,每当藤野姑娘用了铃一般的好声音朗诵读本的时候,一百多人便都停住了石笔和毛笔,向着那边看。我因为最不喜欢习字与算术,常常茫然地望着藤野姑娘的那边,这期间先生便用竹鞭轻轻地敲我的头顶。

藤野姑娘无论什么学科,成绩都很好。有一天,二年级的女生们在上课的时候做顽皮的游戏,先生引了藤野姑娘的例,曾加以训诫。上级的学生略有点不服,但是我却毫不觉得诧异,因为藤野姑娘在那时候是全校里的、全村里的——不,在当时的我的全世界里的第一个美而且好的人。

这年的三月三十日,照例举行发给文凭的仪式,从近江屋的主人起,村长、医生,以及别的村民共有五六人,都到学校里来。我也穿了珍藏的长袖衣服,用半幅的白棉布当作腰带,和大家一同去。穿着黑色洋服的高岛先生,觉得比平日更为像样了;教室也装饰得很像样,正面交叉着日章旗;前面是盖着白布的桌子,仿佛记得上面摆着大花瓶,插些松枝和竹。教育敕语的捧读,《君之代》的合唱都已完了,十几个毕业生轮流地被叫上前去,都高高兴兴地拿下毕业文凭来。其中的优等生又被叫到村长的面前,去领奖品。其次按着三年、二年、一年的顺序,宣读新升级的姓名,但不知怎的里边却没有我的名字。旁边的小孩都说道,"新太落第了,落第了!"看着我的脸。我在那时候是怎样的心情,现在记不起来了。

仪式完了之后,只有说是近江屋所赏的红白年糕,我也分得一份。大家聚在一起,很快活地归家去了,我们落第的六七个人,因为先生说是另有事情,被留下在后面。住在村端的灰棚里的小姑娘也在其内,已经哭出来了,我却想道,或者先生随后给我文凭也说不定,想着这种没有理由的事,专心等候着。

过了一刻,大家轮番地被叫到教员室里去,或受训诫,或受勉励,我却正是末后的一个了。先生对我说道:"你年纪还小,身体又弱,且在二年级里再读一年罢。"我几乎听不见地答了一声"是",行一个礼,先生摩着我的头顶道:"你太柔顺一点。"于是从桌上的盘里取了三片麦粉的煎饼给我。我在那时候深深地感谢先生的慈惠,再也没有了。在这屋里,村长以下还有两三个老人留在那里。

我将包在纸里的红白的年糕和麦粉煎饼,用两手抱在胸前,悄然地出来,刚走到阶口,无端地觉得悲哀,将要哭出来了。好容易才将来到喉间的哭声竭力镇压住,但是想到先生的慈惠,被朋友们冷笑的羞耻,回到家里将说些什么,小小的胸脯里完全塞住,眼泪便簌簌地落下来了。这时候忽然觉得有两三个女生,不知怎的还留在校里,正从校役室那边出来,我感着说不出的羞耻,心里猛跳起来,便紧贴地靠了柱子站立着,垂着头,使她们看不见我的面貌。

觉得轻泛的草履的声音,急速地从后面走近前来,又听得人声道:"怎么了,新太郎?"这原来是藤野姑娘。向来还不曾交谈过一句话的人,现在这样地见问,我不禁抬起头来,藤野姑娘在她的清明的眼里充满着柔和的光,正注视着我。我又即俯首,紧咬着下唇,但是啜泣的声音终于泄露出来了。

藤野姑娘暂时沉默着,随说道:"不要哭了,新太郎。我这回也是第末名勉强及格的呢。"仿佛对着自己的兄弟似的这样说了,又接着说道:"明天给你拿好的东西来,不要哭了;大家怕要笑话哩。"她说着想来窥探我的面貌,但是我将面庞贴着柱子,竭力地隐藏,她便又急急地走去了。藤野姑娘虽然无论什么学科成绩都很好,但因为在第三学期才进去的,所以列在第末,升到二年级去的。

这一天的傍晚,父亲正在店堂里冬冬地嵌桶箍,母亲出外汲水去了,我悄然地蹲在地炉边,在几乎不能辨别人的面目的薄暗中间,将竹屑抛进火里去,一心看着它仿佛吐舌一般地燃烧下去,忽听得有人在后门口小声叫道:"新太郎,新太郎。"我吃了一惊,突然地跳下泥地,也不穿草履,便奔向后门去。

藤野姑娘独自一个人靠了门立着,见了我便莞尔一笑,说道:"啊呀,赤着脚?"似乎略略皱一皱眉,于是急忙从袖底里取出一件用纸包着的东西来,递在我的手里。

"这个送给你。你要竭力地用功,我也去用功,……"这样说了,我只是茫然地立着,一句话都不说,她已经在昏黄中走去了;走了三四丈远,又回过身来,用手在面前左右摇动;我省悟这是教我不要对别人去说,便点头示意,她就跑进梨树下去不见了。

纸包里是一册洋纸的笔记簿,一枝用去·半了的旧铅笔,此外裹在桃红的羽纱小片里的是一个铅制的玩具手表。

夜里,我在薄暗的洋灯的影下,舔着铅笔,在给我的笔记簿上,从读

本的第一课起,很端正地抄了四五页。我感到学习文字的喜悦,实在是
以这时候为最初了。

人的心是很奇妙的东西。第二次的二年级的功课又开始了,我不知
怎的觉得上学校去很愉快,向来厌倦的无法可想的五十分钟的授业现在
却不知不觉地就过去,被竹鞭敲头的事也没有了。

在广大的教室里,南北两面的墙壁上各挂着两块黑板;高岛先生急
急忙忙地在这四块黑板前面走来走去地教;二年级生向着西北角的黑
板,两行粗糙的桌椅并排地放着;聚集在前面桌子旁边的是女生,藤野姑
娘自然也就在这中间了。

新学年开始后的第三天,我第一次被先生称赞了。只要沉静地听
着,先生所教的事情必定懂得;在儿童的记忆力强盛的头脑里,曾经理解
的事情很不容易忘记。以后每逢先生说"知道的人举手"的时候,我几乎
没一次不举手的。

我对于各项学科并没有嫌憎的东西,但是其中习字的时间尤为我所
喜欢。先生大抵命令我去办注水的差使。我拿着洋铁的水壶,在各桌子
前面走来走去注水。桌子的两头各放着一个砚台,大都是虎斑石或是黑
石所作;只有藤野姑娘的不知道是什么石头,却是紫色的。我给他们注
水的时候,略略俯首行礼的也只有藤野姑娘一个人。

最是担心的是算术的时间。我同藤野姑娘都是八岁,同级里还有一
个叫丰吉的小孩,却比我们要大两岁,身体也大,头脑也发达了;我所知
道的事情,藤野姑娘大抵也都知道,但是我们两人举手的时候,大抵丰吉
也举起手来。儿童时代的两岁之差,在头脑活动的优劣上大有悬隔,最
显著的便是算术。丰吉的算术,是他最得意的科目。

先生出题后，又转到别的黑板前面去，随后回来，高举着竹鞭说道，"做好了的人举手"。倘若这是不大容易的算题，藤野姑娘举着手，或是并不举手，必定回过头来望着我这边。我在她的眼睛里能够明显地看出那起伏的微波：两人都举起手而丰吉不会的时候，她的眼里闪着喜悦的光；她与丰吉都不会做，只有我举手的时候，便泛着天真羡望的波；她与丰吉都举起手，只有我不会的时候，便流露出惋惜的眼光；或者两人都不会做，丰吉独自傲然地举着手的时候，美丽的藤野姑娘的面上霎时间便为暗影所遮掩了。

藤野姑娘读书的声音，和别的女生低声诵读连邻席的人都听不清的相反，极其清楚而且响朗；她的读法里，又有一种为村中儿童所没有的声调。过了一两个月之后，我不觉无意中也用这样的声调读书了。朋友们觉得了便都笑我；我被笑了，心里想改过，但临时高声读起来，这声调一定出来了。有一天，六七个人聚集在校役室外的井边，谈着种种事；丰吉忽然说到这事情，大加嘲笑之后，说道："新太和藤野姑娘配作夫妻，倒很好哩。"

藤野姑娘正站在相距约五六步的地方，这时候突然回答道："自然会配的，自然会配的。"把大家都惊倒了。我涨红了脸，急忙地跑了出去。

大家虽然都是儿童，但男子与女子到底还有界限，在学校里几乎没有一同游嬉的时候；到了傍晚，人家的屋檐与山形墙都绕着晚饭的炊烟，我们常常走到街道上，玩那些"夺宝"或"捉迷藏"之类的游戏，有时男组与女组合在一起，大家热心地玩耍，直到天色全黑才止。藤野姑娘输到做"鬼"的时候，一定向着我追过来。我觉得非常欢喜。虽然我体质很弱，到底是男孩子，所以即使藤野姑娘紧闭着嘴，极敏捷地追来，也很不容易将我捉住。后来她跑得气喘了，本来便是故意地给她抓住了，也未始不可,但是这些地方终是孩子气,偏是竭力地逃避。虽然如此,每回捉迷藏的时候,藤野姑娘却仍是只向着我追来。

　　在新家里有藤野姑娘的三个中表兄弟:大的两个是学校的四年和三年生,最小的还没有入学;那两个人成绩都不很好,和同年纪的近江屋的孩子们感情极坏。据我朦胧的记忆,仿佛藤野姑娘也常被他们所虐待。有一天曾看见她在什么地方被他们所打,但是记不清楚了。只有一次,我挑着一副小水桶,往新家后门口的井里去汲水,藤野姑娘正在那里靠了门枋立着,独自哭泣。我便问"怎么了",她并不回答,只用前齿咬着长袖的下端。我见了便不能再说什么,只觉得连自己也仿佛含泪了,沉默着拿了大勺舀水,挑起担来刚要走,却被叫住道:

　　"新太郎。"

　　"什么?"

　　"给你看好的东西。"

　　"什么东西?"

　　"这个。"说着,从袖子里用心地拿出一枝美丽的花簪来给我看。

　　"好齐整!"

　　"……"

　　"买的吗?"

　　藤野姑娘摇她的头。

　　"要来的吗?"

　　"母亲给的。"低声地说,又抽咽了两次。

　　"给富太郎(新家的长男)欺侮了吗?"

　　"他们两人。"

　　我想说些什么去安慰她,但是没有话可说,只是沉默着望着她的脸,藤野姑娘忽然说道:"这个给你吧?"一手弄着花簪,却又说道:"因为你是个男人,……"便装作将花簪隐藏背后的模样,在为眼泪所湿的脸上现出美丽的笑容,随即帖达帖达地跑进门里去了。我在幼小的心里想像藤野姑娘被两个表兄弟所欺侮,所以哭了,大约母亲给她花簪去宽慰她的,不知怎的觉得那富太郎的扁平的长脸很可恶,怀着一种奇妙的心情回到家里了。

不知不觉地四个月已经过去,七月底便是第一学期的考试,成绩发表出来是丰吉第一,我第二,藤野姑娘第三,以后就是暑假了。我还记得富太郎到各处宣扬,说藤野姑娘因为输给丰吉了,说是气愤不过,终于哭了。

到了暑假,大家连安放书和石板的地方都忘记了,每天都往山阴的水塘里去游泳。我也时常同去,但大抵独自先回家,在父亲的作场,店堂的板台上,爬在竹屑和刨花的中间,流着汗温读本,或是习字;或者毫无目的地站在檐下的阴影里,等候藤野姑娘的影子出现。

这期间,重大的事件发生了。

八月整月的暑假里,这是在中旬,还是下旬呢,都记不得了,只是一个非常炎热的日子,空中并无一片云,烤在顶上的太阳正如烈火一般,也没有一点微风,一切树木都仿佛垂死地挂着叶子。在人家前面的狭隘的沟里,从臭泥里涌出无数浑浊的水泡,浮在并不流动的污水上面;太阳晒着,大路上的石子都热得烫脚,蒸发出来的泥土的热气使人恶心而且几乎昏眩。

村的后面是广阔的草原,草原尽处是几十亩的青田,这都是近江屋的产业。灌溉这田的约二丈宽的一条小河,贯通草原中间奔流过去,河岸边有近江屋的一所水碓小屋,终年在那里捣米。

在草原上春天长着紫花地丁,秋天有桔梗和女郎花。四时都有各样的花草,我们平日去游玩,但在那时草原上一面盛开着茅草花,在水碓小屋的周围开得尤为繁茂。小屋里边有直径丈余的一个水车,终日回转着,发出涩滞的声音,十二个大木杵毫不间断地捣着米。

这一天,我穿着漂白布的无袖的短衣,也不系腰带,黑裤底下蹑着一双草履,用臂膊拭着额上的汗,站在新家斜对门的一家粗点心店的前面。

忽然在前面一町[1]远近的地方,往水碓小屋去的拐角上,近江屋里的一个名叫金次的少年工人,变了颜色向着这边跑来。

"什么事?"有人拦着问。

"藤野姑娘被水车的轴子卷住,给木杵捣坏了。"他大声嚷着回答。我也不知道是真是假,只觉得仿佛是被强烈的电气所击似的,不禁发了大声叫道"呀!"

在少年的后面,大约相距六丈,那个全身雪白的沾着米糠、满面胡须、骨格雄伟、六尺许高的捣米的男人,胁间挟着什么东西,也是疾风似的向这边跑来。仔细看时,这(所挟的)不是藤野姑娘却是什么!

他走到新家的门前,正要进去的时候,先来通报的那个少年,同着正赤着膊还不及穿衣的新家的主人飞奔出来,嚷道:"医生家去。医生家去!"那男子略略停步,随即跑过我的面前,向医生家去了,这几秒钟时,藤野姑娘的异样的姿态很明了地映进了我的眼里。那个男子宛如大鹫抓住黄雀一般地将她挟在胁下,藤野姑娘的美丽的脸颓然地垂在前面,后边是从膝踝以下雪一般白的两只脚,很柔软地挂着。左边的脚上从膝

---

〔1〕 一町为三百六十尺。

头斜到后跟,是一条约有三分宽的新鲜的血迹!

后面便是以前的少年和新家的主人快步跟着。主人的后面是穿着白地浴衣的藤野姑娘的母亲,手里还拿着什么东西。

在火一般热的石子路上赤着两脚,……

那紧闭着的嘴,我暗想这与捉迷藏时候向我追来的藤野姑娘很像,——这当然只是在一秒钟的几百分之一的短的时间里罢了。

这是在将近百度的热天,连微风都没有的正午所发生的情状。

我见了那一条的新鲜的血迹,忽然觉得恶心,像要呕吐的样子,眼睛也昏眩了,在那时候还能看见藤野姑娘的母亲的面貌,几乎是不可思议了。我昏昏地跟在后边快跑。我家正在医生住宅的这边,相隔两三家,我便奔入,突然地伏在正在工作的父亲的膝上,就此人事不省了。

藤野姑娘便是这样死了。

还有一件回忆,同是那时候的事情,虽然已经忘记是哪一件在先,但还记得也是夏天太阳赫灼的午后的事。

往离村六里许的 K 车站的马车,每日两三回,在村端一直往北延长过去的国道上,驾着满被尘土的黑马,踢起灰尘,来回地走着。那一天,我们五六个人,趁着这空马车,到村外三四町水车左近的土桥那里去游玩。同去的都是顽皮的乡下孩子,其中也有人怕那直晒头顶的太阳,拿了大的款冬叶戴在头上,当作凉帽的。

过了土桥,旁边都是小松树的平林;在路旁松树荫下夏草的中间,俯伏地躺着一个身穿污秽的衣服的丐妇,旁边是一个不满一岁的婴儿,沙声叫喊,一面在草里乱爬。

拉马车的定老头看见了,便止住马车,高声问道:"怎么了?"我们也都从马车上跳了下来。

丐妇很困顿似的从草里抬起头来,满面垢泥尘土,被汗流成斑驳的条纹,掀着鼻子,一个很丑的面貌,现出说不出的疲劳和苦痛的颜色。左边眉毛上有一个新鲜的伤痕,一条鲜血沿着面颊转到耳下,又流到胸前去。

"给马踢了,走不动。"她将要气绝似的说,随又俯伏下去了。

定老头暂时注视着这丐妇,说道:"不如往村里去;那里有医生,警察也在那里。"说了随即赶着马车一直去了。

我们整列地站在女人面前,看着过了一刻,丰吉拍着立在旁边的万太郎的肩头说道:"好脏的化子呀,颈子漆黑的。"

草里的婴儿现出怪讶的神情,爬在地上看着我们。女人一动都不动。

丰吉看了这情形,忽然发出元气很好的声音道:"死了,这个化子!"说着拔了一把野草,撒在女人身上道:"给她盖上草,埋葬了吧。"

大家见了也都嘴里骂着,同丰吉一样动手撒草。我(不去加入,)觉得仿佛独自远隔似的,看着他们的动作。

婴儿忽然提高了声音叫喊起来了。女人从草里抬起头来。

"呀,活了,活了! 还活着哩!"大家嚷着,由丰吉领路,往村的那边跑去了。我不知怎的却没有走。

丑陋的丐妇也并不擦去流下的血,怨恨似的睁着浑浊的疲劳的眼,注视着独自留下的我的脸。我也注视着。倾斜的夏日放出强烈的光线,毫无顾忌地晒着她那为尘土和汗所污的面庞。沿着面颊,从颈间流到胸里的一条血迹,非常新鲜,刺人眼目。

我目眩了,觉得四周变成黑暗,忽然感到不可言状的寒冷,使我全身颤抖了。我便也向村里跑去,已经比别人落后了三十间[1]了。

　　但是我不知怎的并不想去追上那先走的小孩们;跑了二十间的路,随即停住了,回过头去看。那个丐妇隐在二尺长的夏草里,看不见了。再看丰吉那边,他们似乎已经忘记了化子的事情,都高声唱着"我是官军"的歌跑着去了。

　　我那时候怀着一种奇妙的心情,行走上前去。在幼小的胸中,勉力想驱去映在心里的那个血脸的幻影,一面这样地想着:"先生说过不可嘲骂残疾的人和化子,丰吉却干了那样的事,那么即使丰吉考在第一,我是第二,丰吉的人却比我更是不好了。"

　　这以后的十几年中,我在本村小学校里最优等毕业,因了高岛先生的厚情,在盛冈市高等小学校肄业。那边也好好地毕了业,进了县立的师范学校。在这年的夏天,父亲生肺病死了。不久母亲回到邻村的母家去,过了半年,因为某种事情,听说往北海道去了,现在是生存着呢,还是死了呢,没有人得到她的消息,也没有寻访的线索。

　　我在二十岁的时候进了高等师范学校,在六个月前也已毕业了。从毕业考试的前几时发作的恶性的咳嗽逐日厉害起来,在这镰仓过医院生活也已经有四个多月了。

　　学窗的傍晚,医院的长夜中,我从言语和书简里感到朋友的交情,深深地沁到身里去了。但是不知怎的我不曾能够像许多朋友一样,亲密地尝过恋爱的滋味。有一个朋友批评我说,这是因为你太谨慎,常常过于警戒着的缘故。或者如此,也说不定。别一个朋友说,因为从早到晚埋

----

　　[1]　一间为六尺。

头于书卷堆里,全然不和社会接触,所以没有这样的机会。或者如此,也说不定。又有一个朋友说,因为全然成为知识的奴隶,养成冰一般的冷酷的心的缘故。或者实在如此也说不定。

在这活了几多人、死了几多人的病床上,吸着闻惯了的药香,靠在远闻涛声的枕上,似梦非梦地梦见的,正是十几年前的旧事了。唉,藤野姑娘!仅仅八岁时候的半年短梦,自然不能说是恋爱。这样说了,人家会要见笑,自己也觉得可哀。但是,这树荫下的湿气似的,不见阳光的寂寞的半生里,不意地从天上的花枝上落下了一点的红来,那便是她这个人了。说起红来,——唉,那个八月的暑天之下,在雪白的脚上流着的一条的鲜血!明明白白地想起这个情景来,我不知为什么缘故必又想到倒卧在夏草里的那个丐妇,而且我又即将可怕的想像移到行踪不明的母亲的身上去。咯血之后,昏睡之前,不能言状的疲劳之夜的梦屡次反复,现今我所想起的母亲的面貌,已经不是那真的面影,却似乎与那从夏草里怨恨似的看着我的,不知从何处来,也不知向何处去的丐妇,是同一的面貌了。抱着病而且冷的心胸,感到人生的寂寞,孤独的悲哀,百无聊赖的晚间,非常可以怀恋者,只是不曾知道学习文字的喜悦以前的往昔罢了。至今我所学得的知识,当然只是些极零碎的东西,但是我却为此注尽了半生的心血了,又为此得了这个病了。然而我究竟受到什么教益,学得什么东西了呢?倘说是学得了,那便是说人到底不能真实知道一切的事物这一个漠然的恐怖而已。

唉,八岁那年的三月三十日,傍晚呵!自此以后,藤野姑娘最先死去了。见了倒卧在路旁草里的丐妇了。父亲也死了,母亲行踪不明了。高岛先生也死了。几个朋友也都死了。不久我也就将死去吧。人都是零零落落的,各自分散的。人们虽然都是一样的死,但是也不能说是死了便可以睡在同一的坟墓里。葬在大地之上到处散着的不足六尺的土穴里，言语也不相通，面貌也不相见，上面只有青草生长罢了。

男女贪着不用意的欢乐的时候，便从这不用意之间生出小孩来。想到人是偶然地生来的，那么世间更没有比人更为可痛，也没有比人更为可哀的东西了。这个偶然或者正是远及永劫的必然之一连锁也未可定，这样想来，人就愈觉可痛，愈觉可哀了。倘若是非生不可的东西，那么生了也是无聊。最早死了的人岂不便是最幸福的人吗？

去年夏天，久别之后，回到故乡的时候，老栗树下的父亲的坟墓埋在积年的落叶之下了。记着"清光童女"的法号的藤野姑娘的小小的墓碑，被风侵蚀到文字都已漫漶，隐在茅屋草丛中几乎不见了。

壮丽的新筑的小学校，耸立在先前的草原，村后的小河的岸边。

不曾改变的只是水车的木杵的数目。

丰吉在十七岁时参与仓前神社的祭礼，跌下马来，折了右脚，瞎了左眼，现在充当村中自治公所的听差，当我去访问的时候，正在揩着额上的汗，用誊写板印刷上忙地丁附加税未纳的催票。

明治四十一年（1908）六月

天 鹅 绒

1

理发师源助司务离开这村子已经四年,最近又来了。这一天下午这消息一传两,两传三,传遍了整个村子,仿佛发生了什么重大事件。

这虽然叫作村子,其实地方很小。盛冈和青森之间,沿着北上川逶迤向北的一条平坦的"一等道路"(村子里的人这样称呼这条路)上,有一里路光景的地方夹道的松树断绝了,两旁相向地建立着不到九十所房子,大半是茅草盖顶的。村公所和派出所面对面,位在中部。村公所的邻近有一家铺子,叫作右卫门的,从粗杂货以至醋、酱油、火油、烟草、坛装的酒,都有供应,还有做围裙和衬领用的绸布。硬得筷子夹不断的豆腐也卖着。这店的隔壁有一个邮政局,门口装着一盏这村子里独一无二的门灯,然而并不是每天晚上点火的。

定姐小时候,这村子里没有理发店。那时候村里的人要剃头怎么办,现在想来,大约是很不方便的吧。定姐九岁或十岁的时候,大地主白井先生从盛冈叫了一个理发师来。当时村子里传述这消息,正同现在传述源助司务隔了四年重来的消息一样,曾经引起异常的惊愕。不久,有一处空地上建造起一所箱子那么大小的房子来。这房子刚刚粉好墙壁,就来了一个年纪大约三十岁的、矮身材、黑皮肤的理发师。这个人性情很爽快,一口官话很流利,善于辞令,随时都给人好感,因此不久就博得了村人的欢心。这个人就是源助司务。

听说源助司务家里有老婆,还有儿子;但到这里来的只是他自己一个人。他店里的一面大镜子,刺激了村中儿童的好奇心。定姐也常常跟同年辈的游戏伴侣一起到这店门前去,把门上的从来不曾看见过的白瓷把手上下转动,好容易开了,把门略微推开些,从门缝里窥探整齐地陈列着种种器具的室内光景。略微开开的门,不知由于谁的力量,后来开得可以通过一个人的身体了;乡下孩子都是因循无聊的,就像做贼一般胆怯地、默默地、轮流地钻进去照那面大镜子。稀奇的是:稍微离开些照镜子的时候,脸会长起来,扁起来,眼睛、鼻子也会歪起来。幼年的定姐心里想:这是镜子太大的缘故。

每月除了三天以外,(这三天源助司务到白井府上去,替他们家里的人理发或修脸,)每天总有三四个村人到源助司务那里去抽着烟聊天。过了一年之后,白井府上的账房先生的一个儿子来当了源助司务的徒弟。这个人十六岁,名叫勘之助;因为是个傻子,人们给他取个绰号叫作傻勘。从此以后,连以前不敢走近去的孩子们也都拿这理发店当作游戏场,空的时候常常去听讲"太阁记""义经""轮船"或"加藤清正"的故事。源助司务不在家的时候,傻勘有时从钱桶里偷出几个铜板来,买馅面包来招待这些孩子。名为招待,其实一半以上是塞进傻勘自己嘴里的。

源助司务在村子里是一个人缘很好的人,对一切人都行方便。每逢春秋节气上,他家送人的糕饼比寺院里送的更多。办喜事、办丧事的人家,没有不招请源助司务的。源助司务不但善于辞令、和蔼可亲而已,他到丧事人家去,就替他们用绿纸、红纸、金纸来做纸花;到喜事人家去,就唱村子里没有一个人会唱的《高砂》谣曲。加之此人多才多艺:长于烹饪,爱好盆栽,谣曲《义太夫》唱得很好,又善于接木;有一次曾经替白井先生家的孩子们扎一个八张纸接成的大纸鸢。有些人家夫妻吵架或者父子吵架,源助司务当然不惜辛苦地替他们调解。

不知不觉之间,定姐已经在初等小学毕业。她在带领婴孩的时候,觉得红色的袖口可爱;她自己把发油弄脏了的头巾洗洗干净,戴在头上;伏天过后,她拉着马的缰绳到田里去施肥料;这时候她已经自然而然地发生了看见男子怕羞的少女心情;而在盂兰会之夜跳舞到天亮,是她的最大乐事。此后,傻勘的小弟兄们赌嘴弄舌地闲谈着的理发店里,她自然很少去了。这时候源助司务的儿子——不像他父亲那样黑皮肤,却是一个白皙而挺秀的青年——已经来了三个月光景了。

定姐十五(?)岁那一年,正当盂兰会即将来到的大热天气,姑娘们为了准备跳舞时穿的单衣等物而一刻也不安定地忙忙碌碌的期间,据说源助司务的住在故乡(人们只知道是京里)的父亲死了。他立刻准备行装,向每一家人家告别,每一家人家都替他送行。村里的人都惋惜,觉得仿佛是放走了笼里饲养的一只鸟。他自己也恋恋不舍,终于在两三天之后飘然地离去了。离去的时候,定姐也跟着许多人到六里外的火车站上去送别。回来的时候,有一个人看见某处路旁田里的稻穗已有五六株开花,咕哝地说:"至少住到捣新米年糕的时候才好呢。"——定姐到现在还记得这时候的光景,好像是做一个梦。

这是极小的乡村地方,加之这一次的分别又突如其来,因此源助这一个人离去之后,到了盂兰会的次日,大家似乎觉得缺少了什么,仿佛插秧只有男人参加时的一种感觉。所有的闲人,都没精打采地呆立在门口。后来,据才只一个月来接近白井家的一个人说,源助离去的时候白井先生送他二十块钱；又有些人羡慕地替他计算，说连村人送行的礼金在内，他收到的共有五十元之多。不但如此，还有些无事不晓似的老人家，说源助在这五六年内积蓄了一百八十两银子。然而，这源助对白井本家中一个患风湿病而一天到晚躺在床上的太太，有一种特别亲切的关系。——这件事却没有一个人知道。

大约过了二十天之后，源助道谢的明信片三十张，一次送到这村子里来。据说这些明信片上的文句各不相同；于是人们又互相谈论，夸张地说他的多才多艺。此后，一个月来信一次，三个月来信两次，大约在一年半之间，源助对无论何人都不断地通信。

那家理发店呢，总不过是让给傻勘一个人管理了。幸而全村只有这一家，因此到这里来听他的胡言乱道的客人并不减少；那面凹凸不平的大镜子，到现在还在那里把人的脸拉长或压扁。

这源助司务去了四年，这回突然又来了。因此几乎已经忘记了他的村人，不论男人或女人，连驼腰曲背的老人和小孩子，都异常吃惊地把眼睛睁出，这也是难怪的事。

2

这是盂兰会过后不到二十天的事。在中午的大约三个钟头之间，炎热不减于盛夏。澄澈的天空中一阵风也没有。赤脚的姑娘们为了避开太阳灼热的路上的石子，都沿着檐下的湿泥地走路。街道里边的耕地上的梨树下面，死了掉下来的蝉越来越多了，同时秋天的气味也越来越浓了。日出以前去汲水的人，穿一件夹衣觉得项颈里有些冷；一到夜里，整个村子埋没在虫声里。所有的田里，都有琥珀色的稻穗波浪似的荡动着。然而人们都在咕哝地说，今年的田稻远不及往年的好。

从春天、从夏天，一直期待的阴历的盂兰会一到，村子就变成了青年男女的村子。一连三个通夜跳舞，还嫌跳得不够。如果天下雨，更不必说。大概在盂兰会过后二十天之内，村里的鼓声使得老人们不能睡觉。结束之后，只要不是病人或残废者，所有的男人为了收割胡枝子，一起到东岳去泊宿。于是姑娘们突然扫兴，一年中最感无聊的，正是这时候。要是往年，这时候就谈起收获后的婚嫁，含有妒意的话题是无穷尽的；然而今年收成不好，这个以耕种为生命的农村里到处消沉，没有什么有兴趣的话头。正在这时候来了一个源助司务。

听到阔别四年、突然归来的消息而吃了一惊的人们，看到了源助司务的服装的漂亮，又吃了一惊。他那顶知识极单纯的人们所叫不出颜色的、带褐带灰的铜盆帽，在这村子里除了村长、医生和白井家的少爷以外，是没有人戴的。他的绸夹里的外衣和夹衫，虽然也有条纹，但都是丝织的。带子也很漂亮，表也很漂亮。其中惹起定姐注目的，是一只沉重的旅行皮箱。

源助司务耽搁的地方，是从前最要好的一个木匠叫作兼的司务家里。初到的晚上，无论何人都到那里去探望。里面六铺席的房间里暗沉沉地点着一盏三分芯的洋灯，而进进出出的人为数不少。热闹的话声掩盖了潮水一般的虫声，十一点钟之后还传出门外来。姑娘们虽然不走进里面去，却有三四个人坐在店门口。兼司务家大女儿八重姐常常从房间里跑出来，低声地把源助司务的话传达给她们。

源助司务年纪大约已有四十岁；因为服装漂亮，显得品貌更高；举止和口气都比从前更加大模大样了。因此从前对他惯称"你"的村人，现在不约而同地都称他为"您"。据这天晚上源助所说：他这一次是因为住在函馆的一个伯父死了,所以到那里去了一趟;归途的火车必须经过此地,所以不管突如其来,定要来访问这个亲爱的村子;现在他在东京开着一个理发店,雇用着四个熟练的伙计,还是忙不过来。

这番话又立刻像音响一般地传遍了村中。

理发师并不是十分上等的职业,这一点村里的人也知道。然而讲到东京的理发师,似乎意义又略有不同。看见过银座大街的照片的人,立刻就想像源助司务家的屋子的漂亮。

大家以为第二天他要分别访问各人的家。性急的老人们就把花席子从壁橱里拿出来铺在火炉旁边,又向邻家要一撮苦茶来。然而这一天源助司务一早就上白井先生家去,到傍晚才回来。

从这天晚上开始,源助司务拿了从那只漂亮的皮箱里取出来的手帕、衬领等物,差不多每一家都访问到了。

他来到定姐家里,是第三天的晚上。他知道白天大家到田野里去,所以特地延迟,到晚上才来访问。他坐了两小时光景,一面吃麦煎饼,一面把东京的繁华讲给她家的人听。银座大街的热闹、浅草的水族馆、日比谷的公园、西乡的铜像、电车、汽车、亲王的葬仪——讲的都是想像不到的事,听的人只是睁着眼睛,漠然地在头脑里描出无昼无夜地笼罩着漩涡似的火焰的可怕的繁华景象而已。定姐听他说起浅草的观音像里面有鸽子,觉得稀奇;她想,怎么那样的地方也会有鸟? 她又想,这个人怎么会从那样的地方来到我们这里? 就凝视着源助司务的得意洋洋的脸,心中纳罕。后来源助司务又说:在东京,男人找职业不大容易;但倘是女人,无论要多少位置尽有。当女工,每月供给伙食之外还可得工资四元;定姐要不要也去做一两年看? 定姐只是低着头微笑。她心中懊丧地说:我们这种人怎么会到东京去? 她今天听见邻家的小伙子松太郎说要跟源助司务一同到东京去,她想:男人才好去呢。

3

第二天早上,定姐照例去挑水。挑水回来,想去割草,但是秋雨潇潇地降下来了。马厩里还有两天的草料,因此邻家松太郎的姐姐虽然来相约去割草,父亲说不必去了。定姐没有事情可做,整天在门口站着,有时跑进里面来看看。在门口常常看到撑着雨伞的源助司务向各处走来走去。他有时和秃头的忠太郎一同从定姐家的门口走过,这时候定姐不知为了什么缘故,躲进门里面去了。

潇潇的秋雨下了一天,将近傍晚的时候晴了。天一晴,龌龊的小孩子就从各处的屋子里跑出来,赤脚踏着混着马粪的烂泥,唱着在学校里学得的歌曲或流行小曲,无思无虑地玩耍。

定姐茫然地站在门口,心不在焉地看他们。这时候木匠家的八重姐的小妹妹跑过来,说她姐姐叫她来邀定姐到她家去一趟。

定姐心里想:大概又是同往日一样,今夜什么地方有酒宴。她就小心地绕过了路上的水坑,走到木匠家去。八重姐欣然地迎接她,似乎有些顾忌的样子,悄悄地伴着她走出后门去。

"到哪里去?"木匠的妻子从火炉边喊过来问。八重姐头也不转,只是回答道:"后面。"

门一开,三只鸡阁阁阁阁地走了进来。

她们两人走进后面耕地上一间堆木材的小屋里,靠在重叠着的方木料上,闻着被雨打湿的新木材的香气,絮絮地谈了个把钟头。

八重姐所谈的事，是定姐所完全想不到的。

"定姐，你也听到的吧，昨夜源助司务讲的关于东京的话？"

"听到的。"定姐凝视着八重姐的脸，镇静地说。不知怎的，听到东京这两个字，胸中似乎忽然骚乱起来。

八重姐渐渐地说出本意，问她要不要跟源助司务到东京去。这话在定姐看来当然是意想不到的；然而在盂兰会过后的寂寥时节看到源助司务，这话对于这姑娘未必全然无缘。定姐把两只手按在不绝地骚动着的胸脯上，睁大了眼睛，倾听八重姐讲话，很少开口。

八重姐的口气中表示，她自己已经确实地下了决心；她的声音很低，眼睛娇艳地发光。她说这件事倘使告诉了父母，当然不容易获得允许，所以必须瞒过了他们擅自出走。她把从别人那里听来的关于东京情况的话长谈细讲之后，接着说：一生一世住在这样的乡下地方，实在无聊，总要看一看东京才好。她又引用流行歌曲里的文句"青春不再来"，热心地催促定姐下决心。

走的方法也并不困难：出发以前先把衣服等物悄悄地包好；幸而有一个叫作千太郎的人，经营着从这村子到盛冈火车站的驿马车；只要托赶车的权作老伯伯预先把包裹送到千太郎家里，然后在源助司务动身的前一天，对父母只说到盛冈去宿一晚就回来，第二天就跟源助司务一同乘火车到东京去。听说火车票价是三元五角；但八重姐自己有十八元储蓄在邮政局里，把这笔款子取出，就毫无问题。她说，倘使定姐不凑手的话，她情愿代她出火车费。然而两三年以来，定姐家种在田边的豆，作为定姐的私产；她把这些豆卖了钱贮蓄着，到现在也将近九元了。

八重姐说：到了东京，当然是当女工；当女工无论怎样辛苦，比较起种田来，真是毫不费力的事。看到了日本第一繁华的东京，吃了别人的饭,外加每月得的四块钱。在这村子里的姑娘们看来,这样好的事情是没有的!她们两人计算每月的费用,胭粉、头油、元结[1],无论物价怎样贵的地方,每月用不到一块钱。每月余多三元,一年可得三十六元;耐性做了三年,可以剩一百多元。回家的时候即使用一半来买了衣服和送人的礼物,还可带四五十元。

"末藏家的房子卖给白井先生,不是只得到四十元么?"八重姐说。

"不过,八重姐,源助司务真的肯带我们去么?"定姐担心地问。

"当然肯的。今天早上别人都不在的时候我问过他了,他说可以带我们去。"

"不过,他肯带,你的爸爸妈妈不会反对么?"

"不会的。我们到了那边写封信来,说我们不是跟他一同去的,是后来赶上去的;说我们要在东京暂住一下。"

"他这个人,真是肯照顾我们的人,不过……"

这时候正好源助袖着手从后门里走出来。八重姐从小屋的门里望见了他,就向他招手,叫他进来。源助脸上装着狡狯的笑容,站定在门框里了,说:

"天还没黑,就在这里谈论情郎,梁上的老鼠听见了要笑的呢。"

八重姐举起手来,表示叫他不要高声,接着说:"喂,源助司务,今天早上的话当真么?"

源助的脸略微显出认真的样子,但是立刻露出笑容,说:"嗯,好的,好的,我这老人家说好就好。怎么,定姐也参加谋反么?"

"您说谋反,真是!"定姐睁大了眼睛。

------

〔1〕 元结是日本妇女结发用的一种纸捻。

"不过我说,八重姐,定姐,要仔细考虑呢。我是无所谓的;倘使你们到了那边后悔起来,要怪你们自己的呢。到了火车里哭起来,说要吃奶了,这倒教我没有办法了!"

"谁会这样呢……"八重姐耸起了肩膀。

"好,好,不必这样马上生气。"

源助又笑着说:"一到东京,不会再想回到这种地方来了。"

八重姐想:"不回来也好。"定姐想:"难道不能回来么?"

不久,两人看见外面天色已经渐渐暗起来,就走出小屋。直到这时候为止,定姐还没有说过去或不去,只说明天作决定答复。八重姐想再劝一个名叫末姐的姑娘同去;但是定姐以为末姐家里人少,还是不劝的好。她们坚决地约定:这件事只有她们两人知道,然后分手。不知怎的,定姐不高兴走外面的路,就从里面的路上走回家去。定姐嘴上虽然说明天答复,然而心底里已经明确地决定去了。

回到家里,看见厨房里点着一盏手提洋灯,母亲正在忙忙碌碌地准备晚饭。定姐切些干草,拌在盐水里,喂了马,又挑了一担水,然后坐下来吃夜饭。然而心绪不宁,搀八分麦的饭吃不到两碗。

定姐的家,在这村子里总算是吃得饱的农家;债一文也不欠;田地虽然不多,但都是自己的产业;马也喂着两匹,一匹青的,一匹栗毛的。她的父母都还是不到四十岁的劳动者。母亲真是个好人,性情非常和善,对自己的儿女也从来不说一句强硬的话。父亲也真是个好父亲,酒也不大喜欢,是村子里少有的。这位定次郎为人非常诚实,白井先生家凡有重大事情,一定特地任用他。据老人们说,他只有一种坏习惯,就是自夸力大,来气年青的人。定姐的祖父和祖母都在四五年前故世了。定姐是老大,下面还有两个弟弟。她的家庭就是这样。长男定吉年纪还只十七岁,然而从身体上看来,从工作态度上看来,已经是一个出色的双料小伙子了。

定姐今年十九岁。倘使在七八年前,十九岁还不出嫁,要被人耻笑为剩货;但现在这村子里,十五六岁出嫁的极少,大都要十八九岁才结婚。像邻家松太郎的姐姐之类,二十一岁了还没有定亲。定姐在外貌上看来年纪要轻一岁或两岁;身材不高不矮,袅袅婷婷,在农家姑娘中是稀有的;圆圆的脸上,长着一双乌黑的大眼睛,鼻子不高,笑靥很深。虽然不能说是美貌,然而善于撒娇,肤色雪白,头发漆黑,端整的相貌中有一种说不出的艳丽。她的性情从小就温顺,从来不曾向人反抗,委屈的时候也只是躲在暗处啜泣而已。成年以后,定姐是这村子里的老人们所最喜欢的人。"定丫头真文雅,真好!"老人们这样称赞的时候,她总是脸上一阵红晕,说"我不知道",躲到别人后面去。——现在是这样,从前也是这样。

定姐在小学校里的成绩,比同级的八重姐差得多。但她唯一得意的功课是唱歌,因此女教师最喜欢她。八重姐同她相反:因为和现在已经出嫁了的一个异母姐一同长育起来,所以性情好胜,主观很强;成长以后,变成了一个厉害的泼丫头。相貌也漂亮,自从有名的美人澄姐前年患赤痢死了之后,村子里无出其右者。她的眼稍略带凶相的皱纹,然而面庞轮廓挺秀,长在乡下地方是可惜的。这两个性行相反的人异常亲密,竟常常使得别的姑娘们感到奇怪。也有些人怀着一半嫉妒的心情,特地忠告定姐:"你还是不要同这个泼丫头在一起的好。"

定姐这天晚上就枕以后,大概一半是因为今天一点也没有劳动吧,无论如何也睡不着,想来想去,大约想了三个钟头。她听到了煤烟熏黑的板门那面熟睡了的母亲的鼾声,心里想道:我怎么能够抛了这个家,抛了母亲而到东京那种地方去呢！想到这里,立刻流出眼泪来。在这眼泪没有干的期间,她又想:我到了东京,要托源助司务写信,不断地寄信来。这样想过之后,头脑里又立刻浮现出三年以后的情况来:穿着一身漂亮的衣服,拿着一顶绸伞,怀着五十元的储蓄而回家,父母一定很欢喜！她又想:啊哟,那时候八重姐不知长得怎样漂亮了！这样一想,就觉得对于今天八重姐眉开眼笑地热心讲话时的美丽的相貌,不免有些嫉妒。这天晚上最深刻地印在定姐胸中的,实在是八重姐的相貌。怎么可以让八重姐一个人到东京去呢！

以后,定姐想起了住宿在小学校里的一个姓藤田的青年教师,觉得自己没有一天不怀着热烈的情思而想念他,热泪又打湿了枕头。这是定姐的单相思,不,实际上也还没有像相思那样地相思。自从藤田四月里转任到此以来,定姐只是在路上碰到他而打个招呼的时候感到一种欢喜而已。后来,约十天以前,定姐早上出去割草回来的时候,背上负着的杂草中夹杂着桔梗和女郎花;正在村外散步的藤田问她可否送他两三枝花,两人在这时候方才交谈而已。从第二天起,定姐每天手里另外拿了一束开残的秋花回来,预备送给藤田,然而终于没有再碰到他的机会。她也曾这样想:倘得这位先生亲近我,我绝不会到东京那种地方去了。又想:照我现在的身分,到底不能做教师的夫人,所以出去三年再来,还是一件首要的事。

每四夜一定偷偷地进来和她同睡一次的丑之助,——木匠兼司务的徒弟,男子风度很漂亮,年纪也还只二十三岁,在青年中最有威势——她当然也想起。这种乡村地方的习惯:青年男子认为私通的姑娘人数多是一种夸耀;而在姑娘们呢,嘴上虽然不说出来,心里也喜欢私通的男子人数多。因此,定姐早就知道丑之助从八重姐开始共有三四个情妇;像有一天晚上,那男人竟亲口把这些情妇的名字告诉她,使得她难当。两人之间并无什么相互的恋慕,也没有认真地订立什么未来的誓约;然而在这种睡不着的晚上,也不免想起丑哥儿现在是否正和女人同睡,而感到嫉妒。她想:我和八重姐去了之后,丑哥儿一定专往作姐那里跑,这时候就不由得发生吃醋似的感觉。

浮现到心头来的事情,一件一件地无有穷尽。定姐好几次独自哭泣,好几次独自微笑。到了沉沉欲睡的时候,睡在厨房那面的小弟弟忽然高声说起梦话来。她突然醒来,想起了这可怜的弟弟今后要寂寞了,就睡眼蒙眬地掉下泪来。飘摇不定的少女心中,就考虑两个兄弟可娶的新妇,这个那个地选择的期间,不知不觉地睡着了。

4

醒来的时候,枕头上方颠颠倒倒地贴着弟弟的习字纸的煤烟熏黑的格子窗上,还只映着水一样淡淡的晨光。谁也还没有起身。远远近近的雄鸡正在第二次报时。听得见急剧的拍翅膀的声音。

定姐立刻起身,走出四铺半席大小的铺地板的卧室。暗中摸着一双草鞋,穿在脚上了,就去开前门。马厩里等着干草的马正在用脚踢板壁,各笃各笃地响。定姐挑了两只大桶,向村子尽头的樋口挑水场走去。

从来没有这么早,一个人也还没有来。一点波纹也没有的水槽的底上,镂着四五颗将灭的星的黎明天空深深地沉浸着。清冽的秋天的朝气从衣领口沁入全身,颇有些冷。树林里还响着梦一般的虫声。

定姐一时没有打水,凝视着映在水镜里的自己的颜貌,茫然地回想昨夜的事。东京,这时候变成了很远很远的地方,她疑怪自己怎么会想到这种地方去。她想:她是生长在这村子里的,所以在这村子里度送一生,毕竟是正当的;这样地每天早上来挑水,比无论什么都快活;像人们所说那样繁华的地方,一定看不到这样清澄美丽的水吧。这时候听见后面有人的脚步声,回过头去一看,原来是八重姐。她也挑着一副水桶,正在一摇一摆地走来。历乱蓬松的头发和刚刚睡起而微微胖胖的眼睑,反而使得她的样子更加艳丽了。"她是去的。"定姐这样一想,茫茫然的头脑忽然清爽了。

"八重姐,你早。"

"你才早呢。"八重姐说着,把水桶放在地上了。

"啊,虫还在叫呢!"八重姐说过之后把头略微一侧,用手向上掠一掠后面的头发。远近各处传来开门的声音。

"决定了,八重姐。"

"决定了么?"八重姐说的时候眼睛立刻发出光彩,"我想,如果你不去,叫我一个人怎么办呢!"

"你是一定去的么?"

"如果你决定去,我就同去。"八重姐说完微微地一笑,又说,"我告诉你,定姐,非赶紧不行了。"

"为什么?"

"我告诉你,昨天晚上我问源助司务,他说他后天动身,叫我们早点准备呢。"

"后天?"定姐的眼睛睁大了。

"后天!"八重姐的眼睛也睁大了。

两人默默地互相凝视了一会,定姐先定了神,说:"那么,明天必须到盛冈去。"

"对啊。而且今天夜里必须把衣服物件包好,去托权作老伯伯。"

"呀,今天夜里?"定姐的眼睛又睁大了。

这期间,另外一两个挑水人也来了。她们两人又悄悄地商谈了一会,就打了满满的两担水,挑在肩上了。她们立刻跑到离开这里两三个门的权作家去。

"老伯伯起来了没有?"她们在门外问。

"要睡到几时呢?"里面传出粗钝的声音。

两人相对一看,吃吃地笑起来,就放下水桶,走进屋子里去。赶马车的老伯伯正在马厩前面切干草。

"明天开盛冈么?"

"明天么? 当然开的。我权作年纪这么大了,可是不赶马车要饿死呢!"

"我们稍微有些东西托你带去。"

"多带些也可以。明天是到那边去载货,这里开出的是空车。"

"东西并不多。我们明天也要到盛冈去,手里拿着东西不方便。"

"那么,你们也坐马车去好了。"

两人又相对一看,交谈了两三句话。

"那么老伯伯,我们也坐马车去吧。"

"很好。不过,到了巢子的茶亭里,要买杯酒请我喝呢。"

"一定买。"八重姐笑容满面地说。

"定姐也去么?"

定姐有些狼狈,向八重姐看看。八重姐又笑着说:"一个人去太寂寞,所以我想叫定姐也去。"

"哈,我老人家总是可以的。这匹黑马不懒惰,倒是高兴的事。那么,明天早点来吧。"

这一天,这两个人从来没有这样匆忙。定姐挑水回来,立刻到平田野去割草。但是心里异常慌乱,朝露沾湿的镰刀多半是休息着的。疏朗朗的几株松树,映着刚刚爬上山头的朝阳,把长长的影子投射在草地上;处处树叶上点缀着无数露珠,样子真好看!秋草的香气中带着新蘑的香气,深深地沁入胸底。跟着镰刀的动作而倒下来的草中,也夹着枯萎的桔梗花。定姐胸中隐现着飘摇不定的种种念头,她那双乌黑的眼睛有时蒙眬了,有时明朗了。割好一捆草,比平日费时长久得多。

割草回来,收拾了马厩,然后吃早饭。山脚上不到半亩的地上的粟子还没有割完,吃过早饭之后,定姐就同父亲和弟弟三个人去割粟子。上午粟子也割完了,她就和弟弟两人教黑马和栗毛马把粟子载回家。

母亲正坐在储藏室旁边铺着的一条粗席子上,一面晒太阳,一面打那没有打完的麻丝。三点钟光景,父亲从田里回来,走到马厩前面的干草场上,鼻子里哼着小曲,开始磨弯刀和镰刀。定姐心里只是忐忑不安,并不是为了想着东京,也不是为了悲伤明天的别离,只是无端地忐忑不安。她并不做针线,坐也不安,立也不安。

她走后门到木匠家里,正好八重姐一个人在家。她已经打好两个包裹,藏在壁橱的角落里。这时候源助来了,他叮嘱她们:他后天傍晚到盛冈火车站前面的松本客栈,叫她们到那里去会齐。

然后定姐带着八重姐回家。父亲的弯刀和镰刀已经磨好,正坐在阴暗的炉边抽烟。

"爸爸!"定姐叫。

"什么?"

"我明天到盛冈去一趟,好不好?"

"和八重丫头同去么?"

"是的。"

"八幡菩萨[1]赛会还有十天呢。"

"到八幡菩萨赛会的时候,要开始割稻了!"

"那么去做什么?"

"八重姐有些事,要到千太郎家去,说叫我同去。"

"好么,老伯伯?"八重姐插嘴说。

"零用钱有没有?"

"稍微有些,倘使您能给我,再给我一点吧。"

"又要八重丫头请客了吧。"定次郎说着,就从肚兜里摸出一个五角银币来,投给坐在入口的踏步上的定姐了。

八重姐两眼闪闪发光地看看定姐的脸,畅快地笑着。定姐看见父亲丝毫没有怀疑的样子,这个驯良的少女心中难过起来。为了不让人看见眼睛里含着的眼泪,立刻站起身来,走向后门那边去了。

5

傍晚,定姐想稍走远些,到学校里去访问藤田,向他告别,然而没有工夫。农家的习惯,天黑之后才吃晚饭。定姐说要折叠明天出门穿的衣服,就拿着手提洋灯,走进四铺半席大小的铺地板的卧室里去。不久八重姐来访问了,她装着淡然的样子走进来,故意高声地问:

"这是明天出门穿的衣服么?"

---

[1]　八幡菩萨是日本人所崇祀的武神。

"是的。明天要穿了出门,现在把它折叠一下。"定姐也故意高声地回答。两人就相视而笑。

八重姐说她已经完全准备好,现在把三个包裹拿出来,藏在这里大门口的黑暗的土间〔1〕里。于是定姐也马上把葱绿色的大包袱皮摊开来,把手头的东西聚拢来;衣服只有六七件,腰带也只两条,这少女的心中感到种种不满,嫌这件夹衣旧了些,嫌这个袖口太大了些,两人絮絮地谈了个把钟头,方才准备好。

八重姐说定姐的父母亲还坐在炉边,须得略等一会才拿出去。但是定姐踌躇了一下,站起身来,把手伸到煤烟熏黑的窗栅栏上,靠边的三根栅栏棒就很容易地被取下了。八重姐看到这光景,拍拍定姐的肩膀,笑着说:"这个人,好心计!"定姐略微脸红,也笑了。包裹就被毫无困难地从这地方送出去,放在地上了。栅栏棒照旧安上。

于是她们跑到权作老伯伯那里,把两人的包裹寄托了。夜间室外的冷风把震耳欲聋的虫声飘送过来,使得过了今夜就要逃出这生身的故乡的两个姑娘心中发生了一种默默的悲哀之情。天上处处有似乎要掉下来的秋星,初八的缺月明澄地挂在浮云旁边。村里的人家的屋顶都变成黑色,只有街道中部的邮政局的门灯寂寞地远远地在那里发光。两人毫无事情,用含糊的声音断断续续地谈着,想走远些,向有几家人家告别,就在这一共不过一里路的村子里从南到北,从北到南,好几次地拉着手彷徨着。在路上碰到了人,她们总是用娇嫩的声音羞答答地同他们打招呼。她们也到作右卫门杂货铺去,八重姐买了两条手帕,把一条送给了定姐。到处都有笑声,也有小孩子的哭声。有一家热酒店的门里射出炫

〔1〕　日本房屋门口一小间地面是土筑的,叫作土间。

目的灯光来,一道白线把街路截断了。醉汉的掩没虫声的嗥叫声,常常伴着老板娘的尖锐的笑声,好像相骂一般骚扰,三四十丈以外都听得见。她们两人对于这骚扰声也依依不舍,站定了倾听一下。

然而在跑来跑去的两个钟头之内,也有许多话可以遣愁解闷,所以定姐别了八重姐而匆匆地跑回家去的时候,已经不流眼泪,心中计算着到东京之后应该写信来问候的那些人了。从这村子到东京有八百七十里,这些她不知道;东京比仙台远还是近,这些她也不知道。她所想的只是明天到东京去。

就枕以后,觉得身体和心情都从来没有像今天这么忙碌;然而又觉得有些不满的、悲哀的、恍惚的、倦怠的情绪,立刻蒙眬地睡着了。

忽然醒过来,看见睡时忘记熄灭的手提洋灯的火光之下,有不知从哪里进来的两只蟋蟀,鼓动着可爱的翅膀,在那里叫。远处传来青年们吹笛的声音,由此可知大概还没有十分夜深。

窗栅栏外面笃笃地敲响。定姐想:啊,原来是这声音使我醒来的。她立刻爬起身来,悄悄地把栅栏棒取下。丑之助轻捷地跳了进来。

熄灭了手提洋灯,过了约一小时,定姐想起了丑之助已经在准备回家乡去,今天是最后一夜,忽然怜惜之情涌上喉头,热泪像瀑布一般流下来了。她并非对丑之助怎样恋恋不舍,只是悲哀之情一时充塞胸中,就猛然地使尽两臂之力拥抱了这男子。男的因为从来没有这种情形,吃了一惊,在暗中瞠目不知所措;忽然定姐悄悄地啜泣起来。

丑之助完全莫名其妙。他想:难道这定丫头爱上了我?然而过于突如其来,所以他只有瞠目不知所措。

"你怎么啦?"他低声地探问,但她没有回答,啜泣得更加厉害了。这

女孩子向来的温柔和悦,忽然变成了可怜。丑之助就再问:

"你到底怎么啦?"接着说,"是不是我做了什么坏事?"

定姐的脸正紧紧地贴在男人的胸膛上,这时候就在他胸膛上用力地摇头。男人已经深深地可怜定姐了,就对她说:

"那么为什么呢? 我近来因为略微忙些,有四天不来了,所以你生气,是不是?"

"胡说!"

"不是胡说。我的确在想:如果你答应的话,我们就做了夫妻。"

"胡说!"定姐重复说一句,脸在男人的胸膛上贴得更紧了。

暂时之间只听见她的啜泣声。丑之助等她的啜泣声断断续续了,继续说:

"你的脸,我每次来,都觉得像天鹅绒一样。好像一个十四五岁的姑娘。"这差不多是这青年每一次来的时候都对定姐说的赞辞。

"你跟十四五岁的姑娘……"定姐说的时候鼻子塞了。男的看见女的情绪稍微好些,就说:

"你不要胡说。我有时喝了些酒,也许到别的女人那里去;但是不会这么轻佻。"

定姐心里想:到东京去这件事,对这丑之助一个人说了,大约不要紧的吧。但又觉得对不起八重姐。不过就此一声不响地分别了,也是一件憾事。她刚才曾经再三地考虑这件事怎么办,然而终于不能决定。

"丑哥儿。"略微过了一会,她低声说。

"怎么?"

"我明天……"

"明天怎么? 明天晚上再来,是不是?"

"不是。"

"那么怎么?"

"明天我,要到盛冈去一趟。"

"去做什么?"

"八重姐要到千太郎家去,我和她同去。"

"真的么? 八重姐今夜一点也不曾说起呢。"

"你今夜八重姐那里也去过了?"

"没有。"男的说着,略微有些狼狈。

"那么什么时候碰到她的?"

"什么时候么? 八点钟光景。喏,在芳姐家的铺子里。"

"这个人,真会说谎。"

"为什么?"愈加狼狈了。

"还要问什么! 今天从天黑起,我一直同八重姐两个人在一起走。"

"那么。"男的说过之后嗤嗤地笑起来。

"好了,我知道了!"女的略微提高声音说,倒并没有生气。

"明天坐马车去么?"

"坐权作老伯伯的货车去。"

"那么明天要起早了。"接着又说,"要不要给你些零用钱? 好,把洋灯点起来吧。"

定姐不说话,丑之助自己伸出手去摸着了火柴;点着了洋灯,就从脱在那里的衬衣的袋里摸出一个钱包来,取出一张一元钞票,塞在枕头底下了。女的把洋灯吹熄了,说:

"太多了。"

"不多。我还有很多。"

倘是平时,这种事情在定姐并不觉得怎么高兴。可是现在将要到东京去,而从常常伴着睡觉的男子受到送行的礼金,想起了自然觉得欢喜。她想:八重姐不会有这种事情吧……

起初看到的蟋蟀,还在屋子的角落里,常常发出哀鸣声,仿佛想起了什么似的。这一夜定姐紧紧地拥抱这男子,两手绝不放松。直到将近天亮,处处鸡啼了,马厩里的马挥动鬃毛的声音和各笃各笃地踢板壁的声音也听到了,她虽然没有什么话要讲,却还不肯放丑之助回去。

6

第二天早上,定姐睡得正熟,被八重姐来叫醒了。她擦着刚刚睡醒的眼睛,在搀八分麦的冷饭里冲些水,胡乱地吃了,向刚刚起身的父母和弟弟简单地告了别,就跑到靠近村边的权作家去。几个打水的女子,都睡眼蒙眬地从各方面走来了。载货马车已经准备好,权作正在对老婆说些埋怨的话,一面拉着那匹粗脚的黑马出来,把它套在马车上。

打水的人问她们:"到哪里去?"她们回答说:"到盛冈去。"两人面向车尾,端端正正地坐在载货马车中的坐垫上了。旁边放着包袱。八重姐说要在马车上梳头,所以带一个装着梳子、头油和小镜子的小包来。两人都穿着新的、仿八丈绸[1]的(然而是棉织的)条纹夹衫。

不久权作在黑马的臀部拍拍地敲两下,喊着"呵,呵",自己也跳上马车来。马喷着白色的气息,向南跑了。

两人似乎头脑里还没有完全醒过来,茫茫然地坐着,望着逐渐向后

〔1〕　八丈岛上所产的一种丝绸,叫作八丈绸。

面离去的村子。路的两旁并列着还没有很老的松树,朝寒充满在爽快的松风中,树林里的虫声很轻。开了大约三四十丈路,看见村边的打水场前面有一个手里提着一条白手巾的男子。这是每天早上到这里来洗脸的藤田。定姐连忙把手里握着放在膝上的新手帕扬起来,手伸高些,向他挥动。藤田似乎站定了向这边凝视,正想扬起提着的手巾来,路略微转弯,就被路旁的松树遮蔽了。定姐忽然想到:刚才的动作,不知八重姐看见了怎样想。她就羞怯而惊慌地看看八重姐的脸。她看见八重姐的美丽的眼睛里含着眼泪,自己的眼睛里也立刻涌出眼泪来。

到盛冈的三十里路上,旁边并列着的老松和新松有若干株?没有人数过。两人梳好头,已经走了十二里路。以后的十八里路上,是权作讲闲话和她们两人谈小时候的旧话。

理发师源助司务去了四年,突然又到这村子里来,耽搁的七天之间,到处受人欢迎款待。他在这七天之间反复地叙述东京的繁华。村里的人得到异样的印象,大家感到或多或少的羡慕之情。倘使他再住四五天,发生和八重姐、定姐同样的志愿的人,说不定还有三个或五个呢。源助司务满怀得意,对每个人都说“倘使到东京来玩,务请耽搁在我家里”,就在第七天的下午离开了这村子。他在好摩火车站乘四十分钟车,到了盛冈,依照原约,到松本客栈投宿。

一进客栈,立刻去洗澡。八重姐和定姐来找他。三个人一同吃晚餐。因为明天要乘早班火车,这一晚她们两人也宿在这客栈里了。

源助喝一壶酒,费了一个钟头。他一面喝酒,一面把到了东京以后的种种事情详细讲给两人听。例如:口音非及早改换不可;两人所不曾看见过的电车怎样乘法;必须谨防扒手;等等。九点钟光景就寝。八铺席的房间里铺着三副被褥。两人站着想：我们睡在哪里呢？这时候源助钻进了中央的一副被褥里。两人没有办法，只得分别睡在左右的两副被褥里了。

第二天早晨，两人都被源助叫起，匆匆地梳了头，吃了早饭，搭上了五点钟开的头班上行车。

7

因为途中机车发生事故，三人所乘的火车到达上野[1]车站的时候已经是当夜七点多钟。但见很长很长的月台和潮水一般的人，八重姐和定姐都变得很小，牵着源助的两个衣袖，好容易从剪票处脱出。一走出车站，但见数也数不清的几百辆人力车排列着，广场的那一面满街灯火，照得同白昼一样。定姐看到这光景，早就胆战魂消了。

三辆人力车，按照源助、定姐、八重姐的顺序而开出。定姐是有生以来第一次坐人力车。她感觉到仿佛做了一个从来不曾做过的梦，这里也不是东京，也不是乡村，也不知道自己这个人正在到哪里去；认得的只有前面的人力车里的源助的背影；她完全茫茫然，不能细看街上的繁华了。只看到灿烂的灯光，只听见千万种声音合成的都会的轰响。这灯光仿佛要把定姐溶化了。这轰响仿佛要把定姐消灭了。定姐只是比生命看得更重地抱着膝上的葱绿色包裹，倾听自己胸中跳动的声息。她仿佛觉得四周有无数漂亮阔绰的人物在通过，还有许多很高很高的房屋。

到了略微暗些的地方，定姐透一口气。这时候人力车正从本乡四丁

---

〔1〕　上野是东京的地名，有火车站。

目向左转一个弯,拉进了菊坂町。定姐转过头来向八重姐一看。

不久人力车停在挂着"山田理发店"的招牌的一所很明亮的房子前面了。两人由源助引导,走进一扇玻璃门中,但觉里面亮得睁不开眼睛,壁上并列着好几面大镜子,空中挂着好几盏洋灯,室内有许多穿白衣服的职工。哪一个是真的人,哪一个是镜中人,分辨不出。这时候源助又引导她们从店的一角上的门里走上了一间有铺席的屋子里。

两人很高兴地走了上去,然而不知道应该坐在什么地方,有些局促不安,就暂时站在那里。源助说:"东京真热,我坐在人力车上出汗呢。"立刻把外衣脱下,想丢在一边,一个三十六七岁的、身材矮小的、老板娘模样的女人来接了去。

"怎么样?我出门的期间有没有什么事情?"

"没有什么。"

源助就在长火钵的那一面盘腿坐了下去,对两人说:

"来,你们也来坐坐,来,到这边来。"

"来,请坐。"老板娘也说,同时诧异似的向两人看。两人像偶像一般坐在那里了。八重姐低头行个礼,定姐立刻模仿。源助说:

"吉姐,这两位姑娘,就是我常常说起的南部村里的、以前帮过我不少忙的人家的女儿。这回她们说一定要到东京来当一两年女工,所以跟我一同来了。她是我的内人。"他向两人看看。

"哦,新太郎说你在信上也谈起过这件事。两位姑娘,你们来的路好远呢,真是。"

"嗳,嗳……"两人好容易呕血一般地呕出了这两个字,就乖乖地低下了头。

"这一次我在那边玩了七天,就是在这位八重姐家里叨扰的。"

"啊,是这样的,多蒙你家照顾了。真是难得来的远客！请你们当作自己家里一样,不要客气,慢慢地在这里玩玩。"

定姐这时候想起了她们不曾带些礼物来,暗自感到不好意思。

吉姐是一个身材矮小而相貌挺秀的女人;举止行动的敏捷,是两个乡下姑娘所不曾见过的。她身穿一件黑缎子领襟的花洋布夹衫。

吉姐问两人叫什么名字,多少年纪。然而大都是源助接着代为回答的。一向好胜的八重姐,这时候也好像塞住了喉咙,一句话也说不出来了。定姐更不必说:她担心今后怎样学得会那么流利的语言;吉姐的脸一转向她们,她就提心吊胆,怕她又要问什么了。

"爸爸回来了?"源助的儿子新太郎叫着走进来。他对她们两人也打招呼。他六年前曾经到定姐的村子里去过一次,所以对她们说了好些话。两人答应他,又很困难。新太郎六年前的面影差不多完全没有了,现在已经变成一个二十四五岁的漂亮的青年,他不像父亲那么矮,身材很高,带子系得笔挺,头发梳得很光洁,鼻子高高的,只有肤色依旧同从前一样雪白。

原来新太郎是源助住在静冈的时候出世的。新太郎两岁的时候,源助飘然离家,从东京到仙台、盛冈。他在盛冈的时候,住在白井家的一个亲戚所开的酒坊隔壁的一家理发店里,由这个亲戚介绍,从盛冈来到定姐的村子里。父亲死了,他回到家乡,不久把不多几间房子卖掉,带了一个两眼失明的母亲、吉姐和新太郎,来到东京。这母亲去年年底死了。

他们拿出茶来,又拿出两人从来不曾看见过的点心来。

源助和吉姐的谈话,转到了这回死去的函馆的伯父、他的葬仪,以及他的遗族的事情上。定姐同石像一般一动不动地坐着,两脚麻痹了,膝盖骨痛起来了。她想哭出来,好容易忍住了,两只眼睛盯住铺席上的席

缝,非常难熬。直到九点半光景,才有人说"你们今天辛苦了",带她们到
里面楼上的一间六铺席的房间里去。定姐站起身来,两脚失却知觉,几
乎向前跌倒,就抱住了也在摇摇晃晃的八重姐,两人互相看看,苦痛地
笑着。

她们拿着包裹走到了里面的楼上,吉姐就送两副被褥来,敏捷地替
她们铺好了。她在两个铺位中间的狭缝里略坐一下,说了三四句殷勤的
话,就下楼去了。

到了房间里只有两个人的时候,大家透一口气,互相偎傍着坐在刚
才吉姐坐的铺位间了。在这样坐着的约十分钟之内,她们用土白来娓娓
地谈话。忘记带礼物来的失策,八重姐也曾想到。谈话之中,两人一致
认为源助司务真亲切,吉姐也是一个很体贴的好人。关于乡里的事,两
人都绝不谈起。

事情真奇怪:这时候定姐倒说话很多,被称为泼丫头的八重姐反而
不大开口,始终只是被动地答应。就枕之后,两人都睡不着。并非为了
谈话而睡不着,她们只是在微弱的洋灯光中互相注视,交换温和的微笑。

8

第二天,枕边的格子窗上刚刚发白的时候,定姐先醒了。她想:呀!
我已经到了东京了! 接着就想起昨晚的两脚麻痹。她把两膝伸开又屈
了一下看,已经不感到什么了。楼下的人看样子还没有起身。四周肃
静,人力车上所看到的纷纭扰攘,似乎消逝到不知什么地方去了。她不
期地想起:应该去挑水了。立刻又记起这里是东京,就微微地一笑。以
后两三分钟之间,她考虑着东京是怎样挑水等事。这时候八重姐翻一个

身,把脸转向了这边。她不知做了一个什么梦,眉头蹙紧,苦痛地喘息着。定姐看到了这样子,立刻坐起来,低声地叫八重姐醒来。

八重姐深深地吸一口气,蓦地睁开眼睛,惊讶地看看定姐的脸。

"啊,我不是在家里!"说着,懒洋洋地坐起身来。然而还是想不通的样子,向周围环顾一下。

"定姐,我做了一个梦呢。"她娇声地说。

"家里的梦么?"

"家里的梦。啊,可怕得很!"她把身体挨近定姐,仿佛要投身在她膝上的样子,一只手搭在她的肩膀上了。

她做的梦是这样:村子里有一个人死了。不知道死的是谁,总之似乎是一个老人。他的葬列从村公所出发。村里的男男女女都参加送葬。警察手按着剑柄,喊着:"不准讲话! 不准讲话!"走到村子北面的边界上,向东转弯,再走五六十丈的寺院甬道。走到甬道中央的时候,送葬的人只有男人了,然而都是穿西装的或者穿着带家徽的衣服的、戴漂亮的帽子而生胡须的人。只有八重姐一个人被缚在一辆人力车上,也参加在内,拉车的不知道是谁。经过杉树底下,到了寺院里,在庭中绕三个圈子,然后进入大殿。但见一个服装华丽无比的美貌的小姐从棺材里走出来,坐在中央了。八重姐也和许多男人一起坐下了。有人对她说:"你是女人,应该到那边去。"就拉她到最前面去。不曾见过的许多小和尚从里面走出来,敲起铙钹和鼓来。奏的是《喇叭曲》[1]的调子。接着一个大和尚手里拿着拂子从里面走出来,走到那个美貌的小姐面前,向她鞠躬;忽然又走到八重姐面前来。他穿着高底木屐,矗立在她面前了,对她说:

---

〔1〕《喇叭曲》是当时日本的一种流行小曲。

"八重姐,你必须代替这位小姐到坟墓里去!"源助司务不知是什么时候来到她身旁的,这时候他把嘴巴凑近她耳朵边,对她说:"你说不肯去,你说不肯去。"她就说:"我不肯去。"说过之后转向一旁了。(这时候大概翻一个身。)那和尚就回过身来向着她,把手按在他那没有胡须的下巴上,仿佛摸胡须的样子;忽然像血一般红的胡须生出来,长长了,长长了,一直长到了肚脐旁边,并且那双眼睛变得同盘子一样大;他愤怒地喝道:"你敢这样?"这时候她醒了。

八重姐讲完之后,两人都感到不快,一时间含有意义似的四目相对,然而谁也不把心里所想的说出口来。正在这样的时候,听见楼下的源助大声地打一个呵欠,接着吉姐说了些话。过了约五分钟,似乎有人起来了,她们两人也就站起身来束带子。被子必须折叠起来,八重姐说:

"定姐,昨天晚上拿来的时候,这被子是面子折向外面的,还是夹里折向外面的?"

"让我想想看,是哪一面?"

"是哪一面?"

"这倒难了!"

"呃,这倒难了!"两人暂时呆呆地站着,四目相对。

"好像是面子向外吧。"

"是面子向外?"

"是的。"

"是这样的么?"

不久两人把被子折好,叠在屋角里了;然而不知道这么早是否可以下楼去。怎么办呢? 商量的结果,决定还是略等一会,就此站在房间中央,向四周看看。

"定姐,柱子很细呢。"这个木匠的女儿这样说。她是在用粗木材拙劣地构成的南部农村的屋子里生长起来的;在她看来,东京的屋子的柱子和横楣的确都很细,地震起来会动摇,很危险的。

"真的呢。"定姐也说。

回忆昨晚在楼下所见的样子,看到这房间的铺席很旧,糊壁纸处处破裂,天花板低得伸手可以碰到,都使她们觉得源助的家没有像她们两人和村里大多数人所想像的那么漂亮。两人又谈了些关于这一点的话。这时候八重姐忽然指着五尺高的壁龛〔1〕里挂着的、庙会里买来的七福神像〔2〕说:

"这是什么东西,你知道么?"

"是惠比须和大黑〔3〕吧。"

两人就在壁龛里坐下了。

"定姐,这是谁?"八重姐指着图中的一个人问。

"拿着槌的一个,是大黑吧?"

"那一个呢?"

"是惠比须。"

"那么这是谁呢?"

"是布袋和尚,肚子露出的那个。很像忠太叔叔呢。"说着,两人都想起了忠太的胖得可怕的肚子,把衣袖按在嘴上,像小孩子一般笑了一会。

---

〔1〕　日本建筑的房间里,有一处地方凹进些,专为挂画或供装饰物用,叫作"床间",今译为壁龛。

〔2〕　七福神是日本一般人家所供奉的七个神仙,普通是惠比须、大黑天、毗沙门天、辨财天、福禄寿、寿老人、布袋和尚。

〔3〕　大黑是大黑天之简称。大黑天即财神。

楼下有开后门的声音、锅子的声音,八重姐先站起身来,大家走下扶梯去。吉姐看见了她们,笑脸相迎,说:

"啊,你们很早。为什么不多睡一会?"两人都蹲下去,把两手支在厨房的门槛上,用土白机械地说一声"您早!"行一个礼。吉姐觉得纳罕,笑着把头转向一边,随后爽朗地说:

"你们真早啊!"

她比昨晚更加亲切地和她们谈了许多话,例如问她们昨夜睡得好不好,有没有做故乡的梦,最后又问:

"你们乡下还没有装自来水吧?"

两人互相看看。自来水是什么东西?记得源助也不曾谈起过。教她们怎样回答呢?正在为难,吉姐又说:

"不懂得东京的情形,当女工也是困难的;你们跟我来,我教你们。"就提了水桶向后面走下去。两人回答一声"好",连忙到店堂里去把她们的木屐拿来。走出后门,吉姐已经走到两三丈外的地方,站在那里等她们。

并没有什么奇怪,只是像邮筒那样的一件小东西站着,四面地上都淋湿。

"这叫作自来水。好不好?喏,这么一来,随便多少水都会流出来。"吉姐笑着这样说,同时把龙头一拧。忽然水索洛索洛地流出来了。

"呀!"八重姐不由得惊喊一声,立刻难为情起来,脸上火一般红了。定姐虽然没有喊出,但是"呀"字已经在喉头,她的脸也红起来。这时候吉姐把一只装满了水的桶拿开,换了一只空桶,对她们说:

"来,你们随便哪一个来捻捻这龙头看。"宛如小学校里的老师教一年级生的样子。两人你看我,我看你,互相推让,只是不伸出手来。吉姐笑着说:"一点也不要怕!"

八重姐下个决心,用一种独特的手法把龙头使劲一拧,因为这并没有特别装置,所以水立刻流出来了。八重姐自然感到得意,低声笑着,看看定姐的脸。

回来的时候,她们不管吉姐的客气,一人一桶,轻飘飘地提到了后门口。吉姐在背后笑着喊:"啊,你们气力真好!"伶俐的定姐还不能察知这句话里面所含蓄的意义,她总觉得是称赞,口角上暗暗露出微笑来。

然后,吉姐叫她们去梳洗。她们连忙跑到楼上去,把淡黄色的毛巾和梳子拿来。吉姐说店堂里有大镜子,两人就跑到布置着各种光怪陆离的器物的店堂里,开始梳头。不久,宿在外面楼上的职工起来了,看见了她们两人,说着"你们早!"脸上浮现出奇妙的笑容来。她们只觉得不好意思,红着脸,低下头,连映在镜子里的自己的颜貌都难为情看,一动不动地站着,匆匆忙忙地梳头。然而八重姐也时时斜转眼睛去偷看职工们的举动。

一切事情都这样地过去,早饭也吃过了。吃早饭的时候,源助夫妇、新哥儿、八重姐、定姐五人共坐一桌。八重姐和定姐都没有吃三碗饭。这一天,因为源助出门半个多月回来,必须拿了礼物去一一访问亲戚朋友,所以吉姐说家里没有空,决定明天陪她们去玩。

她们也粗手笨脚地帮助收拾食器,又两个人单独去打水。这时候八重姐已经有过一次经验,就装着高年级生的态度说:"到底是东京!"

这一天她们差不多完全在里面楼上的房间里度过。吉姐常常跑上来,这般那般地把当女工所必须懂得的事情讲给她们听。定姐已经把这个不拘客套而叨叨絮絮地教她们的女人当作世界上唯一可信赖的人。她认为这个人比曾经从盛冈到他们村子里来的、村公所的副主任太太更加亲切。

吉姐对她们两人谈话的情状,如果有人在旁边看,恐怕他真会笑坏了呢。要她们必须赶快把口音改过,就先从短语教起——"遵命""您走啦""您回来了""原来是这样的",反复地教。两人在心里模仿着说,然而很不容易说得像吉姐那样。例如土白"是么"和东京敬语"原来是这样的",句子的长短先已不同。她们只管把"是"字说得重,结果把句子切断为两部分,变成了"原来是、这样的"。

"来,你们说说看!"吉姐催促她们说,她们立刻都脸红了,"你说","你说",互相推托。

吉姐又说她们两人太斯文了,到店里去看看,或者到街上去走走,好不好? 她告诉她们:

"走出门,向昨夜人力车来的方向略微走了一点路,就是本乡大街,是很热闹的地方。拐角上有一个商场,叫作本乡馆,里面什么东西都卖。向右面走,是三丁目的电车站,向左面走,是赤门前。赤门就是大学,这是日本第一个大学校,这个名字你们大概听到过的吧。不要怕,只要当心走路,无论走到什么地方都不会迷路,只要记牢拐角上的商场和我家的招牌。招牌上写着这样的两个字。"她用食指在铺席上模糊地写"山田"两个字,继续说:"读法是山田哪!"

两人略微表示得意的样子点点头。为什么呢? 因为她们都曾经在初级小学毕业,山字和田字都认得。

然而她们连楼下都不大肯走下来。吉姐去了之后,两人悄悄地谈话,用衣袖按住了嘴巴偷偷地笑。直到将近傍晚,才由八重姐发起,到街上去。一走出门,果然看见一块油漆招牌上写着"山田理发店"五个字,对门是陈列着像花一样的点心的糖果店。两人向右面看看,向左面看看，留心记牢这所房子。这时候理发店门口四个职工都看她们，向她们笑。她们轮流地回过头来察看，并且在胸中计算所走的路；这样地走了六七丈远，来到了本乡馆前。

定姐本来认为这理发店所在的菊坂街，其繁华比得上盛冈最热闹的肴街，可是走到这里来一看，菊坂街竟好比是乡下了。东京的街道真不得了！一刻不停地涌来涌去的人的潮流！从三方面拥过电车和人来的三丁目的喧嚣，竟好比战争就要开始的样子。定姐已经一步也难于前进了。

商场盛冈也有，不过比这里的本乡馆小得多。八重姐主张到本乡馆里去看看，定姐说"下次去吧"，不敢前进。八重姐正犹豫不决地站着的时候，许多车夫跑来，不绝地催问她们要不要车子。两人怕起来，就向原来的路逃回去。这时候听见背后有笑声。

第一天这样地过去了。

9

第二天由吉姐陪着，早上八点钟光景出门去游玩。

先到赤门前。定姐低声说："这样的学校里也有教师么？"八重姐坚决镇静地回答："当然有的。"她们看见不忍池，认为同海一样大，因为定姐的村子里只有山、河、田、地。走到上野的树林里，她们觉得站在树丛中的大佛比听人说起的铜像更加好看。浅草人山人海；她们看到爬在球上要杂技的人，替他捏两把汗；走到水族馆的地下室里，想起了源助的话，用手按住了腰间的钱包，似乎看见有许多人像扒手。凌云阁太高了，有些可怕，终于没有上去。走到吾妻桥上，觉得东京地方连河也比乡下的大。听吉姐讲两国一带地方七月下旬为庆祝开始河上纳凉而放焰火的情形,她们始终不懂得这是怎么一回事。她们看见涨潮的时候河里驶行着的、船尾折扇形的轮船,觉得非常奇怪。她们到银座大街,到新桥火车站,又到好几处商场。听说二重桥就是皇帝伯伯的御门,就向它鞠躬。看见日比谷公园里漂亮的青年男子和女子拉着手走路,心中吃惊。

在须田街换车的时候,定姐弄错了方向,以为又要到刚才玩过的地方去了;其实这期间电车已经开到本乡三丁目,大家下车了。定姐想:天已经快黑了,还要被拉着跑来跑去,心里有些焦急;岂知走不到三四十丈路,就在本乡馆的拐角上转弯了。这时候她想:东京的路真奇怪。

回到理发店里,看见源助坐在长火钵的那一面,棕黑色的额上青筋凸起,他正在骂人。一个十七岁模样的职工像蜘蛛一般匍匐在他面前。据说最近不见了的一架理发机,是这职工把它藏匿在什么地方的,这一天被发现了。定姐想起了楼上的包裹。

两人的身体和心神都已经疲乏得像棉花一样了。白天在某地方每人只吃一碗面;然而到了上灯吃晚饭的时候,一碗饭也难下咽。头脑里茫茫然,也不想什么。说话也没有兴趣。耳根里还听见都会的轰响。

听源助说,幸而已经找到了很好的女工职位,但是不妨慢慢地再玩四五天去上工。两人吃过晚饭,不久就上楼。大家都只说一句"吃力",靠旁边一屁股坐下去,不再说话。她们似乎觉得是到很远的某地方去了回来。她们觉得光是说起浅草、日比谷这些名字,似乎就在近旁;然而一讲起了那些地方的情状,就觉得是很远的地方。一个钟头以前所看到的种种地方,在心中历历可数;然而各地方的景色,很不容易浮现到眼前来。闭上眼睛,就听见轰轰然的声响,球上的耍杂技,商场里的大花瓶,闪闪地掠过心头。脚底下飞起鸽子来。

吉姐说："电车再方便没有了。"然而定姐认为电车再可怕没有了。她只要想一想穿马路时的心情,就会流出冷汗来:向左右两面望望,倘使离开三四丈路的地方有电车开来,她的脚就不敢动。要等电车开过了五六丈路,她才下个决心,奔到对面去。好容易安心了,然而胸中跳动得厉害。并且,乘在电车里的时候非常局促:她同穿洋装的男子挨肩并坐着,身体不由得紧缩起来,头略微动一动,项颈里筋肉疼痛。以为车子要停,却又开动了;以为车子要开,却又停下了。无数的人上上下下,怎么不会弄错? 她觉得不可思议。与其乘一站电车,还是赤脚跑三里山路舒服得多。

大都会用它的可怕的喧嚣扰攘来压迫定姐的心。然而定姐并不想回家乡去。这也并不是说她喜欢东京。她也不想住在这里,也不想离开这里。一刻钟以前的事情也忘记,一刻钟以后的事情也不想,柔驯的定姐已经疲乏了。就只是疲乏了。

吉姐拿着一小盘煎饼上楼来,对她们说,明天陪她们到浴堂去,说过就下去了。

九点钟之前她们就铺设被褥。

第三天下雨。

第四天忽晴忽雨。九月也已经过了二十天了;初秋的轻寒中,荡涤残暑的雨丝颜色发白;打在屋檐上的潇潇声,和山乡里所听到的不同,令人感到阴惨,很讨厌。两人呆然相对,回想乡里的事情,很少说话。

吃过午饭,两人还在厨房里帮吉姐收拾的时候,替她们找女工职位的一个男子——源助的同行——跑来了。他说对方急于需人,可否今天就去？

源助对他说：她们两人东京的情况还一点也不熟悉。但是那人说：倘不去试做，到哪一天才熟悉呢？吉姐赞成这句话。

终于决定今天就去。

于是吉姐替她们梳银杏返[1]，先替八重姐梳，后替定姐梳。定姐觉得前面的发髻太大了。吉姐又替她们束带子。

三点钟光景，八重姐先由源助陪着出去了。定姐忽然感到寂寞。她坐在挂着七福神的壁龛里，两手紧紧地抱住小小的胸腔，眼睛里含着很大的泪珠。

过了一个钟头光景，源助回来了。他说那人家的主妇是一个很直爽的人，一看见八重姐，就说这个人用了半年自来水，会变成一个绝色美人呢。

提早吃了晚饭，轮到定姐去上工了。据说那人家就在附近的坡上。于是趁黄昏雨晴的期间提着包裹，跟着源助前去。她默默地走着，考虑应该怎样应对，心中感到苦痛。源助反复地叮嘱她，说对方也知道她完全是个乡下人，所以只要万事无误地听从主妇的话就好了。

真砂街某一条小巷里，右边有一只写着"小野"两字的门灯，还刚刚点火。他们走到了这地方。

"就是这人家。"源助说着，拉开入口处的格子门来。定姐不禁感到异常的不安。

源助过了三十分钟光景就回去了。

竹筒台的洋灯很明亮。茶具橱、柜子、自鸣钟、柜子上的美观的镜

---

[1]　银杏返是日本妇女结发式之一种。

台——八铺席的房间里所有的东西,在定姐看来都异常漂亮。黑柿木制的长火钵的那面,两寸厚的坐垫上坐着一位年约二十五六岁的太太,嘴巴略微像"∧"字,鼻尖向下弯曲,但在定姐看来只觉得是一位漂亮的太太。定姐在洋灯光底下缩着身子,石头一般坐着。

定姐只听说这人家的主人是在银行里做事的;但是银行是什么,她一点也不知道。主人还没有回来;一个五岁模样的两眼闪闪发光的男孩子躺在太太身边,正在看一册有画图的杂志,常常诧异似的向定姐看。

太太送出源助之后,亲自拿了洋灯,引导定姐去看家里的各个房间。入口处的格子门里面,是一个三铺席的小间。旁边是一个六铺席的房间。里面就是这个八铺席的房间。再里面还有一个六铺席的房间,是主人夫妇的寝室。厨房旁边有一个四铺席的狭长房间,被指定为定姐的房间。楼上的八铺席房间是主人的书斋。

于是太太把雪白的左腕靠在长火钵的边上了,向定姐详细地说明从明日起每天应做的日课。哪里的门应该最先开;哪个房间可以在吃早饭之后去打扫。从客人来访时的传达法、木屐和皮鞋的整理法,直到商店学徒来接洽时的应对法,都用她的质朴的声音来详详细细地说明了。定姐所听得懂的只是大纲要领而已。

这时候先生回来了。太太就把自己的座位让出,去坐在刚才源助坐的对面的坐垫上了。

"您今天回来迟得多呢。"

"嗯,今天到铃木董事那里去了一趟。(说着,看看定姐的脸,)这是这次雇用的女工么?"

"嗳,刚才菊坂的理发店里的人同来的。(转向定姐,)这位是先生,行个礼。"

"是。"模糊地这样回答的定姐,以前早就担心着这个礼仪,正缩紧了两肩,在那里纳闷;现在听见太太这样说,脸上忽然像火一样红了。

"请先生照应。"她伸出了两手说,声音轻得几乎听不见。先生是一个年约三十二三岁的、髭须威严而仪表端正的人。

"你叫什么名字?"

他冒头这样问,接着又问她年纪多大,又问她家乡在哪里,又问她有没有父母,又问她有没有进过学校。定姐回答的时候困苦之极,每次被问一句,恨不得地上有一个洞,让她钻了进去。两脚麻痹得难于忍受了。

过了不久,太太对她说:"今晚可以不必做什么事了,你把刚才对你说过的洋灯点着了,到四铺席房间里去睡吧。被褥就在那房间里的壁橱里。还有,你现在还没有熟悉,比方夜里起来上厕所,走错了门是不行的,所以洋灯不要熄灭,把它捻低了放在安全的地方。"太太这样表示准许她去睡之后,就递给她一匣火柴。这时候定姐的欢喜,笔墨难于形容。

定姐走进指定的四铺席房间,先把两条腿伸一伸,用拳头在膝盖骨上轻轻地敲敲。这房间里只有一堵壁上有两扇格子窗,想来在白天是不大明亮的。窗的对面,房间的里边,有一个壁橱。开开来一看,被褥也有,枕头也有。一股异样的气味冲进鼻子里来。

定姐蹲在这里,一只手搭在开开的橱门上,约有一小时光景一动也不动。她先在心中计算明天早上自己应该做的事情。然后想起了友爱的八重姐,不知道她此刻怎么样了。抛了走出家乡以来片刻不离的朋友,又抛了源助和吉姐,唉,现在变成孤苦伶仃——想到这里,这个柔情的少女就热泪满眶。东京的女仆!在家乡的时候想来,真是一个光荣幸福的人……然而她给家乡还没有写过一封信。想到这里,父母的面貌、弟弟的声音、马匹的情形、朋友们的情形、割草的情况、挑水的情况、生身的故乡的一切光景都清清楚楚地浮现到心头来,定姐茫然地闭上了含泪的眼睛,在心中反复地说:"妈妈,请原谅我!"

这期间她的神经锐敏起来,听见隔壁主人夫妇的声音,仿佛觉得他们正在讲她。自鸣钟敲十点钟,似乎大家都已经睡了。定姐生怕明天起得迟,就揩揩眼泪,取出被褥来。

她把三分芯的洋灯捻低,躺下去睡觉,心情略微畅快些了。八重姐大概也已经睡了吧——又想起她的朋友来。伸手拉一拉被头,觉得棉絮柔软。她在家里盖的被头像板一样薄而硬,是用飞白[1]粗棉布作面子的。源助家的已经柔软了,而这比源助家的更加柔软。被头上虽然染着以前几个女仆的汗和头垢,然而定姐觉得很舒服,因为她是初次盖黑色天鹅绒镶边的被头。定姐不期地想起了丑之助常常说的话——她的脸像天鹅绒一样。

天又下雨了,潇潇的雨声传到枕边来。定姐一时茫然,把自己的脸在天鹅绒被边上摩擦着,口角上露出美妙的微笑来,就在这期间沉沉地睡着了。

10

醒来的时候,格子窗已经发白;枕边的洋灯同昨夜一样地点着,然而火光已经微弱,发出轻微的"得得"的声音。她生怕睡过了头,有些狼狈,立刻坐起身来;然而似乎谁也不曾起身。于是她把昨天以前所穿的衣服迅速地折叠好,从葱绿色的包袱里拿出粗条纹的日常衣服(这衣服在家

---

〔1〕 飞白是日本的一种织物的名称,条纹断断续续,形似飞白书。

里当然不是日常穿的)来换上了。把紫色的缎子腰带也折叠好了,换上了一条洋绸的圆筒形腰带。她担心太太已经起身,连忙把被褥放进壁橱里,开开房门。

"你起得早。"太太说。定姐跪[1]在厨房的地板上行一个礼。

然后定姐依照太太吩咐,在小炉子里加炭,浇些石油,生起火来,开开走廊的门。太太又说:

"水还没有打呢。"

定姐向厨房四下里张望一下,找不到木桶之类的东西。太太指着三和土水槽的角落里说:

"喏!那边有铅桶。喏!喏!看着什么地方,你这个人?"

定姐听见骂声,脸发红了,自己指着太太所指点的东西说:

"是这个么?"同时看看太太的脸。铅桶这东西她不曾见过。

"当然是啰。这不是铅桶是什么?"太太的气色不大好了。

定姐想:用这样的东西来打水,我是不知道的。

这人家的自来水装在水槽的角落里。

定姐把长火钵上的水壶里的水换过,各处揩抹过之后,就被派遣到出巷三四丈路地方的蔬菜铺里去买东西。太太吩咐她去买一些葱和一个甘蓝来;但她不知道甘蓝是什么东西,胆怯地问了一声,太太说:"喏!这样的东西(用两手装作圆球形),白的叶子很紧地重叠起来的。你家乡没有的么?"定姐说:

"有的,就是卷心菜么?"

"名称随便什么都好,快点去买来。"太太催她赶紧去。定姐又红着

---

〔1〕 日本人席地而坐,行礼总是跪的,所以他们的跪礼不像我们的跪礼那么隆重。

脸,出门去了。

蔬菜铺里早上去进货的车子还没有回来,只有昨天卖剩的四五种东西陈列着。然而定姐站在铺子面前,发生一种微妙的感觉:这里只有一些青菜、十来只茄子和五六个成熟得绽裂的卷心菜,可是在生长于田野的定姐看来,觉得有一种极其可爱的野菜香气,使得胸中隐隐地感到爽快。定姐心里浮现出带露的菜园的光景来。呜呼! 那紫色的茄子圃! 绿叶遍地蔓延的瓜田! 明净如水而风息全无的晓光中的叫彻通夜而细弱了的虫声!

屁股上挂着一条破旧的黑缎带的老板娘向定姐招呼:"请进来。"定姐已经忘记了"甘蓝"这个名字,只是指点着说:"要这个。"不巧得很,葱一把也没有。

定姐把裹在包袱皮里的一个卷心菜郑重其事地抱在胸前,跑回主人家去,心里还是思念着家乡的情形。走进后门,没看见太太。定姐偷偷地把卷心菜拿出来,放在膝上,贪婪地闻闻它的香气。立刻听见背后的喊声:

"你在做什么,定姐?"这时候她觉得非常不好意思!

早饭后的料理总算完结了。太太责备定姐,嫌她在先生出门的时候当作不知,不出来送。午前十点钟光景,定姐心中一无所思,茫然地站在厨房的中央。

这时候穿着外出衣服的吉姐从后门里走进来了。定姐一见,忘其所以,亲爱地叫一声"呀!"吉姐微微地一笑,说:

"啊哟,不得了,定姐!"

"怎么样?"

"真糟糕,你们家乡派人来接你们回去了!"

"接我们回去?"吃惊的定姐的脸上,同吉姐所想像的相反,显出一种不可名状的欢喜相来。

吉姐一时发呆了,看看定姐的脸,说:"太太在家么,定姐?"

定姐点点头,用手指点格子门的那边。

"对太太说,立刻要带你回去了。"

吉姐似乎嫌定姐传达太麻烦,所以自己用手在格子门上敲敲,说:"对不起!"就走进里面去了。定姐站在厨房里,把右手按在胸前,偷听吉姐和太太的谈话。

吉姐的话是这样:来接的人是今天早上才到的;昨天刚刚上工,今天就要辞退,实在说不过去;然而只好请您立刻放定姐回去了。——她婉言恳求。

"既然如此,我们也没有办法留住她,你带了她去吧。"太太说,"不过,昨晚才来的,还不到一昼夜呢。"

"这真是说不过去的;不过我们也实在万万想不到她家里会来接的。"

"那也没有办法。她的家乡很远么?"

"嗳,嗳,是很远的,是比南部造铁壶的地方还远的乡下呢。"

"从那种地方来的,真是……"太太就叫:"定姐! 定姐!"

定姐觉得对不起太太,惶恐地走出来,坐下了。太太对她说:"刚才讲的你也听到了吧;还不到一昼夜,大概你也是想不到的;不过你只好跟这位老板娘一同回去吧。"定姐只是红着脸,一动不动地听她说。吉姐就催她走。她略微说些道谢的话,就走出这人家。

走到了外面,定姐立刻问:

"老板娘,来的是谁?"

"这位太太真不开心呢。"吉姐说过之后,回答她,"来接你的人么? 叫什么? 叫忠吉,他许是忠次郎吧? 是一个秃头的、大肚子的人。"

"叫忠太,是不是?"

"是的是的,是忠太。这个人很会讲话。"接着又说,"他不来接才好呢。现在只是叫你们没趣,特地出来了,怎么立刻带你们回去呢!"

"真的。"定姐说不出别的话来。

过了一会又说:"八重姐怎么样呢?"

"八重姐新太郎去接了。"

回到源助家里的时候,八重姐还没有回来,但见像布袋和尚一般肥胖的忠太叔叔穿着一件只达到腰际的短大褂,同源助两人相对坐在长火钵旁边。他一看见定姐,突然叫道:

"七八天不见,定姐长得标致得多了!"接着不顾一切,高声地笑起来。

定姐想起有人特地从家乡跑来迎接她,觉得高兴;听见这人是她所厌恶的忠太,又觉得不满意。然而一听到有生以来十九年间每天听惯的家乡土白,胸中的不满统统消释了。

忠太先告诉她,说村里的人知道了她们两人逃往东京的消息,自两家父母起,大家非常吃惊。又说:有源助司务照顾,可以不须担忧,然而父母之心又不同。他自己现在正是忙头上,但是他们再三相强,难于推辞,只得特地跑来接她们。然而他对于定姐,一句埋怨的话也没有。为什么缘故呢? 因为实际上,忠太自从听了源助的谈话之后,也希望这一生里一定要到东京来游玩一趟;况且他家里人手多,他自己原是一个闲人;正在天天考虑这件事,幸而发生了她们两人的问题。他就对兼木匠说:放任她们是不行的,还是我替你们去接吧。见识狭小的兼木匠被他说服了。两人就一同跑到定姐家里,把同样的话委婉恳切地说了一遍。定姐的母亲虽然淌着眼泪,但是定次郎对于女儿的下落并不抱什么悲观。好容易说服了他,言定只要给忠太两个姑娘回家的车费和他一人的单道车费就好了。于是兼木匠出七元,定次郎出五元,他就获得了名正言顺的官费旅行的机会,到东京来游玩了。

一会八重姐也由新太郎陪着回来了。她一坐下,她那尖刻的眼光就变得更加尖刻,盯住了忠太的脸一看。忠太就把刚才对定姐说的话照样重复一遍,对八重姐也说明了。八重姐沉下了脸,一句话也不回答。

源助对忠太的招待,非常体面,使得她们两人只是吃惊。这当然是要他去传达给村里的人们。所以稍微过分些,借以装饰门面。

这天晚上,他们请忠太和八重姐、定姐一起宿在后面楼上的六铺席房间里。到了只有三人在场的时候,八重姐立刻抓住了忠太的膝,对他说:

"你这个人来做什么?"说他执意要来破坏她们的新命运,向他问罪。然而晚酌陶醉了的忠太不久就打鼾,进入太平的黑甜乡去了。八重姐看见定姐心平气和,就找她谈话,告诉她:她所到的横山家的主人,是在一个学校里当教师的,是月薪四十元的一位学士先生;他家的太太穿的衣服怎样漂亮;太太非常喜欢她——一一夸张地叙述了。又说:这回没有办法,只得回去;但她自己将来一定还要到东京来。八重姐说太太喜欢她梳厢发[1],所以她梳着平生第一次梳的厢发;太太送她一条略沾油垢的焦橄榄色的饰带,她郑重其事地束在头上。

---

〔1〕 厢发是日本女子结发样式之一,前发、鬓发突出前方,当时盛行于女学生间。

八重姐又说起新太郎来陪她时的情形,她称赞他,说"这样亲切的人在我们家乡是没有的"。

定姐由她说什么,只是柔驯地答应着。

此后的两三天,由新太郎陪忠太在东京市内游玩。他们说八重姐和定姐两人难得再来,也该好好地玩玩,所以每天都带她们同去。

11

八重姐和定姐走出乡里的第十二天晚上,由忠太带着,从上野火车站搭车,上了归途。

直达车的三等车厢里,满满地装着口操东京以北各乡土白的人,她们两人并排地坐在其间,同肚子像布袋和尚的忠太相对。长长的月台上无数挂灯照耀如昼的时候,三人所乘的列车慢慢地开出,在秋天的暗夜中向北行驶,渐渐远离东京。

这时候八重姐自不必说,连定姐也感到异样的寂寞和懊丧,两人悄悄地谈着这些事。这一天两人都梳厢发,不过定姐头上没有饰带。

忠太关心着架子上的行李,时时仰起头来看;又时时好奇地逐一察看同车厢的人们。过了一个来钟头,他略微弯下身子,咕哝地说:

"屁股痛起来了。"接着问她们:"你们痛不痛?"

"不痛。"定姐低声说。忠太还是弯着身子,似乎还想说些什么。于是定姐又说:

"家乡的卷心菜长得很大了吧。"

"早就很大了。"忠太的声音很响,旁边的人都向他看。

"你们逃出来还不到二十天吧。"

　　定姐一阵脸红,眼睛向周围一瞥,不回答他,就此低下了头。八重姐蹙着眉头,愤愤地向忠太瞪了一眼。

　　到了十点钟光景,车厢里的人大都点着头打瞌睡了。忠太任情地突出了肚子,把背脊靠在椅背上,张开了嘴巴,时时发出鼾声。八重姐和一个扭转身体与别人贴背坐着的商人模样的青年头碰着头,似睡非睡地呆坐着。

　　车窗外面,因为火车头里烧着坏煤的缘故,雨一般的火星在晴空中向后横飞。定姐袖着两手,低着头,把团团的下巴埋在衣领里,胸中正在历数逃出家乡以来的种种事情。铭刻在定姐胸中的东京,是源助的家、本乡馆前的人海、蔬菜铺和嘴巴成"∧"字形而鼻尖向下弯曲的太太。这四样东西重重地被包围在炫目的火光和震耳的轰响中,清楚地显出来。此后定姐一生之中,每逢听到东京两字,独自心中想起的恐怕就不过这四样东西。

　　不久,定姐放在衣里的左手的手指从衣领里伸出来,偷偷地摸摸自己的柔嫩的脸。她想起了在小野家盖的被上天鹅绒被边。

　　转瞬之间窗外亮了一下,是火车经过某处森林中的一个小车站。定姐这时候想起了丑之助右耳朵上的一颗大黑痣。

　　和新太郎一同到上野车站来送他们三人的吉姐,这时候想必正在和源助枕边私语,诉说这回的没有意义的破费。

明治四十一年(1908)六月

医院的窗

　　这一天野村良吉外勤归来,比平日略微早些。二月中旬过了,世间少有的寒威开始缓和起来,街道上的雪渐渐融化,因此他那双脚尖上有了破洞的袜子被打湿了,感觉很不舒服。他走进事务室,问问传达员广田,知道同是外勤的上岛和长野都还没有回来。时钟指着一点十六分。

　　他暂时在暖炉旁边靠靠火,把打湿的袜子不顾一切地贴在烧红的暖炉上,发出一种不快的吱吱声,同时一种奇怪的气味冲入鼻孔。他愁容满面地走上扶梯,把两手笼在衣袖里,倾耳一听,里面肃静无声。他就伸出右手来,把醒醒的毛线围巾和毛呢便帽除下来,挂在弯钉上了,就用这只手把门开开,眼光迅速地向编辑室里扫射一下。但见大约一个月以前新来的主任编辑竹山正在写什么东西,手边散乱地放着各种报纸。主笔照例把稍稍弯曲的广阔的背脊向着这边,坐在暖炉旁边的窗下阅读新到的杂志之类的书。野村想:"他们没有讲什么。"心里稍稍安定了。今天早上他将到报社的时候,这两个人正在秘密谈什么事,看见他走进房间来,立刻停止谈话。——这件事给他心头带来不少的烦恼。他跑遍各机关公署,调查当时举办的临时种痘的成绩,记录各种指令的时候,心里一直挂念着这件事,不断地想:"他们谈什么呢? 谈我的事,一定是谈我的事。"

　　现在他的心顿然安定了,脸上显出微妙的笑容,就跨进房间,把门关

上,用他的沙嗄的声音打着土白说:

"今天路上的雪化得很厉害呀!"

说过之后把头略微低下。竹山对他说:

"你今天回来得早。"

"是啊! 今天一点新鲜材料也没有。"

野村说过之后,就把暖炉旁边的一张椅子拉过来,坐了下去。他拿起一张旧报纸来,迅速地掸一掸桌子上的灰尘;把砚箱的盖揭开,看见砚台里有墨磨好在那里,似乎有人用过了。他想:"谁用过了?"无端地感到一种不快。他站起身来,走到屋角里,把堆在书架上的原稿纸取了五六十张来;然后从怀中摸出一本手册,迅速地把它翻来翻去,看见里面并没有可注目的材料,嘴里念着"落空,落空",就把手册丢在桌子上。他心里又不畅快起来。向两只衣袖里摸索一下,香烟一根也不剩了。野村的脸色阴沉起来,把墨磨了又磨。

编辑室并不十分大,然而西面和南面各有两个窗子,而且这报社的房屋是最近新造的,所以房间里气象很明朗。南窗下面放着一张宽广约五七尺的粗糙的椴木大书桌,下午一点钟过后的太阳把窗玻璃上的灰尘映成白色。书桌上乱摊着东京、札幌、小樽的各种报纸。正好在野村的座位面前,这张新书桌上有一大块红墨水迹。这块讨厌的血腥色使人看了心中焦急不安。主笔另有一张洋漆书桌,放在西面左方的窗下。

这报纸从前是一种简陋的周刊,后来跟着钏路的市街一起发达起来,经过悠长的历史,现在已经发行到一千九百多份了。曾经有人称这个报纸为"新闻界的桃源",因为当初只有主笔和上岛、野村三个人办理,非常逍遥自在;不久因为版面和销路都扩大了,就新造房屋,同时添聘了竹山主任。就在一星期以前,还有一个叫作长野的人进社来当助手。自从竹山来到之后,社里的空气和版面的体裁都焕然一新,野村和上岛等都不能偷懒了。

野村在大约四年前已经认识竹山。他听到竹山要来的消息,吃了一惊,心里想道:这个人为什么要到钏路这地方来呢?同时他感到一种说不出的不安。嘴上虽然没有说,但是心里只是想:这个坏家伙要来了。野村平素不愿意和知道他过去的经历的人见面,即使是对他怀着很多好意的人,他也不愿意见面。然而久别重逢的时候,也不免感到亲切和欢喜。

据野村所知道,这报社社长是一个国会议员,他不知为了什么事情,要某实业家拿出一笔款子来,去年秋天在小樽办了一个报纸。这报纸草草创办,聚集了各式各样的人物,办不到一个月,社里就出了乱子。社长原是一个因循寡断的人,但是被资本家所迫,终于开除了吞侵报社创办费约六百元的主笔以下两三个人。不知怎的,连其他的人也更动,结果编辑部里只剩下一个人。这个人就是竹山。这时候竹山在一星期内一个人编刊报纸,这就使得社长看重他。后来第二个主笔动辄妨碍竹山,竹山就表示意见,说为了他一个人而使社内骚扰不安,不是他的本意。无论何人挽留他,他都不答允,终于提出了辞职书。幸而这里的报社正在扩充,社长就给与破格的自由和特别的优待,伴着竹山来到这里。竹山表面上看来有二十七八岁那么苍老,但是实际上还只二十三岁。胡须一根也不留,一种厉害的气色从眼睛里流露出来,浑身充满少年的活气;颜貌中不知什么地方有肖似拿破仑画像的地方;虽无一点可亲之相,然而嘴上常常带着微笑,对任何人都和善。他写一两段长的记事,一口气写下去,一个字也不涂改,原稿非常清楚,排字工人首先称赞竹山。社长器重他,说他是一个极富有文才的人。这一点野村也不得不承认;但是也许是为了年纪大的缘故吧,他无论如何不能真心佩服竹山。他喝了酒,精神昂奋起来,竟也背地里说竹山的坏话;尤其担心的,是这个人在亲狎地说话的时候有没有说出他从前的事、他自己也几乎忘记了的从前的事——这种担心使他感受到别人所不能知道的苦痛。

野村无精打采地磨墨,眼睛注视着竹山的动笔,同时种种事情迅速地往来于他的胸中,他那张本来很难看的脸就更加险恶起来。竹山和主笔都像不相识的人一同乘火车一样,大家各不理睬。任何一方都旁若无人,不看一眼,也不交一语。他看到这情况,又觉得不安起来。他想:在我回来之前,这两个人一定在谈论我。哪,今天我出门的时候是九点半……不,将近十点钟;在这三个多钟头之内他们不会也是这样沉默的。他们一定在谈话。说不定在我跨进门槛以前还在谈……或者,谈话已经决定,恰好我在这时候跨进门槛来,也未可知。而且,上岛和长野都有砚箱,谁来用我的砚箱呢?对了,我这只椅子也曾经被搬到暖炉那边去。这是社长的习惯。社长一定来过了。他想,刚才我只要问问事务员广田就好了;也许是两个人正在谈话的时候社长来了,就三个人一起谈我的种种坏话……对了,提出这件事的一定是竹山。上岛是一个可恶的家伙。以前他每天晚上和我一起喝酒,散步;近来却只管到竹山的宿舍里去。他到那里去,一定是喋喋不休地谈我的事。他气愤起来:好吧,如果这样,我也要揭发这家伙的隐事! 他自暴自弃起来:这些卑怯的东西! 何必这样鬼头鬼脑地密谈呢! 要把我免职,就干脆地把我免职好了! 然而免职这两个字在他心中听起来,有冷水浇在忐忑不安的胸脯上一般的感觉。饥饿、恐怖、困惫、悔恨……穿着墨黑的衣服在墨黑的洞穴中摸索进行的一群乞丐! 野村的眼睛闭上了。

他心目中看见白浪汹涌的海面上露出两根桅樯来。去年秋天,他最初来到这钏路的时候,恰好有一条叫作"竹浦丸"的轮船,不知由于什么错误,在停泊港内的时候沉没了,两根桅樯露出在波浪上面。他在寒风的海岸上,又饿又乏,穿着一件旧夹衣,呆呆地眺望着这两根桅樯,想像"难船"的情况。又想起他曾经倒身在濡湿的岩石上放声大哭。……他的眼睛闭得更加紧了。他又想起,也是那时候的事:他曾经和带着一个小孩子的乞丐夫妇在知人岬的一个庙宇里一连住宿了三夜。他听到名叫起伊的小孩子夜里号哭的声音。袒开腥臊的胸脯来喂奶的母亲,鼻子好像压扁了的,粘着泥土的头发发出异样的气味……唉,丑恶不堪!那样的时候也会起那种念头……他想到这里,眼前就浮出她丈夫的满面胡须的凄怆的脸来。他的心立刻飞起,飞到了很远很远的小坂的矿山里。他曾经参加在满面胡须的凄怆的坑夫里面,十天工夫在坑道中推矿车。他看见墨黑的洞口。这是装置升降机的纵坑。唉,我看到这个洞,恐怖不堪,就跑到坑道入口附近长着青草、开着女郎花的高墩上,在那里辗转反侧地躺了半天。我的母亲,生身的母亲,由于火气而坏了眼睛的母亲,那时候我多么恋恋不舍地想念她!母亲的额角上有一个大疮疤。这是,父亲喝醉了把一只大碗丢过去的时候,母亲用左手……母亲的鲜血淋漓的额角就在眼前……

野村突然张开眼睛,胸中略微感觉到惊慌的颤动,磨墨的手已经不动了。母亲!——这念头又浮现出来。母亲亲笔用平假名[1]写的、非反复猜度两三遍不能理解的那封信!最近他写给她的回信中,说近来境况很良好。告诉她况好,可以使她安心。他想到这里,向四周一看,但见竹山用笔杆在桌子上轻轻地敲着,正在看刚刚写完的原稿。说不定今

---

〔1〕 假名是日本字母。楷书的叫作片假名,草书的叫作平假名。

天工作结束之后就要宣布——这疑念像闪电一般射入他的心中。他脸上照例痉挛起来,索索地颤抖。

脸上的肉索索地颤抖,表示内心经常不安——这是他的习癖。他的黝黑无光的脸,轮廓大致还正确,不算丑陋;但是那双玻璃球一般发出不快的肉光的眼睛和不能端正地闭拢的嘴唇,破坏了颜面全体的调和;正像主笔所说:初次见面的时候要疑心他是从前犯过罪案的;总之,有一种凄怆不快的样子。他的背脊略微向前弯屈,年纪二十九岁,胡须差不多没有,下巴上却有六七根黑毛,这些毛长到五分的时候,他的相貌更加险恶。

他对自己的地位不安心,是从这时候开始的,就是从以前当邮局监视人而与主笔同乡的长野进社当助理编辑的一天开始的。过去他和上岛两人隔日担任校对,这时候听见竹山说要添聘一个校对员,他觉得高兴。后来看到了长野——年纪大约三十二三岁,身体像牛一样,面孔也像牛,是一个很难看很笨拙的男子。他听见长野应对的时候说:"我是木下先生(主笔)的同乡。"想起了这个人比他自己有确实的靠山,心中先感到不快。他自己的薪水只有十五元,起初看见长野的服装比他漂亮,疑心他的薪水比他高;第二天知道他是十三元,方才放心。第三天上,以前归野村担任的商情调查和警局访问,划归长野担任了。竹山说"必须尽早习惯新闻业务",就严厉地督责比他身体大两倍的长野,每日役使他做事。野村想:倘是当校对员,只要懂得校对就够了,何必再学别的? 不但如此,他又想:这样狭小的钏路地方,外交上有了上岛和他两人已经够了。他们不是常常因为毫无材料可访而不走远处就回社么?

困疲于尘世的战斗而一刻也不曾怀抱安闲心情的野村,料想长野的进社一定是他自己免职的准备。这是因为他常常在做坏事,连他自己有时偶然回想起了也觉得丑恶不堪。

　　他终于拿起笔来,把手册翻来覆去看了一会,写了两三行。然后再看看手册,把所写的再读一遍,立刻用墨涂掉,用手把纸搓成一团,丢在桌子底下了。他再写,再涂掉。同样的动作一连做了三次,不知怎的头脑里来了一种钝重的压迫,似乎觉得四周都很光明,只有他自己住在阴暗的地方。这也是他平日的习癖:把头向左右略微摇动一下;然而并不觉得重,也不觉得痛。做了两三遍,结果都同样。然而他似乎觉得头就要阵阵地重起来,吱吱地痛起来,不可抵挡。他就在还没有痛的时候把眉头蹙紧。然后用牙齿咬住了下唇,又写字了。

　　"支厅长在家么,野村君?"

　　突然主笔的声音传到他的耳朵里。

　　"啊,支厅长么? 他在……他乘早班车走了。"

　　"今天的早班车么?"

　　"是,到札幌的道厅去了。"立刻翻开手册来一看:

　　"乘早班车出发了。"

　　"到札幌我是知道的,不过……户川课长在家么?"

　　"在家。"

　　野村自己觉得狼狈可笑,全身的血突然涌上来,脸上发热,似乎觉得有许多人站在他后面笑;他就拿起笔来乱涂,一口气写了五六行。

　　"那么,老兄,刚才所谈的事我要去同户川商量一下。"

　　主笔对竹山说过,就跑出房间去。野村的头脑虽然发热,"刚才所谈的事"这句话也听得很清楚明了。同支厅的户川商量,那么不是关于我的事情了。这究竟是什么事情呢? 他抬起头来,想问竹山;不知怎的胆怯起来,终于没有问。

"你的脸色很不好看呢。"竹山说。

"呃,头痛得很。"野村说过之后搁了笔,站起身来。

"这不行。"

"写写字,头脑里就骨碌骨碌地转起来。"他说过之后走向暖炉方面,故意夸张地蹙紧眉头,用右手托住后脑。

"是不是伤风?"竹山一本正经地问,同时点着了一支香烟。

"也许是伤风。……刚才从支厅走出来,走下坡的时候很奇怪地发了一阵冷。其实天气已经很温暖了。"他说过之后,看见竹山鼻子里喷出来的一条柔和的烟气降落到下巴边,再沿着面颊向上升的光景,烟瘾忍不住了,便开口说:"对不起,给我一支。"就向竹山要了一支香烟。继续说:"咽喉也有点奇怪。"

"这不行。要当心呢。老兄,今天的材料你不妨说出来,让我来写吧,好不好?"

"啊,反正只有一点点。"

这时候听见杂乱的脚步声,上岛和长野两个人一同走了进来。上岛显出平日所没有的兴奋精神,说:

"渔业公会终于成立了,据说明天要开志愿者的协议会呢。"说过之后就磨墨。

"刚才社长来,说起这件事了。用二号标题,必须写得生气蓬勃。今天当然只是报道而已,这里的意见,过了两三天再说。"

长野把他的牛一般的身体搬运到书桌面前,说:

"那个,商业情况。"说完搓了搓手。

"啊,野村兄今天头痛,让我来听写吧。"

"不是,那个,今天一点材料也没有。"

“你说材料没有,就是说同昨天一样,毫无变动么?”

“是的,没有变动。”

“野村兄,云海丸载越后米入港,是昨天呢还是前天?”竹山问。长野在练习期间,常常把采集来的材料说出来,由野村记录商业情况。——虽然名为商业情况,但是因为地方小,其实不过十行或二十行。

“嗳,昨天上午,在原田的商店附近,输出的豆饼想来大都已经成交了吧。”

“这倒没有问过。”长野说过之后,不好意思地把看着野村的眼睛移向竹山。

“警察方面呢?”

“警察罪案只有一件。现在我就写出来交给您。”说过之后把砚箱的盖揭开。

野村眉毛中间的皱纹很深。他津津有味地在那里吸烟;时常把头摇动一下,然而一点也不觉得重,一点也不觉得痛。咽喉也毫无变异。忽然他又坐到书桌面前,竭力装出厌恶的样子,有时蹙紧眉头,有时用手托住后脑,同时把手册翻来覆去,无意中想起了捻着胡须的户川科长的颜貌。科长今天看见了我,就和我开玩笑,在谈话之中嘲笑我那一件事——三四天之前替共立医院的看护妇施催眠术的事。科长当然只说替一个年青的看护妇施催眠术,因而嘲笑我;其实是在医生、药剂师及其他看护妇面前施行的,所以并不足怪。怪是不足怪的,然而他想:假使那时候给她一点暗示,不知道怎么样! 想到这里,梅野这个看护妇熟睡了躺着、白制服下面露出红裙、红裙下面伸出两只雪白的腿那种光景,就浮现在他眼前。他似乎被人捏到痒处难以忍住一般低下了头,脸上现出异样的笑容。

上岛擦根火柴,点着了一支香烟。野村又仿佛喉咙里伸出手来似的渴望吸烟了,对上岛说:"你身边倒常常带烟。"就向他要了一支。他想:为什么今天那个姑娘不在呢? 这是指洲崎町一个拐角上他常常光顾的一家烟纸店里的姑娘。因为他积欠太多,所以只有那个一下子就脸红的梳银杏返的姑娘在店的时候可以特别通融,要是那个唠叨的老太婆在店,就无论如何不肯赊给他。他想:今天为什么这姑娘不在店里呢? 每次我一到,这姑娘总是把头低下,她是怕羞,一定是怕羞。然而他又想起这姑娘在游艺场里不断地吃着煎饼听相声的光景。他头脑里所受到的压迫,不知在什么时候影迹全无地消失了。野村心情浮动,拼命地皱紧了眉头,在心中逐一地考虑街上的女人的事。

他好容易写了三十行左右,就神气活现地站起身来,把这原稿送到主任面前。这时候他自己也觉得写得太潦草了。

"我因为头晕目眩,所以潦潦草草地……"

"哪里! 谢谢!"竹山特别客气地说。但他平日的习惯,不立刻看原稿。野村对他这态度觉得有些不快,这也是野村平日的习惯。

"另外没有可写的东西。"野村说着,对竹山看看。

"辛苦辛苦! 我看你还是回家去,发一发汗。不保重是不行的!"

"啊,那么今天请原谅了。"野村说过之后,竭力装出萎靡不振的样子,向大家告辞,就走出编辑室去。他目光闪耀,伸着舌头,把齷齪的围巾围在项颈上。走下扶梯的时候又把眉头蹙紧,仰起头来看看时钟,对事务人员不讲一句话,走出门去了。他出门之后,低着头蹒跚地走了几步;在十字路口向右转弯,走到了回头望不见报社的地方,立刻抬起头来,放开脚步,沙沙地踏着正在融化的雪,精神勃勃地前进。他走向不到半里路外的共立医院,医院的楼已经在望了……

免职的恐慌、母亲的鲜血淋漓的脸，都跟着钝重的压迫一起消失了。得意洋洋的腥骚的笑容充满了他的脸。

四年以前野村初次认识竹山，还是住在东京时候的事。那时候野村住在骏河台的长满竹丛的岩崖前面一所漂亮公寓的耳房。

现在也许还有人记得：那时候竹山住在乡下，每个月把诗稿投寄东京的两三种杂志。他的诗是清新活泼的感情和隽逸华丽的语言的结合，当然不免富于稚气和模仿，但在当时的诗坛上，这也可以引人注目了。同辈之中也有人认为这少年的前途好似大星星一般的光明。竹山自己也被不可抑制的青春的憧憬所驱使，就在十九岁上的秋天从乡下来到东京。他最初选定的宿舍，便是这个竹丛崖前的骏河台公寓。

某报纸的文坛消息中报道：诗人竹山静雨入京，卜居骏河台，近正编纂其第一诗集。

以这报纸为机缘，野村有一天知道同县的竹山和自己住在同一公寓中。他就叫女仆送一张名片去，要求和竹山交游。最初会面的地点，是檐前有一株长着四五个果实的橙树的、竹山的房间里。

野村曾经在某学校学习中国语。这时候也在神田区的某私塾里当中国语教师。他一天到晚穿着一件满身皱纹的西装礼服。出门的时候总是头戴一顶高帽子，使劲地挥动一根带着牙雕狗头的手杖而跨步。

他的相貌是不漂亮的，但在这时候还不像曾经犯过罪案的人；灼灼发光的眼睛里也还保留着青春的光辉；说话也不像现在那样粗鲁，也不带有土白的语尾。

只过了半个月，这公寓就破产，停止了公开营业，迁移到牛込区神乐坂里面的一处闲静地方，变成了一个非正式营业的宿舍。将近五十人的寓客之中,被邀请或自愿一同迁过去的人共有八个,野村和竹山都在其内。

野村这时候热心研究催眠术。他曾经向一个有名的术师学习,竟继续两个月之久。竹山也常常被邀请去看他的神秘的实验。有的时候,竹山也常常因此而对野村怀抱一种恐怖之感。

野村又是在某教会入籍的基督信徒。他信奉新教,然而又常常称赞旧教富有诗意。竹山当然不承认他是具有真挚信仰的人。然而他的书桌上常常放着一册赞美歌(从来没有听见他唱过),满身皱纹的西装礼服的衣袋里总是藏着一册小本的《圣经》。有四五个时髦的女学生,据说是同一教会的信徒,常常来访问野村。其中有一个身材矮小而额发垂到鼻子上的女学生,有一天清早从野村的房间里跑出来,上厕所去。竹山心中想:"信徒之所以为信徒,就在于此!"

野村又常常作短的七五调诗,给竹山看。这些诗模仿赞美歌,毫无新颖之处;然而有时其中有一两句像锥子一般刺入人心。他老是说,自己不适于写韵文,想写写小说看。有一次把准备写的小说的结构讲给竹山听。题目和梗概,竹山都忘记了,只记得那主人公是站在肉和灵、实际和理想的十字街头的人,所以名叫辻某。这部小说当然是在他胸中写成、在他胸中出版、在他胸中博得非常的好评、结果在他胸中被遗忘的。总之,他是一个不坐在书桌面前的人。

他所希望描写在小说里的,又喜欢取作诗的题材的,并且在认真的时候常常选作话题的,往往是"肉和灵的斗争"。肉和灵! 他常常说这样的话:"若说因为最初的两个人犯了罪,被从乐园里驱逐出来,所以人类必须在苦痛之乡和眼泪之谷里过生活,固然可以,但是,如果这样,神明为什么还要把使人类再犯许多罪恶的机关——即肉——赋给人类呢?"

又有的时候,野村突然推开竹山房间的门,好像被恐怖所袭击,两眼发出凄惨的光,急得脸上的肉发抖,喊着"肉的叫声! 肉的叫声!"闯进房间来。那时候他的脸上,很少有像现在那样一天到晚痉挛的神情。

他平日大都是穷得连香烟钱都没有的。然而有时非常阔绰。星期日他出门,说是上教堂去;到晚上往往喝得酩酊大醉而回来。

竹山虽然每天和野村见面,然而不知怎的,对他不很亲近。倒是有一个青年,是野村的堂弟,在骏河台和野村同住一室、迁到牛込以后常常来玩耍的,竹山对他很知心。这个青年很率直,很诚恳,富有冒险心,常常笑容莞然。然而一说到野村,他的脸色就晦涩起来,他说:"我的堂兄完全没用了。"

野村又常常说他家乡的财产被亲戚怎么怎么了,因此向同室的一个法学生探问诉讼手续。以后,有一次又把宿舍里仅仅十二三岁的女仆施催眠术,把她闭锁在自己的房间里,有半小时之久不断地低声向她探问。据邻室的人所听到的,他所探问的都是关于财产问题的事。据说他平素因为懂得催眠术,对过去的事情当然知道,对未来的事情也能够预言。

竹山所亲见的野村吉良,大致如上述。他在同宿舍的人们之间很没有信用。他玩弄女学生,外加掠取她们的钱财;他和牧师的太太发生暧昧关系;在许多全属下劣的传闻中,有两件事差不多是大家所确信的:有一个从丰桥来的、名叫阿定的、略有姿色的女仆,常常宿在他的房间里;宿舍的老板娘,一个瘦长脸的、眼睛表情变化剧烈的、无论怎样忙碌的日子头发都梳得很光亮的、三十二三岁的女人,很早以前就和他私通。后来,那个阿定有一天到竹山的房间里来打扫,搭讪了两三句话之后,作这样的对话:

"野村先生这个人真有趣呢。"

"怎么样?"

"您说怎么样,噢呵呵呵。"

"有什么可笑的呢?"

"我告诉您,……他住在骏河台的时候真是太那个了!"

"什么?"

"常常带野妓进来过夜呢!"

"野村做过这种事情?"

"不可声张,先生!"阿定继续说,"说出来是不行的。"

"说出来吧!已经出了口怎么可以停止呢?"

"不知道是哪一天,他九点钟光景喝醉了回来,带了一个叫作阿竹的女人来。这个女人还是初次到这里呢。这也没有什么。忽然,他把同住的政男先生(他的堂弟)大骂起来。政男先生生气了。恰好有一间空房间,这晚上政男先生就宿在这空房间里了。到了第二天早晨,真有趣呢!"

"真荒唐!怎么样?"

"野村先生拿出钱来,这个阿竹说不要。于是他说:那么,你再来吧。就这样放她回去了。"

"这也没有什么可笑。"

"你再听我说呀!到了晚上,果然又来了。野村先生把西装罩在身上,似乎有什么打算。我那时候跑出去传达,所以看得很清楚:梳的银杏返的前发比这(她把手伸到自己头上)大得多,衣服很整洁,相貌很可爱呢!不过脸色略微有点发青。"

"好厉害的家伙。又过夜么?"

"不可声张,先生!于是野村先生对我说:你去对她说,他到镰仓去了,要两三天之后才回来。我觉得这很奇怪,就想不说了。可是,我照他吩咐那样说过之后,她就乖乖地回去了! 后来老板娘和我两人大大地嘲弄他,野村先生说的话真恶毒呢!"她说到这里,看看竹山的脸,继续说,"他说那女人的气息很难闻,要不得的。"她说过之后,笑得在铺席上打滚。

迁移到牛込区之后大约两个月,正是阴历腊月上旬,野村在小石川区的某街的坡道下面出十五元一月租了一所房子,挂起"东京心理疗养院"的招牌来。又在市内散发了说明催眠术疗法的效能的印刷物二千份。此后他只有两次访问竹山。一次是在将近年终、北风惨烈、灰色的云掠过屋檐而低飞的、不快的日子,野村说:"病客一个也没有来。"样子很颓丧。这一天他的服装也很寒酸,讲的也都是含有不少"清"字和"美"字的、神经质怨世诗人的话。居然从容地谈了小半天,一同吃过晚饭,临走的时候关于借去的一点钱向竹山敷衍了一番,然后回去。最后一次来访,是在正月初四五中。他醉得话都说不清楚,只说住在本乡区,但没有说出详细地址。回去的时候天下雨,就把竹山的伞借了去。从此以后,四年来两个人连想都没有想起过。只有一次,是两个月或三个月之后的事,有一天宿舍的老板娘说,有一个警察跑来详细调查野村的情况。

这四年间的野村的经历,无从知道。他自己也常常避免谈这些事。然而也不免常常露出口风来。四年前他所不知道的地方,常常由于某种机会而出现在他的话中:他似乎曾经在静冈住过;曾经白天在细雨的树荫里看见金阁寺,可知京都他也到过。他说曾经遇见石井孤儿院的院长,非常敬仰他,因此也曾经过冈山。尤其使竹山难于想像的,是他曾经每天到横滨的码头上,又通晓那地方的海员荐头店的内幕。关于鹿角郡的矿山、尾玄泽和小坂他都知道。他到这钏路是乘船来的,所以不知道札幌和小樽的情形。他有一个半月在这里的真砂街的某面馆里当送菜伙计,这一点是街上的人大都知道的。这当然是多方找职业没有成功的缘故。有一个星期日,他忽然想起了,就到木下主笔的住宅去访问。主笔最初看到他,觉得他是一个面目可憎的家伙;后来认为这个穿着龌龊的黑棉布裙当面馆送菜伙计的人倒有点儿稀罕,这位脾气怪僻的主笔就收用了他。

主笔常常说:"野村君既然懂中国话,为什么到这北海道地方来呢?"这时候他总是回答说:"那些中国人有股臭气,要不得的。"

北国的二月里,天黑得很早。四点半时光,共立医院的每个房间里的洋灯都闪闪发光了。光滑得穿拖鞋要滑跤的走廊上,敲着晚餐通告的梆子,引起轻微的回声。

野村把原来向前弯屈的身体更加弯屈些,把下巴埋在龌龊的围巾里,从右边的一个房间里冲将出来。大门间里只有洋灯的光灼灼地照耀着,人的影子也没有。他乱暴地把脚套进木屐里去,木屐翻了一个筋斗,转到了三尺以外的地方。

又有两个人从这房间走出来。一个穿西装的男人悠然地向那边走去;另一个人像白兔跳跃一般赶将过来,用尖锐的声音叫道:

"野村先生,野村先生,刚才约好的事不要忘记呢!"赶到了大门口,又仰望一般地看着他的脸,笑着叮嘱道:"这回再骗人,我可不答允了!真的呢!喂,野村先生!"这是这医院里有名的看护妇梅野。

野村只是发出呻吟一般的声音,眼睛向那女人的脸一瞥,就使足可怕的劲头走出门去了。他那双惶惑不安的眼睛越发可怕地发出闪光。紫黑色的油腻的脸上照例剧烈地痉挛了。他醉得很厉害,喷出来的气息有一股酒臭。

外面已经很黑,人的面貌也辨不出了。融化的雪只有上层冻结,走路非常困难。野村仿佛不知道冷,不顾一切地在这路上昂然地跨步。

"约好的是什么事啊?"他想。是要我把什么东西拿来借给她吧!是书吧?不,书我一本也没有。然而好像的确是书。什么书呢?我什么书也没有。"见鬼,让它去吧!"他嘴里咕噜地说。但是他又想,她为什么说这话呢?

刚才他在这医院里过了两个钟头。凡是想抽烟的时候,想喝酒的时候,想听青年女子的娇滴滴的声音的时候,他总是到这医院里来。配方室里,医生室里,桌上都经常备着香烟。有一个二十五六岁的时髦的配方助手,叫作横山,左面太阳穴里有两分铜币大小的一个秃疤,喜欢谈新体诗。野村常常强要这个人去买一两杯红酒来请他喝。当他津津有味地喝着红酒的时候,一定有一个医生来陪他到自己的私室里去喝酒。七个看护妇之中,除了一个脸色苍白的看护长之外,其余的都是虽不美貌,但很年轻;或者虽不年轻,至少具有年轻的样子。她们都是在斩断人的手脚、剖开人的胸腹的时候满不在乎地帮忙而鲜血流满两臂的人,所以个个都不怕男人。非但不怕,又喜欢不屈不挠地和男人打诨。其中叫作梅野的那个人,相貌最漂亮,性情最风骚,并且派头最时髦。实际上她已经二十二岁,然而看相不过十八岁模样。野村这三种欲望没有一天不饥荒,因此没有一天不来访问这医院。

他首先走进的总是靠着大门右边的明亮的配方室。他到了这房间里,态度就和平日完全不同,总是精神勃勃的。他常常对人说:报纸的材料全部是由他供给的;无论什么事件,要登或不要登,完全是由他一个人斟酌决定的;同事们的意见他是不理睬的。他今天又在起劲地讲这些话;忽然想起了小宫洋服店的事情。不知怎的,他把这件事压抑在心底里,没有考虑它。横山助手拿出一篇还只写了一半的题名"野堇"的新体诗来给他看。他用眼睛把这诗稿打量一下,只说"对啦"两个字,就开始讲他最近正在着手写一篇长诗的情形。他说这篇长诗至少要六个月才能完成,全部脱稿以后,必须拿到东京去出版。他热心地说:"这是我的命运的试金石!"这时候梅野当然在旁边。她调到配方部来了。

后来,有一个叫作小野山的医生带他到自己的房间里去,拿出正宗[1]和啤酒来。医生说不喜欢日本酒,一瓶正宗就差不多由野村一个人喝完了。梅野和另一个看护妇走进来,替他们削苹果,烤鱿鱼。小野山因为院长派人来叫他,就走出去。另一个看护妇也走了出去。野村突然站起身来,把两手交叉在胸前;似乎有不知什么东西不断地在撞他的昏蒙的头脑。暂时默默无言的梅野伸出雪白的手来拿酒瓶,一边说:"再给您斟点儿酒吧?"这时候野村的头脑里发生了火一般的热风。那女人拿起瓶来倒酒,说:"呀,已经空了!"野村已经喝醉了。

野村说:"我有几句话要同你谈。"梅野说:"真的?"就坦然地站起身来。两个人走进了没有人的诊察室。

暖炉已经冷了。冬天的薄寒的暮色正在白色的窗帏外面迫近来。逐渐阴暗起来的房间里,各种器械上的金属发出幽静的光。梅野闻到弥漫在无人的广间里的药气,立刻感到一阵战栗。

"梅野姑娘,你看我是喝醉了,还是没有喝醉?"野村说着,突然握住了那女人的手臂。他的声音类似的震时所听到的轰然的地鸣声,是一种低钝而无光泽的声音,然而充满着可怕的力量。那女人的眼睛睁圆了,

---

〔1〕 正宗是日本酒之一种。

仰起头来看着他，一句话也不说。

"请你体谅我的心事！"他发出情不自禁似的声音，牢固地握住了她的手，想用力把她的胸脯拉近来，一阵阵的酒臭喷到女人的脸上，另一只手就搭住了她的肩膀。梅野敏捷地摆脱了他的手，逃到了桌子的那一面。

两个人隔着一张小桌子相对站着。野村焦灼地向右转，向左转，想再捉住她；但她每次都逃避。她的神秘而镇定的脸，白得同她身上的制服没有分别；她的表情很不明确，只有那双一眨不眨的眼睛像高空中的星星一般发光。她的面庞和平坦而优美的肩膀分明地形成了一个白色的轮廓，浮现在幽微的药香中，向左右移动——这也不是女人，也不是人，也不是影，也不是幻像；这是一株嫩弱的樱花树蒙着一层过时的春雪，禁不住雪的重量，正在袅娜地摇摆，袅娜地舞动。而在野村的眼睛里看来，这也不是梅野，也不是任何人，只是抱上去软玉温香，碰上去欲火迸发的一个女的肉体。

这样地经过几分钟，不能记忆了。这期间野村觉得自己的头脑只有表面上愈加焦灼，而在深处的底里渐渐地虚空起来了。然而他还是拼命地渴望捉住这女人，他的身体瑟瑟地颤抖；他左手所按住的桌子上的两三个玻璃瓶发出叮叮当当的声音。

忽然那扇门呀的一声开开了，小野山的头探进来。

"在这里！我当你们到哪里去了。"

他脸上显出尴尬相，眼睛一闪，就大摇大摆地走了进来。他问梅野："怎么样？"

"啊哈哈哈。"梅野发出非常尖锐的笑声；仿佛已经安心似的透一口气，说："野村先生讲的话真可笑！我逃了过来。"

"讲些什么,野村兄?"医生神秘地笑着,对野村看。野村仿佛失了神,石头一般站着,眼睛一直看着那女人,身体一动也不动。

"他说又要给我施催眠术。"梅野接口说,"他说施起催眠术来,随便我要到什么地方,都可带我去;随便我要见什么人,都可让我见。但是,近来大家都笑我,我懊悔极了。我骗他说,你给我施吧,就逃到这里,野村先生就追来。"

"原来这样!"

野村发作似的把右手向前一伸,笑着说:

"啊哈哈哈!那么下次再来吧,下次。下次一定的,一定要施的呢!"他用强硬的声音说过之后,又凄怆地笑:"啊,哈哈!"然后拿了不知什么时候放在桌上的围巾和帽子,匆匆戴上,飞奔出门去了。

酒精在所有的脉管里奔驰,血液的循环像沸腾一般。他的性情本来是暴躁的,如今罄瓶倒盏,喝得泥醉,神经就狂乱地昂奋。野村把下巴深深地埋在围巾里,毫无目的地在街上乱跑。

那女人没有听从他的意思!然而他并不十分痛恨这种侮辱。他想:医生小野山!这家伙坏透了,简直是无礼,是作弄人!他为什么在那时候闯进来呢?可恶!他给我喝酒。为什么要我喝酒呢?无礼,不通道理!没有事情何必来找我。你为什么不静静地住在自己的房间里呢?你为什么不悄悄地在那里摸摸看护长的乳房呢?说不定是看护妇,不,也许是别的家伙去通知小野山的,——他这样地怀疑。然而看护妇终究是女人,而小野山是男人,他在无论什么时候都认为女人是他的同志。他认为无论怎样的女人,只要时间和地点适当,都不会拒绝他的拥抱。而且,即使通知的是看护妇,但在那时候突然闯进那房间来,全部破坏他的计划的,一定是医生小野山。他想:小野山不通道理! 小野山无礼!这家伙作弄我。……

他又想:那女人站在桌子的那一面,眼睛像遇见了不认识的野兽时的山羊的眼睛! 然而这双眼睛里面一点也没有嫌恶我的神色。对啦,她是吃惊。就只是吃惊。我自己的确也不好,我应该先讲几句温柔的话。我太性急了,所以不行。并且今晚我喝醉了。也许她以为这是我喝醉以后的胡闹。总之要看下次。今夜没有成功,但是下次,下次……

然而,倘使这样地再继续五分钟怎么样呢? 对啦对啦,我出来的时候她说了些什么。究竟说些什么? 她说"约好的事不要忘记"吧!"约好的事"这句话很恰当。凡是女人,总是不喜欢被男人怨恨的。况且我不是使人讨厌的男人。尤其是我是新闻记者。被新闻记者所怨恨,不是完结了么? 幸而竹山这家伙还完全没有熟悉本地的情形。只要我说出来,他什么都写。而且叫他写,他又善于弄笔,会写得非常出色。且慢,且慢,倘使竹山常到这医院里来,一定也首先瞩目于梅野。竹山的宿舍就在医院前面。且慢,且慢,下次的事,就在明天晚上做吧。好事不宜迟。

假使小野山不闯进来呢? ——他的思想又回到原来的地方。假使没有那张桌子呢? 不,假使我把那张桌子拉到了别的地方去,怎么样呢?她一定逡巡地退后两三步。然后,轻轻地坐下去,低声说一句"请原谅",从黑暗中伸出雪白的手来……唉,这家伙,这家伙,小野山这家伙! 就为了这畜生闯进来……

他无休无止地胡思乱想这种事情,毫无目的地在街上到处彷徨。怎样走法,连他自己也不知道。他两次走过洲崎街的烟纸店门口。两次从玻璃窗里窥探,然而两次都看不见那个怕羞的姑娘坐在店里。他从黑暗的街道走到明亮的街道,从明亮的街道走到黑暗的街道,只管到处乱跑,同一个坡不知爬了多少次，同一个拐角不知转了多少次。

然而他总是不喜欢走明亮的街道，而喜欢走黑暗的街道。他在明亮的街道上走路的时候，虽然头脑昏乱，全不注意旁边走过的是什么人，然而常常忽而避向右边，忽而避向左边。因为在一町之内，所有的烟纸店、酒店、罐头食物店，以及纸店、绸缎店、面馆、点心店之中，他不曾用他的异常漂亮的名片去借过钱的，一两家也没有。他有必要，就到处随便借钱。说是借，然而借的时候根本不打算归还。所以他总是不喜欢被这些店铺里的人看见。不但今夜如此，平日他走过曾经借钱的店铺的时候，总是走对面人家的檐下。

幸而谁也没有看见他，谁也没有向他讨债。只碰见一个人：他走过浦见街的黑暗的地方的时候，有一个女子叫他："呀，是野村先生么？ 到哪里去？"

野村含糊地答应，突然站定了，疑惑地看看对方。这是他常常去玩的邮局小职员家的年青的妻子。

"是你么？"

说过之后想走开，但是那女人还没有跨步，似乎在回过头来目送他，他就转过身来，几乎鼻子碰鼻子地靠近她站定了。

"你一个人到哪里去？"

"到姐姐家里去了回来。你喝醉了么？"

"喝醉？ 是的，是的，我稍微喝了些酒。女人家独自在这路上走，危险的呢！"

"走惯了。"

"走惯虽然走惯了，危险还是危险的。危险！ 比方说，你这样走着，石头会飞过来也说不定，石头。"说着，向四周看看，大约三四十丈之外，有一盏提灯近了,他就退后两步,说:"就是我一个人走路,有时也有危险。"

"对啦,不过今夜我家里那个有点伤风,睡在那里,所以我没有办法,只得一个人出来。"

"原来如此!"说过之后,他想:哼!家里那个是什么东西?她在我面前装正经,难道我要搭交像你这样的东西?就离开这女人,快步跑走了。脸上显出恶意的笑容,眼睛里发出阴暗的闪光。

他这样地乱跑了一个半或两个钟头,在这期间酒完全醒了;虽说缓和然而接近零度的夜风的寒气,凛冽地渗透了他的身体。埋着下巴的围巾,吸收了夜里也看得见的白色的气息,像雪一样冻结着。一缕夜云也没有的钢铁色的天空中,比枪头更尖锐的无数星光灼灼地照下来,冻结的雪路上处处发出镜子碎片一般的反光。

第三次或第四次走下市厅坡道的时候,他的为防滑跤而谨慎小心地跨步的脚忽然站定了,他眺望一下港内的夜景。冷风从喉头吹进胸中,似乎觉得连纠纷的头脑中的热气也爽然地消失了。星光之下隐约地浮现出来的阿塞山上的雪,挡住了微尘不动的冬夜的天空的北方;尖锐的汽笛声从隔岸灯光照耀的一区域中的火车站上发出,划破了暗空,一点反响也没有。港内停泊着两只轮船,四五点火光闪闪地散布在水中。不知什么地方的波浪声,不绝地传来单调的波动,达到他的感觉迟钝的头脑里。

野村剧烈地颤抖起来,再弯屈着身体,谨慎小心地跨步,忽然觉得肚子饿起来,两只脚蹒跚无力了。他的咽喉里涌出奇怪的水来。他用两小时以前插在怀中、贴在心坎上的手,从衬衣上摸下去,摸到小腹上,觉得肚子凹得厉害,里面似乎一粒米也没有。他的食欲昂奋起来,一刻也不能忍耐了。这是应该的:他今天早上九点钟光景吃了早饭之后,只有傍晚在小野山的房间里喝过些酒,吃过些烤鱿鱼。

这的确是很寒酸的,然而在他并不认为这是今天特有的情形。他住在米街里面某寺院前面的非正式营业的公寓里,已经有两个多月没有付过一个房钱。他讨厌一见面就讨房钱的老板娘的脸,所以早上起来吃过早饭之后立刻跑出房间,中饭当然不吃,在报馆办公完毕之后也不回宿舍,就去访问有夜饭可吃的人家。否则,照例晃着有新闻记者衔头的名片,到面馆或牛肉馆子里去赊吃,直到被拒绝为止。然而近来差不多四面八方门路都已断绝,所以他正在专心考虑搞钱的方法,一点机会也不放过。如果无论如何也吃不到夜饭,他就跑进一家人家去坐在那里,直到主妇就寝后的十点钟或十一点钟,毫无事情地坐在那里吃茶谈天,不管妨碍别人。十五元的薪水到哪里去了呢?有时买一双有席底的木屐,有时买一副非常漂亮的褂子带[1],这些是大家所看见的;其余的钱到哪里去了?恐怕连他自己也不知道。

世界上像饥饿那样能够激发智慧的东西,恐怕再没有了。他迅速地运着两只无力的脚,跑下支厅坡道,向左转弯,便是两旁灯火辉煌的真砂街大街。走了两町光景,走到一个转角上一所新造的旅馆前面,他忽然把脚步放缓,在十来丈的距离中反复来回走了两三遍。让前面走来的一个身穿外套、头巾遮住眼睛的男子通过之后,他向前后四周一看,就走进旅馆隔壁的人家的檐下。

六扇玻璃窗,里面挂着的白棉布窗帏上映着洋灯光。遮檐底下一块很大的洋漆招牌上写着"小宫洋服店"五个字。

———————

〔1〕 日本装的大褂子上的带子。

他突然推开玻璃窗,弯着身子钻进白棉布窗帏里。他的左肩稍高的影子有两分钟光景明了地映在窗帏上。

这人家三天之前有一个职工生病死了,曾经出殡。

过了三十分钟光景,同样影子又映在白棉布上。"您特地劳驾,我们一点也没有招待。"一个女人的声音这样说,同时野村走出门外来。

他走了六七丈路,在旅馆的拐角上站定了,回过头去看看,没有人出来目送他。他就慢慢地向前走,从衣袖里摸出一个小小的纸包来,在旅馆窗子里射出来的灯光中拆开来一看,

"怎么,只有一元五角!"

他嘴里喃喃地说。光是房租,两个月要二十二元! 至少拿出五块钱来吧,他这样想着,嘴里轻轻地咕哝,舌头上发出啧啧之声。他忽然好像注意到了什么向四周看看。然而他还是珍重地握住了这三个五角银币,把包纸翻来覆去,看上面有没有写什么字。然后他把包纸团皱,丢在路旁;再向怀中摸出一只红线编成的醒醒的空荷包来,把银币放进荷包里,仍旧把荷包藏在怀里。

现在怎么样呢? 他想了一想,看见两三间门面之外有一家烟纸店。他立刻跑过去,买了"敷岛"和"朝日"各一包〔1〕,当时就点着了一支。再走了几步,看见右边的狭胡同里面有一家面馆。他已经把脚步向着这面馆,忽然想起:"不,先到竹山那里去,同他讲一讲吧。"就回过身来,走到旅馆旁边转一个弯,再走小半里路,来到一个十字路口,左角上便是共立医院,沿着医院转一个弯,医院的侧面正对着竹山的宿舍。

---

〔1〕 "敷岛"和"朝日"是日本香烟牌子的名称。前者最好,后者较差。

竹山的宿舍在靠街的二楼上,是一个八条铺席的房间。自己装置的暖炉正在融融地燃烧。竹山身边乱放着各种杂志、晚上送到的五天以前的东京报纸和几封信,他正在一册没有读完的很厚的书上用红钢笔注上细字。野村一走进房间,扑面一股暖气立刻又使他感觉到肚饥。大概刚才有客人来过,所以烟灰碟旁边放着一只装着各种西点的中国瓷盘。明晃晃的洋灯光和竹山的气焰冲天的眼光,无端地使野村心中感到狼狈。

"头痛好了没有?"竹山问的时候,野村早已把这件事完全忘记,因此非常周章,然而终于回答:

"啊,头痛么?啊呀,今天真是抱歉了。我早退之后,到对面的共立医院里去看了一看。医生说一点也没有什么,喝点酒就会好的。因此我回到宿舍里,一直睡到现在。老板娘替我做些鸡蛋酒[1],喝过之后睡了一会,出了些汗。现在好得多了,还隐隐地有一点点痛。"说过之后就摸出一支"朝日"香烟来吸。"我今天听见一点消息,就跑去调查,哪里晓得全是谣言。"

"啊,你应该静静地躺着休养一下,怎么辛辛苦苦地去跑!"

"有一家小宫洋服店。"野村说着,用锐利的眼光盯住竹山的脸,"这洋服店去年年底从东京叫来的一个职工,患肋膜病,最近终于死了。外面有一种传闻,说小宫的老婆为了这个人生病不能工作,就虐待他,因此他病死了。我为此跑去看看。"

"原来如此。"竹山同平日一样,并不用心听。

"其实并无此事,原来是邻居的理发店里的老板娘和小宫的老婆过

---

〔1〕 鸡蛋酒是把鸡蛋和糖放在酒里搅拌而煮成的饮料。

不去,造她的谣言罢了。"说过之后低声地笑:"哈哈哈哈。"其实是这样:他听到这传闻,心想小宫家境还好,"至少五块钱"会出。因此昨天曾经去过一次,恰好老板不在家,没有成功。刚才他又去,据说老板还是不在家,老板娘向他作种种解释,并且说,她丈夫会来拜访,详细报告。说过之后拿出一元五角的一个纸包来。

他没有说这些话,然而说话的时候不断地带土白的语尾。原来他和竹山同是岩手县人,但他生在南方的一关附近,而竹山生在盛冈的北方。南部藩和北方的仙台藩的区别,在语言的腔调上也很分明,毫无一点相似的地方。野村为了要表示同县人,所以乱用土白。再者,他觉得讲土白,听起来说话稳重可靠。所以对上级的人说话的时候,他尤其多加土白语尾。

不久他起身告辞,竹山也并不站起来送。他站在房间中央,起了一种奇妙的感觉,似乎觉得竹山的锐利的眼睛正在从头到脚地打量他。他的龌龊而有破洞的袜子碰到铺席很不舒服,他觉得有点难为情。

走出门外,他在医院前面把脚步放缓。一走到真砂街,立刻买了一双新袜,走向狭胡同里的面馆。

楼上一间四条半铺席的房间。拿进一个坐垫来的人不是女堂倌,却是一个穿工作服的小伙子。野村用几乎听不见的声音吩咐:"两碗炸虾面。"就盘腿坐下来,立刻换上新袜子,把旧袜子丢在屋角落里灯光照不到的黑暗地方。摸出一支"敷岛"牌香烟来,十分从容地吸烟。过了一分钟,两分钟,叫的面还没有来。他站起来,走到屋角里,把那双旧袜子塞进墙底下角落里一个很大的老鼠洞里。

不久听见楼下发出一种惊诧的叫声,继续听见一阵笑声。他津津有味地吸"敷岛",深深地呼吸,肚皮凹进去,凸出来。他想,像今天这样肚饥,不曾有过。

这时候扶梯上脚步声响,他以为面来了,就停止了肚皮的运动,脸上不装什么表情。只见刚才那个男子弯着腰推开门来。

"嗨,这是先生的袜子么? 我当作一只老鼠掉下来,原来是一双袜子。厨房里吃了一惊呢,先生。嗨,真是,嗨。"他脸上显出奇妙的笑容,把刚才塞进壁角老鼠洞里的一双濡湿的破袜子并排地放在门槛旁边,然后把推门拉上,悄悄地下楼去了。

野村呆然地张着嘴听他讲话,等到推门一关上,他忽然冒起火来,脸色通红了。耻辱之念和愤怒之情就像炸药爆发似的冲破了全身的血管。他突然站起身来,因为肚子很饿,两只脚东歪西斜,站立不稳。

他踉跄地走出房间,乱暴地走下扶梯去,恰好一个女堂倌端了放着两只大碗的盘子走上扶梯来。

"啊呀——"

她发出尾音尖锐的叫声,连忙让路。

"不要了!"他惨烈地叫了一声,立刻狼狈地穿上木屐,疾风一般飞出门去,把额骨撞在胡同口的电杆木上,几乎"啊唷"地叫出来。后面有五六个男人和女人发出很响的笑声,在他听来似乎是叱咤的喊声。

他飞奔了小半里路,呼吸紧迫起来,胸中怦怦地跳动。嫌恶之情还没有全消,然而敌不过肚饥,终于把脚步放缓。胸中的跳动略微安定起来,他就走进休坂下的一所叫作梅泽屋的面馆。

"先生盼咐什么?"一个牙齿突出的女堂倌问。他想回答"炸虾面",刚才那个小伙子的面貌闪现在他的头脑中,他就改口说:

"什么都好。"

"炸虾面好不好？还有荷包蛋面，还有十景饭。慈糕也马上做得起来。"

"嗯，那个，什么都可以，慈糕也好。"

他一滴汤水也不留剩地吃完了两碗慈糕。这时候他的心情和身体都已经平静下来，想起了刚才的事，自己也觉得滑稽，出声地笑起来。他拍拍手，堂倌来了，他再叫"两碗炸虾面"。

两碗炸虾面也吃得精光，还想再吃什么；然而肚子已经膨胀，也就算了。他无聊起来，昏沉欲睡，就悠悠然地重新把这房间四周仔细观看。交换地吸着"敷岛"和"朝日"，终于倒身在铺席上。一听见扶梯上女堂倌的脚步声，立刻坐起身来，若无其事。他这样地在这里度过了很长的时间，直到楼下的自鸣钟敲十点钟才走。其间有一次他并没有拍手，女堂倌却来了，说着"有什么吩咐"，推开门来。他知道这就是"你可以回去了"的暗示。然而他的心泰然自若，不是这种暗示所能动摇的。

这样悠然的心情，是他平日从来不曾有过的。他的脸上没有发生往常的痉挛。他觉得一切事物都很自然，一件担心的事也没有，孰善孰恶的观念都从他脑子里消失了，他静静地把事情一件一件地加以考虑。然而第一费思量的，是怎样可以向小宫洋服店要更多的钱的问题。他认为自己一个人动手，终不如有伙伴来得方便。选这个吧，选那个吧，犹豫不决；最后决定把完全没有知道这件事的长野拉作伙伴。

他想起了长野的异常愚笨，独自笑起来。这是昨天的事：竹山要他翻译东京来的电报，一共只有五六个，费了半个多钟头：

"嗳，请问一声……我到底还没有做惯这种工作（先来一个辩解）。カンカィン的汉字怎样写的？"

"感化院吧。"竹山说着,把字写给他看。[1]

"噢,原来是这样的!那么还有一点:那个,镰田大臣,有没有这个人?似乎不大听见呢。"

"没有这个人。"

"没有的?可是电文里是金田。姓金田的大臣不曾听见过,那么我想是镰田之误吧。"

"怎么?让我看!"竹山把电报拿来一看,继续说:"哪里!这是'加拿大大臣卢米尤氏'啊!这一次到日本来的加拿大政府的劳动部长啊!"[2]

"原来如此。我真是还没有做惯。"

大家禁不住笑起来。长野也觉得难为情,脸上通红了。后来扯扯我的衣袖,低声地问:"陆军ケィホウ的ケィホウ,汉字怎样写的?"我写了"警报"两个字给他看。他说:"原来如此,谢谢你。"竹山便问:"什么,什么?"他回答说:"是陆军ケィホウ。"竹山说:"ケィホウ是刑罚的刑和法律的法![3]"我也警惕了一下,长野只说了一声"原来如此",对我一句话也不讲,红着脸照他所指示的写出了。竹山每天读东京和札幌的报纸,以后对长野说:

"镰田大臣这个人有没有,理发店老板都知道的!读过东京报纸,就知道目下所讲的问题是什么;明天的会议日程中所载的法律案等,札幌、小樽的报纸上的电报里也载着;只要每天看报,不至于不会翻电报。昨

天晚上九点钟到的电报'北海道官有林附与问题',你把它写成'不用问题'〔1〕,排字房里的学徒们都在那里笑呢。"

他想到这里,长野那张通红的很大的脸暂时不离开他的眼前,他悠然地继续笑着。

以后他回想竹山的种种事情。竹山好容易到东京,也出版过诗集;现在只当一个新闻记者,流落到这北海道的角落里来,其中必有隐情。一定是做了什么暧昧的事情吧! 要是不然……他想到这里,就回忆起四年前的竹山的种种事情来。但他忽然记起,房钱只付过一半,其余的约定两三天之后付清,结果已经拖延了十天,那个女房东倒有些难对付。这么一来,他就想不出竹山那些事情了。

他想,竹山的宿舍离开报馆近,这是很好的。医院里的情形又浮现到他的心头来。神往似的微笑涌上他的口角,他觉得伶俐活泼的梅野实在可爱,他简直想咬她一口才好。梅野相貌漂亮,皮肤雪白。个子稍微矮些……那双雪白的胖胖的小腿——想到这里,他的口角更加弛缓了。医生小野山也没有什么可恶。说不定这家伙现在对看护长已经厌倦,而注目到梅野身上了。然而这也并不可恶。梅野因为漂亮,所以惹人注目,然而这女人总归是我的。无论结果怎么样,现在总归是我的。看她的举动,似乎还没有懂得男人。然而样子那么年轻而实际已经二十二岁,说不定已经碰过男人的肌肤,也未可知。这也没有什么关系。大多数女子,表面上看来是处女,实际上一过二十岁就都懂得男人了……

他听见敲十点钟,就付了钱,走出面馆。爬上休坂,走到钏路座的横街里,看见大约十天以前十来间房子遭火灾的废墟,墨黑的柱子和栋梁

---

〔1〕 附与和不用,日语发音相同。

东歪西倒地露出在雪地里,好像许多海马在雪白的波浪里游泳。

走不多路,看见右边有一家的窗子里射出灯光。他走近窗子,轻轻地在玻璃上敲两下,白色的窗帏上映出一只手的影子来,窗帏拉开了一点,看见窗子下面的脚炉旁有一个年约三十五六岁的脸色苍白的女人。

"蝶吉姑娘还没有回来么?"

他用轻轻的温柔的声音问。

"嗳,还没有回来。"那女人向窗外望望,继续说,"啊,是野村先生么?她们姐妹俩非到十一点钟不会回来的。"

这是他常常去玩的一家艺伎人家。蝶吉和小驹两个艺伎雇用这个女人来照管一切家事,称她为"大娘"。每天从日暮到十二点钟,屋子里只有这个阴气沉沉的大娘坐在脚炉旁,所以野村有时不免想对这个大娘有所作为。这女人把手搭在窗子上,向窗外望,并不说请进来。野村想,不妨走进去看;然而从刚才开始,他的心情已经悠然地宽大起来,他终于想道:"可怜。"就不走进去了。

"再会吧。"他说过之后就离开窗子,心里想道:"管家婆可以放心睡了。"就走上回家的路。

穿过十字街,走过浦见街,来到米街。走了两町光景,右边是叫作西寺的真宗寺院,寺院对面六间一排的房屋突出的一端,是他的宿舍。门口和窗子里都像他所预料一样黑暗。他尽力不作出声音,悄悄地开开了入口的玻璃门,再把它关上,脱下了木屐,拉开了推门,再把它拉上。这是一间放长火钵的六条铺席的房间。这人家的男人在乡下当村公所的助理,老板娘和一个十六岁的外甥和三个女儿,重重叠叠似的睡在这房间里。他已经习惯,能够不踏他们的头,沿着墙壁走进去推开了里面的格子门。

里面也是一间六条铺席的房间。左边一张小桌子上放着一盏三分芯的洋灯,上面盖着一个用乱涂着红墨水和黑墨水的纸张做成的洋灯罩,发出萤火一般的光。野村立刻把灯芯捻上,火光就强起来,使得习惯于黑暗的眼睛发眩。天花板很低而到处醒腄乱杂的室内光景一时映入眼中。瑟瑟的寒气侵入背部,他蹙着眉头拨弄火钵里的炭火。

同寓的共有三个人。有一个人占领着门口打横的三条铺席。野村和另一个在邮局做事的叫作佐久间的年轻人共住在这六条铺席的房间里。佐久间已经睡着了,脸向着这边,照例眼睛完全不闭,嘴巴张开一半。野村望望他的熟睡的安定的脸,听听他的低微的鼾声,不禁觉得自己的心里发冷。他想,这个人常常口眼不闭地睡觉,我自己恐怕也是这样。也许我只张开嘴巴。

他点着一根香烟,不知怎的味道不好。仔细看看,原来是一支"朝日"牌香烟,就向衣袖里把"敷岛"牌香烟盒摸出来,一看只剩三支烟了。他想,抽得太厉害了,就取出一支"敷岛"来,舍不得似的用左手的手指来抚弄它,同时赶紧把先前的一支吸完,吸到纸烟嘴几乎着火为止。再把那支"敷岛"点着,然而味道也不见得怎么好。他想,大概是嘴巴抽腻了,忽然一阵烟气吹进了他的眼睛里。他没精打采地把香烟塞进火钵中的灰里。

他想,不闭眼睛睡觉的人真奇怪,又看看佐久间的脸。他认为只要他自己拼命地想"闭上吧,闭上吧",佐久间一定会把那眼睛闭起来。于是他在下腹里着一下力,把闪闪发光的眼睛睁得极大,咬住下唇,注视佐久间的睡着的脸。佐久间的鼾声似乎渐渐地急速起来。一分钟,两分钟,三分钟……佐久间的眼睛依然一眨不眨地张着。

他觉得这办法太傻,就翘起上半身,把两只臂膀搁在火钵的边上,装成一种可怕的姿态。他的额角上竟流出汗来。他用手掌来揩汗,坐起身来。似乎觉得以前他的脸很热,现在血立刻从头里向下流了。心里略微有些跳动。他想,怎么,真傻瓜,我为什么常常做这种无聊的傻头傻脑的事呢?他只管看不起自己……

他无休无止地回想自己的无聊,觉得自己是一个无聊之极的人。他的脸忽然发热起来,胸中焦灼得喉头发炎。他觉得在这世界上,比这自蔑之念的侵袭更可恶的东西是没有的了。

隔壁房间里发出格格的声音。他在一刹那间想起:不是老板娘起来了么?心中吓了一跳。后来知道只是翻一个身,并没有起来的样子。那个少年喃喃地讲梦话。他渐渐地安下心来,觉得心中跳得很厉害。

纸糊格子窗处处破裂了,壁衣零落了,煤烟熏黑的天花板上处处是屋漏的水痕;堆在角落里的他自己的被褥露出旧棉絮来——他环顾这种现象,不觉脸上又痉挛起来。

唉,无聊!这样一想,他连酣睡的佐久间的脸也不想看了。他站起身来,走向龌龊的小桌子旁边。

灰尘堆积的砚台、牙粉袋、牙刷、一张弄皱了的旧明信片、一束只剩两三个的信封、钢笔和紫墨水瓶,连搔头垢的东西,都放在这桌子上。其中还有一册用红丝带装订的中号洋抄本,封面上很神气地写着"创世之卷"四个字,下面还有较小的四个字:"野村新川。"

野村立刻拿起这册子,翻开第一页来。

大约十天以前,竹山招待他到宿舍里来吃夜饭,席上谈起关于诗的种种议论的时候,他就发心作一首长诗,就是今天在医院里向横山吹牛的所谓六个月完成的长诗,这册子便是这诗的稿本。像题目所表示,他准备在这篇大叙事诗中讴歌从天地初开的早晨开始一天一天地完成起

来的绝大无二的神圣事业,在亚当和夏娃的追放中叙述人类最初的悲哀
的由来,并且说明被决定了的永远的命运;在最后一卷中,他准备叙述在
神和人之间架设不朽的梯子的耶稣基督的出现,并且歌颂人生的最高的
理想。开头还有一首序歌,叙述堕入泪谷的人类的深重的苦痛和悲哀,
以及托根于在这悲哀中的灵魂的希望,光是这序歌就足有二百行。他想
起了这首诗,自以为不亚于他只听别人说起过(因此不知道多么豪华美
丽)的但丁的《神曲》。这时候便在心中想:我现在固然只是钏路地方的
一个新闻采访员,然而你看着! 你看着!

> 呜呼呜呼! 太初万有
> 尚未成形……!

他低声地抑扬地读着。然而已经写的不过十二三行,一下子就读完
了。重新再读一遍。读完了,再读一遍。这样,他就反复读了三十多遍。
起初为了防止杂念发生,他蹙紧眉头,愁眉苦脸地专心诵读。反复
读了十遍、二十遍之后,渐渐心平气和,眉头放开了。他交叉两手,不想
别的事情,专心一志地读诗。然而脸上还是一跳一跳地痉挛。
忽然他拿起钢笔,嘴里念了好几次,有时扭过头去,有时蹙紧眉毛,
终于在"人祖得罪于此世"下面写道:

> 人子都无安枕时。
> 噫!

这"噫"底下写不出来。他点起一支香烟来,仿佛想出了的样子,忽然底

下的句子浮在头脑里,就歪着嘴巴,神秘地微笑。

> 噫! 天颜震怒云变色,
> 审判之日盼望切。

他很快地写上,就放下钢笔。此后写些什么呢? 他还没有想过。于是他把身体转向火钵,扭过了头,把已经写出的东西读读看。全部读了两三遍之后,就闭上眼睛,在心中默诵刚才写的三行。

"人子都无安枕时。噫! 天颜震怒……审判之日……""人子都无……"对啦,实际上是这样的。人的子孙连睡觉的时候也没有。人的子孙连睡觉的时候也没有。世界上十几亿的人,男的,女的,都的确如此。人的子孙连睡觉的时候也没有。实际上如此,睡着也不安,起来也不安! 哪一个能够睡觉不做梦呢! 倘使有钱,就因为有钱所以要做坏事;倘使肚子饿,就因为肚子饿所以要做坏事。噫,即使睡着,即使睡着,的确,即使在梦中也要做坏事! 即使在梦中,我,噫,我,我,我……

可怕的苦闷忽然像地震一般扩展在他的脸上。这苦闷时时刻刻地加深起来,一秒钟一秒钟地剧烈起来。你看,你看,这不是人的脸,完全不是人的脸。鬼么? 完全是鬼的脸。种种事情涌上心来。他正在同它们战斗。几次把它们压下去,它们总是涌上来。这个也涌上来,那个也涌上来。终于几十、几百、几千桩事情都涌上来。他拼命地同它们战斗,时时刻刻地败北,一秒钟一秒钟地败北。

"我是逆子!"这一个念头终于征服了他。他在心中喊"一元五角"。威胁,作伪,通奸,强奸,白吃……二十个,三十个,一齐发出喊声,来蹂躏他的头脑。他不要看,不要听,不要想,突然把身体俯伏在桌上的"创世之卷"上了。然而还是看见,看见母亲的脸。他胸中有一个人在叫"你是罪人!"在喊"到警察局去!"他记得有一次在横滨,身边只有一角钱,跑到烟纸店里去买香烟。叫了两三次,一个人也不走出来,他就拿了三包"敷岛"逃走了。他格格地咬牙齿。唉,我有一天,我无论到什么地方,我,我……想到这里,眼前浮现出一张可怕的胡子脸来。这是一个乞丐,我初到钏路找不到住处的时候曾经和他同宿过三晚。这是睡在知人岬的庙里的乞丐。我曾经两次奸淫这乞丐的妻子。把这乞丐的妻子,把这胡子脸的妻子……胡子脸勃然地发红了。这是该隐的脸。这是亚当的儿子该隐的脸[1]。这是无论逃到什么地方总是被天空中的大眼睛注目到的该隐的脸。这是即使掘个地洞躲了进去也会被天空中的大眼睛注目到的该隐的脸。唉,这是该隐,这是该隐。我是该隐!

我是该隐!他用尽全身之力,两手按住桌子的边缘,突然弯下身子。他咬紧牙关,紧闭两眼,深深地吸一口气,猛然睁开眼来,就看见天空中俯瞰着的大眼睛!洋灯上方墨黑的天花板上描出直径二尺的大眼睛!"我啊。"他喉咙里挤出声音来。

听见"哦哦"的声音,他像触电一般全身的毛发都竖起了。这是因为他的声音太响,因而佐久间在梦中呻吟。他凝视佐久间的睡脸,仿佛看到一种可怕的东西。他那双又不像睡又不像醒的半开的眼睛!这双眼睛里面似乎有一个不知什么人在对我看,有一个不知什么人在对我看。……

野村忍耐不住了,突然站起身来。"我是罪人,神明啊!"他在心中这

---

〔1〕　见《旧约圣经·创世记》第四章。

样叫。他不知不觉地拉开了格子门,不知不觉地在长火钵上绊了一跤。不管是谁的木屐,在黑暗中胡乱穿上一双,就向门外飞奔而去。

他对两旁一眼也不看,一口气爬上了西寺旁边的坡道。冷冰冰的眼泪从颊上滴滴答答地滴下来,掉在紧握在胸前的拳头上。"神明啊,神明啊!"他在心中继续叫喊。坡道上面衬着钢铁色天空的教堂的屋顶上,刚刚升起阴历二十左右的残月,月光掠过他的不戴帽子的头,在他后面描出一个长长的影子。

十二点半光景。

竹山平日的习惯,就寝之前必然打开窗子,把充满暖炉火气的空气调换一下。街上肃静无声。残月照积雪,寒光逼人。远处的波浪声哄哄地响着。

正在他眼睛下面的医院的窗,有一扇突然射出火光,白色的窗帏上映出一个女人的影子。这个影子向右移动,向左移动,伸起手来,弯下身去,忽而消失,忽而又出现。竹山想,大概是病人不好吧。

忽然真砂街的十字路口出现一个黑影。这黑影低着头摇摇摆摆地向这边走来。竹山在月光中定睛细看,这的确是野村。没有戴帽子,也没有戴围巾。

这个男人走到射出火光的窗子面前,突然站住了。那女人的影子又一次闪现在窗帏上。

这男人悄悄地跨步,走近窗边。似乎在屏息地向窗中窥探。竹山也屏息地俯瞰这光景。

大约过了一分钟,女人的影子又出现,似乎瘦小了些。窗子发出格格的声音。那男人好像被弹簧猛烈地一弹,飞速地从窗边退避五六步。

听见那女人"呀"地叫了一声,不久火光就熄灭了。好像是想要开窗,而被窗外的足音吓了一跳的样子。

那男人又低着头,在连空气都冻结的街路上拖着短小的黑影,摇摇摆摆地向洲畸街方面走去了。

第二天野村良吉来到报社,是十点多钟。一跳一跳的痉挛常常侵袭他的脸,样子比平常更加消沉了。冰冷的疲劳的压迫沉重地加在他的头脑上。他觉得心的最深处,最最深处,似乎有一个人在哭泣。不知道为什么哭泣,然而总觉得有一个人在哭泣。

他没精打采、昏昏沉沉地走进编辑室,看见主笔、竹山和另一个穿西装的陌生人围坐在暖炉旁边,竹山正在高谈阔论。

野村走近暖炉的时候,那个陌生人站起身来施礼。野村也立刻还礼,略微感到狼狈,眼睛盯住那人细看。这个人大约二十六岁,那双略微吊起的眼睛里发出才气的光辉,皮肤滑润,相貌森严。"这位是野村新川君。"主笔坐着说。又向着野村说:"这位是今天进社的田川勇介君。"

野村的眼睛像闪电一般向主笔偷偷地一瞥,似乎觉得一大块冰砰然地打在他的头上。

"啊,是,是。"他应酬着,似乎觉得全身的血凝结在某一地方了,左手和右手一上一下地颤动。他没有勇气仰起变色的脸来。

"他这人很有趣,找到了得意的题目,一定先叫听差去买些酒来,一面呷着冷酒,一面写论文。同他那温厚的人格比较起来,似乎是一种奇迹。"那个叫作田川的人这样说。野村不知道他所讲的是谁,似乎是讲某报社里的一个人。

"对啦对啦,他有这样的习癖。总之,他是一个性行奇特的人,他写的东西也是如此。无论怎样不足道的事情,他常常会把它写成出色的东西。"竹山打着顺板。

"这样的人在现今世界上实在是稀罕的。"主笔郑重其事地插嘴说,"但他年青时候做过不少事业。我们县里提倡自由民权论的,完全是他和另外一个不知叫什么的人。他富有学问,长于演说。况且有钱,奔走各地,热心游说。听说七八万元的财产在国会开幕以前用得一个钱也不剩。"

"把这个人放在函馆那样俗陋的地方,真可惜呢。"田川十分感动地说。

野村终于不耐烦听这种谈话了,就走出房间去。他走下楼,到事务室里,靠靠暖炉。传达员广田说:"你穿新袜子。我的袜子也已这样了。"说着,摸摸自己的破袜子。野村跑到拆版台旁边,出神地站在那里观看拆分活字的女工的手的敏捷的动作。工长筒井拍拍他的背脊说:"你精神真好!"那些排字生因为原稿还没有发下来,正在商量"撒兰花"买糖果吃,看见了他,就说:"野村先生也参加么?"机器间里还没有人。最近运到的三十二面刷的新印刷机上盖着白布。他上厕所去的时候走过仆役室,看见以前那个横蛮的老头子已经不在,代替他的是一个预先说起过的三十五岁模样的小个子的男工,这人正在起劲地揩洋灯。他想:呜呼,这个老头子也被开除了! 身上感到一阵说不出的恶寒。无论走到什么地方,恐怖的不安总是跟着他走。他胸中发出绝望的叫声:"现在代替你的人真的来了。你的命运限于今天! 限于五个钟头,不,三个钟头,两个钟头,一个钟头!"

他想,倘使碰见上岛,我要问问他关于这件事的消息。上岛是一个老实人。于是他再走到楼上。

"喂,上岛君还没有来么?"他问广田。

"来过了,刚才又出去了。"

广田回答。他想:对啦,十点半了,我也应该出去外勤了。然而他没有出去。他走进编辑室,主笔从椅子里站起身来。

"那么,田川君,我要到社长那里去一下。你一同去见见,怎么样?"

"好,好,请你带我去。"

田川也站起身来。两人一同出去了。野村也立刻走出去,走到编辑室和应接室之间的狭廊里突出的窗子边。他想:已经决定了! 决定了! 呜呼,今天是我的大限了!

明天以后怎么样呢? 到什么地方去呢? ——他心中已经没有考虑这些问题的余地了。只有"大限在今天!"这一句话充塞在他的头脑里和胸怀里,势将爆破了。似乎只要受到一根毛的刺激,头盖骨就会迸裂为两半。

他又走进编辑室。只有竹山一个人一动不动地坐在椅子上看报。过了一分钟,两分钟,……五分钟,多么长的时间! 多么可怕的沉默! 他坐了一会,又站了一会,伸出手去动动报纸,用火筷在暖炉里拨拨灰。再走到窗边去看。竹山还是一动不动地看报。

"竹山兄!"他终于忍不住了,抬起悲哀的眼光来看看对方,用颤抖的慌张的声音说。

竹山茫茫然地抬起头来。

"那个,请你到应接室里去谈谈,好不好?"

"嗯? 有什么事? 秘密的?"

"嗳,那个,有点儿……"野村的眼睛向下了。

"这里也没有别人。"

"怕有人走进来……"

"那么也好。"竹山站起身来。

竹山先走出门,野村跟在后面,三四步跨过了狭廊,走进应接室,就轻轻地把门关上。

宽广的应接室里没有生火,空气像水一样。墙壁和天花板都是纯白色的,夜间吸收着寒气,只要用手指一摸立刻会冷入心腹似的。中央放着一张圆桌,桌上铺着青色兰花纹样的桌毯。靠窗的暖炉的周围摆着三四只皮面椅子。

竹山先坐了下去。野村把左手搭在桌子上,暂时站着注视没有生火的暖炉。

"什么事情?"

竹山开口问,立刻把眼睛看着自己的脚。

"呃,那个,呃,并非别的事情。"

"嗳。"

"那个,"这时候他忽然觉得:他所考虑着的事是否过分杞忧?然而还是继续说,"实在是,(又噤了一下,)我想,我大概是做到今天为止就免职吧……"说着,嘴上露出奇妙的笑容,向竹山看看。

竹山的眼睛里刹那间闪现出机敏的观察力。"今天为止? 这是怎么一回事?"

"那个,"野村的眼睛又向下了,"那个,大概你们已经决定了吧,我想。"

"我完全没有听见说起。"

"咦?"野村用疑惑的眼光向对方的脸上一瞥。他立刻懂得这是佯装不知,然而不知怎的,他觉得对方回答他"没有听见说起"这句话很可感谢。

暂时沉默之后野村说："那个，那位田川先生这回是初次来到钏路么？"

"是的。"竹山说着，用心地窥察野村的脸色。

"他过去在什么地方工作？"

"在函馆的报社里。"

"噢。"野村用轻得几乎听不见的声音回答，立刻又问，"是二版，还是三版[1]？"

"他各方面都来得。笔也拿得起，外交也很不差……"

"噢。"野村又低声说，"那么今后呢？"

"啊，这个还没有决定。照我的意思，叫他当所谓游击军，倒是好的。"

野村心中常常焦灼，然而竹山说话态度特别平静，使得他没有机会发泄。有一分钟光景不讲话。

"那个，"野村又抬起头来，"那么，这位先生来了之后，我不是没有用处了么？"

"那倒不是这个意思吧。照我想来，还要添聘一个人呢。"

"嗳？"野村的眼睛里露出不了解的样子。

"我正在考虑，想在五月的总选举之前扩充到六页。自社长以下，并没有人表示不赞成。我最近正在造预算呢。扩充到六页，把带广的那份报纸买进，以钏路和十胜两县为势力范围。"

"啊，原来如此。"

---

〔1〕　当时日本报纸共有四版，三版上登新闻，二版上登其他消息。

"这样一来,你想,带广分社非有两个记者不可。"

野村的头脑非常混乱了。他想:呜呼,我一定要被免职了。然而竹山所说的也有道理。不错,如果这样,还需要一个人或者两个人。然而,报社的扩充到底与我有什么关系呢?扩充到六页……钏路和十胜两县……在带广设分社……这里有了田川,就不需要我……田川到了带广,这样一来,说不定我也会被弄到带广去……到底……这样一来……不过这还是以后的事……今天不知道怎么样,今天?……

"不过,老兄,"略微过了一下,竹山用低沉的语调说,这声音在野村的混乱的心中异样地响出,他头脑里飞箭一般闪过"还不是今天为止"的念头。

"不过,老兄,我老实对你说,"竹山把声音放低,眼睛看着别处,"主笔对你不大有好感,不免常常露出口风来呢。……"

野村想:"喏,来了!"就觉得仿佛浇了一身冷水,胳肢窝里流出汗来。同时不知怎的,他头脑中的火气一时爽然若失,心情忽然安定了。他瞪着眼睛注视竹山。

"听说今天小宫洋服店的老板到主笔那里去过了。"

"他讲些什么?"

"因为田川在场,所以我没有详细问。……"

竹山闭着嘴看看他的脸。

"竹山兄,我啊,"他喉咙里挤出悲哀的颤抖声来,"我已经没有地方可走了。我做了种种事情。跑遍了各处。我已经没有可走的地方了。只得被免职了。免职之后就是死。只有死。只有饿死。我无论走到哪里,都有很大的眼睛在那里注视我。睡着的人也在注视我。而且,"说到这里,他的灼灼的目光盯住竹山的脸,"我是打算忠实地尽责的。每天竭力忠实地办事。每天晚上在街上跑,专心向各处采访,看有没有材料。昨天晚上也很迟……"说到这里,忽然顿住,紧紧地闭上了嘴。

"对啊,昨天晚上也,"竹山含糊地说,同时显出幽默的笑容,"医院的窗,怎么样了?"

野村迟疑不决地退后两三步。唉,医院的窗!窗里面,梅野和另一个看护妇正在换上睡衣,系上粉红色的细带;下面一堆衣服,翻出着燃烧一般的红色的夹里,还带着身体的温暖!还有,雪白的腿,雪白的腿!

他的张开的眼睛一无所见。他像虾蟆一般张大着嘴,脸上一跳一跳地痉挛,两个拳头握着两把汗,不自然地颤抖着。

"神明,神明!"这声音发生在他的心的角落里的角落里,一直里面的角落里……

明治四十一年(1908)五月

鸟　影

其　一

1

　　小川静子因为哥哥信吾暑假回家,带了两个妹妹和男仆松藏,到好摩火车站去迎接。这是一个很小的三等车站,是在从未锄过一下的荒地上建造起来的。上车下车的乘客,每天至多不过二十个人,而且大都只是附近村子里的农人和小商人。今天来了这姐妹三人,颇惹人注目,充满夏草香气的站室里面也异乎寻常地鲜艳了。

　　小川家在这郡里是相当有名的资本家,又因为主人信之当了郡议员,就以主要望族之一闻名远近。长男信吾,今年正是大学英文系三年级生。前些时不知为了什么缘故,来信说今年暑假打算在东京度送;然而全村只有他一个大学生,每年假期归省,做父母的非常欢喜,认为莫大的夸耀;因此不知世事的母亲得到了信直跳起来,就拿自己的疾病和静子的亲事为理由,竭力反对。信吾本来没有什么特别要事,就收回成命,乖乖地回家来。

应该上午十一点几分钟到的下行列车,过了规定时刻三十分钟还没有到。姐妹三人和另外三个乘客,都已经走到月台上,遥望南方树林上的烟气,"来了么,来了么"地等候着。两个妹妹都穿着酱色短裙,垂发上都结着粉红色饰带,无缘无故地嬉笑着,追来追去。另外一个和她们同样年龄的小姑娘,身上穿着褴褛的衣服,头上包着一块旧的白手帕,靠在一个坐在大自鸣钟下面的两眼润湿的老太婆的膝上,羡慕似的看她们。

两三个站员有时靠在站工室的门口,有时蹲在地上,常常向这方面看,低声地谈话,任意地哄笑。静子似乎要避开他们,坐在月台尽头的一张椅子上。飞白纹的丝绸单衫上束着淡茶色的闪缎带子,颜色配得很好;美好的头发结成清楚的 S 卷,宽阔的鼠色饰带在微温的熏风中飘动。她没有化妆,然而"隐七难"〔1〕的雪白的脸上长着长长的睫毛和端正的鼻子,相貌很齐整;年龄虽说二十二,但是任何人看来都要小两三岁。照这样子,与其说她是安详的,不如说她是一个沉着的女子。

六月下旬的太阳高高的,时候已经逼近正午。山乡的天空像秋天一样明净;姬神山的右肩上,浮着一块棉絮似的白云,好像是雕出来的。两条铁轨唐突地贯穿在好摩原野上燃烧一般的夏草中,磨光的轨面强烈地反射出日光来。被这反光刺激得疲劳了的眼睛,常常悠悠然地移向远处的白桦树林的清荫中去。

静子半闭着眼睛,正在恍惚地考虑哥哥信吾的事情。去年夏天,暑假还有二十多天的时候,信吾突然提出要走,就到东京去了。这是静子

---

〔1〕 谚云:"白色隐七难,一发遮三丑。"言皮肤生得白,可以隐蔽其他种种丑处。头发长得好,也可以遮蔽丑处。

的同学平泽清子和医师结婚的前一天。清子和信吾,很久以前就互相倾心,这件事只有静子一人详细知道。

照静子的女子心理的想法,信吾这一次不想回来,也许是不想再见背叛他的清子。然而他终于回来,是可喜的事。她一心以为他的回心转意,是读了她的详细诉述的信的缘故;哥哥是为了帮助她而回来的。这回所谈起的静子的亲事,父亲、母亲乃至祖父,都为了种种关系,刻意劝她答应;然而她自己无论如何不想出嫁。她相信能充分谅解此心而尽力斡旋于其间的,除了信吾以外没有别人。

"来了,来了!"一个矮小的站工喊,月台上忽然活跃起来。另外一个胡须满面的站工跑到空着的剪票处,大声喝道:"来了呵!"眩目的原野边上的青叶上面出现浓重的烟气。

2

轰然动地而来的列车一停下来,信吾就亲自打开了二等车厢的门,轻快地跳了下来。上车下车的乘客和站员们慌张地东跑西走。一声汽笛震动澄澈的空气,火车立刻开了。

一只作为行李的很重的旅行皮箱,由信吾帮着,扛到秃头的松藏的背脊上去。这期间静子仔细察看信吾的样子。他身上穿着法兰绒单衫,束着凉爽的生绢腰带,脚上穿着绀青棉布夏袜,踏着细杜仲木的木屐,全身的样子和去年的信吾大不相同了。不胖不瘦,身材挺秀,头上戴一顶高帽子,故意不挂徽章,因此外表上谁都看不出他是学生。他的相貌太纤丽,有些儿难看;肌肤太细腻,太白,对男人不相称;母亲以此自豪,妹妹静子听了也觉得可笑。秀美的鼻子底下长了些短短的髭须。这似乎使得他样子老了些。在妹妹看来,似乎觉得除了老了些之外,同时脸上过去的亲切已经消逝了。轻微的失望的影子掠过静子的心头。

"你这样地看什么,静妹?"

"呵呵,哥哥老了些呢。"静子莞尔而笑。

"啊,为了这个么?"他故意把短须捻起来,"我以为你瞧我不起,正在担心呢,哈哈!"

"哈哈哈!"松藏把背脊上的皮箱耸了一耸,附和着笑。

"怎么样,重么?"

"哪里!一点也不重。虽然年纪老了,"又耸一耸,"好,我松藏先走了。"

大家一同走出车站。静子警惕地想起了清子的事件,看看撑着手杖式洋伞的信吾,觉得这哥哥姿态很漂亮。她想,结果做了一个乡村医生的妻子的清子这回看到了这哥哥,不知作何感想。

沿着铁路旁的木栅走六七十丈路,来到了信号柱下面横过铁路的道口。到小川家去,从这里沿着铁路向南,走过松川河上的铁桥,是最近的路。他们叫两个妹妹快点先回去报告母亲。两人就并排地快步向前跑,松藏跨着大步跟在她们后面。

信吾和静子并排地沿着铁路走。梅雨之后欣欣向荣的青草发出蒸热,当头照着的太阳把张开的女伞清楚地投影在地上。静子想起了这夏天可以热闹愉快地度送,就把准备在见面时先说的事情都忘记,心中怡然自得了。

"大家专诚等候你呢。"

"哦!其实我不过想在这夏天用些功。"

"在家里也未始不可用功。人家不会怎样打扰你的。"

"那当然可以,不过因为家里小孩子多。"

"妈妈日夜等候你呢。"

"妈妈的病怎么样? 不很厉害么?"

"嗳,并不怎么厉害,不过……"

"躺着么?"

"有时躺着,有时起来。原来的风湿症以外,胃又不大好。"

"胃病是吃得太多的缘故。她清早就抽烟,无聊的时候吃各种零食,所以把胃吃坏了。"

"倒也并不如此。总之,妈妈的身体是不好的。"

"是年轻时候的报应!"

"呀!"静子睁大了眼睛。她的母亲柳姐从前是盛冈有名的艺伎。父亲信之在学生时代是她的老相好,曾经为此而退学;他不顾家庭的反对,硬把她落籍,娶了回来。——这是静子还在女学校读书的时候从叔母那里听到的,她听了之后曾经无端地哭起来……她从来不曾从哥哥口中听到这样的话。静子好比被人说穿了自己的秘密,忽然脸红了。

3

信吾也觉得说得太过分了,立刻接着说:

"那么吃什么药么?!"

"嗳,……加藤先生每天来诊病的。"

"噢!"又似乎故意地说,"噢! 原来有一个姓加藤的医生。"

静子蓦地向哥哥的脸一瞥。

"医生每天来,病大概不是很轻的吧?"信吾说。

"并不是这样。加藤先生是个交际家。"

"噢,是交际家?"信吾说着,捻捻他的短短的髭须。接着又说:

"那么他的生活大概相当富裕吧?"

"嗳,到我们家里来出诊,大都骑脚踏车来,或者骑马来。"

"哈,境况很好! 那么,已经生了孩子没有?"

"……还没有。"静子眼睛向下低声说。

"那么清子也空闲,很好。"

"嗳。"

"女人一有了小孩子,就完结了!"

静子听到这句话异样地叫了一声,就此闭口无言了。人们久别之后,往往不把分别的时日计算在内,而互相根据未分别时的情况来想像。关于清子和加藤结婚这件事,静子对哥哥怀抱着不少的同情。在她的女性的偏狭的心中,甚至担忧这回哥哥回家每天和加藤见面时将感到何等不快。而且,不知怎的,倘把这件事说出来,在她觉得仿佛是眼看对方的手接触到她所拿着的利刃上来,非常可怕。然而她觉得信吾的话太漠然了,太冷淡了,不知是否故意装出来的。她想:我过去的担心只是杞忧。又想:哥哥是装假。而在她的心底里,对于信吾的早已不把清子的事放在心上似的那种语气,总是感到不满。信吾看到妹妹这种神气,也觉察到她正在任意忖度他的心事,也就默默不语了。

两人并肩而行。由于蒸发一般的草原和铁路旁边的干燥的泥砂上反射出来的日光,额上不知不觉地出汗了。静子的脸上,刚才的怡然自得之色已经消失,变成了异样的严肃之相。两个妹妹已经跑到前面一里路之处。走在五六丈前面的松藏的后影,由于重负而弯着身子,望去好像一只大皮箱底下生两只脚。

略略过了一会,信吾说:"那个问题到底怎么样了?"转过头去向妹妹一看。

"哪个问题? 松原的事么?"她仰起头来看看哥哥的脸。

"是的。急于要求解决么?"

"并不是这样,不过……"

"照你信上所说,似乎是这样。"

"并不是这样,不过,"静子重复说一遍,接着又说:"在哥哥回家的期间,总非解决不可。"

"这样的么? 那么还没有答复对方么?"

"嗳,要等哥哥回来呀。"

信吾略微停顿一下,继续说:"昨天我动身的时候,松原兄到上野火车站来送我呢……"

静子默默地看看哥哥的脸。松原政治是一个禁卫骑兵中尉,现在是骑马学校的学生,是静子的亲事的对象。

4

"我动身前四五天,"信吾继续说,"他突然来访,谈到夜很深了才回去。关于这问题并没有讲什么,只说'我也已经二十七岁了'。"

静子默默地听他讲。

"我说我是放假回家,你不必来送我。可是他还是特地坐了人力车来送我,把啤酒和水果送进车窗里来,又说向我家里所有的人问候呢。"

"这样的么!"静子懒洋洋地回答。

"我真想对他说,不是向所有的人,是向静姐吧。"

"咦!"

"我不过这样想,难道真的说出来不成! 哈……哈哈。"

这松原中尉是小川家的远亲,是约六十里外的某村里的村长的第二个儿子。他家兄弟三人都置身军籍。第三个儿子叫作猗介,和静子的小一岁的弟弟志郎,同是士官候补生。

大儿子浩一,曾级参加最近的日俄战争的第五联队,在黑沟台的恶战中壮烈地战死了。——这是静子的悲哀。静子十七岁在女学校毕业那年的秋天,曾经依照父母的意思,同当时当步兵中尉的这个浩一订婚。

下一年二月开战了。小川家提出,一定要在出征前合卺。浩一说自己知道不能生还,坚决地拒绝。然而静子的父亲信之出主意,叫她到青森去和浩一同居了约两个月。

浩一的遗骨被迎回来,举办盛大的葬式的时候,母亲柳姐做主,不许静子参加葬式。所以静子在表面上现在还是小川家的小姐,而实际上从那时候起已经是寡妇了。

那一年暑假回家的信吾,看见本来怕羞的妹妹像病后一般憔悴而消沉了,不禁从心底里对她发生同情,多方地安慰她。那时候的信吾,和感情变得粗暴的现在的信吾,仿佛是两个人。他那时是一个热血的、真挚的、二十二岁的青年。

九月初信吾进京的时候,自己禀明父母,带了静子同行。兄妹两人在本乡真砂街的一所租屋里邻室而居,信吾进高等学校,静子进某美术学校。当时当少尉的松原政治开始接近兄妹两人,就是此后不久的事。

"嫂嫂。"有时政治对静子这样称呼。静子立刻脸红,低下了头。后来政治曾经认真地说:"我以前从来没有机会叫您嫂嫂。今后也已经没有这种机会,想起了实在觉得遗憾。"静子初次感到亡夫的弟弟的亲爱之情，以后每逢星期日政治来访，心中也不免感到欢喜。

不知什么时候起，忽然不来访了。后来他们知道政治这时期混在一伙同僚中间，耽于饮酒。前年秋天升了中尉之后，又常常来访。然而已经不是从前的单纯朴素的政治了。有时也带着微醺而来，说些教人难当的话。又有一次带着一个据说是同中队的、能够似通非通地谈论文学的青年少尉同来，他故意在这人面前装出和静子亲近的样子来。静子走到隔壁房里去了的时候，隔着纸裱门听见他在低声地说："怎么样？很漂亮么？"静子心中愤慨。

去年春天，母亲产后患病约有两个月之久，静子回家来看护，就此不再到东京去。到了今年六月，政治突然提出了结婚的要求。

"那么哥哥认为怎么样呢？"静子看看并排走着的信吾的侧面。

5

"你问我怎么样，我说问题很简单。"

"很简单？"静子窥察哥哥的脸色。

"当然很简单。倘使本人不肯，就不必谈，对不对？"

"如果这样，很好，不过……"静子莞尔而笑。

"不过，爸爸和妈妈的意见也应该听听；还有，祖父总有些见解。"

"不过，我无论如何不嫁。"

"你主意这样坚决，他们毫无办法了；好的，你只要委托我，就不必担心。因为我充分了解你的心。"

"真的？"

"哈哈哈。你完全像个小孩子。"信吾直爽地笑着说。

静子也附和着笑,后来说:"啊,我真欢喜。"揩揩额上的汗。她的脸色明朗了,心情和话声都显得畅快了。

"哥哥,还有很有趣的事情呢。"

"什么?"

"叔叔同情我呀。"

"叔叔是谁? 昌作么?"

"嗳。"静子说着,露出滑稽的眼色。所谓昌作,是父亲信之的幼弟,当然是这兄妹两人的叔父;但是年龄比静子小一岁,今年二十一。

"关于这件事?"

"是的。前几天他和祖母在里面廊下谈论什么事情。只听见'静子,静子',似乎是在谈我。虽然觉得不好却站着偷听了一下。听见他说:'结婚这件事,必须根据恋爱,方才可以成立;由别人压制而结合,是错误的。'说得很认真呢。于是祖母说:'噢,噢,这当然是对的。'你看滑稽不滑稽?'压制'这种话,祖母哪里听得懂呢? 呵呵呵呵呵。"

"后来怎么样?"

"后来没有什么,不过这件事很可笑。他还常常有意攻击祖父,说旧时代思想啦,什么啦……因为对于爸爸和妈妈他不敢说。"

"嗯,这样的么? ……那么他准备怎么样,将来?"

"他说要到南美洲去。"

"到南美洲去? 这样,进学校也只好停止了。"

"不消说了。今年本来可以毕业,可是考试不及格。"

"中学都没有毕业,到南美洲去做什么呢? 而且这笔旅费很可观呢。"

"据说有二百元就够了。"

"他打算向哪里去拿呢？家里恐怕拿不出吧……"

"拿不出我想是不会的。"

"但是这计划太不高明了。"

"……是呀，不过妈妈对昌作叔叔也太厉害了——我常常这样想。"

"这是昌作自己不好。那么他现在做些什么呢？跟谁在一起？"

"他在作诗歌，新派的诗歌。"

"诗歌？这样的人作诗歌？哈哈哈。"

"他很得意。而且有些自负呢。我看有几首的确作得还好。"

"傻瓜！做这种事，所以没用。用功学些英语，这才好呢。"

这时候听见背后有钝重的动地而来的声响。两人同时回头一看，立刻分向左右跑出路线外面去。和信吾所乘的列车在川口站交车而开来的上行货车，发出凄厉的声音，飞一般地在两人之间通过了。

其　二

1

从盛冈沿着行人稀少的青森路向北走三十里，经过架在北上川上的船网桥，再走约一里，夹道的小松树断绝了，便走进了一个朴陋的乡村。街道两旁并列着不到一百户的人家，十分之九是茅草盖顶的，屋顶上长着百合、萱草和桔梗。这就是从前的《道中记》里的涩民宿站的遗迹，村里的人但称它为"街上"。地方虽然小，绸布店、糕饼店、杂货店，以至粗货铺、剃头店、豆腐店都有，凡朴素的农民所需要的东西，这里都具备。

街道中央有一所造酒厂,围着严密的土墙,与四邻隔绝;对面有一间高大的茅屋,门口挂着村公所的招牌。

除了村公所之外,新近又添设了邮政局、派出所、登记所。小学校设在靠近村子南端的地方。两根直径一尺半左右的圆顶的大木头竖立着,这便是校门。左右两边立着许多粗细相当的尖头棒,用铁丝草草地编成木栅,稀疏地、不规则地、歪斜地扩展着,好像破烂的铁甲的两袖。

木栅里面是一个不很广大的运动场,运动场里面有一座二层楼校舍,背负着爱宕山的郁郁苍苍的树木而站立着。

日光斜射,已近下午四点钟。西向的校舍后面衬着树木的浓绿,显得分外鲜明。这天的课业已经完毕,平坦的运动场上一个人影也没有。初夏的鲜丽的日光流泛着。不久以前拿着扫帚彷徨着的一个年老的校工,现在已经到别处去了;邻家的三只鸡从木栅里钻进来,在运动场的一角里从容地盘桓着。

正对校门的校舍正门突然开了,女教师日向智慧子从门里出来,走到阳光中。同时正门旁边的职员室里传出热闹的笑声。

轮廓端正而眉目清秀的颜面正对着西晒,那双美好的眼睛有些发眩。绀青色飞白纹单衫上束着的紫色裙子,在日光中一步一闪,使得四周的静止的景物都有生气了。年纪大约二十一二岁,胸脯略微突出,两肩圆秀,步态稳重。

智慧子走出校门,向右转弯,回头向学校一看,心中想:"讨厌的男子。"无端的微笑清楚地浮现在口角上。

各各人家前面的狭而浅的阳沟里,污浊的水骨碌骨碌地流着。打在廊下的桩头都已经腐烂,上面长着白菌。街旁的屋顶都低而广,西边一排房屋的影子落在街道上,好像稀疏的锯齿。处处路旁停着卸了马的货车。货车下面,一群一群的鸡走进走出,正在泥土中寻找掉落的米粒。路上碰见的小孩子都向老师鞠躬,智慧子笑着一一答礼。

一个头上戴着好像煮过似的浅黄色头巾、背上负着婴孩的十一二岁的女孩子,站在一家人家的屋檐下,正在和另一个妹妹模样的女孩子玩耍。她看见了智慧子,那张长着扁平鼻子的脸嘻嘻地傻笑,侧转了龌龊的项颈。智慧子走到她旁边去。

"老师!"

"松姐,你怎么这回又不来上学了?"先生和气地说。

"这个。"说着,摇摇背上的婴孩,还是嘻嘻地笑。她的意思大概是说,因为要带婴孩,所以不能上学。

"背着孩子也不要紧,你来上学吧。只要孩子哭的时候走出去就好了。"

松姐不回答她的话,只说:"先生今天请大家吃糕饼,喝茶……"

"呵呵呵呵,"智慧子笑起来,"你在哪里看见的?……今天因为有客人来,所以这样。你家里有客人来的时候,不是也拿出茶来的么?"

"没有。"

原来信吾回家的第三天,曾经到小学校去访问。

2

智慧子所住的滨野家,位在街的一直靠北的地方,——然而离开学校不过一里路,——寺院甬道的入口上,是一所茅草盖顶的小房子。智慧子走到这房子门口的时候,一个穿窄袖衫子的矮小的妇人正在替一个十来岁模样的女孩子梳头发,女孩子坐在踏步上。

智慧子看见了她,立刻笑着跨过架在沟上的板,同她招呼:

"您好!"

"先生! 今天回来迟了些。"

"嗳。"

"小川家的信吾先生到学校里来过了么?"

"嗳,来过了。"说着,脸上略微一红。"又为了今天是三十日,还有些月底结束的工作……"她解释似的说着,一面脱木屐,"有没有邮信,大嫂?"

"啊,没有……噢,噢,刚才静子小姐来过了。她说,她哥哥已经回来了,请先生到她家去玩。"

"噢。叫我今天去么?"

"不是。"大嫂含笑说,"她说随便什么时候。"

"噢!"她放心似的说,"老太太今天怎么样?"

"似乎稍微好些。现在睡得很好。"

"到了夜里似乎总是不大好呢。"说着,立刻拉开旁边的一扇破旧的纸裱门来,向里面窥探。阴暗而散乱的房间的角落里,铺着卧床;龌龊的棉被口上露出一个向着那边的白发的头。枕头旁边放着一只油漆剥落了的木盘,盘里盛着茶碗和药瓶;不大流通的空气中弥漫着药的气味和旧铺席的气味,使人感觉很不舒服。

智慧子向这可怜的房间里略微看了一下,就默默地拉上纸裱门,走到自己的房间里去。

从入口的踏步上跨进门槛,便是设着一个很大的炉灶的宽广的乡村样式的厨房。拉开炉灶旁边的一扇不大灵活的板门,里面是一个六条铺席的房间。一道煤烟熏黑的隔板的那一面,便是老太太的病室。铺席的,只有这两个房间。

东面有格子窗,房间里不暗。铺席也很新。不过壁上胡乱地贴着些旧报纸,上面是煤烟熏得墨黑的屋顶。靠壁叠着一堆棉被,上面盖着白毯子。旁边的一个衣柜上整齐地放着小自鸣钟、镜箱以及种种日用的东西。

智慧子把脱下来的裙子折好,把桃色的洋纱腰带换了一条平日穿的、同样质地上印着大菊花纹样的腰带,就正襟危坐在窗前的矮桌旁边,翻开《新约全书》来——这是基督教信徒智慧子自己规定的日课之一。因为教了五小时课而疲劳了的心,往往容易弛懈,所以要这样地勉励一下。

翻开的地方,照例是已经翻熟了的《马太福音》第二十七章。智慧子专心一志地低声诵读:他们把耶稣绑起来,拖到巡抚彼拉多面前来定罪,给他戴上荆棘编成的冠冕,吐唾沫在他脸上,大家任情嘲笑他。他终于和两个强盗一同被押赴各各他刑场去就死——她读这段极度悲壮的诗,读到第五十节"耶稣又大声叫喊,气就断了"的地方,智慧子把两手紧紧地交叉在胸前,暂时作一会默祷。她每次读这一章,总感到一种说不出的深远的心情。

不久,智慧子想给昨天来信的朋友写回信,一边磨墨,一边考虑。今天初见面的信吾的颜貌,不期地浮出在心头……

正在这时候,信吾从学校里走出门来。

3

信吾穿着一件长得过分的绀青色飞白纹单衫,束着一条轻快的丝绸

腰带,高高的身体略微向后仰起,步武堂皇地走出校门来,背后一个清朗的声音毫无顾忌地叫:

"信吾先生!"一个女人快步从后面追上来,她那褪了色的紫裙跟着脚步扭动。

"啊!"信吾回头一看,笑着说,"你也回去了?"

"嗳,我是到这里奉陪的。"她亲切地说着,毫不羞涩地和信吾并肩了,"哟,我这个人这么矮小!"

这也是一个女教师,叫作神山富江。照女子而论,不算矮小;但是和信吾并排了,只及他的肩头。这一半是她穿着葡萄色纽带的、屐齿磨低了的晴天木屐的缘故。她脸色苍白,皮肤结实,眉眼纤细,相貌不算丑陋;似乎想遮蔽略微突出的牙齿,薄薄的嘴唇常常扭拢。然而一不当心,就露出了这牙齿,直爽地笑。表情丰富的眼睛不绝地活动。头发乌黑而浓密,解开来一手握不了的。不知是天赋关系还是职业关系,有时举动轻快活泼,不像一个二十八岁的人。恐怕一半是没有生孩子的缘故吧。

富江有一个丈夫。这丈夫在盛冈,也是在学校里当教师的。据传闻,这是她的第二个丈夫。奇怪得很:富江来到这村子里已经三年,其间除了正月以外,农忙休假及暑假,她都不回盛冈去。人家觉得奇怪,问她,她笑着说:

"有什么呢!我已经是老太婆了,不想依傍在丈夫身边了。"逢到某种对手,她会满不在乎地说出女教师所不应该说的话来,毫不怕羞地搭讪着了事。

村里的人们认为富江是一个直爽的、随俗的、有趣的女人,无所顾忌地对待她。小川家的母亲柳姐尤其喜欢她,所以她常常在小川家进进出出。因这关系,她住在这街上小川家唯一的亲戚立花家里,是半自炊的。

她不讲究服装,也不读书。据说赚的钱一文也不寄到盛冈去,所以常常有小额款项可以通融给附近人家的主妇。

街路上已经八分是阴影了;斜照着高声说笑而走去的两人的肩膀和侧面的太阳,已经不很热了。"什么道理? 神山先生看来常常是年轻的。"信吾搭讪似的用甜蜜的口吻说,笑着低下头去看看这女人。

"这么说也不请你吃好东西啊!"富江打着土白说,"呵呵呵,不管你长着髭须,这样的老话是不该说的啊!"

"哟! 又说到髭须……"

"请进去坐坐。"富江忽然站定了。原来已经不知不觉地走到了她的宿舍门前。

"下次来吧。"

"为什么? 不会难为你的。"

"你请客么?"

"当然……"

正在这样说话的时候,屋子里走出一个年约四十五六岁的、服装醒醒的主妇来。她恳切地答谢信吾上次来访的好意;又说她的丈夫就要回来,一定请他进来坐坐。她的丈夫——这人家的主人——叫作金藏,二十几年来一向在村公所里当书记。

信吾辞谢了,就向前走。

"信吾先生,那么我一定随时到你家去。"

"请过来吧,倘使玩纸牌,我随时奉陪。"

"我来教你吧。"富江笑着,走进阴暗的屋子里去了。

于是信吾脸上显出任务完成似的样子,急急忙忙地跨着大步走去。走到加藤医院附近,忽然好像忘记了东西似的放缓了脚步。

4

　　这时候，一个胸前挂白围裙的女仆，似乎是为准备晚餐而出来买豆腐的，快步走进五六个门以外的加藤医院去。

　　"有什么呢，她还不是一个终身已定了的乡下女子么？"信吾不曾觉察脚步的放缓，自己嘲笑自己的萎缩的心。同已经做了别人的妻子的清子见面，到底是不快的事。信吾对于自己的不快之心的发生，感到不愉快。

　　倘使不去，不去也罢，本来没有什么事情。然而这个狭小的村子里的交际，这样不能了事。尤其是母亲也曾对他说过：我生点小病，他也诚恳地每天来出诊，所以你应该去望望他。况且今天他是和妹妹一同出街的；妹妹同他约定，她在加藤家里等候哥哥，一同回家。

　　"并没有什么倒楣……"信吾勉励自己。他想："况且加藤恐怕出诊没有回来。"他终于又感到卑怯："这样吧：在大门口问候一下，就带着静子回家。"

　　"不知道现在清子的态度怎么样。"他起了好奇心。这时候，从前清子对他说"我，但凭你的一句话……"时的凝眸的颜貌浮现到他眼前来。——这是去年七月底加藤求婚迫切了，清子约信吾到某庙宇的树林里去谈话时的情形。——那时她的眼睛里显出一个真心的美丽的质问："以前我一直认为这个我是你所有的。这想法是错误的么？"这质问和眼泪一同发出光辉。微风吹动垂在两人头上的枫树枝条，枫叶里透进来的日光使清子的颜貌有时照亮，有时阴暗，——现在连这光景也鲜明地回忆起来。

这时候,两人秘密地作了童稚时代以来的恋爱的最后一次交谈。……这回忆实在不能使信吾的心情轻快。然而,信吾想起了那时候的事情,心中发生一种浅薄的自负心,认为"我是强者、胜利者",而感到满足。这种满足在信吾的眼睛里添加了粗暴的光辉……

信吾装着毅然决然的表情,挥着手杖,大踏步走到医院的正门口。

在从前,这房子是这条街上仅有的一个叫作"滨野屋"的客栈。现在这盖着很大的茅草顶的内外二幢楼房已经大加修缮,建着正门,装着玻璃窗。在这个从别处搬来似的不调和的正门上,挂着一块还很新的招牌,上面写着"加藤医院"四个神气活现的楷书。开业医师加藤本来是别的村子里的人,他看定这个村子里一个医生也没有,就在前年秋天买了这所老房子,迁居到这里。听说他在自己村里并没有什么信誉;但是他的本性爱结人缘,对病人的亲切比技术的高明更加受村人的赞许。自从和村长的女儿结婚以后,就买马,买脚踏车,置备使乡下人吃惊的手术台及机械等,又兼任邻近两个村子的村医。

信吾用沉着的声音叫门,一个不很礼貌的十七八岁的学生来开了门。门里面就是配药处,加藤的弟弟慎次正在用计量器来量一种淡红色的药,他是替哥哥当助医的。

"啊,是小川先生么?"他就拿着计量器,用生硬的模仿似的土白说,"请请,请进来!"接着高声地叫:"阿嫂,阿嫂。"又对信吾说:"哥哥就要回来了。"

"好,多谢。静子在这里么?"

这时候旁边的纸裱门开开了,清子走了出来。她看见了信吾,抑制似的叫一声"呀",就跪坐行礼,含糊地说"您好"。信吾还礼的时候,没有放过机会看到清子的耳朵的蔷薇一般的红色。

"请进来，静子姐在等候呢。"

信吾想说"不，那么……"，然而终于不说，把木屐脱下了。处女似的清子的举动，使信吾心中发生一种讥讽的好奇心。

5

过了大约二十分钟，兄妹两人走出加藤医院。

沿着直街，在夹道的破陋房屋中间向北走三四十丈路，向左转弯，便是回家去的路。从这里走去，经过水车场前的小桥，通过一块略高而宽广的麦田，下坡，经过架在北上川上的吊桥鹤饲桥，再走一里半多路，便是大字川畸的小川家。将要落山的夏天的太阳，把裂开的成熟的石榴似的红色照在麦田上，正面地映射在两人的脸上。

信吾装着若无其事的样子走路，心中正在想清子的事。在仅仅二十分钟之间，静子也在座，加藤的母亲和慎次轮流出来应酬。信吾讲话态度非常镇静。清子端出茶来，又端出点心来，只是斯文一脉地不大开口。并且不敢正眼看信吾的脸。

只有一次，信吾称呼对方为"太太"。这时候清子正低着头倒茶，并不答应，也不抬起头来。信吾看到了她的心情。

他虽然想清子的事，但并不是回想过去的恋爱，也没有感到像预期那样的不快。倒是有一种满足之情使得信吾的心轻快了。总而言之，信吾觉得自己始终是胜利者。清子的举动证明了这一点。而且信吾对加藤并无一点不快之感，却反而想亲近他，亲近而且常常往来。

亲近加藤，见到清子的机会就多起来，不，清子见到他自己的机会就多起来。他不想念清子，但是要使清子永远不忘记他。猫戏老鼠，是玩弄败者的感情——信吾正是如此,他那滋长了的恋爱的骄傲,竟使他心底里孕育着一种希望:要使清子再在他面前哭一次。

"清姐一点也没有改变呢。"静子在谈话中这样说。静子感觉到今天哥哥的应对态度非常镇静。她又想:这个自动放弃对哥哥的恋爱的女朋友,今天的举动为什么那样依恋呢? 不,清子自己觉得难为情,所以羞怯吧。

"一点也没有改变。"信吾捻着髭须说,"生活幸福,年纪就不会老。"

"对啊。"

关于这件事说到这里为止。

"今天你在学校里耽搁很久呢。你碰见智慧子么?"

"智慧子? 噢,就是日向先生。碰见的。"

"你看这个人怎么样,哥哥?"

"是个美人。"信吾笑着说。

"不但相貌漂亮,"静子眼睛里表示认真的样子,"她的心地也好。我当她大姐姐呢。"说着,就叙述智慧子的性格的优美与清高,举一个例子,是滨野(智慧子的房东)一家的生活差不多全靠她的补助而维持着。

信吾在心中认真地听她说这番话,但在表面上假痴假呆地笑着。

两人走上鹤饲桥的时候,红色盘子一般的、夏天的太阳正落在岩手山的顶上,夕照的天空涂上了无边的橙黄色。这时候一个高个子的、头发蓬松的、戴眼镜的青年从对面走上桥来。静子低声对哥哥说:"啊,昌作叔叔来了。"

"喂!"这青年远远地叫,"我是来迎接你们的。家里的人都在等你们呢。"

说过之后立刻转身,向原路漫不经心地大踏步走回去了。信吾目送

着他的背影,同时脸上泛出可怜似的、轻蔑似的笑容来。静子略微皱眉,
自言自语地咕哝着:"妈妈真要命。要派人来接,也不必派昌作叔叔!"

其　三

1

　　早上开始下雨,过午不久就晴了。院子里只有几块踏步石最先干
了,孩子们种着的草花生气蓬勃了。池塘里有鲤鱼跳着。池塘那面是草
地和假山,假山的正上方现出姿态优美的姬神山,天空中流动着断断续
续的白云。敞着的东廊下望得见的土地上,发散着水蒸气,凝聚在无风
的空气中,使人觉得有些闷热。——这正是下午三点钟光景。

　　"那么,这个,胃口怎么样?还是吃不下么?"加藤说着,略微挺起腰
来,在静子端过来的铜盆里装样子似的洗洗手。他正在替柳姐看病——
然而因为是每天看的,所以真不过是形式而已。

　　"唉,真是。……一直好像想吃些什么东西,可是吃起来味道都不
好。"柳姐说着,把袒开的衣领合上,又把放在一旁的烟灰碟推到医生面
前去。

　　她颜面瘦小,苍白得好像透明似的,鼻梁秀美,一双尖刻的眼睛两角
略微吊起;暗示着过去的烟花生涯的妩媚姿态,使得她的样子年轻得多;
然而额上的细皱纹,无可争论地证明着她已经超过四十了。

　　"这是胃里不大好的缘故。"加藤点点头说,拿出一块新的手帕来揩
揩手,又重新坐好。

"我看,明天起请服用他卡淀粉酶[1]药片吧。每次饭后吞服五六片。嗯? 对啊。本来服的药水和药粉照旧服用,另外再服药片。药片嚼碎了味道不好,所以要用温开水囫囵送下去才好。"他把下巴突出些,露出喉结,装一个吞服药片的样子。

加藤的样子很和善,脸圆圆的,胡须略带红色,身体胖胖的,气色很好;合领的西服垂到大腿上边有些豁裂了。

端茶来的静子走出去以后,信吾向里面的壁橱里取了一包纸烟,走进房间来。

"啊,信吾兄!"加藤先招呼。信吾也坐下了。

"大热天气,每天要劳驾,真是……"

"哪里的话! 听说您特地枉驾,真不巧,芋田家有人生急病,我出诊去了,真是失礼啊! 下次上街的时候,一定请过来!"

"多谢! 以后常常要叨扰呢。"说着,点起一支烟。

"请多多指教! 不过,我们这种人怕不配作您的谈话对手。这里是个小乡村。"

"是啊!"柳姐接着说,"他(用下巴指点信吾)嫌寂寞;我告诉您,去年暑假里,开学还有二十天,他硬要回东京去了。今年呢,我又这样生病,没有好好地照顾他,他昨天已经开始唠叨着了。呵呵呵。"

"哈哈,是么?"加藤爽快地笑着,又说:

"那么今年不要让信吾兄逃走,一定要使您早点恢复健康。"

"嗳,托您的福,腰已经好得多,今天从早上起来,这样地坐到现在了。"

――――――――――

〔1〕　他卡淀粉酶(Taka Diastase),是一种消化药。

"怎么？风湿病已经好了么?"信吾要避免关于他自己的话。

"是啊。这毛病要根治,总还困难……请请!"加藤接了信吾的一支香烟,又说,"柳酸钠[1]对令堂的体质似乎是相宜的……"加藤谈柳姐的病了。

在开通的隔壁房间里,静子从茶具架上取下一个洋铁罐,拿出些麦煎饼之类的点心来装在盘子里,正要拿了走到那边去。

"静子,到哪里去?"柳姐从这里低声叫住了她。

"到昌作叔叔那里去。"静子回过头来看看母亲的脸。

"谁来了?"柳姐的声音很低,但是很锐利,好像埋怨似的。

2

"山内先生来了。"静子温和地回答,脸色有些阴沉。

"噢!三尺先生么?"柳姐说时显出轻蔑的样子,但是在客人面前,有点不好意思,就"呵呵呵呵"地笑起来,"昌作叔叔个子这么高,和山内先生的三尺很不相称呢!"

"昌作叔叔有客人么?"信吾说着,看看母亲的脸。这时候静子跑到那边的房间里去了。

"是呀。山内先生是登记所里的雇员,听说月薪六元。不知怎的,"说着看看加藤的脸,"我们在这里说说不妨:这么矮小的人实在是很少见的呢!我家那些小孩子——可并没有人教他们——给他取了一个绰号叫作三尺先生。屡次骂他们,他们看见了山内先生还是这么叫,真没有

---

〔1〕　柳酸钠(Sod Salicyl),治关节痛用。

办法。呵呵呵呵。据说他是七个月生下来的,大概是真的吧?"

"嘿哈哈哈。不知道是怎么的。生成这个样子,真可怜呢。但是他的相貌很清秀,同他谈话,他也样样都懂得……"

"对啊,对啊。"柳姐忽然装出认真的样子说,"山内先生虽然身体生得这样,但是他能够自己过活,真能干呢!昌作叔叔怎么比得上他!我想,恐怕村里的人都笑他是小川家的多余货吧。"

"那没有这回事……"加藤想再说些什么,然而柳姐打断了他的话,抢着说:

"随便地停了学,每天这样吊儿郎当,准备将来做什么呢?我性情生成这样,有时要向他说长道短。可是他在别人面前只是眨眨眼睛,完全不像一个现代青年。如果他到府上来,请您劝劝他才好。"

"哈哈哈哈。不,昌作兄一定抱着很大的志望。况且,无论做什么事,像他那样的体格都来得。……昌作兄也……那个,(看看信吾,)我说错了:您的体格也很好。有五尺五六寸光景吧?哪一位个子高?"

信吾没精打采地抽着烟,说:"嗳,哪一个高?"把烟蒂丢在烟灰碟里了。柳姐接着说:"两个人都只是个子长得高,完全没有用的,……除非当作电杆木卖,一个钱也不值的。呵呵呵呵呵。"她高声地笑。加藤也无可奈何地笑。

过了十分钟光景,加藤骑着脚踏车回去了。信吾想从大门口直接回到当作书斋的厢房里去,柳姐说:

"信吾,不要去。"就回到刚才坐的房间里。

"爸爸今天又到村公所去了么?"信吾站在廊上,看着天空说。

"是呀。不知道什么事情……每次上街去,总是像昨晚一样喝醉了回来。"柳姐说着,看看儿子的后影,皱皱眉头。

"没有办法,交际场中。"信吾直爽地说,在门槛旁边坐下了。

"说起,"柳姐和颜悦色地说,"昨晚讲的话,因为爸爸回来了,没有讲完呢。你好好地劝劝静子吧。"

"什么,松原的事么?"

"是呀。"说着,眨眨眼睛。

信吾望了一会院子,说:"好的。在这暑假里决定,好么?"说过之后站起身来。

"不过……"母亲还想说话,信吾低下头来看看她的脸,厌恶似的说:

"请你把这件事托付给我好了。我也要略微考虑一下。"说过之后,不知想起了什么,他不回到自己房间里,却走向昌作的房间去了。

3

一间龌龊的六铺席的房间,西面的格子门里照进明亮的太阳光来,房间里烟气弥漫。

信吾走进去的时候,昌作把毛茸茸的腿伸在窗边的矮桌子底下,随意不拘地把手撑着面颊,正在热心地谈话。

山内谦三像泥菩萨一般端坐着,常常有气无力地咳嗽,眨着那双狡狯的眼睛,温顺地倾听着。飞白纹的衣领合得很紧,不称身的皱纱大幅腰带在小小的身体上绕了好几转。狭小的额骨上渗出汗珠来。

这两人都受过春季的征兵检查。身长不满五尺的山内,在无论何人看来都不过十七八岁。然而他的举动却有一种老人的味道。昌作呢,个子很高,身体瘦削,漆黑的头发故意养得很长,戴着度数不大的钢丝边眼镜,看样子已有二十四五岁。

"对不对,山内兄? 我那时候,真希望拜伦不死。他要是不死,山内兄,不知道会做出多么伟大的事业来呢! 我想起了这一点,晚上躺在床上的时候,拜伦的面貌也⋯⋯"昌作正在精神抖擞地谈着,看见了信吾的脸,那双粗黑的眉毛神经质地一动,忽然改变了话头,"实在伟大!"然后显出不高兴的样子,默不作声了。

信吾嬉皮笑脸地走进房间去,自由自在地蹲下去,撑起一个膝盖坐下了。山内正在吃麦煎饼,看见了他,手足无措似的忸怩不安起来,脸上一红,低下了头。

"你是山内先生么?"信吾说着,神气十足地向他俯视。

"嗳。"山内回答一声,又低下了头,乘机偷偷地向昌作方面一瞥。

"怎么样,昌作叔叔? 看你兴致很好呢! 拜伦怎么样?"信吾还是嬉皮笑脸地说。

"没有什么。"昌作用不愉快的口气回答。

"没有什么? 哈哈哈。这个,你也是拜伦崇拜者么?"说着,看看山内。

"呃,不是。"山内说的时候好像喉咙塞住了。他那双狡狯的眼睛显得更加狡狯,向正在捻髭须的信吾一瞥。

"噢! 我告诉你们,拜伦已经旧了。他这种诗,现在已经变成古典了。在他们英国,也不过是第三流。他的诗感情粗杂而带稚气,是他自己一个人感动了随口说出来的诗。新时代青年崇拜这种旧东西,是不配的。"

"真理和美,永远是新的!"昌作的喉咙里仿佛有沙粒钻进了,声音沙沙地颤抖,他懒洋洋地盘腿坐了。

"嘿哈哈哈。"信吾若无其事地笑着,问:"喂,昌作叔叔,你读了哪些拜伦诗?"

昌作那双粗黑的眉毛痉挛似的颤动。山内胆怯地向两人看看。

"不读怎么谈呢!"昌作嘲笑似的看看对方的脸。

"不读,就谈不到崇拜。崇拜他哪一点呢?"信吾用开玩笑的口气说。

"信吾!"隔壁房间里柳姐叫着,"富江先生来了!"

昌作目光闪闪地向那方面一看。信吾向山内告别,走出房间,他脸上毫无顾忌地显出不快的冷笑,嘴里放肆地嚼着麦煎饼。

柳姐脸色愤愤不平地站在隔壁房间里,一看见信吾,就埋怨似的说:"你怎么啦,同这些人在一起! 爸爸说九月里要派他到不知什么学校里去当代用教员了。这种笨家伙,睬也不要去睬他! 睬了他,你也笨了!"她的尖刻的眼睛显得更加锐利了。

富江的喧噪的声音夹着孩子们的笑声,从那边的房间里传过来。

其　四

1

仅从远处眺望的人,也许以为智慧子是一个古板的、没有情感的、大理石像一般冷酷的女子。然而一接近她,不由你不感觉到她那丰润而秀美的肌肤之下的、清澄而乌黑的眼睛底下的温暖的心。

富于同情的智慧子,天天看见房东家的小孩——十岁的梅儿和五岁的新儿——到了七月里还穿着肮脏的夹衣,热得要命,实在看不过去。幸而今天是星期六,她教课完毕之后立刻回家,在路上买了一些白地粗花的布料,——原只是一块多钱的廉价布。她正在裁剪着,要替两个小孩缝单衣。

打开的格子窗下面,就是一片青青的稻田。通向宝德寺的甬道,从这房子旁边开始,穿过稻田,约有小半里路之长,笔直地隐没在寺门口。寺院周围的郁郁苍苍的杉树林上面的姬神山,望去像个金字塔。午后的太阳光生气蓬勃地照着荡漾的青青的稻田。若有若无的初夏的风吹进窗来,令人感到快适。隔开一堵墙壁的檐下是一个小堤堰,里面有水流着。在水里捉虾的孩子们的叫声,从甬道上向山里、田里走来走去的男男女女的悠闲低钝的话声,个个字历历地听得清楚。——智慧子已经听惯了这种难懂的土白。她自从去年秋天转任到此,已经在这村子里住过十个月了。

隔壁房间里,上床已经三个月的老太太轻轻地呻吟着。主妇利代姐把脚桶搬到门口,早就在那里咭谷咭谷地洗衣服。智慧子把白布摊在膝上,专心一意地缝纫。

缝孩子们的衣服——这件事无端地使智慧子想起了亡故的母亲。智慧子从衣柜上取下葡萄色天鹅绒封面的厚厚的照相册来,在矮桌上展开。

照相册里有一张照片,是一位相貌和智慧子有点相像的、四十左右的、神采优秀的女子的容颜。智慧子一面做针线,一面用依恋的眼光看这照片。亡故了的母亲! ……智慧子的身世中也有可悲的回忆。她的生地据说是盛冈,但在还不懂事的时候就迁居东京,在那里长大起来……父亲长年在农商部当技师……她的小学教育全部在东京受得,十五岁上进了御茶水的女学校。智慧子的恋慕东京,并不是像乡下长大的少女们似的出于虚荣心。她十六岁上的正月里,父亲突然患病死了。母亲和智慧子离开了住惯的京师,回到盛冈。——她的唯一的哥哥在盛冈县公署任职。——所谓尘世的悲哀,智慧子从这时候起才知道。不久母亲生病了。哥哥行为不端。智慧子不能进学校。她的开始信基督教,就在这时候。

母亲长久患病,终于在第二年死了。不久,哥哥把一个艺伎脱籍,娶了进来。智慧子不得不称这个下贱的女人为嫂嫂。她终于违反了哥哥的意思,受了洗礼。

智慧子坚毅地下了自食其力的决心。就在十八岁上进了师范学校的女子部。去年春天,有始有终地毕业了。现在哥哥在青森的大林区署里供职。

父亲是一个严肃的人,母亲是一个温良的人。智慧子每次想起了这个温良的母亲,就对东京恋慕不已。她家住在本乡的弓街,是一所内有四五个房间的不很大的房子。……正门旁边的四铺席房间,是智慧子读书用功之处。院子门斜对面的人家有一株很大很大的楠树,繁茂得下雨也不漏的树枝扩展在路的上面。——她问过静子,据说这株树现在还在。

"那边的情况变得怎么样了?我想详细地问问静子的哥哥看呢!"她这样想。接着又想回来:"问问也没有用!"

这时候她听见门口有人高声谈话。洗衣服的声音停止了。"六分钱。"智慧子只听见这一句话。

2

然后听见利代姐脱木屐的声音,轻轻的足音走进隔壁房间里去了。好像在找寻什么东西,又听见铜钱相接触的叮当声。——霎时间一点声音也没有了。忽然老太太枕头边的门轻轻地推开了,利代姐的苦恼相的脸从门里探出来。

"先生,真是……"她低声说着,谨慎小心地走进来。

"喏,送来了这个……"说着就蹲下了。

"什么东西?"一看,是一封很厚的信,上面粗笔写着"滨野利代女士收启"几个字,盖着欠资的邮印。

"倘使你有零钱,那么,我还少两分……"

"噢,有。"智慧子不让她说完,就低声回答,并且拿出两分钱来给了她。利代姐非常不好意思地拿着走出去。

智慧子不由地停止了针线,她想:"给她孩子们衣服,恐怕还不如给钱好吧?"立刻又想:"不,我还有钱在这里!"看看刚才放在桌子上的钱袋。以前剩余的加上上月份的薪水十三元,其中付出了房钱和纸、笔、油等杂用,和今天买布的钱,还剩五元左右。

利代姐立刻回来,用小指伸进插着梳子的头发里去搔搔,说:

"真是屡次来麻烦先生。"她的润湿的大眼睛抱歉似的眨眨。左手里拿着那封还没有拆开的信。

"哪里的话!"智慧子若无其事地说,她心里想:这女人已经一个钱也没有了。

"今天晚上要是能把那件衣服缝好,明天可以拿到些钱……现在只有四分钱了。"

"大嫂!"智慧子立刻郑重地叫她一声,用亲切的语气说,"我是大嫂家的人呀! 是不是?"

这不是初次听到的话,然而利代姐睁开了她那双大眼睛,盯住智慧子的脸。她不知道怎样回答才好。

母亲早已死了。父亲把家产败光,行方不明了。第一个丈夫是个好人,然而留下了女儿梅儿,也行方不明了(现在知道在函馆)。第二个丈夫参加日俄战争,不回来了。听说是犯了军法,被处死刑的。一个七十多岁的祖母和两个孩子,靠她一双手做缝纫,哪里养得活?于是从前年起,把房子分租给女教师。去年来的智慧子就接租了这房间。今年春天祖母患病以来,开销又不够了。不够的部分从哪里来呢?难道向智慧子那里去拿么?照理说来,她完全是别家人。然而利代姐觉得智慧子的亲切,是亲姐妹所不及的。相貌漂亮,态度和蔼,意志坚定,感情温暖⋯⋯这样地亲爱她的人,在这世界上哪里还有第二个呢?悲哀的利代姐为了生活而缝纫到夜深,想到这里,不期地向着智慧子的房间合掌。她为了感谢智慧子,也感谢智慧子所相信的上帝。

"这个⋯⋯大嫂。"智慧子踌躇了一下,从桌子上拿起那只钱袋来,从其中把钞票一张,两张,三张⋯⋯恐怕对方看见了觉得轻蔑,所以不立刻递给她,却握在右手里,继续说:

"这个,大嫂,我是大嫂家的人呀。所以我平常无论什么事情都自作自主,你都不见怪。我把大嫂看作大姐姐呢。"

"啊,这真是⋯⋯"利代姐说着,眼睛向下,把右手按在铺席上了。

"所以,这个,如果你见怪,我反而对你不起了。喏,这真是一点点零钱,给老太太买些⋯⋯"说着,把手里握着的东西递给她。低着头的利代姐的膝上,从上面纷纷地落下雪球一般的眼泪来。智慧子看见了胸中郁结起来。

"大嫂!"她叫着,就用伸出的手握住了利代姐突然按到铺席上的左手,在心里叫:"上帝啊!但愿你保佑!"美丽的露珠从她的闭上的眼睛的长长的睫毛上簌簌地滴下来。

3

"唉——"隔壁房间里发出无力的呵欠声,接着一个沙嗄的声音叫:"利代姐,利代姐。"大约是老祖母睡醒了,想翻个身,叫她来帮助。

智慧子突然把手缩回。利代姐抬起泪湿的脸来,答应一声"来了"。她脸上充满了无言的感谢。"我去一下。"她向智慧子打个招呼,连忙揩揩眼泪,推开了隔板上的门。

智慧子目送她的背影,就把眼睛移到留在这里的那封信上,一时屏住了呼吸。她胸中充满了一种满足的感情,仿佛完成了上帝所交给她的一种义务。于是她好像命令自己一般地在心中起誓:"凡我所胜任的,我一定要实行。"

"啊啊啊,睡得很好。天已经亮了么,利代姐?"是老祖母的声音。

"呵呵呵呵,现在是下午三点钟光景呢,老奶奶! 你舒服么?"

"完全和平时一样了。怎么,先生已经出门去了么?"

"不,今天是星期六,她早已回来了。奶奶,她替梅儿和新儿买了两件单衣料,现在正在缝呢。"

"啊,她这样好! 那么你得回敬她一点东西。"

"唉,奶奶! 你总还当是在从前……"

"呵呵呵。原来是这样。那么利代姐,你要好好地当心,服侍先生。像现在这先生那样的好人,你无论走到哪里也找不到的。"她像教训小孩子一般地说。

智慧子听到这话,又觉得眼睛里含着眼泪了。

"啊唷,痛啊,只有翻身的时候觉得你没良心。"这回是在骂利代姐了。智慧子想起了衣服,就继续缝纫。

过了约五分钟,利代姐再走进来的时候,好像又哭过了,颊上有新的泪痕在发光。

"老奶奶似乎好了些么?"

"嗳。她说天亮了么,糊里糊涂……"说着略微笑笑,又说,"都是托先生的福!"

"唉,大嫂!"她抬起充满同情的眼睛来,"大嫂,你不肯把我当作自家人么?"

"先生,刚才老奶奶也说,像先生这样的人,无论走到哪里也找不到的……"她已经到了惯于世故的年龄,所以只管道谢。

"教我好难受啊!"智慧子说,"请你对我不要这样说吧。像你大嫂这样良心好的人,上帝会保佑的。"

"真的,先生,如果有活的上帝,我想就是像先生这样的人吧……"

"哎哟!"智慧子发出真心吃惊的声音,睁开了她那双清澄的眼睛,说,"请你不要说这种话啊!"

"噢。"利代姐答应一声,低下了头。她想:刚才这句话也许被她当作客套话了吧。她的手无意中碰到了刚才那封信。

"那么,大嫂,你看看这封信吧。是哪里寄来的?"

"咦?"她挺起眼睛来,"函馆寄来的。……那个,梅儿的父亲寄来的。"她略带不快的样子说。

"啊,真的?"智慧子低声说,她心中懊悔刚才不该叫她看信。

"那个,上个月……十来天之前也寄来过一封,我没有回信,所以……"说到这里,听见门口有人声。

"日向先生在家么?"

"是静子小姐。"利代姐低声说,连忙站起身来。

"大嫂,把这个……"智慧子指点着刚才的钞票。利代姐说:"那么真是……"就受了钞票,走出房间去。

4

寒暄之后,静子立刻注意到了智慧子收拾好的缝纫物,就说:"啊,好手段啊。"

"并不好。"

"你自己的?"

"哪里! 这么小的我穿不上呢。"就笑着拿起正在缝纫的衣服来给她看。

"梅儿的?"静子略微放低声音。

"嗳,梅儿和新儿两人的。"

"真的?"静子的眼色里若有所思。她猜想到这一定是智慧子买给他们的。

智慧子把身边的东西收拾一下,改用欢喜的表情说:"难得请到!"

"你为什么不到我家玩玩?"

"真对不起。"智慧子茫然地说,觉得难于表示态度。她的眼光和静子的微笑似的眼光一接触,她就感到一种狼狈,脸上蓦地泛起了红晕。她除了静子和清子以外没别的朋友。(和富江虽然是同事,但不很亲近。)过去的习惯,每星期必然访问小川家一次;然而自从信吾回来之后,不知怎的不想去访问了。

"今天你忙么?"

"不，今天是星期六。你可以多坐一会么？"

"不行。今天我还有事。"

"不要紧的。"

"喏，我是来邀你的呀。今天晚上，我们家里开纸牌会，所以妈妈叫我来请你。……你能来么？"

"纸牌，我不会玩的呢。"

"唉，你客气么？"

"真的。我很久不玩了。"

"不要紧的。我才玩不好呢。来，一定来，好不好？"静子用姐姐似的甜蜜的语调说。

"这么样？"智慧子心里决定去了，然而嘴上表示不很起劲的样子，"约会的是哪些人？"

"有十来个人。"

"这么多的人？"

"嗳，只是我家就有三个选手了。"

"呀，哪三个呢？"智慧子开玩笑似的说，脸上现出笑容。

"这是，"静子用下巴点点自己的胸膛，"劣等组的头子。"就天真烂漫地笑起来。

智慧子觉得：信吾回来以后的静子，变得生气蓬勃、有说有笑，同从前不同了。不禁发生了一种不满足的情绪。她自己也有一个哥哥。然而这哥哥和她两人之间，有什么感情呢？

智慧子不知不觉地高兴起来。"什么时候开始，静子姐？"

"现在就去，一点也没有什么招待，吃过晚饭就开始。我现在还要去邀清子姐和神山姐呢。一同去好不好？对不起了。"

"跟着你,随便什么地方也去。"智慧子笑着说。

她立刻站起身来,"那么请等一等,对不起"。说着,就到房间的角落里去换衣服。她拿出些衣服来,但是不知怎么一想,又放下了,只在身上穿着的绀青飞白纹的日常衣服上加了一条裙子。

静子看着她的后影,似乎想起了什么事情,含着笑低声地说:

"那个,山内先生啊!"

"嗳。"智慧子转过身来。

"那个……"静子看到了智慧子的认真的脸色,似乎觉得自己不应该说这话,略微感到不好意思,脸就红了,接着说,"无聊的事情。……不过神山姐这样说。据说,他对神山姐玩了些什么花样。"

"玩了些什么,什么花样?"

"啊呀!"静子的脸红到了耳朵上。

"难道有这种事!"

"富江姐自己说的呢。"好像替自己辩护似的。

"唉,这位先生真是!"智慧子略微吃惊似的睁开了眼睛说。她所指的是富江;但是静子听来好像是指山内。

不久两人一同出门。

5

两人走进医院的正门,加藤正靠在配药室里的椅子上翻弄处方簿之类的册子,他慢慢地放下了册子,愉快地迎接她们。

"啊,妇女队略微迟些,昌作兄的一队已经在大约二十分钟之前先去了。"

"噢！那么慎次先生也去了么？"

"嗳。弟弟说从来不曾玩过纸牌，不想去；但是终于被他们拉去了。请上来坐！喂，清子！清子！"

清子也立刻答应去了。

"您也去，好不好？"智慧子说。

"哈，哈哈哈，我不会玩的。有生以来在纸牌上不曾战胜过……这样吧：假如有负伤者，我来当救护员吧。"

清子换衣服的期间，静子到富江的宿舍里去邀她。然而富江已经独自先去了。

三顶女伞或前或后，在结了穗的麦田中悠闲地向川崎方面进行。走到鹤饲桥边，正好碰到从会集在桥边的另一条路上走来的山内。山内向她们招呼的时候脸涨得同血一样红。他取了不即不离的间隔，在她们前面五六丈远之处局促不安地跟跟跄跄地走路。

好摩四点半钟开的上行列车发出凄厉的声音，在附近的铁路上开过的时候，这一伙人到达了小川家。富江的喧噪的笑声，屋子外面也听得到。岩手山蒙上了一层淡紫色，夏天的太阳静静地挂在它的肩上。

除了富江之外，校长进藤、副训导主任森川、加藤的兄弟慎次、农业学校毕业的长脸的沼田，以及巡回到此的警察松山，都参加在内，谈话非常热闹。山内也夹在里面。

妇女队先到另外一个房间里去休息一下。只有富江一人有时到那房间里去，有时到这房间里来，态度竟像在自己家里一样。柳姐从早晨起就喧哗沸翻地在厨房里指挥。

晚餐的时候，长着威严的髭须的主人信之也出席。在席上，主人、警察和校长各自夸谈自己钓鲇鱼的情况；以后是议论附近的山里有没有猴子。——在这话还未说完的时候,晚餐结束了,警察不久就回去。

过了不多时,信吾当作书斋的厢房里布置了纸牌〔1〕。在两只明亮的五分芯吊洋灯底下,男男女女交头接耳,下面飞动着许多白的手和黑的手。整齐地排列着的纸牌眼见得逐渐减少了;开着门窗的房间越来越闷热起来。智慧子面前一枚,富江面前一枚……许多头凑在一起,脸同脸几乎碰着。山内用异常的装腔作势的音调来念着"春宵……"

"万岁!"富江用尖细的声音喊。智慧子的纸牌就被敏捷地取了去,第一战富江得胜。于是智慧子、信吾、沼田、慎次、清子的脸上就被涂上白粉。富江指着信吾的涂白的半边髭须,用不能再响的声音大笑。大家也附和着笑。沼田袒开了半件衣服。森川解开了竖领洋装的纽扣,让风吹进;同时他脸上的白粉干燥起来,使他感到皮肤绷紧,就扭动脸皮,装出奇妙的表情,使得大家又笑起来。

"这回要报仇了。"信吾说。

"呵呵呵呵。"智慧子只是笑。

"要重新分组了。"富江并不对着任何人说,立刻洗牌。

6

第二次交战开始不久,静子的手和对面的昌作的手,差不多同时落在静子面前写着"唯有明"的纸牌上了。别人都感兴味,大家来参加争论,有的说这个先下手,有的说那个先下手。

─────────────

〔1〕 日本的纸牌,是长方形的纸片,上面写着种种形象和诗句,同种者数枚合成一组。普通共有四五十枚,玩时将纸牌分给数人,各人将形象及诗句相关联者配合起来,依照牌上点数而决定胜负。负者脸上涂白粉。

"你输给他吧。昌作叔叔可怜的!"旁观的柳姐插嘴说。昌作脸上现出不快之色,把纸牌拿去。静子不服气,一句话也不讲,把昌作的纸牌拿了一张到自己这边来。昌作不肯,把它夺了回来。战斗告终的时候,昌作硬要当读手。终于由他当读手,到结束为止。

信吾总是手段最高明。把诗句的头字母照五十音[1]顺次排列的配合法,最初屡次引起富江的怨恨。然而富江也绝不比信吾差。每次分组的时候,她喜欢和信吾做敌手。两人的战斗非常惹人注目。

不仅信吾而已,所有的男客都受了富江的敏捷的攻击。富江一个人兴高采烈,毫不客气地抽取对方的纸牌。她的抽法有些儿不正当,接连五六次之后,有的人就把纸片绕在手指上。

山内专心一志地守住面前的纸牌;但是富江对他绝不放松,只要有隙可乘,远回也要向他袭击。山内每次被她袭击,总是抬起他那张兴奋的小脸来,眼睛变成三角形,怨恨似的看看富江的脸。"呵呵呵呵。"富江得意地笑。静子和智慧子每次都打个照面。

有一次,信吾抽了智慧子的纸牌,说她手法不正当,就不送了。接着,智慧子就抽信吾的牌。

"呀,来了。"信吾说着,强要了一张。

战斗终了,信吾和智慧子面前各剩一张。昌作站起身来观察一下,猜度心理,叫道:

"勇猛啊——"这是智慧子的牌,信吾这方战败了。

"唉,你这个人!"富江伸手用力地拍昌作的背脊。昌作红着脸,怒气冲冲地撅起了嘴巴。

───────────

〔1〕 日本字母有五十个,即五十音,照此排列,犹之照 ABC 排列。

　　可怜的是慎次,他四五张牌也守不住,叫一声啊呀,就装出可笑的狼狈相。他的嫂嫂清子和静子两人对他的态度颇感兴味。他的狼狈仿佛是故意装出来的。又滑稽又可怜的是校长进藤。每逢胜败关头,他总是捻着他的鲇鱼须,愤愤不平地说:"年纪老了,不中用了!"他有一次代昌作当读手;然而有时读错,有时口吃,没有读到二十枚,就因富江抗议而作罢了。

　　虽然在忘我的混战中,也可看出各人的心情。在静子的眼睛里,明了地看到哥哥和清子之间的顾忌。清子始终谨慎小心,有一次和信吾并坐了,态度非常不安。在清子的眼睛里看来,觉得信吾对智慧子的举动不是完全无意识的。而富江的泼辣相,尤其是她对信吾的撒娇相,不免使近来看不起富江的智慧子感到几分不快。

　　九点多钟,纸牌战斗告终。端出茶来,端出点心来。每个人脸上都涂着白粉,大家互相取笑。有人提出:回去的时候不准揩去白粉。然而智慧子、静子、清子三人已经在不知什么时候把白粉揩去了。富江愤愤不平,吵着一定要把她们三人重新涂白粉,被信吾劝住了。富江终于不揩去。森川扣好了上衣的纽扣,用干手帕揩脸,脸上就好像厚厚地搭上了一层粉。他的黑色牙齿中间一颗假牙齿特别显著。大家说他像个妖怪,又大笑起来。

　　不久大家纷纷回家。信吾兄妹说送他们到鹤饲桥,就跟大家一同出门。清净无云的天空中斜挂着一钩新月,沉静快适的夜气像水一般沁入相当疲倦了的各人的头脑里。

7

　　淡淡的夜雾弥漫在田地上,月光柔和而滋润。初夏之夜的甘美使草木的灵魂荡漾,天地间笼罩着无限的静寂的梦。北上川的浅滩的水声好像不相识之乡的音信,使这安静的空气颤抖着。

男的,女的,大家不期然而然地作深呼吸。每个人的疲倦的头脑里,都难于找出刚才的辉煌热闹的室内光景和这乡村静夜之间的联系来……然而片片的纸牌闪现在眼前;零零碎碎的诗句杂乱无章地在耳根里复活起来。"那时节——"有时这样地想起。但因为这是太近的回忆,所以反而想不起全部,就此消失了。四周肃静无声。木屐在润湿的土地上摩擦的声音,忽轻忽重,乱七八糟地响着,疲倦的头脑立刻朦胧起来。大家暂时默默无言地走路。

田间蜿蜒的道路很狭窄。十个人形成了很长的不规则的一列。沼田走在最前面。其次是富江,其次是慎次,其次是校长……森川和山内。山内和智慧子之间略微隔远些。智慧子后面直接跟着高个子的信吾。

智慧子感到一种甘美的悲哀。她的青春的心中恍恍惚惚,似乎是看到了自己从来不曾见过的境地而回来。有时她想:无聊的骚扰! 有时又想:欢乐啊! 而在心的深处,觉得富江的泼妇式的噪聒讨厌难当。这时候直接跟在后面的信吾的足音,无端地引起了她的注意。

她悄然地走着,好像做梦的样子。头发也散乱了。

最先回复本来的心情的是富江。"喂,沼田先生,那时候你面前不是有一张'野木瓜山'么? 这是我的拿手好戏呢。我正想抽,等了一会,信吾先生没有牌了,你就把'野木瓜山'和'不能合流'给了信吾先生,是不是? 我真厌烦了! 呵呵呵呵。"她喋喋地谈着刚才的事。

"哈哈哈哈。"四五个人一同笑了。

"森川先生这个人再讨厌没有了! 那么粗暴,竟把'闻声之时'撕掉了……"

富江兴致勃勃地继续说下去。

信吾大概是由于相隔太远的缘故吧,一句话也不说,笑也不笑。他的心追随着眼前的智慧子。他后面的清子的心,追随着信吾。再后面的静子的心,追随着清子。这四个人都一声不响地走路。

路和另一条路合并了,稍微广阔些。走在前面的四五个人,以富江的响亮的笑声为中心而形成一伙。

从街上回来的一个醉汉,嘴里嘟嘟喃喃,蹒跚地走过。

信吾和智慧子并肩走了。

"在这个沉静的夜里,您有什么感想?"信吾说。

"真沉静啊!"略微过了一会,智慧子回答。

"您,对纸牌不很喜欢么?"

"也并不……今天晚上真快乐呢。"智慧子很客气地仰起头来向他一看。

"哈哈哈哈。"信吾笑着,用手杖来敲路上的石头,发出得得的声音。

"听说,您是基督教信徒么?"

"嗳。"她低声回答。

"关于这方面的书,您可不可以借几册给我看看?关于宗教,我以前一直没有探究的机会和时间,今年夏天想稍微看看。幸而有您可以请教……"

"您看的书,一定有……倒是我,曾经拜托过静子姐,想向您借些书来,用用功呢。"

"呀,我没有带什么好的书来。如果您要看,随时都可以……那么,这夏天您不到别处去么?"

"嗳,打算不去……"

路转入一个小树林里,遮蔽月光的绿叶,没有风也发散一种香气。

8

走出了幽暗的树林,北上川的水声突然近起来了。

"您不喜欢看小说么?"信吾略微唐突地问。这时候两人已经并肩走着了。

"不能一概而论,倒并不是不喜欢。"智慧子安静地回答,抬起头来看了一下信吾的旁脸;然而她心中异常地不安静。在不知不觉之间,已经离开前面的人群四五丈远。清子和静子走在后面,她们的足音不知怎的也稍稍隔远了。智慧子和信吾并肩走着谈话……胸中无端地感到不安。

她每走一步,总想站定了等一等后面的两人;然而不知什么缘故总是做不到。

"那册书您读过没有,风叶[1]的《恋醒》?"信吾又问。

"听说已经禁止发卖了么? ……"

"是的。这册书禁止发卖是没有道理的。当然不仅是这一册,认真的作品碰到和它同样的命运的,很多很多呢。这好比把精制的美味肴馔一样一样地倒给狗吃……哈哈哈哈。《恋醒》这种书并没有什么不好,对不对?"

"嗳!"智慧子答应。信吾还想说些话,嘴唇动了;然而忽然作罢,脸上泛出滑稽似的微笑来;但他们背着月亮走路,所以智慧子当然没有看到。

---

〔1〕 小栗风叶,当时日本的小说家。

信吾心中不知由于哪种联想,记起了《恋醒》中所描写的事实——不,作这小说时的著者的心情;不,读这小说时的信吾自己的心情。

走了五六步,信吾的手背像一片落叶擦过那样轻轻地碰了一碰智慧子的柔软的手。也不觉得冷,也不觉得暖,只是一种电光一般的感觉在智慧子脑中掠过,她的身体不期地硬化了。走了两三步,又碰一下。这回碰得稍微重些。

智慧子把这只手伸到嘴巴边,假装轻声咳嗽的样子。于是突然停步,转过头去。清子和静子并着肩,大家低着头,从六七丈之外走来。

信吾独自走了五六步,不自然地站定了。他也转过头去。他的眼睛看着沉浸在朦胧的月光中的智慧子的旁脸,用手杖的尖端来敲打木屐的头。他脸上显出嘲笑自己似的或者蔑视对方似的笑容。

清子和静子似乎一时没有注意到两人的停步。清子一直若有所思地低着头,默不作声,尽量把脚步放缓。

"清子姐,走得这样慢,对人不起的。"静子略微上前些,这样说。

"不要紧。"清子回答了一声,冷淡地笑着。

"你家里挂念着你呢,一定的。不过有慎次先生陪着,总放心的……"

"静子姐!"略过一会,清子着力地叫一声,突然握住了静子的手。

"我希望这样,我。……"

"嗯?"

"这样! 永远、永远这样地走路……"

静子不禁胸中郁结起来,被握住的手用力地反过来握住了她的手。然而两人并不相视。永远这样走路! 这句美丽的梦幻似的话,使得在纸牌会之后疲倦恍惚而被包围在朦胧淡月和暧昧薄雾中、融化在甘美无极的夜的静寂中的静子的心,发生了一点没来由的同情。"她对哥哥有些依恋!"这念头在转瞬之后支配了静子的感情。一种不快的悲哀涌上心头。然而这也并不完全打消对清子的同情。女子是可悲的人！——这悲哀之念使静子想不出可说的话来。

"稍微走快点,好不好?"信吾喊她们。两人吃了一惊,抬起头来。

9

这晚上智慧子别了众人回到宿舍里,已经是十点多钟了。

格格地拉开了入口的门,就望见厨房里炉灶旁边挂着一盏灯罩模糊而纸笠破损了的幽暗的三分芯洋灯,利代姐沉思似的悄然地坐在灯下缝衣服。"啊,先生回来了。"她连忙出来迎接。

"回来迟了,新儿睡了么?"

"嗳,大家都睡了。我以为先生宿在那边了……"说着,就走在前面,先走进智慧子的房间里,敏捷地把桌上的洋灯点着了,把被铺好了。

我以为宿在那边了——这一句话不知怎的在智慧子听来觉得不愉快。利代姐坐的地方,一封长信曲曲折折地摊着。〔1〕智慧子向它一瞥,就走进房间去。"啊,被都铺好了,对不起,大嫂!"

"哪里的话,先生。"又笑着问,"玩得高兴么?"

"嗳……"智慧子含糊地答应,"我累死了!"她天真地说着,就不脱裙子坐了下去。

"谁的手段最好?"

"他们手段都好。我从来不大玩纸牌,所以总是输的。"她莞尔地笑

─────────

〔1〕 日本人写信用手卷似的长条信纸。

着说。大概是散开了的头发乱披在颊上的缘故吧,她的相貌比平常更加艳丽了。

利代姐想:不错,她的性格是不喜欢游戏之类的东西的,就感动似的说:"真的。"那双大眼睛闪闪地眨动着。

然后两人谈了些关于一小时前才睡着的老祖母的话。利代姐站起身,去把今天函馆寄来的信拿了来。

"先生,怎么办呢?"她愁容满面地说。这封信是利代姐的第一个丈夫写来的。以前曾经来过一封,没有回复他,现在又来。这人自从梅儿出世后一年行方不明以来,到现在已经九年了。信中详细地说明长期间离开的抱歉之意,又说他现在在函馆某商行的支店里糊口,恳切地要求利代姐原谅他过去的罪过,把全家迁居到函馆去。又说,他出走后利代姐曾经有过第二个丈夫,而且这人已经死了,这些事他都知道。并且亲切地说:后夫所生的新儿,他一定当作自己的儿子抚育。

智慧子设身处地地听她讲。她在谨慎小心的利代姐的口气里,知道这可怜的女子现在还思慕着她的故夫梅次郎。她想,这也不是无理的。

想起了这也不是无理的,智慧子的心蒙上了一层意想不到的奇怪的阴翳。智慧子真心地同情这可哀的寡妇。她愿意尽可能地帮助她,因为救济别人是一件乐事。过去救济利代姐的只有她一人。但是今后不然了!

无论何人在这种时候都会感到一种不满,智慧子也不免感到这种不满。然而她立刻把这念头打消了。

"所以,"利代姐继续说,"无论怎样,先得把奶奶的病医好。……我在想,怎样回复他呢?"

"真的。"智慧子眨动着长长的睫毛说,"承蒙你同我商量,……大嫂,我劝你总要把现在家里的情况详细告诉他,你看对不对? 照我个人的意思,去的好。不过恐怕不能立刻去。"

"对啊。"利代姐低下头说。她自己实在也是这样想的。

10

"这样是对的,大嫂。"智慧子的眼睛盯住低下头的利代姐的胸际。

"这样是对的。"利代姐反复说一句,略停一下,抬起脸来,似乎考虑好了的样子,说,"即使要去,也得等奶奶好全了再说,什么时候是不可知了。不过,离开了出生的村子,到北海道那边去,以后不知道怎样——我想起了……"

"这个,只要有决心,总不会不好的。不过那边的情形,也得仔细打听一下……"

"这确是真的……今天的那封信里,附着十块钱呢……"

"噢!"智慧子竭力不让关于这事的感想露出到脸上来,"要写封回信去才好。这也是为了梅儿和新儿……"智慧子把利代姐的心事加以分析,说的时候觉得自己现在是在做一件好事。

"对啊。"利代姐频频地眨着她那双大眼睛,似乎还没有分明说出自己的心事似的,"先生这样地照顾我,我但愿永远住在这里,快乐得多呢。"

"我也这样想,大嫂,真是……"她想说下去,然而不知怎的,胸中突然涌出一种思想,话头就断了。接着改口说:"这是上帝的意旨,人是不能自作自主的。"

"我说,先生,"利代姐眼睛一眨一眨地看着智慧子的脸,"你应该结婚了。"

"呵呵呵呵。"智慧子低声地笑,"大嫂,结婚这种事情,我自己想也没有想过。"

话题就此改换。不久利代姐出去了。智慧子慢慢地站起来,脱了裙子,仔细把它折叠好,不知怎的,手的动作迟钝了。她又在桌子面前坐下来,注视洋灯的火,时时眨动长长的睫毛,好像想起了什么似的。隔壁房间里新儿醒了嚷着,智慧子似乎没有听见。

智慧子心里从来不曾这样混乱。她也考虑着利代姐一家的事情。她想起了利代姐的悲痛的命运,想起了她含辛茹苦地抵抗这命运时的心境,实在不胜同情;现在开着加藤医院的房子,便是以前利代姐出世的地方,这房子在四年前已经落入他人之手了。从前街上数一数二的滨野屋客栈的女主人,使用过十几个男仆和女仆的老祖母,现在患着绝望的老病,缠绵在床上,她的心境又怎样!人生的悲痛,这时候威胁着智慧子的心。然而这悲哀的利代姐家里,也会涌进料想不到的幸福来!委身于神意的智慧子,不由地感到孤独的寂寥。

前途怎么样?——这认真的念头的一旁突然响起富江的喧哗的笑声。于是心中浮现出信吾的白皙的颜面来,——智慧子装出严肃的表情,咬着嘴唇,正像谴责自己的样子。"男人都是浅薄的!"她在心中这样说。她想起了青森的哥哥,想起了不回答嫂嫂的话而只管在灶下烧着火读《圣经》时的情形。她想起了亡故的母亲,想起了住在东京时的情形。

最后,智慧子想起了那时候的朋友,不知道她们现在怎么样了。这时候她分明看到了现在的自身的形单影只、无依无靠的孤独状态,无端地想哭出来了。她立刻把两手交叉在胸前,长久地祈祷。……

　　岑寂的山乡,夜已经深了,只听见邻家的马踢着板壁的谷笃谷笃的声音。

其　五

1

　　七月下旬的某一天。

　　纸牌会的第二天,信吾初次到智慧子的宿舍里来访问。他特地带来一两册易卜生作品的译本和一册载着信吾自己所作的题名《易卜生解说》的五六页文章的杂志,借给智慧子看。智慧子也借给他一册路南的《耶稣传》的译本。从此开始,信吾访问智慧子共有五六次。

　　信吾对于智慧子采取特别尊敬的态度。有时也好像多年老朋友似的谈话;然而两人之间所谈的,大都是这乡间所不能听到的高尚的问题,多半是关于人生、信仰、创作的话。信吾喜欢提出这样的问题,有时竟提出明知对方所不理解的哲学上的困难问题。倘使仔细听听,他所说的也许并没有一贯的思想和意见。他常常说起许多泰西哲学家的名字,然而他自己有否关于这些哲学家的知识,恐怕也是疑问。总之,信吾爱谈这些事,谈的时候好像多血质的人那样扬眉瞬目,手舞足蹈,自己对自己的话先表示感动。

　　"我觉得不可思议呢。和您这样谈话,就会自然地认真起来,朝气蓬勃起来,希望把平生所想的事尽情说出才好。这两三年来我有这样的一种不快:想说的话,终于在人前不能说出……实在不可思议。能够有人听我说出自己的思想,不,只要我能够说出自己的思想,已经使我感到一种幸福了。"有一次信吾装着严肃的语调这样说。然而也许可以像下面那样地说:

"我觉得不可思议呢。和您这样谈话,就会自然地希望演戏,终于连心里所没有的事也说出来了。"

在智慧子方面,不得不担心信吾这样频繁的访问会引起村里的人的猜疑。在这狭小的村子里,往往一点点事情就被大惊小怪地谈论。智慧子想:万一有这种事,真是意外之至了。因此她尽量少说话,用无隙可乘的态度来对待他;有时听到不中肯的话,而信吾兴高采烈地谈论,她也就说出自己的不同意见来。这时候信吾就夸张其词地表示同感。信吾回去之后,她想:男人总是讨厌的地方多。尤其讨厌的,是他希望博得她的欢心。智慧子想:"他是那种性质的人!"

信吾访问智慧子的日子,大都顺便也访问富江。富江照例用那种态度来迎接他。信吾总是在心中幽默地笑着走回川崎的家里去。

暑气一天一天地厉害起来。尤其是今年雨水少,所有的田里水都不够。在白昼,屋子里也达到九十度。

今天又是从早晨起就天无片云。静子的房间是朝东的,格子窗上照着眩目的朝阳,白昼的炎热可想而知。静子吃过早饭之后,母亲吩咐她替哥哥的单衣改缝一下,她独自坐在房间里。

飞鸟的影子在格子窗上掠过。

"静妹,我那件单衣啊……"信吾说着走进来。

"哥哥,今天一定有客人来呢。"

"为什么?"

"你说为什么,"她笑着说,"你看。"

这时候鸟影又在格子窗上横飞过去。

"哈哈哈哈。你是迷信家。也许吉野这几天之内会到。"

2

"呀,昨天的信里不是说四五天之内动身么?"

"是的。不过这个人的预定计划最不可靠。这家伙的行动像雷一样,随时会跟着风云而响出来。"信吾就在那里坐下了,又说:

"喂,这件衣服太短了,替我放长些。"

"太短?"静子用尺量量他那解开着的法兰绒单衣,"有七寸六分呢,不短哪! 哪怕你是电线杆也可以。"

"不,太短! 本人说的不会错。喏,这里不是缝着皱褶么? 只要替我把这点放出。"

"啊呀,哥哥,一放出变成九寸光景了! 好,那么替你改成八寸吧。"

"这样小器! 再稍微放些吧!"

"那么八寸一分怎么样?"

"再放些吧! 要是不称心,就不要穿,怎么办呢?"

"那随便你。"

"这样可以到人家去做媳妇的?"

"哥哥讨厌!"她向信吾白一眼,"放到八寸一分,已经比本来长五分了,好么? 那个吉野先生,就是今年春天同你到京都去旅行的那个么?"

"嗯。"信吾笑着,伸手到静子的桌子上去拿了一册有名的女诗人[1]

---

[1]　指与谢野晶子。

的《舞姬》。书的一端挂着一条橄榄色的书签带。

"他要耽搁长久么?"

"约好八月里在这里玩一个月。不过这家伙是靠不住的,玩厌了随时会滚蛋。"

"噢!这本书是昌作叔叔的么?"

"嗳。这位诗人的著作,哥哥有没有带些来?"

"没有,我终于没有买。这册《舞姬》之后还有《梦之华》,最近听说又出了一册《常夏》。"

"啊,这不是她作的呢。她作的东西我都知道的。"……这是那个吉野先生作的吧?"

"吉野?"看看妹妹的脸,"他作诗是玩玩的,常常在杂志上匿名发表而已。他的本行是西洋画。"

"噢!"静子手里的剪刀上的铃铛叮令叮令地响着,"在展览会里展出过么?"

"展出过一次。就是他在美术学校毕业的那一年。对了,就是前年秋天的展览会。——咦,你不是也去看的么?三尺光景高的一幅,题名叫作《暴风雨之前》的?"

"噢,这就是他的啊?"

"是他的。傍晚的阴暗的房间里,一个脸色苍白的女人眼睛里露出厌恶之色,抱着一只雪白的猫,是不是?桌子上摊着一封信。一盆紫罗兰开着花,好像戴在那女人头上似的。窗外有色彩很愉快的云,奇形怪状地飞舞着。"

"好像看见过的。这就是那幅《暴风雨之前》么?"

"是的。这幅画的意义,那时候的人都看不懂。他是日本的柯罗〔1〕,是一个了不起的人。"

"柯罗是什么东西?"

"哈,哈哈哈哈,是法国有名的画家。"

"噢!"静子嘴上这样说,但是日本的柯罗这句话的意义,她当然是不能理解的。她只知道是说他了不起。"既然是这样了不起的人,为什么后来不展出了呢?"

"呃,大概是自重的缘故吧。现在他倘使作画,一定可以使整个京城里的士女吃惊呢!我近来有了各种各样的朋友;吉野在其中也是谈得上的一个。"信吾的语气中隐隐地表示着他自己的了不起。

"阿姐,阿姐。"十二三岁的妹妹芳子叫着,跟跟跄跄地跑来。

"什么事情? 这样地跑!"

"告诉你,"芳子脸上露出不平之色,"日向先生来了!"

"呀!"静子看看哥哥的脸。她想起了刚才映在格子窗上的鸟影。

3

过了两三天,小学校也放假了。平常耽搁在值班室里的校长进藤,在师范出身的人们中也已经是老手了,这回必须出席今年在盛冈召开的体操和地理历史教授法的暑期讲习会。因此假期中的值班由森川担任了。本地人老年首席教员斋藤、智慧子、富江三人分别担任村里一部分儿童的校外管理,以防儿童在休假中风纪混乱。富江今年暑假也不回到

---

〔1〕 柯罗(Jean-Baptiste-Camille Corot,1796—1875)是法国名画家。

盛冈的夫家去。智慧子无家可归。并非没有家,哥哥嫂嫂住在青森,然而智慧子觉得这不是自己的家。即使回去,也不过冤枉地把一个月的休假不愉快地度送罢了。也有要好的同学来约她,问她要不要到某温泉去共同度送一个快乐的夏天。但是她想起了房东利代姐的心事,自然而然地不忍离去。结果,智慧子除了出席八月二日在大泽温泉开的师范校友的同级会之外,决定不再到别处去。

于是智慧子就同休假前大家都做的一样,在八月一日预先规定了假期中自己所应该做的事。其中包括种种事情:继续进行一时中断了的英语自修,重温她所最喜欢的历史,还有其他许多事情。把信吾带来的书多借几本来读,也是其中之一。

今天正好是星期日,智慧子想把已经读过的书送还,另外再借几本别的书,所以趁天气还没有炎热的早上八点钟光景到小川家来访问。

她准备立刻就回去的,但是被他们硬留住了,并且请吃午饭。午后又因为天气太热,不能立刻走;直到四点钟光景,他们还是挽留,好容易告辞了。这是乡村的富裕之家所常有的情形:家庭生活单调,没有什么有兴趣的事情,因此往往硬留客人,甚至生气;这与其说是款待客人,不如说是为了慰藉自己的无聊。

照平日惯例,由静子送客。静子穿着一件虽然浆过而已经失效了的宽大的单衣,上面束着平日用的狭幅的洋纱腰带,赤脚穿上一双庭院用的木屐,打扮很随便。她拿了一顶女用阳伞,和智慧子亲切地并肩走路。智慧子也是日常打扮,不过穿着裙子。不知不觉之间,两人已经走到了鹤饲桥上。

这里是村中风景的中心地点。从北面流过来的北上川,流到观音岩的崖下,向西转弯,清澈的水通过了一处浅濑而流经这吊桥底下。流了约一里路,又向南转弯。站在这桥上,可以望见上流方面的姬神山和下流方面的岩手山；月亮从东山升起来，太阳向西峰落下去。这座飞渡在空中而映着倾斜的红日的桥，像虹一般横卧在浅濑上面。

南岸靠着山崖；北岸是低的平原，杨树丛生。水边的石砾中间，到处有可怜的石竹开着花。

两人靠在用粗钢丝绳做的栏杆上，肩上映着夕阳，用衣袖挡着河上的凉风。

"呀，这一定是昌作叔叔。"静子指着站在浅濑中的一个人说。但见一个高个子的男人，头上戴着草笠，水浸到腰际，正在频频地拉动钓竿，大概是在那里钓鲇鱼。银色的鱼鳍在水浪里闪闪地跳动，不知是原有的鲇鱼还是钓的。

"昌作先生这般模样！"智慧子注视着说。

"嗳，钓鲇鱼的时候大家都是这样打扮的。昌作叔叔近来天天钓鲇鱼。"说的时候，忽然听到车轮子的辘辘声。

一辆人力车从街道方面拉过来，正要上桥。两人不期地都转向这方面看。

"呀！"静子惊叫一声，忽然脸上红了。一个女子对于自己的服装的不像样，比箭更快地感到难为情。

4

拉过来的人力车的声音，在两人的脚下像雷一般响起，吊桥微微地动荡。

车子上坐着一个穿西装的男子，戴着洋草帽，低着头，正在膝上的写生册里写些什么。——静子一看就知道这人就是哥哥说这几天之内也许要来的吉野。他是乘好摩下午三点钟到的下行列车来的;大概是因为坐人力车,所以不走铁路旁的近路,而绕着涩民的街道走大路来。智慧子刚才听见他们说起这客人,所以也立刻汪意到了。

"小姐,我载了小姐家的客人来了。"车夫元吉高声叫着,站定了,又对车上的人说:"这是小川家的小姐。"他拿出一个有些污了的手帕来揩满脸的汗。

智慧子退后一步,表示自己不是小川家的人。这时候她注意到旁边的静子的耳朵通红了。

"噢!"车上的人用拿着铅笔的手脱下帽子,用粗鲁的口气说:

"我是吉野满太郎。小川——小川兄在家么?"

"在家。"静子用闭塞似的声音说,"他刚才说起您这几天之内要来呢。"

"噢! 那么我的信已经收到了?"他亲切地说,偷偷地看看低着头站着的静子。

"我失礼了,没有下车。……请先。"他谦虚。

"我失礼了……"静子羞答答地含糊地说,又低下了头。

"走噢!"元吉叫一声,拉着车子跑了。两人望着车子的后影呆呆地站着。

吉野身材中等,肤色浅黑,颜面紧张,富有丈夫气,声音有力而老练。一见就惹人注目的,是眉毛中间的一条皱纹;眼光威严,具有美术家所特有的一种不安的神情。

车子下了桥,路低了些,吉野的新草帽显出在繁茂的杨柳中间。吊桥一直微微地动荡,到这时候才静止。

"我这样打扮,真不好意思!"静子这时候方才看看朋友的脸。

"这有什么！谁在平常日子……"智慧子宽慰她,"你们家里今后又热闹了。"

这句话真是随口说出的,然而智慧子的眼睛里的确表示羡慕之色。

"是呀,所以希望你也每天来,今后是放假了。"

"多谢。"接着又说,"现在我要告别了。请你向大家问好!"

"慢点,"拉住了她的衣袖,"不要去,智慧子姐,再玩一会吧。"

"不过,太阳已经这样低了。"说着向西天看看。她的眼睛映着红光,像星一般闪耀。

"不要紧的,智慧子姐,再到我家去玩!"

"下次再来。"智慧子用沉着的声音说,"你也早点回去才好,不是客人来了么?"好像是对妹妹说的。

"呀,又不是我的客人呢。"静子脸上微微地红了。她不愿意被人疑心为了吉野来到而急忙回家。

所以直到智慧子和她分手,向南走下了桥,她还是靠在钢索栏杆上目送她。

智慧子的沉思的眼睛看着自己的脚尖,急急忙忙地走回家去。她心中所有的,并不是像平常一样的今天一天虚度的悔恨。她安慰自己:上帝与我同在! 然而想起了静子,还是觉得有些可羡。走到宿舍门前的时候,胸中涌起一种自己也莫名其妙的希望来。

一走进屋子里,就看见五岁的新儿哭着向利代姐纠缠,正在要求什么。智慧子突然用两手叉住了他的腋下,高高地举起来。

"新儿,新儿,新儿,你怎么了?"使劲地捏弄他。

新儿因为智慧子从来没有这种举动,吃了一惊,立刻停止了哭,不安心地睁大了眼睛向她看。

其　六

1

静子的亲事,最初对方急切地提出。这边回复他们,说总得等信吾回来才能决定答复。至今已经一个月了,不知怎的一直迁延,对方也毫无音信,于是家里也似乎把这件事忘记了。

结果这在静子是有利的。母亲柳姐并无特别坏处,然而不很能干,只会唠唠叨叨地埋怨别人;信吾又是信吾的脾气,对于早晚家常小事都要提出异议;所以家里人手虽然多,静子还是一天一天地忙个不了。虽然那天直爽地说了一句等哥哥回来作决定,然而静子没有仔细考虑这件事的闲暇。

原来这人家笼罩着一种奇怪的空气。退休的勘解由已经年逾花甲,体质也弱,然而性喜勤劳,一小时也不肯虚度。屋子旁边的菜园、桑林、苹果林,都不租给别人,一切工作都亲自指挥,一天到晚在野外。他的后妻兼姐,和媳妇柳姐不很和睦。所以虽然大家同居,信之父子对祖父母及其子女(信之的兄弟辈)很疏远,宛如他人。只有吃饭的时候大家会面。

加之父亲信之天天和村里的要人搞在一起,在家的时候只有晚上。因此性子暴躁的柳姐独揽一家大权,她的一颦一笑,可使家中忽暗忽明。静子的两个妹妹——十三岁的春子和十一岁的芳子,甚至不到七岁的三弟雄三,都无形中看了榜样,大家瞧不起祖父母、昌作和他的终年躺在病床上的姐姐千世姐。站在这中间的秉性温顺的静子,当然不断地感到苦痛。实际上,虽然信吾回来之后常常对她讲各种的话,但倘没有客人,家庭里总是毫无乐趣的。当然,静子不是一个厉害的女子,即使有无论怎样的情形,她是不会反抗自己的境遇的。

画家吉野满太郎来了,静子又增加了一种烦忙。吉野这个人不善应酬,也没有什么癖好,这态度先使得家里的人都喜欢他。他和信吾交往虽然并不很久,然而非常亲爱。(吉野对信吾原是当作弟弟看待的。)今年春天两人曾经一同到京都方面去旅行。这回又因信吾的邀请,打算在朋友家里过一个夏天。他没有固定职业,逍遥自在。

信吾迎接这个远来的朋友,不消说是很欢喜的。他立刻把八铺席的厢房让出来,作为吉野的住室。他自己把桌子移到了正屋后面的内室里。吉野的房间和哥哥的房间的打扫,不用女仆,完全由静子担任。年青女子替年青男子服务,总是高兴的。

不但如此,还有一个可使静子对吉野怀抱好感的理由。她最初遇到他的时候就注意到:吉野笑的时候眼梢上的皱纹,很像已死的浩一,即静子的未婚夫,虽然相貌一点也不像他。

不巧得很,从吉野来到的第二天起,不断地下雨。因此别的客人也不来,出门也不行。第二天、第三天都这样,吉野也很沉闷。然而全靠如此,他了解了小川的家庭状况。昌作也不出去钓鲇鱼了,每天到吉野的房间里去访问几次,听他讲种种的话。不限于绘画,关于诗的话和关于歌的话都谈;可使昌作疗饥似的话很多,他对吉野早已完全敬佩了。

阻人出门的雨,到了三十一日(七月)的早上方才放晴。吉野说要买东西,顺便访朋友,就在那天下午一人到盛冈去了。

2

雨后的八月的天空,晴爽可喜;好摩原野上满目的青草生气蓬勃,好像燃烧着绿色的火。

小川家要派仆役送他到火车站,他谢绝了。画家吉野轻快地穿着一件上衣,拿着一根手杖,此外一点东西也不带,依照人们告诉他的走法,沿着铁路线独自向好摩火车站走去。

男神模样的岩手山和名称与姿态都优美的姬神山之间的天空中,了无纤云,充溢着夏天的光辉。罩在北上川上流的树木的青葱,使得虽然老于旅途的吉野也眼目为之一新。这种色彩的单纯,使得他心中不期地感到轻快。把诱惑似的草香深深地吸入胸中,有一种异乎寻常的健康之感。近来种种形象和种种色彩乱七八糟地支配了他的头脑,使他感到一种焦躁似的压迫;现在这种压迫似乎也被那青春不老的天色所吸取去了,他就用二十岁左右的青年的步调,走进了火车站的候车室。

习惯了一味炫目的室外光明的眼睛,看到这空无一人的暗室,仿佛觉得走进了一个土窟,一时什么也看不见,似乎昏迷了的样子。吉野不知不觉地把身体用力靠在手杖上了,拿出一块手帕来揩揩汗。从衣袋里摸出银表来看看,四点几分的开车时刻已经快到了。连忙买了一张盛冈车票,走出剪票口去。

"请从对面上车。"

一个身材矮小的站员剪了票子,这样告诉他。这时候他望见对面的月台上有一个穿酱色裙子的青年女子婷婷地站着。这是日向智慧子。

智慧子这时候也已经注意到他。三四天之前在桥上遇见过一次,姓名也知道了,面貌也认识了,却没有讲过一句话。然而乘客只有她和他两人,无法回避,也不能装作不认识。况且听说他要在这里逗留一个夏天,将来是必须见面的。

于是她等候吉野穿过轨道来,脸上略微一红,梳 S 卷的头轻轻一点,同他招呼。

"啊,想不到又拜见了。"太奇巧的邂逅,使得吉野也有些惊讶。

"前几天失礼了!"

"岂敢! 我才失礼呢!"他说过之后,把火车票插在帽带里了。心里想:"噢,信吾所谓摩登女子,就是她了。"

他扭转身体来向着智慧子,说:"后来我从静子小姐那里知道,您是日向先生么?"

"岂敢,岂敢!"

"我想总有机会拜见的。敝姓吉野,是在小川家做客的。"

"嗳,我早已从静子姐那里听说过了。"

"来啦!"站员向对面的月台上叫。两人都转过身来,向轨道的一端眺望。远远地望见火车头的正面映着太阳,闪闪发光。

"今天您到哪里去?"

"到盛冈去。"

"对啦,学校明天起放假了。府上住在盛冈么?"

"不,"智慧子端庄地看着他的脸说,"从前学校里的校友后天在大泽温泉开同级会,因此盛冈的朋友约我去。"

"噢,那是很高兴的事!"他得意地微笑。

"您到哪里去?"

"我也是到盛冈去。"

吉野觉得自己说话从来没有这么流畅。

火车到了。这是青森、上野间的直达车,车厢里非常拥挤。除了这两人以外,并无其他上下车的客人。他们好容易看到最后的三等车厢里略有几个空座位。他们上车之后,车长把门关好,吹一声叫子。汽笛惊慌地叫出,列车轧轧地开动了。智慧子摇摇摆摆地立脚不住,不期地在吉野身上靠了一下。

3

吉野坐了靠窗的位子,智慧子坐在和他贴邻的位子上了;非常狭窄,身体稍微一动就会互相感到体温。这女人总觉得自己的行动——无介绍和男子谈话——不成体统,不,被人看作不成体统;她在心中辩解:"碰到这样的时机有什么办法呢!"然而总觉得不安心。同车的乘客都向她注目,她隐隐地感到焦躁。

北上山脉的连山以姬神山为中心而向左右延长,扩展在东面的天空中。田野和树木在车窗前飞驰过去。茂盛的青草的香气随风飘进车窗来。

不久列车发出轰轰之声,开过了松川的铁桥。吉野默默地向窗外眺望着,这时候说:

"这就是小川家。"

就把头探出窗外去。离开铁路线约三四十丈的地方,有一所巨大的茅顶房屋,周围有四五家农舍,这里便是川崎的小川家。

探出头去的吉野立刻回过头来,对智慧子说:

"小川的令妹们在这里呢。"

"呀!"智慧子叫着站起身来。不知为什么,她仿佛不愿意被车外的人看见,躲在吉野后面窥探。

静子和两个妹妹一同站在田边的路上,正在挥动手帕。两个妹妹似乎在叫什么,但这当然是听不出的。智慧子心里无端地混乱起来。

挥动着帽子的吉野重新坐下来的时候,智慧子的脸已经红到耳根上,局促不安地低着头。静子这行动是偶然的? 还是有意来送他的么? 还是和吉野约好的么? 不得而知了。但是不管怎样,智慧子总是提心吊胆,生怕自己和这男子一同乘车被这女朋友看见了。吉野看见了她的局促不安的样子,也许在心中想:"小川所谓摩登女子也意外地不老练。"

其实,男的从刚才上火车的时候起,和这女子身体密接,也感觉到一种奇妙的压迫。他想谈些话,借以排遣这种感觉,然而总觉得喉咙闭塞。他想"没有这回事",借以镇定自己;同时断断续续地想起了信吾对她的极口赞美和自己对她的漠不关心。他重新坐下之后就淡淡然地说:

"您哪天回来?"

"我想三号回来。"

"噢。"

"您呢?"

"我随便哪天都可以;或许也是三号左右。"说过之后,似乎忽然想起了的样子,接着说,"在盛冈中学当图画教师的那个人,您认识么? 叫作渡边金之助的?"

"我认识的。"智慧子脸上显出惊奇的样子。又说:"您和这位先生是在同一个学校……?"

"是的,在美术学校和他同级的,……啊,您认识他的! 啊!"他得意地点点头,"他怎么样了? 还没有结婚么?"

"嗳,听说还没有。"她睁大了眼睛看看他,"您是到渡边先生家去么?"

"嗳,我想突然地去访问他。"眼睛里略微表示不安之色。

"啊,原来如此!"她更加吃惊了,"我也是到他家去的……渡边先生的妹妹和我也是同级。"

"他的妹妹? 原来如此! 这真是巧极了!"吉野实在很吃惊。

"就是那个,叫作久子姐的……"

"噢! 那么,您和我是到一家去的! 真奇巧呢!"

"真的!"智慧子说着,忽然感到一种不安,她心中浮现出静子的事情来。

其　七

1

值班的森川托神山富江代理一天,出门去钓鲇鱼了。

放假以后的学校里非常岑寂,极像一个寺院。房屋很大,平常充满着震耳欲聋的喧噪声,现在整天没有一个孩子进来,好像突然荒凉了的样子。平常看不出的灰尘,现在显然惹人注目了。职员室里的桌子上,砚箱、账簿等也都收拾去了,薄薄地积着一层灰尘。

富江坐在懒洋洋地滴答滴答地响着的挂钟下面,等候森川回来,沉闷地挥着额上的汗,打着毛线。这正是下午两点多钟,天气最热的时候。她时时向打开的窗子中眺望,觉得猛烈的夏天的太阳光刺痛眼睛。垂头丧气的树叶上一点风也没有。大人们都到山里去了,小孩子们都到河边去了,所以四周异常沉静。这时候昌作摇摇摆摆地走来了。

"很热吧,外面? 我在这里一直想打瞌睡呢,真没有办法。"富江说着,拉过一把椅子来给他坐。她的态度好像是在对付一个年轻的弟弟。

昌作习惯了,也不拘礼貌,叫着"好热,好热",用手在不戴帽子的毛发蓬松的头上摸摸,坐了下去。他的飞白纹粗布衫的衣袖卷到了肩膀上。

"森川先生呢?"

"钓鲇鱼去了。一定钓不着的。"

"那么,你在这里值班了! 哈哈哈哈,这真是好味道呢!"

"胡说八道,有什么好味道? 你说这种话,我不买点心给你吃了。"说着,向他白一眼。

"好,"昌作异常冷静地说,"随你的便。"

"啊,你这个孩子,不但嘴学坏了,人也学坏了!"说着,伸手去扯一扯叫人铃的绳子,"说起,前天你们办酒。客人回来了没有?"

"啊——"那边的房间里发出瞌睡的声音。

"还没有。听说今天或是明天回来。吉野兄走了,我真无聊! 今天又热得厉害,所以跑了出来。"

"真不巧,日向先生也还没有回来。"富江用揶揄的眼光看看这青年的脸。这时候一个白头发的校工走进来,问有什么事情,富江吩咐他去买些点心来。

"好,终于买了。"昌作脸上表示得意之色。

"我自己吃的。谁买给昌作兄这种人吃?"她不让步,接着又说,"喂,昌作兄,漂亮的智慧子姐也还没回来。"

“嗯。”

“嗯什么呢！她非常赏识昌作兄的诗歌,你应该去道谢!”

“嗯,又不是我家的信吾。”

“什么? 信吾怎么样?”

“我不知道。”

“信吾到她那里去的? 啊,我听到好消息了。呵呵呵呵呵呵,啊,我听到好消息了。”富江独自嚷着,几乎跳将起来。接着又说:

“啊,我听到好消息了。信吾兄常到智慧子姐那里去的。下回碰到他,要取笑他一番呢。呵呵呵呵。”

昌作冷静地看看她的脸,说:

“不行,不行。这种话在吉野兄面前不可以说的啊!”

“咦,为什么呢?”她的眼色有些着急的样子。

“说出来岂非不成样子么?”

“不成样子? 我偏要说。”

“不成样子! 在吉野兄面前怎么可以说这些话? 他是一个了不起的人。在信吾的朋友之中真是难得的人。”

“啊,他见识极高么?”

这时候昌作忽然表示不快之色,默默不语了。

“这么了不起,这位先生?”

“我想起了,”昌作说出另外一件事来,“今天有人要我来托你一件事呢。”

“啊,是谁呢?”

这时候校工恭恭敬敬地拿着一袋粗陋的点心走进来了。

2

"你猜猜看。"昌作得意洋洋地不肯说出来。

富江眼巴巴地望着他的脸,等候校工出去。

"是信吾要你来的么?"

昌作的眉毛突然一动,眼镜里面的眼睛迅速地一眨,把头向左右大幅地摇动。

"那么是谁?"

"当然是你认识的人啰。"他责难似的冷静地说。

"好闷人啊!"她的身体乱抖,"到底是谁?"

"哈,哈哈,你猜不着么?"他说着,大踏步走开。

"好,我不再问你了。"

"这倒使我为难了。老实告诉你吧。"

"随你的便。"

"是登记所里的山内兄叫我来的。听说他以前向你借过一册《恋爱诗评释》。他想再读一遍,所以托我来借。"

"呀,他为什么不自己来呢?"

"他躺在床上。"

"唉,他已经躺在床上了?"她低声说。眼睛里显出疑心的样子。

"山内前天和我一同去钓鲇鱼,遇到了暴雨。他身体虚弱,就伤风了。"

"啊呀,昌作兄,山内不是患肺病的么?"

"肺病?"他表示认真吃惊的样子,"假的!"

"假的？他不是常常那么怪声怪气地咳嗽么？……加藤医生说过的。"

"说他是肺病？"

"噁。"她有所顾虑似的放低了声音，"不过，你不可以说是我说的。喂，昌作兄，你也要当心传染呢。"

"岂有此理！因为山内的身体生得矮小，所以大家说他种种坏话。我也咳嗽——"

"你像马一样咳嗽。呵呵呵呵。"富江笑起来，"那样的矮子，谁又把他当作人看待呢？"她又唐突地呵呵呵呵起来。

"这样不行！"昌作的老练的声音沉重地说，"依照身体的大小而评定人的好坏，世界上没有这种办法！我真愤慨！我家里的那些人也都这样。"

"不这样的，恐怕只有漂亮的日向姐吧！"

昌作装作没听见，他说："英国有一位诗人叫作颇普。据说这诗人驼背而又跛足。人物的大小和身体没有关系。"他得意洋洋地谈着，大概是从最便宜的杂志里看来的。

"你真博学！不过山内并不是大诗人呢。"

"这是另一问题。……"他直截地撇开了这话，接着说，"那么，刚才说的那本书借一借吧。"

"放在家里。"

"派校工去拿来吧。"他用恳求的语气说。

"借给生肺病的人！"她自言自语地说，"喂，昌作兄。"她的眼色中微微露出讥笑之意。"请你对山内先生说：没有评释也看得懂的。"

"嗯？怎么说？"昌作显出不大理解的样子，认真地问。

"呵呵呵呵呵。"富江独自高声地笑，后来说，"书呢，以后托人送去吧。"

过了一个来钟头,昌作和来的时候一样不戴帽子,单衫的衣袖卷到肩膀上,长长的身体装出奇妙的姿势,摇摇摆摆地走出校门去了。

他走到川崎路的拐角上,看见半里路之外有一个张着橄榄色阳伞、穿着酱色裙子的女人正在走来。他自言自语地说:"哈哈,回来了。"站定了脚,然而终于转进横路里去了。

三天之前和画家吉野一同乘火车到大泽温泉去参加同级会的智慧子,现在一个人回家,正走到街口上。

3

小川家的厢房里,画家吉野和信吾相对而坐。吉野是三十分钟以前从盛冈回来的。他脱下了上衣,解开了白绫夏衬衫的纽扣,盘腿坐着。

静子把吉野带来的礼物西洋点心的匣子解开了,倒了茶,也坐在那里。正屋方面传来妹妹们嘻嘻哈哈的喧噪声。

"所以,"吉野继续谈他的朋友渡边的情形,"我对他说,当中学校图画教师毕竟是愚笨的事。他在学校里的时候,完全不是这样,比较起我们这种人来有见识得多。他专心静物写生。在同级友之间,他的色彩用法也很高明,能描出生动的色彩。使用无论哪种色彩,都能破除旧习而作新颖的表现。在展览会里展出的风景画和静物画,内行人也都加以好评。可是我告诉你:现在那些中学生到他家来玩,他竟劝他们临摹三宅[1]的水

———————————

〔1〕 三宅克己是当时的水彩画专家,但他的画很通俗,为当时日本有些美术专家所轻视。

彩画范本！……我真觉得悲哀呢！不，与其说是悲哀，毋宁说是愤慨呢！怎么会堕落到这地步！真可说是平凡的悲剧啊……"

"不过老兄，"信吾表示完全体会似的样子，"这个人大概有家庭的事情吧。当了一两年中学教师，绘画天才不至于完全泯灭吧。"

"对啦，管家庭的事情，根本是不行的。生活问题谁都有的，可是艺术的才能不可以这样糟蹋。我告诉你：他说他并不曾挣扎，一开始就向生活投降了，真是志气消沉！……我说是这么说，自己也得回顾一下看。"

"哈哈哈哈。你也说这种不相称的话。"信吾说着，倒在铺席上了。

这时候听见院子里有气势十足的木屐声，昌作突然从花木中走了出来。他刚刚从街上回来。

"啊，才回来？"他对吉野说。

"嗳，回来有些时光了。你今天又去钓鲇鱼么？"

"不。"他天真地回答，就在廊上坐下了，"吉野兄，你是和日向先生同车去的么？"

"咦？"静子用心听。

"是的，是的。"吉野好像以前忘记了似的回答，又对静子说："就是，那天和你一同站在桥上的那一位。她今天也是和我同车回来的。"

"啊，和智慧子姐同车来去的！你们很熟悉了。"静子莞尔地笑着，淡然地说。

"不是，那个，是在刚才说的渡边家里被介绍的。听说她和渡边的妹妹是好朋友。我偶然和她耽搁在一家了。"吉野说的时候迅速地眨眼睛，无意识地伸起手来。

"噢，是这样的啊！"

"原来如此啊!"信吾也吃惊地说,"这是奇遇。实在是意想不到的。"

"也并不是什么奇遇。不过偶然碰到罢了。"吉野对着面前的烟气夸张地皱皱眉头。

"昌作叔叔怎么,刚才碰到日向先生么?"信吾躺着问。

"没有,我只是远远地望见她回来。"

"从很远的地方望见么? 哈哈哈。"

昌作板着脸不回答,看看吉野的脸色。

正在这时候,正屋方面传来热闹的笑声。一个女仆用围裙揩着手,急急忙忙地跑来。

"少爷,小姐,板垣家的姑太太从盛冈来了。"

"呀,是今天来的? 我以为要明天来呢。"静子向吉野点点头,匆忙地跟在女仆后面走出去。

"我父亲的妹妹来做客了。我去看一看。"信吾说着也站起身来。昌作不知什么时候走了。

吉野眉心里的皱纹很深,眼睛盯着院子里的花木。

其　八

1

智慧子在渡边家里宿一晚,第二天同了渡边的妹妹久子来到大泽温泉。这一天傍晚以前,二十几个同级友从县属各村镇陆续来到,一同住在温泉旁的临溪馆的楼上。

　　凡是女子,在学校里的时候无论怎样亲爱,一经分手,往往不知不觉地渐渐疏远起来。这是各人境遇变更了的缘故。智慧子的同级友,毕业之后都操着同样的职业,所以能够开同级会。三年之间称妹道姐地一同起卧于同一宿舍中的二十几个朋友,辞了校门之后分飞到各地去就职,一年半以来身体上和心情上都起了变化的人,亦复不少。然而到了会聚一堂的时候,自然大家回复到愉快的寄宿时代。大家交谈着无穷的回忆。有几个疏狂的朋友,不顾楼下的旅客们的烦恼,叫一个人拉小提琴,合着琴声跳起舞来。这一群青年女伴浑忘一切,陶醉于欢乐中,直到第二天夜深为止。缺席者四人:其中一人已经亡故,另一人生病,还有两人在怀孕中。——已经结婚的,除了这两人之外还有五六人。

　　关于各人任职机关的情形,大家又得长谈细讲。志同道合的朋友的缺乏,旧头脑的校长的恶劣,同是师范出身的男教员的意外的不认真,非师范出身的女教员的庸碌,——这些情形在大体上是各人意见一致的。其中有一人说是智慧子的村里的加藤医师的远亲,托智慧子带一封信给清子。

　　为了送这封信,智慧子回到涩民的第二天上午就不得不去访问加藤医院。

　　正门里面有八九个衣衫相当龌龊的病人,或者坐着,或者走进去,都面带愁容,望着装满药瓶的柜子或正在称药粉的配药生的手。智慧子一走进门,所有的眼睛都集中在她那美丽的脸上了。

　　"太太在家么?"

　　"在家。"配药生答应一声,就拿着药匙跑进去了。那些病人狼狈似的端正一下身子。有几个人和她打招呼。

智慧子今天早上大概洗过头了,长长的头发还没束好,绿云冉冉地从肩膀上披到背脊上。白地子浓葡萄色飞白纹的新哔叽单衫上束着一条日常用的洋纱腰带,整齐的带结隐藏在飘荡的头发中间。

过了一会,清子仓皇地跨着快步跑出来。

"呀,日向先生,哪一天回来的? 请进来。"

"多谢。昨天傍晚才回来的。"

"这一次出门很高兴吧。请上来,……小川家的那位客人也在这里。"

"噢?"智慧子停止了脱木屐。

"就是吉野先生,画画的……他说在盛冈和你见过面的呢。"

"啊,吉野先生么?"

"嗳。我家先生在小川先生家和他见过两三次,……他是和昌作先生两人同来的。请上来。"

"多谢。那个……"智慧子说着,从怀中摸出那封信来,简单地说明原由,把它交给清子了。

"啊,真费心了。……那么,来,来。"她只管伸手去扶她。

"我还得到学校里去一趟,以后再来。"

"呀,日向先生,你这样……"清子挽留着。智慧子决然挣脱了被清子拉住的衣袖,说:

"真的,太太,以后再来。"

就像逃走一样跑出门外去。她忽然觉得脸上像火一般发热,心跳得可怕。

2

走出了加藤家正门的智慧子,无意识地走向学校方面去。她胸中异
常混乱。

"为什么这样狼狈?"她自己问自己。

"为什么这样狼狈?吉野先生在那里!怕什么呢?恐怕清子姐要笑
我呢!为什么这样狼狈?毫无道理!"

理由确是没有的。

智慧子觉得每走一步,脸上更加仓皇一点。仿佛吉野和昌作正在后
面快步追上来的样子。他们正在一步一步地走近来……

没有这种事情!她自己责备自己。似乎觉得呼吸急促起来。

一步不停地慌慌张张地走着,不觉已经到了学校门前。她连忙走
进去。

职员室的窗子开着,一根细的钓竿有五六尺伸出窗外。值班的森川
穿着一件衬衫,正在热心地弄鱼具。

他突然抬起头来。

"啊,日向先生,哪一天回来的?"

"唉,昨天傍晚。"她在室外站定了,低下了头。刚刚洗过的头发索络
地从肩上垂到了胸前。智慧子讨厌似的用手把它掠到后面去。

"玩得有趣么?来,请上来。"

"不,那个,"她稍微顿一顿,"有没有寄给我的信?"

"让我看!啊,没有。这不是你的,是神山先生的。请上来坐坐吧。"

"谢谢你。我还要,还要,到后面的山里去跑跑呢。"

"到山里去？采蘑菇还早呢！哈哈哈，不必去吧！"

"嗯，明天再来。"她要走了。

"喂，日向先生，有点儿事情要拜托你呢。"

"什么事情？"

"嗳，一点点小事情。"森川说过之后笑起来。

"什么事情？只要我办得到……"智慧子显出和平常不同的焦灼的样子。

"当然办得到。"他又笑起来，"是这样一回事：前天，不，昨天，也曾拜托过神山先生一次。我想去钓鲇鱼；如果你方便的话，到学校里来坐一天好不好？"

"好，当然好的。你哪一天要出门，随时叫校工来通知我一声，我马上来。"

"啊，那么拜托了，对不起！"

"随便哪一天……"智慧子说过之后，立刻跑到后面去了。

后面就是长着杂树的山，繁枝密叶郁郁苍苍地向上铺展。青青的树叶好像覆盖着校舍的屋顶。其中有栖树，也有栗树。鲜明的绿色层层叠叠。

智慧子从厕所后面的山路上急急忙忙地爬上坡去。

树丛中的爽快而滋润的风吹到她的脸上。茂密的树荫深处传来杜鹃的愉快的叫声。

这叫声逍遥地响彻各处的树梢，和青春的心胸中的轰响相合调。

智慧子的心似乎要奋飞的样子，她钻进了绿荫深处。

3

在略微陡峭的西向的山坡上,木屐踏着由多年的落叶腐烂而成的泥土,常常陷进去;从绿色的屋顶里透进来的夏天的太阳光,在处处映出虎斑一般的日影,动摇不定。无数树木上的粗粗细细的枝条参差地交叉着。

诱惑似的绿叶的香气扑上面来,侵入肤发,使人感到夏天荫凉的梦一般的甘美。

"咕咕咕咕咕——"杜鹃就在头上的绿荫里啼叫,好像是从沉醉似的、欢乐似的、不安似的青春的胸底里飘出来的声音。这声音每个字切断,"咕,咕,咕"地响着,好像绿叶的颤抖声。

过了不久,那边又发出同样的声音:"咕咕咕咕咕——"

后面也响起来:"咕咕咕咕咕——咕咕咕咕咕——"

拉伊达尔湖畔的诗人吟着"漂泊之声"〔1〕。正是这声音,完全就是这声音。闻着绿叶的甘美的香气,听着这鸟的流利的叫声,虽然自身不是诗人,灵魂也会从胸中越出,想和这声音一同徘徊在不知什么地方的绿荫之中。

智慧子好像是在找寻这声音的所在,眼睛不安似的闪动着,在没有路径的树林里的湿地上从这边钻进,从那边钻出。人在梦中走路,大概就是这样的吧。头发披散在肩上,飘荡在胸前,也乱扑到脸上来。她并不想掠开它。

──────────

〔1〕 英国诗人华茨华斯(Wordsworth,1770—1850)住在拉伊达尔(Rydal)湖上。

　　她心中无端地混乱起来,沉醉似的,欢乐似的,不安似的……同绿荫中的鸟声一样无定的一种思想,搅乱着她的全身的血脉。

　　"咕咕咕咕咕——"鸟又叫了。

　　"像我这样辛酸悲哀的人是没有了!"

　　她心中无端说出这句没有意义的话。有什么辛酸?有什么悲哀?她自己也不知道,只是想这样说。说说而已,并无辛酸或悲哀。

　　"吉野先生现在在街上的加藤家里。"智慧子所知道的只是这一点。

　　最初相逢是在鹤饲桥上。那时候坐在车子上的这男子的面貌,到现在还清楚地保留在她心中。然而那时候并没有交谈。朋友静子的脸红到了耳根上。这静子又在她和那人偶然同乘火车到盛冈去的时候走到田圃里来挥手帕。不知什么缘故,她似乎能够了解静子的心的深处的深处了。

　　"为什么那时候我躲到那人后面去?"智慧子这样问自己。脸上不知不觉地泛出红晕来了。

　　那天晚上一同耽搁在久子家里。久子兄妹和那人和她,四个人一同到岩手公园去散步。迎着夏夜的甘美的风,大家多么高兴,久子的哥哥和那人的谈话,虽然不了解,然而多么有趣!

　　"你是天才。"久子的哥哥好几次真挚地这样说。这时候那人说:"还是不能完全放弃女人。但男人结果是孤独到死的。"

　　第二天和久子到大泽去,昨天上午又回到下小路的久子家。

　　"日向先生哪一天回去?"那人这样说。

　　"喂,明天回去吧!"久子从旁说,"吉野先生也多玩一天回去。"

　　"不,我今天下午要回去。"

　　终于一同乘火车回来,在好摩原野上说着再会而分手。

"不过如此而已。"智慧子心里这样说。什么东西"不过如此"？她不知道。"不过如此"是不过如何？她不知道。

她所知道的,只是这吉野现在和昌作两人一同在加藤家里。或者已经走出加藤家,也未可知。走出之后,到哪里去？到哪里去？

"咕咕咕咕咕——"这声音在后面很远的地方响。智慧子不知不觉地走尽了这杂树林,站在几百株杉树绿荫森幽的峭坡上了。

智慧子正在向下俯瞰,不知想起了什么,连忙走下峭坡去。

4

她急急忙忙地走尽了杉木丛中终年不见太阳的幽暗的下坡路,看见里街有一个三角形的菜圃,嵌进在山洼里;山洼里面望见一个茅屋顶。这里叫作大洼泉,人们把杉木根上涌出来的清水积贮在一只大木桶里,为防雨水,桶上盖着顶篷。街上半数人家是用这水来煮饭的。

上面盖着浓密的树荫,水管里溢出来的水银一般的水滴濡湿着这地方的青苔和圆石,在无论怎样烈日之下,这里常有凉爽的风。智慧子不觉口渴起来。离开午饭时间还远,打水的人一个也没有来。

拿起一只很重的勺子来,接满了水,移到嘴唇边来喝,头发索络地掉了下来。披着头发的脸映在水中。脸上一直感觉很热,然而现在映着四周的绿叶,颜色发青,和平常不同了。

智慧子喝了两口水。牙齿几乎战栗,一股爽快的冷气一直沁入腹底,觉得脸上愈加热了。"不知为什么发青!"她这样想着,就走里面的耕地里的小路快步回家。

"没有人来么?"

"没有。"利代姐淡然地回答,"呀,先生到哪里去了? 头发上有树叶呢。"

"嗳?"伸起手来摸摸头发,"在学校后面的山里散步。"

"一个人去的?"

"不,和孩子们同去的。"智慧子无心地说,自己觉得奇怪。

"先生,我也去。"梅儿撒娇地说。

"我也去,我也去。"新儿耐不住地站起来跳跃了。

"呵呵呵呵,已经去过了呢。下次带你们去吧。"智慧子说着,就走进自己的房间去。

"没有来!"她这样一想,似乎觉得安心了。忽然又想:现在也许会来。又感到一种新的担忧。门外的行人的脚步声扰乱她的心。门口沟上的板每次有响声,都使她心惊肉跳,难于自制。

"怎么样了?"她怀疑自己的心。"岂有此理!"她叱责自己,然而还是心绪不宁。勉强翻开一册书来看,然而完全看不进去,不知写的是什么东西。新儿有时哭起来,她就无端地愤怒。几次想把房间整理一下,终于没有做,不觉已经到了午餐的时候。

"大嫂,我的脸发红么?"她拿着筷子问。

"不,一点也不红。"

"噢? 那么比平常青么?"

"不,一点也没有什么。您怎么了?"

"没有什么,不过觉得有些暖烘烘的。似乎眼睛里发热的样子……"

"到山里热的地方去了一次的缘故吧。今天下午又会闷热得厉害呢。"

智慧子不知怎的心里着急,很快地吃好饭,放下了筷子。并不想做什么事,然而心中慌慌张张,一个奇妙的暗影涌上心来。"我并没有做什么呢!"她自己辩解着,然而从旁生出一个念头来:"一定是在加藤家吃了午饭,然后到这里来。"她几次想梳头,然而只是把脸映在衣柜上的镜子里而已。终于快到三点钟了。

"世上真无聊!"这样的一种失望漠然涌出在胸中。自省的念头也发生了。她想排遣心情,就叫唤两个孩子。胡乱地穿着智慧子缝给她的单衫的梅儿和裸体上带着肚兜的新儿高兴地走进来了。

"我讲个故事给你们听,好不好? 新儿喜欢听'桃太郎',是不是?"

"不要。"他摇摇头,"要到山里去。"

"先生,带我到山里去。"梅儿也撒娇地说。

"呵呵呵呵,大家要到山里去么? 山里下次去吧……"

正在说的时候,门口有客人来访的声音。智慧子立刻住口。心里突然骚动起来。

5

来访问的不是她所提心吊胆地等候着的那个人,而是信吾。智慧子无端地感到难为情。

信吾的样子虽然和往常没有两样,然而似乎有些不安,一走进房间,仿佛有心似的向四周一望,然后坐了下去。但他看不出曾经来过客人的样子。

"吉野兄没有来么?"

"没有。"她看看对方的颜色。

"没来? 噢,不知跑到哪里去了,究竟……"信吾考虑着,似乎有事情必须找到他的样子。

"他是,一个人出来的么?"

"和昌作两个人出来的。早上出门,到现在还没有回去。我料想他大概在您这里了,所以来看看。"

为什么料想他在这里? 他说过要到这里来的么? 还有,倘使真有事情,他上午一定在加藤家,可以到那边去找。智慧子想说的话很多,然而她眼睛看着两膝,只说"没有"两个字。

她觉得仿佛在表演一种危险的技艺,心里很讨厌。

"不知究竟到哪里去了。"信吾又夸张地显出考虑的样子。

"是这样一回事:我们家里来了亲戚,今天早上我不能和他一同出门。现在有点事情,所以出来找他。"

"您到别的地方找过没有?"

"没有。"信吾略微表示困惑的样子,"……我直接到这里的。"

"他出门的时候说过要到这里来么?"

"没有说,不过我料想他大概是到这里。"

"为什么呢?"

"哈,哈哈。"信吾突然大笑,"我弄错了。那么他到哪里去了呢?"

智慧子默默不语。

"您在盛冈会见过他,那个吉野?"

"嗳。我到朋友渡边家去,他和这朋友的哥哥很要好……就……在那里会面。"

"话说得很巧妙,这家伙!"他心里想。接着就问:"这个人怎么样,照您看来?"

智慧子感到不快。"这个,没有什么……"

"我同这个人最要好呢。在我所认识的美术家中,这样的人也是少有的。像吉野那么心地优良而富有希望的男子是没有的了⋯⋯"信吾夸张地说,看看智慧子的脸。

"噢,是这样的?"智慧子只说这一句话,脸上现出严肃的神情。

话终于没有进展。智慧子担着心,生怕这时候那人来了。又觉得谈到那人的事,似乎是对她的侮辱。信吾又是信吾的心情,他心中只浮现出一种奇妙的讥讽的念头。

然而也对坐了约四十分钟。信吾似乎忽然想起了什么,匆匆告别出门。

"这家伙!"他先在心中这样叫。

他本来不是有事情来找他的,所以直接跑回家去。母亲在两三天之前又病倒了。父亲出门去了。那个饶舌的姑母带了孩子们来做客,今天早上信吾被这姑母缠住了,不得出门。于是吉野由昌作伴着出门。下午父亲回来了,信吾不禁想起了吉野和智慧子的事。这一半也是无聊的缘故。

还有一半呢,他看见这两人不待他的介绍就成了知己,无端地感到不快。他仿佛觉得隐藏着的东西被别人擅自发现了的样子,心头火起。

"今天为什么那么冷淡呢?"他考虑着智慧子的态度,用力挥动手杖,乱暴地打倒路旁的草。

其　九

1

　　姑母带了孩子们来做客,家中就热闹了。这一天傍晚,村里有三四个志同道合的人拿了门前寺的鱼梁里捉得的几条鳟鱼来,就开始饮酒。病床上的柳姐也包着头巾,起来赶热闹。好客的小川家,把吉野也请过来一同喝酒。到了上灯的时候,略微有些酒疯毛病的主人信之戴了头巾,跳起"活惚"舞[1]来。

　　吉野今天早上由昌作伴着上街去,回来的时候,信吾正在若无其事地和许多客人谈东京的事情。吉野被硬灌了四五杯酒,全身的血液盘旋起来,觉得不容易懂的土白所讲的关于河中捕鱼的话也好听了。脸色通红的吉野趁主人跳"活惚"舞的机会,悄悄地逃回厢房那边去。

　　在走廊上,静子伴着姑母家的孩子和两个妹妹,正在低声唱什么歌。

　　"啊,完全喝醉了!"吉野在旁边站定了说。

　　"您受累了。难过么,这样地喝?"

　　背着灯火的笑颜似乎十分艳丽。凉爽的夜风任意地吹弄人的头发。庭院里花木繁茂的地方有萤火虫发光,孩子们就走过去。

　　"我是不会喝酒的。可是喝醉了很舒服呢。"吉野说着,穿上了一双

　　─────────────

　　〔1〕"活惚"(kappore)是日本一种俗曲及舞蹈的名称,是合着滑稽淫猥的歌曲而跳舞。

庭院用的木屐。其实他只是脸上烘烘地发热,并没怎么醉。

"在夜风里凉凉是好的。"

"嗳,去散散步吧。"他把酒气喷到凉风中去。这时候月亮还没有出来,到处星光闪耀。

"静子,静子!"柳姐在正屋里叫。

吉野飘然地走过庭院,来到耕地中的小路上。追逐而来似的屋里的喧噪声中,夹着麦田那面传来的轻轻的流水声。萤火在暗中隐现明灭。

夜凉扑面,吉野独自出门,心中感到一种欢喜。带着微醺在这种乡村的夜路上无思无虑地、逍遥自在地漫步,深深地呼吸清净的空气,——这种心情他很久很久没有体验到,几乎忘记了。北上川的水声渐渐近起来。他信步而行,不觉已经走到了上街去的路上。

在震耳欲聋的轰响中、在两旁矗立着压迫人头的层楼大厦的东京大路上摩肩擦背、提心吊胆地走路;从两国附近河岸上的菜馆的窗子里眺望飞驰眼底的电车、人力车和奔走忙碌的行人,以及混浊的大川里来来往往的轮船和矗立在对岸的色彩强烈的建筑物,而感到一种莫名其妙的紧张窒息的苦痛,——这种情况在他似乎觉得是很久以前的事,不,是别人的事了。

连今天上街受加藤招待午餐,吉野也觉得好像是五六天以前或十天以前的事了。他似乎觉得自己很久以前就住在这村子里;刚才相逢而殷勤劝酒的村里的亲友——清子的父亲老村长也在内——的面貌,也似乎很久以前就很亲昵了。

不知不觉之间走过了高地上的树林,望见鹤饲桥的柱子突立在夜色中。浅濑的水声忽然响起来,传到安闲平静的心底里,有一种异常的凄凉之感。

浅濑的水声中交混着孩子们的喧噪声。

走到了桥边。听见孩子们的声音中夹着轻轻的歌声：

"……上帝——就是——爱。"

一个白蒙蒙的人影站在桥上的夜色中。

2

桥上的白蒙蒙的人影是智慧子。

信吾走了之后，智慧子的心情异常消沉。她疑怪今天一天自己的心为什么这样。

"这是怎么一回事？我想念着那个人……恐怕是恋爱吧！"

"不是。"她坚决地回答自己。她自己绝对没有具备考虑这种事情的环境条件。父母双亡了。一个哥哥不可依靠，她也不想依靠他。她在这世间正是所谓孤苦伶仃，非专心一志地奔向自活之途不可。既然如此，那么为什么这样……？

焦灼地等候那个人，而他终于不来。这失望冷酷地嘲笑智慧子的心。不会再想这种事情了！——她这样想；然而这念头的旁边又闪出那人对久子的哥哥说的那两句话来："还是不能完全放弃女人。但男人结果是孤独到死的。"她不想读书。她想到学校里去奏风琴。一种渺茫无据的空想涌上心头……

天黑之后，附近的女孩子们来约她去捉萤火虫。智慧子意外爽快地答应了，并且带了房东家的两个孩子同去。出门的时候，加藤家的正门口的光景浮现到她眼前来。脱在那里的许多木屐和皮鞋中间，夹着一双红皮的凉鞋。清子对她说"小川家的客人也在这里"的时候，智慧子看到这双凉鞋,心里想:"噢,就是这个!"

村里有两处是产萤火虫有名的地方。智慧子说:"到哪里去?"孩子们大家一定要到舟纲桥去。

"那边男学生去的很多,你们捉不到的。"智慧子这样说。女孩子们噪起来:"有什么! 我们不比他们差!"然而终于听从了智慧子的话,到鹤饲桥去。

夏天的晚上,站在这桥上,俯瞰在夜色中也很显著的桥下的波浪泡沫,襟袖里充满了凉风,倾听嘈嘈切切的水声,——这时候的心情是永远永远不能忘记的! 南岸山崖上许多树木的叶子,好像每一片都是会发光的;无数萤火虫聚集在那里,过了一会,发出一次青光。这些青光一直映到河水深处。忽然暗了。又亮了,又暗了,又亮了……其中有几只荡漾地随风飞出,飞上去,飞下来,有时钻进桥下,有时掠过站在桥上的人的鬓边。也有几只低飞的萤火虫误触水波,就此可怜地消失了。

北面的低低的河岸上,圆叶杨树茂密的地方,也有发青光的星星闪烁着;隐约望见到处角落里有带露的荻花一团一团地乱开着。

女孩子们立刻走到河岸上,咿咿呀呀地喧噪着追捕流萤。智慧子恍恍惚惚地、只想恍恍惚惚地站在桥上。"没有这种事情!"她这样地否定着,然而同时又恍恍惚惚地不让"倘使,倘使"的一种朦胧的期待离开她的心头。

和今天的种种心情不同的另外一种心情占领了智慧子的心。一种没来由的悲哀——一种孤独无依之感和忽明忽灭的萤光一同往来在她的胸中。一种别人也不解、自己也不解的同情,自然而然地使得她的呼吸深沉起来。

所谓幸福,是什么? ——她心中浮现出这念头来。她自己回答:第一是依靠上帝的爱。智慧子忽然觉得：今天一天完全违背了上帝而度送过去了。她又想起了信吾有一次说的一句话："逃避上帝的事，也是可能有的。"智慧子的青春的悲哀深起来了。她终于唱起赞美歌来：

"……照亮——黑暗的——路，上帝——就是——爱。"

不知怎的，她觉得"爱"这个字很可亲。于是她又反复唱一遍："……就是爱——……"

桥上传来木屐声。智慧子锐敏地感到这声音，立刻转过头去。奇怪得很，好像等待着似的，她心中一点也不慌乱。以前常常想起的所谓"那人"，像是一种预兆……

3

"是日向先生么？"吉野这样说着走近来。

"啊，是您！昨天失礼了。"

"我才失礼。"男的这样说着，靠在稍微离开些的钢索栏杆上了，"又是意外相逢。您一个人来的么？"

"不，孩子们一定要我一同来捉萤火虫。您也是来散步么？"

"嗳。稍微喝了些酒，就悄悄地逃了出来。这晚上真好！"

"嗳。"

不提防谈话中断了。女孩子们在桥下的河滩上不顾一切地追捕萤火虫。

智慧子大概是胸腔靠在栏杆上的缘故吧，听见自己的心脏微微地跳动的声音。这时候山崖上树木叶子的光又熄灭了。

"您常常到这些地方来么？"

"不。……晚上很难得出来,不过……今天天太热了,所以……"

"噢。"

谈话又中断了。

"萤火虫多得很呢!"这回智慧子先开口。

"嗳。在东京是无论如何也看不到的。"

"真的。"

"啊,您以前曾经在东京住过么?"

"嗳。"

"很早以前么?"

"是六七年前了。"

"噢!"吉野还想说些什么,觉得话头将涉及她的身世,就此停止了。

两人又苦于失却联络了。沉默了好一会。吉野已经忘记了脸上的热。酒醒的烦闷和一种无端的愿望战斗起来。他想起了现在是和四五天前素不相识的一个青年美女并立在四顾无人的桥上;他虽然是一个平日受到剧烈的内心压迫而终于至今不曾企图满足这感情的男子,这时候也有一种一言难尽的苦闷,和"男人孤独到死"的悲哀一同扰乱他的心胸。

倘使智慧子是他所曾经见过的那种容易接近的寻常女子,他也许会立刻发生强烈的轻侮之念,而自然地摆脱这种苦闷。然而眼前的智慧子,在他看来太清高了,太美丽了,而且知道她并不是信吾所谓摩登女子,因此他那种苦闷越发剧烈了。自制之心搅乱了酒醒的烦闷。智慧子的丰丽的青丝发从肩上披到背上,凝眸俯瞰着桥下的河滩,胸中也剧烈地骚动着。吉野眺望着她的清白的旁脸,似乎觉得这是一朵神奇的花。

交飞的萤火虫,有一只悠然飞到两人之间,在空中翱翔,忽然碰着了智慧子的肩头,停在她的头发上了。发出一点晶莹的青光。

"啊!"吉野不知不觉地叫出。智慧子转过头来。萤火虫乘机飞去了。

"刚才一只萤火虫停在您的头发上了。"

"啊!"智慧子应着,黑暗里脸色忽然泛红了。她知道这男子一直在凝视她。

于是两人的眼睛不期地一同目送这萤火虫。这萤火虫在他们头上盘旋了一会,好像被风打落似的向河滩方面逃去了。

"啊,从先生那里飞来的!"一个小孩子看到了这萤火虫,在下面叫。

"来! 来!"

"先生! 先生!"女孩子们喧噪着,萤火虫忽然逃走,在水面上横飞。

"先生! 到下面来好不好?"有一个人撒娇地叫。

"我就来了。"智慧子回答。下面的孩子们齐声地喊着同一句话。

"走下去看吧!"吉野说着,离开了栏杆。

"好,去吧。"

"很难走呢,您当心!"吉野说。

"不。"智慧子用有力的声音回答,"您当心。"

4

白天踏上去很烫的河滩上的石头,吸收了夜露,已经冷却,踏上去很舒服。到处乱开的荻花在暗中发出幽微的香气。两人迂回曲折地穿行在花间。

"我那种感想——那种孤独的感想,"吉野用平常惯用的兴奋的语调开始说,"在大都会中央的喧嚣扰攘中发生的时候,和在这样清静的村子里发生的时候完全不同呢。这也是因为新文明还没有普遍,所以离开都会一步,就觉得世间还保留着浪漫情趣。毕竟还保留着梦呢!"

"嗯!"

"在做梦的工夫也没有的都会的剧烈战斗中不断地受到压迫和刺激而怀抱窒息的孤独之感的时候,自己的存在的意识再强烈没有了! 这是很苦的。虽然很苦,但是新的生活还是在这剧烈的战斗中进行着。……一到乡村就不然。乡村里还保留着浪漫情趣,还保留着梦,还保留着抒情诗。刚才我一个人散步的时候也这样想。虽然也感到'自己在这沉静广大的天地之间是孤独的!'却总觉得非常欢喜。没有窒息的、苦痛的、刺激意识的感觉,而有一种从容不迫的、抒情的趣致……毕竟因为周围的空气是浪漫的,所以也有一种如梦的感觉。……我每逢苦痛不堪的时候,总是逃到乡下去。这回也是如此。毕竟我自己的身体里也还保留着许多浪漫情趣。从我的艺术上说来,这种浪漫情趣非努力排斥不可。可是做不到! 抽象地说来,我的苦痛正是这种努力的苦痛。结果——"他用激烈的语气继续说,"结果,到底哪一方面在个人的生存上——至少在我一个人的生存上——是幸福的,不得而知了!"他的声音沉下去。

智慧子低着头走路,力求理解他的话的意义。

"您也感到寂寞——感到孤独么?"吉野突然地问。

"也感到的!"智慧子用低而有力的声音说,仰起头来看看他的旁脸。

"您向什么地方发表对亲兄弟、对朋友都不能说的那种心声呢? 在唱歌中么,在眼泪中么?"

"向上帝……"

"向上帝!"男的重复一遍,"向上帝! 不错,您是有上帝的! 我没有上帝呀! 以前我想在色彩和形象中表现它,而且实际上的确表现过几分。但是现在已经不能了。"吉野说着,爽快地脱下木屐,卷起衣襟,切擦切擦地走进河滩上石头旁边的浅濑里去了。

"有一个叫作莫泊桑的小说家说:有人为了不能自己告白,苦痛不堪而死。……啊,水里真爽快! 怎么样? 您也来好么?"

"好。"智慧子说着,莞尔而笑。于是她也赤了脚,谨慎小心地卷起了衣襟,把雪白的小腿一半浸在冰冷的水波里了。

"啊,真的……!"

吉野走到了没膝的地方。两人暂时默默无言。萤火虫飞着。孩子们看见两人这个样子,大家争先恐后地卷起衣襟来,走到水里去。

对岸的山崖上有无数萤火虫发出光辉。河面上全部闪亮,好像燃烧着磷火。

"啊哟!""啊哟,新儿!"女孩子们和智慧子发出惊心动魄的叫声。五岁的新儿的脚绊了一下,叫一声"呀",就被水流去了。智慧子想自己去救,吉野看见了,连忙举起手来阻止了她。

"不要紧!"他说了这一句话,就迅速地缠起后面的衣裾,追赶滚滚流去的孩子。孩子不绝地被漂向中流。吉野离开他约有两丈。水缠着吉野的腿。孩子们都走上河滩,大声哭叫。

5

河底上的石头很滑,水很急,使得智慧子吃了一惊。她顾不得孩子们的哭叫,心慌意乱地站在水边。这期间吉野冒着危险,在夜间的水濑中追赶了七八丈远。水波汹涌地没到他的腰际。

　　新儿只管向萤光星影照耀着的白浪中间忽沉忽浮地流去。

　　猛然伸手,拉住了一只小脚。

　　"好!"吉野高声叫出。

　　"拉住了么?"

　　"拉住了!"

　　吉野毫不费力地抱住了浑身濡湿而几乎气绝的新儿,回到河滩上来。有一个过路的农夫听见了哭叫声,拿着提灯跑下来问:

　　"什么事情,谁淹死了?"

　　"哪里! 不要紧!"吉野说着,从水里走上来,这地方正是桥底下。

　　"新儿! 新儿!"智慧子叫着,慌张地用手搭住了孩子的身体,"啊哟,你真是! 怎么办呢!"她正在发抖。

　　"不要紧的!"吉野用沉着的声音说,就握住了孩子的两只脚,把他的小小的身体倒过来,用力抖动两三次。吐出来的水落在吉野的脚上。

　　女孩子们吓得一声不响,都站着发抖。年纪小的歔歔地哭着。

　　"滩上的水很急呢! 这是先生那里的孩子吧。"农夫说着,用手遮住了提灯。

　　吉野迅速地把新儿的浸湿的衣服脱下,让他仰卧在沙滩上了。然后跨在他身上,慢慢地替他作人工呼吸。

　　提灯的光朦胧地照着小小的身体。

　　智慧子紧紧握着吉野脱下来的木屐,两手交叉在胸前,嘴里念着祈祷词,热心地看着吉野的动作。

　　一只很大的萤火虫款款地飞来,掠过孩子的脸。

　　"他妈的!"农夫骂着,把它赶走了。

“哇——”新儿口中发出一个好像睡醒时发出的低钝的哭声。

“新儿!”智慧子惊喜地叫他,立刻抱住了躺在沙上的孩子。

“活了! 活了!”女孩子们立刻骚扰起来。

新儿的哭声大起来了。眼睛也睁开了。

“他本来没有死。”吉野说着,也显出放心的样子,向女孩子们环顾一下。

“好,不要紧了。”农夫脸上也表示放心。“啊,这滩上的水很急,孩子们是危险的。去年也……”农夫慢吞吞地说下去。

“哇——”新儿又哭起来。

“日向先生,请您把他的衣服拧一拧吧。不,先得把他温暖一下。”吉野的裙子和衣袖都已经湿了,他就把衣服解开来,肌肤贴着肌肤地抱住了这个哭着的孩子,再用衣服来遮住了前面。

“我来抱吧。”智慧子说。

“不要紧。冷冰冰的,抱着很舒服呢。好,不要哭,好宝宝! 好宝宝!……啊,这样抱着,还不如回家去让他躺在床上好。回去吧,日向先生!不好让他受凉,就是这样抱着回去吧!”

“对啦,这办法好。”农夫也插嘴说。

“对不起了,先生!”智慧子诚恳地说,“我是吓慌了,做出这种事情来……”

“不,是我不好。我先走到水里去,他们就看样了!”

“哪里,我……那时心里像做梦一般,就……”

吉野突然向她的脸一看。

6

星影疏朗,水声渐远。熟麦的香气飘送到黑暗的夜路上来。

跑在前面的女孩子们,心里还笼罩着一种恐怖,每人手里提着一盏小萤灯,悄悄地踏着夜露走去。吉野紧紧地抱住了不时欷歔的新儿,脸上现出陷入深思的样子,跟在她们后面。

智慧子一只手提着新儿的浸湿的衣服,挨近身去和吉野并肩了,时时担心地窥察孩子的脸。她心中充满了感谢之情,但嘴上不大说话。

"妈妈!"新儿常常忽然想起了似的叫着,有时大声地哭。

"不要哭,现在抱你到妈妈那里去啊! 新儿,不要哭。"智慧子常常从旁安慰他。

"真不得了,我……倘使你不来,教我怎么办呢!"

"不会的。"

"万一出了事,教我对房东大嫂怎么……"

"日向先生,"吉野郑重其事地叫她一声,"您对我这样说,使我感到苦痛。在这时候,在这种情形之下,无论何人都应该尽这点力。这不是很普通的事情么!"

"现在救这孩子的性命的,不是您么?"

"日向先生!"吉野又叫,"请您再稍微真挚地想一想……倘使那时候,在那地方的不是您,我即使做同样的事,也一定是怀着大不相同的心情去做的。"

"啊,您是……"

"如果要说出来,可说是一种伪善的心情!"

　　智慧子在暗中仰起头来看看他说这话时的表情。她想说些什么，然而说不出。

　　"是伪善！"吉野郑重地说，好像责备自己。他现在觉得自己的心似乎被什么东西征服了。仿佛想要从这征服中脱出，所以说这样的话。"是伪善！一个人去做冠用'善'字的事情的时候，其动机有两种：一种是为了获得自己感情的满足，结果就是讨好自己；另一种是为了讨好别人。"

　　"您——"智慧子话没有说出口，她的手早已突然搭住了吉野的肩膀。一种剧烈的感动充满了她的全身。她拼命地把自己的脸在这男子的两个手臂上摩擦，只管说："您……您……"火一样的热泪像瀑布一般透入这男子的肌肤中。

　　吉野突然站定了，咬住了嘴唇。眼睛也紧闭了。

　　"哇——"新儿吃惊似的哭起来。

　　做了不成体统的事——这念头像箭一般在她心中掠过。智慧子又迸发一般地叫一声"您！"搭在肩上的手猛烈地挽住了这男子的脖子。

　　"先生！"走在三四丈前面的女孩子们叫。

　　"走吧！"吉野催促。

　　"好。"她含糊地说，仿佛忘记了自己的身世，脸始终不离开男子的身体，牵缠着跨了两三步。

　　"日向先生！"男的站定了。

　　"请原谅我！"女的说着，好像气绝的样子。

　　"我要回东京去！"说时眼睛盯着暗处。

　　"……为什么？"

　　"……太奇怪了，您和我的事情。"

　　"……"

"回去吧！还是这样好。"

"不要！"智慧子激烈地说,用力挽住男子的脖子。

"唉——"吉野呻吟似的说。

"您不了解我的……我的心……"

"日向先生!"男子的声音剧烈地颤抖,"这话,我,不要听!"

突然两张脸挨在一起。在熟麦飘香的夜路上,温暖的接吻幽微地响了三四次。

7

这一天晚上,静子被母亲叫进正屋里去。她做完了事再走出庭院来的时候,吉野已经不见了。她向花木荫中、假山上、池塘边等处寻找,终于不见。

客人九点钟过后散去。父亲信之醉倒了。柳姐早已离座,去睡觉了。

"静子,吉野先生睡了没有?"

"没有,他说喝醉了,出去散散步。"

"什么时候出去的?"

"两个钟头以前了。不知到哪里去了!"

"和昌作叔叔一同去的么?"

"不,一个人去的。要不要叫松藏去找找他看?"

"好的。"

"不要紧的。"信吾红着脸走进来,接着说,"这位先生,大概到桥那边去乱跑了。我倒有点头痛,没有办法,让我先睡吧。"

"你先睡吧。"

"他回来了，你来告诉我一声。你把他的卧床铺好了吧。唉，喝醉了！"

静子叫女仆替哥哥铺床，让他就寝。她自己收拾了房间，然后一人走进厢房里去。厢房里没有人，弥漫着夜雾的湿气，洋灯点亮着。

她把板门关好，只留一扇开着；把零乱的东西仔细地整理好；把被褥铺好，蚊帐吊好。静子忽然起了疑心："说不定到智慧子姐那里去了！"接着又想："在夜里。""但是。""难道。"霎时间她胸中混乱了。

"即使这样，有什么呢！"静子无端地想在这房间里逗留一会。她就坐在桌子面前的夏布坐垫上了，把洋灯略微捻低些。

"到了秋天，也许我可以住在这个房间里了！"她想。

桌子上有五六本书。她忽然看到其中有一本黑封面的写生册。静子随手拿了它，翻开一个地方来。

静子的眼睛发光了，脸上泛红了。她向这无人的房间里环视一下，又热心地看写生册。——虽然铅笔很草率，画着的岂不正是静子自己的颜面么！

Erste Eindruck(第一印象)——画上面写着这两个德文字。然而静子不懂得这是什么意思。

静子似乎顾虑到了什么，突然把写生册合上，放在原来的书籍中间了。她好像逃脱似的走出房间。心头不由得跳动起来，一种新鲜的跳动频频地打她的胸。

在下一页上，在再下一页上，都画着智慧子的颜面。——这一点静子终于没有知道。

不多时，院子里木屐声响了。静子异样地踌躇了一番，终于又急忙地走向厢房来。吉野正在向没有关上的一扇板门里走进去。

"回来得太迟了。"

"不,还早。"

她这样说着,然而不能抬起眼睛来看他的脸。低着的脸微微地红了。她连忙把洋灯捻亮。

"真对不起了。我没有预料到回来得这样迟……"

"不,先生,我哥哥说酒喝得多了,有点头痛,所以先……"

"噢!我倒完全醒了。几点钟了?"

"十点钟了。"

吉野如释重负地在桌子面前坐下了。静子心中想起了刚才她自己坐在这里时的情况,说了一句"请安息",立刻拉上格子门,走出廊檐去了。吉野疲乏地低下了头,闭上了眼睛。他的衣服受了夜雾的湿气,都发软了。这衣服的裾和袖都曾经被河水浸湿,因为智慧子和利代姐两人强请,已经由她们烘干了。烘的时候吉野穿着谁的衣服!

"智慧子,智慧子!"吉野在心中叫着。他偷偷地用手摸摸自己的左臂。她把脸紧贴在这臂上了说些什么?!

"您……您……!"

其　十

1

吉野救新儿性命这件事,第二天吃早饭的时候由吉野自己简单地说出了。

昨夜路过那地方的那个农夫，因为有点事情，到小川家的厨房里来了一会，就比较详细地把同一事件传达到了家人的耳中。老人们谈着这件事，似乎真心感佩吉野的义气。信吾和静子怀抱着一种不同的感想，然而颜面上和言语上都不表示出来。

昌作又是一派：如果这件事是信吾做的，他将感到多么不愉快；幸而恰巧是吉野做的，他就夸张了他的伟大，向母亲等叙述。并且以那座桥下的滩中的水急为起因，频频地怂恿吉野去练习游泳。昌作对吉野的尊敬，从此又增加了。

第二天或是第三天，姑母和她的孩子们回盛冈去了。这个姑母，在小川家的有数的亲戚中，也是和柳姐特别意气相投的人。实际上呢，她的丈夫是一个退职的郡长之类的身份，家道不甚宽裕，因此常常来做客，仰承柳姐的鼻息，每次总是获得了家计上的补助而回去。柳姐因为松原家的亲事已经有一个月音信全无，私下担心，同这姑母秘密商量。两个女人之间决定了关于某些事情的手续。姑母就装作不知地回去了。

送姑母到好摩火车站去的男仆和女仆，带了另外一个人回到小川家来。这不是别人，是信之的第二个儿子，静子的小一岁的弟弟，名叫志郎，是个士官候补生。

志郎在兄弟中是一个顽皮儿，柳姐不大喜欢他，但是父亲信之最宝爱他。他和提出静子的亲事的松原家的第三个儿子狷介是从小的好朋友，两人同样有志于陆军，考试也幸而同时及第，一同进了士官学校。一日至二十日是他的假期，他到仙台去游玩了一个星期；没有预先把确定的日期告诉家里人，今天突然回来了。

有一天，母亲柳姐叫志郎来，装作无心的样子向他问起松原中尉的情形。他的回答使柳姐吃惊不小：

"松原家的政治！这家伙没出息。狷介说要和这哥哥绝交呢。"

"为什么这样？"

"我告诉你,这个人并不那么愚笨,可是名誉坏极。是今年春天吧,他使房东家的女儿怀了孕,事情闹得很大。全靠朋友们调解,赔了一百五十块钱。这种家伙给我们军人丢脸！"

柳姐又详细探问了这件事的情形,并且关照他暂时不要对静子或其他任何人说起。

志郎具有朴素的军人气质,除了信吾以外,对任何人都要好;他最不喜欢慢条斯理地谈话。每天只是和昌作一同到河上去。和吉野也要好。

一种无定形的心事钻进了吉野、信吾、静子的胸中。三人大家努力不让这种心事流露到脸上来。智慧子这个名字,不知怎的,三人都尽力避免出口。

吉野对医生加藤很要好,说要到他家写生,就再去访问。

智慧子只有一次当吉野和信吾都不在家的时候来访。

炎热的八月也已经到了中旬。萤火虫的季节也过去了。明天是阴历的盂兰节,将近傍晚的时候,门口发出喧噪声,神山富江来访问了。

2

富江一到,家中立刻热闹起来,常常听到很响的笑声。在炎热中昏昏沉沉地躺着的柳姐,现在刚刚起身,坐在东廊下叫静子梳头。廊下听得见富江的笑声;忽然这尖锐的笑声停止了,脚步声向廊下迫近来。

信吾也午觉刚刚睡醒,好像做了一个不快的梦,脸上显出异常闷闷不乐的神色,盘腿坐着。

富江的笑声和脚步声,他先前已经听到。但他心里在考虑智慧子的事。

从这个月初以来,信吾或者一人,或者和吉野两人去访问智慧子,也有过三四次了。两人的谈话已经不像从前那么畅达。自从吉野来了之后,智慧子无形中起了些变化。话虽然如此说,也并没有表示讨厌信吾。

自从救活了新儿以来,每逢吉野独自或者由昌作陪着去访问智慧子,立刻引起信吾的注意。朋友两人之间不知不觉地有了一道鸿沟。信吾心中焦躁,被不快的感情支配着。

还是向她提出结婚要求吧——他也不免这样想。然而,信吾并非那么热情地思念智慧子。毕竟只是一个乡村女教员!——这个轻侮之念常常出现在他的头脑中。他想:她是一个正直的女子。因为是一个正直而且美貌的女子,所以信吾不肯让她思念别的男子——吉野。他仿佛毫无理由地认为他自己具有被智慧子想念的权利。"设法教吉野回东京去吧!"——这念头也常常恼乱信吾的心。

还有,静子对吉野的态度,也使得信吾的眼睛感到不快。大凡成年的哥哥,看到成年的妹妹亲近男子,总是不高兴的。即使是平生怀抱恋爱自由的信念的男子,到了这种情形之下一定会发现自己心中的矛盾。

"在户籍上,静子岂不已经是寡妇了么!"

信吾的头脑里竟含有这种讥笑的念头。他这种态度并不显著;只是看到静子说起吉野时非常郑重,他心中就冒火,毫无理由地感到不快。

"啊,起来了。"富江站在开通的走廊上说。

"是你来了么!"

"啊哟,你在等候别人么?"

"哈,哈哈。老是尖嘴尖舌! 大热天气你好容易来了。"

"我料想你正在睡午觉,所以特地来吵醒你。"

"我知道神山先生一定会来,所以特地早点起来等候你呢。"

"这种话你从谁那里学来的? 呵呵呵呵。啊,你的样子这样瞌睡懵懂! 去洗个脸吧!"说着,就老实不客气地坐下了。

"说你不过,说你不过。那么,听你的命令去洗脸吧。"

"去洗吧。天色已经快黑了。"她说着,随手拾起落在那里的一册小书来。

站起身来的信吾看见了说:"唉,这个不行。"想夺回她手里的书。

富江装出小姑娘的态度,迅速地避开了他的手,说:"这是什么书? 是小说么?"

黄色的封面上写着"True Love"[1],是文科学生之间流行着的一册秘密输入的美国版怪书。

"哈,哈哈。"信吾缩回了手,"嗳,大概是小说吧。"

"说什么'大概是'……正确地告诉我好不好? 我是不会读的……"

"倘使会读,很有趣味呢。"信吾说着,嘻嘻哈哈地笑。

"我就学日向先生的样,也来学英语好不好?"富江说着,仰起头来用讥讽的笑眼看信吾。

她好像忽然想起了什么,放低了声音说:"噢,噢,信吾兄,告诉你一件有趣的事隋。"

"什么?"

"去洗了脸再说吧。"

---

[1]　真实的爱情。

3

洗了脸回来的信吾，气色也爽快了，笑嘻嘻地坐了下来。

"啊哟，你的口髭洗也洗不掉的。"

"不要开玩笑。说吧，什么有趣事情？"

"没有什么意思的！"

"不要这样让人着急，好不好？"

"你这样喜欢听么？"

"是你要告诉我的！"

"呵呵呵呵。那么告诉你吧。"

"好，我听吧。"

"喏……"富江显出探索似的眼色，笑着，正面看着信吾。

信吾逆料这一定是关于智慧子的事情。被这女子这样盯住了脸看，觉得很难当，似乎被作弄的样子；又没有机会摆脱。

"什么？"他用略微焦急的口气问。

"呵呵呵呵。"富江又笑了，"有一个人。"

"有一个人，是谁呢？"

"呃。"

"算了，算了，有一个人怎么样？"

"和这位先生。"用下巴指点厢房方面。

"和吉野？"信吾的眼梢眯紧了。

"呵呵呵呵。"

"和吉野怎么样？"

"和他××呢！呵呵呵呵。"

"有这种事？神山先生的嘴巴是不关门的。"说着,好像想起了什么,摇着膝盖,大声地笑。

富江似乎觉得说话脱出了轨道,连忙装出认真的表情说:"真的呢。"

"有这种事？这话是谁说的?"

"你也想知道么?"

"并不是想知道……不过这倒是一件珍闻。"

"珍闻?"她又装出得意的眼色说,"你也真是一个傻子!"

"为什么?"

"还要说'为什么',呵呵呵呵。"她笑着,用手里拿着的书去打信吾的膝盖。

"神山先生,还是请你告诉我,这话是谁说的?"

"是可靠的。"

"真有趣啊！哈,哈哈。倘使是真的,实在有趣呢。好,好,去同吉野开一次玩笑吧。"他独自故意高兴似的说。

"这样有趣的?"

"真有趣,竟是一篇小说!"

"对啦。这件事在信吾兄最感兴味,对不对?"

"这话又是什么意思呢?"

"嗳,对不对？对不对?"她的口气好像压迫对方。她的探索似的眼睛异样地发光。然后迸发似的笑起来:

"呵呵呵呵。"

"哈哈哈哈。"信吾也无可如何地笑,"神山先生真是个诡辩家!"

"诡辩家？就算是吧。那么刚才的话也是我造出来的!"

"不,不是这意思。到底是谁,说这话的人?"

她的眼睛嘲笑似的盯住他的脸:"信吾兄还是不放心!"

"岂有此理!"他说着,觉得这女子正在探索他的心事,一种不快之感掠过他的脑际,"怎么样? 我们还是到吉野那里去吧。"

"去吧。"

信吾站起身来,走到廊上,大声地叫"吉野兄"。

"什么?"一个安详的声音回答。

"你在睡午觉么? 神山先生来了,好不好到你那里来?"

"请过来。"

"去吧。"信吾催促富江,自己先走了。富江脸上显出忽然有一件事要考虑的样子,默默地跟着他走。廊外院子里树木中的知了叫起来。

4

吉野展开着今年春天的巴黎沙龙[1]的画册,正在对昌作说明什么问题。

相见礼毕,富江立刻站起身来,欣赏挂在壁上的正在描绘中的水彩画。信吾躺在铺席上了,和吉野谈论这幅画。

"昌作兄,"富江叫他,"你昨天上街去过了?"

"去过了。去探望山内。"

"怎么样了,他的病?"她笑着说。

"真可怜啊,有时上床,有时起来;据说今年之内也许要死呢。"

---

〔1〕 沙龙(salon)是巴黎每年举行的美术展会的名称。

"这样厉害！真可怜了。实在是他的身体太坏的缘故。"信吾说的时候并没有同情的表示。

"听说四五天之内要回到盛冈去。"

"昌作兄。"富江又叫，并且迅速地看看吉野和信吾的脸。

"我给你一件好东西，要不要？"

"什么东西？"

"倘使是好东西，我也要的。"

"信吾兄我不肯给。喂，昌作兄，要不要？"

"到底是什么？"昌作踌躇着。

"两人吵起架来是不行的，还是给了我吧。"吉野淡然地说。

"喂，昌作兄，不可以给任何人看的呢。"

"好，我和志郎两个人看。"

"不行，只有你一个人可看。"富江说着，从衣袖里摸出一件东西来，握在手掌里，递给昌作。

昌作讨厌似的接受了，说着"好，好"，穿起木屐来。"喂，志郎！来看好东西！"高声叫着，走向正屋方面去。

"啊哟，不可以给人看的！"富江在他后面叫，然后怀着兴味"呵呵呵呵"地笑。

两人为好奇心所支配了。"是什么东西，是什么东西？"信吾问。

"没有什么。"她回复镇静，眼睛盯住了吉野的脸看。

"有些可疑呢！吉野兄。"

"哈，哈哈。"

"有什么可疑！信吾兄真不是好人。"不知怎的，富江的态度谨慎起来了。

这时候静子端了一只盛着色彩美丽的甜瓜的大盘子走进来了。"味道不很好的,不过……"

"什么东西? 甜瓜么? 要患赤痢的呢!"信吾说。

"哥哥又来了!"静子说,"真的么,神山先生,赤痢流行了?"

"真是真的。听说隔离病院里已经收容了三个人。不过不要紧的,离开这里很远。"

"哈哈哈。神山先生说不要紧,就放心了。大家快来吃吧。"信吾最先拿了一块。

不久,穿着短裾窄袖衣服的志郎和昌作两人走进来了。

"啊,志郎兄,你在睡午觉么?"吉野说,一面用手巾揩手。

"不,我不睡午觉的。到高地上去做了号令演习回来,现在正想去游泳。"

"我听了吃惊呢! 你真是精神旺盛!"昌作表示兴奋的样子,耸起肩膀盘腿坐着。

"那东西是什么,昌作叔叔?"信吾问。

"岂有此理!"昌作咕哝地说,一双眼睛从眼镜里盯住富江看,"但是我倒同情山内。"

富江笑着说:"唉,在这里讲是不可以的。"

"我也看见了。"志郎插嘴说,"喂,昌作叔叔,向大家报告吧。"

"你说吧,你说吧。是什么东西?"信吾怂恿他的弟弟。昌作默默地交叉着手臂。

"我说了。"志郎爽快地说,"这是患肺病将死的山内谦三的情书。完了。"

"唉,志郎兄真恶毒!"富江也狼狈起来。

"情书?"大家吃了一惊。

"这是怎么一回事,志郎!"静子问。

富江用锐利的眼色凝视着发呆的信吾的脸。

其十一

1

前天富江来了,傍晚立刻开纸牌会。男仆松藏拿了静子所写的请帖到街上去奔走。但是来的只有副训导森川一人。智慧子说有病不能来。患了肺病的山内,当然不去邀请。

智慧子不到,使得希望她不来的吉野以至信吾、静子,还有怀抱某种计划的富江,都对于玩纸牌不很起劲。这一夜无聊地过去了。

静子生涯中不能忘却的盂兰节十四日那一天,天气晴明。没有风,没有云,是明爽而安静的一天。在盂兰节的三天之内尽情享受一年中的欢乐的村人,大家非常高兴。

这村子里有两个禅寺,其一是里街上的宝德寺,其二是下田的喜云寺。从早晨起,两个禅寺里都挤满了村中的善男信女。静子也代替了她的母亲柳姐,伴着祖母政姐和孩子们,在上午到寺里去烧香。

回来的时候,静子带了两个妹妹,到宝德寺路口智慧子的宿舍里去访问。智慧子没精打采地迎接她。

"怎么了,智慧子姐,你伤了风么?"

"不,今天没有什么了,昨晚肚子里有点不舒服……你特地派人来邀,真对不起了。"

"我担心着呢。"静子认真地说,"你不来,纸牌会没有趣味了。"

"唉,不会的。有许多人来吧,神山先生也来的么?"

"来是来的。不过,智慧子姐,不知怎的一点也不起劲。喧噪的只有富江一人……这个人讨厌!"

"……她的确是这样的人。"

静子想把富江拿山内的情书交给昌作这件事讲给她听;然而不知怎的,似乎觉得她们两人之间有些隔阂,就作罢了。过了三十分钟光景就告辞。

两人好像是约定的,关于吉野的事绝不谈起。

静子回到家里,信吾好像等候着似的,立刻把她叫到自己的房间里来,表示愤怒的神气,用粗鲁的口气问她关于智慧子的事。

静子如实回答。

"噢!"信吾说话时的态度,竟好像是这种话听听也好、不听也好的样子。静子敏捷地体会了哥哥的心情。就凭空地说:"智慧子姐说,向哥哥问好!"其实智慧子一个字也没有说。

"噢!"信吾又冷淡地回答。吃过午饭之后,他独自飘飘然地上街去了。

信吾出门后不久,月初带了孩子们来做客的盛冈的姑母又伴着一个老人来了。姑母对人说是来扫墓。不久大家就知道同行的老人是受松原家的嘱托而来的。不消说是为了静子的婚事。

父亲信之、祖父勘解由、母亲柳姐三人和松原家的使者在里面的房间里谈话。姑母也在座。静子心中更加混乱了。她恨哥哥不在家。她想起了这谈话会不会使吉野知道她和已死的浩一的事,就连这吉野也不想见了。

她有时笼闭在房间里,有时走到厨房里,有时走到院子里,不觉天色向晚了。信吾还是不回来。他约定晚上一同去看盂兰节跳舞的。

晚餐的时候,姑母说这媒人今晚要借宿在这里。天色全黑了,信吾还不回来。母亲柳姐劝静子陪了吉野、两个妹妹和女仆去看跳舞,说到了街上会遇见哥哥的。

2

走到鹤饲桥边,正好十四日的浑圆的月亮浩荡地从姬神山上升起来。天上一片云彩也没有,晴空万里;深紫色而幽暗的岩手山清楚地浮现在夕照的余晖中。

暗沉沉的天心里有七八个微弱的星闪耀着青光。月亮渐渐地高起来,笼罩了屋宇。街上的鼓声已经听得见了。

即使有话要讲,两个妹妹是听不懂的。静子和吉野并肩跨步,嘴上虽然不说,心里惊惶不安。家里媒人到了。松原家的亲事,是静子所绝对厌恶的。她虽然这样地散步,心里不免挂念这件事进行的情况。不,正因为挂念这件事,静子胸中丛生了种种念头。

"倘使这个人(吉野)做我的丈夫!……不,倘使这个人是我现在的丈夫!……"

月明之夜四边幽静的景色和远处传来的鼓声,都适于静子这心情。两个妹妹说些天真烂漫的傻话,静子和吉野同声地笑她们,这时候静子不期地感到一种安心和欢喜。即使以后不再发生什么事情,静子也不能忘记这天晚上的心情吧。

松原家的亲事,起初静子为了对当事人政治的嫌恶,以及由于自己是他的嫂嫂而发生的道德的考虑和侮辱之感,曾经托哥哥帮她破坏。但是认识了吉野以后的静子,除了上述的理由以外,另有了一种自己也不了解的,然而总是牢固地存在心底里的希望。

正当走到桥上的时候。

"我初次和您见面,是在这地方呢!"

静子自然而然地说出。月亮照着她的做梦一般的脸。

"是的!"吉野回答。他似乎想起了什么,略微把头低下,默默不语。

这态度使得静子想起:他一定是在详细回想当时的情况。静子也不得不回想当时的情况。现在两人都在互相回想初见面时的情况——这感觉使静子心中获得了一种无言的满足。

然而吉野心中所想的不是这件事。他想的是信吾今天一定在智慧子家里。他又想像:如果他和静子等现在去访,信吾一定会撒谎,捏造出到夜不回家的理由来。

走到了街上,一种和平常不同的热闹的光景,在不熟悉当地情况的吉野看来觉得很稀奇。各家人家檐前挂着古式的挂灯和提灯,灯上画着奇形怪状的画,写着"丰年万作"等字。街路的两旁,每家门口融融地烧着桦火。绯红的火光愉快地照着这一条长街上的繁华景象;来来往往的穿新衣服的人的脸,都好像是喝醉了似的。

街上充满了欢乐的絮语。戏鼓的声音诱惑人心。到处看见穿着新木屐的小孩子聚拢来,在桦火上烤饼。火爆裂起来,火花飞散到街路上。年纪大些的孩子使足劲头,在并列着的桦火上跳跃。这正是吃过晚餐之后。穿红衣服的女孩子们成群结队地喧噪着,跟着鼓声走去。

街道尽头的、智慧子的宿舍门前,有四五个小孩围在将要熄灭的桦火旁边。

"梅儿！梅儿！"两个妹妹叫着,向前面跑。静子在后面娇声地问:"梅儿,先生在家么?"也向她走近去。

静子立刻注意到:梅儿穿着的绀青飞白纹单衣,是智慧子曾经穿过的日常衣服。

> 呜呼呜呼我思君,
>
> 何时得见慰我心!
>
> 君如谷中百合花,
>
> 又似峰前一树樱。
>
> 呜呼呜呼我思君,
>
> 君在现世无比伦!

屋子里传出幽微的赞美歌声来。信吾不在这里!——吉野这样想。

"先生！先生!"梅儿在门口叫。

3

问问智慧子,据说信吾在约一小时以前回去了。

"咦,他跑到哪里去了呢？说好傍晚回家,再和我们一同出来的。他离开这里的时候没有说起还要到什么地方去么?"

"没有,他没有说什么。"智慧子说着,意味深长地抬起眼睛来看看吉野,然后低下了头。

"倘使他在散步,我们会碰到的。"吉野傲然地说,"怎么样？日向先生也去吧,去看跳舞?"

"好,……喝杯茶去……"

"就去吧,智慧子姐。你有事情么?"静子也催促。

"没有事情。"

"去吧! 看盂兰节跳舞,我平生还是第一次。"吉野已经走出门外了。

于是智慧子跑进里面去,把腰带整理一下,然后走出来,一同上街去。

桦火有些衰微。跳舞大概已经开始了。鼓声突然合着步调而响起来。唱歌的声音也听得见了。人群渐渐向那方面涌过去。

挂着十来盏提灯的加藤医院门口,大捆的木柴炽盛地燃烧着;屋子里像白天一样明亮,正门开着。穿着宽大的染色单衣、束着水色湖绉腰带的加藤,以及清子、配药生、女仆,都在正门外面向街上眺望。

"啊,大家一同来了。"加藤先向他们叫。

"凉快么?"吉野说着,大家走进正门去。

"Guten Abend, Herr Yosino! [1] 哈哈哈哈。"加藤说了一句最近在函授中学学来的德语,摇摆着肥胖的身体,晚酌之后精神更加好了。

"来,请进来! 知道你们一定来的,所以准备着点心呢。"

"那真是不敢当了。哈哈哈哈。"

静子就从旁问起她哥哥的事。

"先前来过一次。说晚上还要来,就回去了。"清子说。

"嗳,对啊,对啊。"加藤说,"吉野兄,盂兰节过了之后,务请您驾临。刚才我同信吾兄说过,他说这样很好。务请您大笔一挥。拜托拜托!"

---

〔1〕 德语,"晚安,吉野先生!"之意。

"您对小川兄说过了么! 我随便哪天都可以。"

"真的,住在小川先生家里,不大方便;作画的几天无论如何请住在这里……"清子也跟着说。她又对静子说:

"喏,妈妈说一定要请吉野先生画一幅肖像。因此,在作画的期间,要请他住在这里。"

"一定可以,静子小姐!"加藤叫着。

"不是抢夺你家的客人。我们只要把吉野先生叨借一个星期……马上就奉还!"

"呵呵呵,这样的么!"静子亲切地说;她心中当然是不高兴的。

吉野被加藤硬拉了进去。女客们暂时在门口坐下,不久清子也出来一同坐了。

街道正中部的庞大的造酒厂门前,路上烧着很旺盛的篝火;许多人在篝火周围的街道上排成一个椭圆形,跳舞就开始了。圆阵内外有许多花样,铜鼓四面,男舞手,女舞手,孩子们也参加在内;还刚刚开始,所以只有五六十个人。配着鼓声,唱着有趣的歌,手舞足蹈地回旋踊跃,这舞蹈有一种今世所无的古代风味。其中也有穿着整齐的单衫、戴着花笠的姑娘们,也有用草笠罩脸、不唱歌、装着可笑的醉态而跳舞的男子。月亮已经升高,照着这一群快活的人。女伴们和乐地谈着,笑着,看他们跳舞。

有一个人轻轻地拍拍智慧子的肩膀。这时候静子和清子已经走开几步,正在和一个年长的妇人打招呼。

4

智慧子回过头去,看见吉野站在她后面,不知道他是什么时候从医院走出来的。"呀!"她轻轻地叫了一声,青春的血涌上脸来。她不知怎的觉得身体不大舒服,站着两脚无力。几面铜鼓的强烈的声音响到她的腹底。——敲铜鼓的人刚才在她面前走过。

吉野天真烂漫地笑。

两个人并肩站着。因为站在看热闹的人群的后面,所以没有人注意他们。

"我——和——"一个女子唱出头上两个字,十来个姑娘立刻齐声接着唱下去:

"——你——在——小门——中——,早——来——分——别——晚来逢——"

一律戴花笠、穿新衫、背上束着粉红洋纱交叉带而歌舞着的许多姑娘之中,有一个矮胖的女子唱次中音,夹杂在别人的清朗的高音和中音中,非常突出。她故意装出滑稽的动作而跳舞。观众大家笑起来。

"独独同!"当头的鼓敲出这音节。后面的铜鼓大家跟着这样敲。这是换曲调的信号。舞蹈的椭圆阵站定了,唱歌也停止了。木屐声切切察察地响。

"独独独柯同,独柯同——"鼓重新敲起来。——这就是所谓"谣耍来调"。——站定了的舞阵又合着这曲调舞蹈起来。一个有些不合调的很高的男声首先唱出:

"谣耍来——茶座中——,樱花——色——交叉——带——"

"真有趣!"吉野转过头去对智慧子说,"竟好像回到了古代呢!"

"嗳。"智慧子似乎对于舞蹈和唱歌都不关心,正在深深地考虑什么事情,烦恼似的站着。

吉野看见她这般模样,便问:"您身体还有些不大好么?"

"不,不过略微……"

突然观众发出哄笑声。这时候有一个高个子的男人面部涂黑,把一条破蚊帐当作袈裟披在身上了,模仿着念经,滑稽地跳着舞走过去。

"吉野先生!"智慧子断然地低声说。

"什么?"

"那个……"她低着头说,"我今天,那个,使您为难了!"

"……什么事情,为难?"

智慧子忽然抬起头来,有什么苦痛似的仰望他。

"那个,小川先生被我恼了一顿回去呢。"

"小川? 为什么?"

"我明白说出了。……后来我想,这会使您多么受累……"

"我知道了,智慧子姐!"吉野这样说着,用力握住了她的手。"原来这样!"他的结实的肩膀坦了下去。

智慧子胸中郁结了。同时肚子里好像空虚了似的动荡起来。她放脱了这男子的手,在人们后面蹲了下来。

她眼前只见几条墨黑的腿,那边的篝火从这些腿中间显出来。智慧子似乎觉得一个人掉在很深的谷底里了,眼泪夺眶而出。

"呀,您早已出来了?"静子的声音在后面说。

"我刚才出来。"

"噢! 哥哥不知怎么样了。刚才到各处去找,但是……"

"一定是在学校里了。"清子从旁说。

"呀,日向先生到哪里去了?"静子向周围环顾一下,说。

智慧子站了起来。

"你在这里!"

“刚才我站在这里,不知怎的摇摇晃晃起来,就蹲了下去。”

“唉! 你身体还没有好呢。”静子用深切关怀的口气说。同时心中浮现出两句话来:“你身体不好的时候我们把你拉了出来。”“你回家去睡吧!”但是不知有什么顾忌,终于没有说。

“什么地方不舒服?”清子用医生之妻的口气问。

“没有什么,不过略微……再稍微看一会,我回去吧。”

5

这期间,清子回到娘家去了两三次。这时候她向吉野传达加藤的意思:请吉野进去喝杯酒。

信吾还不来。

月亮升高了。各处部落里的人聚拢来了,鼓已经增加到十二三面。添了三个吹笛手的舞阵,在街路上排成一个很长很长的椭圆形,人数将近两百了。男男女女之中,也有化装的,也有穿平常服装而头上包白头巾的。从十来岁的孩子开始,直到喝醉了弯着腰的老太婆,都手脚不知疲劳地跳舞到夜深。围成人墙的观众渐渐少起来了。——因为有许多人加入了舞阵。——两处篝火融融地燃烧着。

月亮升高了。

鼓响亮地敲着,足音合拍地响着,男女老少都唱着恋歌。——从这繁华的古风的境地中突然抬起眼睛来仰望这个沉静的月亮,感到一种特殊的心情,无论何人都会在生涯中屡屡想起这种心情,而永无餍足地陶醉在它的甘美的悲哀中吧! ——尤其是这天晚上的智慧子,由于和她所思慕的人共处的欢乐,由于她的肉体的痛苦,由于诱惑似的、朴素而刺激的恋歌,又由于一种无端的孤寂之感,她的心绪缭乱了。她似乎觉得鼓声加强了她的消沉的心情,把她的心绪搅乱了;同时对于跳舞不感到什么兴趣,略微蹙拢眉头,仰起了头凝眸望着月亮。

充满着愤怒和嘲讽的信吾的脸,时时浮现到她的心头来。智慧子今天痛快地拒绝了这信吾厚颜无耻地提出的求爱。

她有时站着,有时蹲着,这期间似乎觉得肚子里胀起来,竟有一两次好像要呕吐的样子。她几次想:早点回去吧;然而抛开这欢乐的境地,不,让吉野一人和静子在这里而自己回去,又觉得不快。她在这里,也没有谈话的机会。(智慧子想把今天发生的事件详细讲给他听。)然而她还是希望和这男子在一起多呆一会,即使片刻也好。

不久,小腹底下麻痹似的痛起来。渐渐痛得厉害起来了。

她找个机会,毅然决然地走近这男子身边去。

"我先回去了。"

"您很不舒服么?"

"略微……略微有些不舒服,觉得肚子痛,所以……"

"回去不好呢! 请加藤先生看看好不好?"

"不必,因为只不过一点点……您明天再来好不好? 请过来吧!"

"明天一定来。"吉野说着,用力握住她的手,女的也紧紧握住了他的手。

"月亮真好啊!"

智慧子说着,有点难舍的样子。终于向大家告别,独自向宿舍方面走去了。吉野蹲在离开群众稍远的地方,远远地目送她的浸在月光中的后影。

智慧子努力忍住了肚痛,咬紧了牙齿,几次向后面回顾。街上的热闹集中在跳舞的地方,离开这地方六七丈,就一个人也没有了。在霜华一般发白的月光之下,处处看见桦火的黑色的遗迹,人家檐前的提灯和挂灯一半熄灭了。

天心的月亮把智慧子的影子短短地映在地上。鼓声和几十人的歌声飘摇在无风的天空中,仿佛要送到月亮里去的样子。——离开了繁华的歌舞之地而独自回去的智慧子,忽然觉得自己的宿舍很讨厌。

虽然如此,她的脚还是走向宿舍方面去。她心中也曾埋怨这男子不来送她。她想:他回东京之后,我一定要把今夜的事情写信告诉他。她想:我们两人之间的交情,恐怕只限于一生不忘而已。然而到了今夜此时,她开始切实地感到仅仅如此不能满足。智慧子也是一个女子。她想:倘使被抱在男子的强健的手臂里,腹痛也许会忘记吧!

6

不久吉野和静子等也走上了归途。他们终于没有碰到信吾。吉野并非不挂念智慧子的病,然而不能去探望她。

此后约一小时。

富江的宿舍的后门开开了,信吾突然从门里走出来,到了月光中。接着富江也走出来了。

“好月亮啊!”富江说。信吾脸上现出嘲讽似的笑容,仰起头来向天空一望,似乎并不感到什么兴趣。他低声笑了几声:“哈哈哈。”

听见鼓声和歌声。四周肃静,有些地方有马用力振动鬣毛的声音。

“喂,何必这样沉默啊!”

“我疲倦!”信吾低声咕哝着说。

"好狠毒啊！胡乱糟蹋别人！"

"哈哈哈。那么再会吧！"

"喂,喂,一定的呢,明天晚上再来。"

"哈哈哈。"男的又异样地笑了,急忙走去。富江回进屋子里。

信吾在无人的里街上急急忙忙地向前走着,不能克制浅薄的自嘲之念。他的略微俯向的脸上没精打采,好像不胜懊恼的样子。

"岂有此理！"他出声地骂。然而并不是骂某一个人。

信吾的心,有生以来没有像今天那样动摇过。像今天那样自己看轻自己的行为,也从来不曾有过。他今天去访智慧子的时候,起初大吐气焰。把现代的学者不分皂白地尽行骂倒,又极口攻击美术家们的内幕。然后找个机会向智慧子求爱。他用尽了所有的优美的言词。女的只是低着头。

最后信吾说:

"智慧子姐,你听了可怜的我的自白,当然不会看作毫无意义的吧?"

"……"

"智慧子姐！"他似乎被感情所迫,声音颤抖了,"我并不希望从你得到什么报酬。智慧子姐,我只希望,只希望,嗯,只希望你允许我常常想念你,不过如此而已。只要你允许我这一点,我的生涯就明亮了……"

"小川先生,"女的正色地抬起头来,她脸上一根眉毛也不动,"像我这样的人,蒙你这样看待,真是感谢得很,不过——"

"啊?!"

"我恳求你不要再讲这种话。"

信吾一动不动地交叉着手臂。

"我的话失礼了……"

"嗯……为什么呢？"

"……并没有什么理由，不过……"

"唉，你不了解我的苦痛的心！"他颓丧地说，"对了，你一定是有什么理由，所以这样说的吧？可否把这理由讲给我听？"

"……"

"智慧子姐！我这样不顾羞耻地说出了，你没有理由地拒绝我，太过分了，太侮辱我了。"

"不过……"

"既然如此，"信吾说时好像忘记了刚才所发生的一切事情，他忽然回到了这新仇之前，他的眼睛里发出凄厉的光辉，"我只希望你允许我再问一句话。智慧子姐，你允许我问么？"

"……只要是我所知道的，就……"

"当然是你所知道的。"信吾说时耸一耸肩膀，"这完全是另外一句话：我要牺牲了我的一切，来祷祝做我朋友的你和吉野两人的幸福。"

智慧子吃了一惊，好像胸中被刺了一刀。然而她一动也不动。脸色也不变。

"怎么样？"男的更进一步，"你肯享受我的祷祝么？我要问的就是这句话。"

"……"

"我取消了刚才所说的一切话，作为一个朋友来真心地为你俩祷祝。怎么样，你肯享受么？"

"……"

"请你享受吧！"信吾刻毒地逼迫。

智慧子的脸突然通红了。接着清楚地说："谢谢！"

7

从智慧子宿舍里走出来的信吾的心,被一种强烈的屈辱和愤怒以及弱者被欺似的感情所搅乱了。后来他想:我今天所做的事,是预先料到的;是巧妙地订立了预定计划而向智慧子自白的。他硬要这样想,借以抑制自己看轻自己的心情。

信吾竭力表示平静的态度,立刻信步去访加藤医院,又到学校里去。他并没有忘记傍晚回家和吉野及妹妹同去看跳舞的约定。然而不知什么意思,他在心中一笑,放弃了这约定。

这时候的信吾,精神似乎比平常好得多。然而他越是高声地笑谈无聊的闲话,越是觉得这态度是嘲笑自己;每逢说出一句无心的话,心里就焦躁一阵。他终于高声地笑了一会,飞步跑出学校。

这时候已近日暮了。

自嘲之念剧烈地恼乱他的头脑。他后悔起来:为什么对她说那些话?傻瓜!今后不能再见智慧子的面了!为什么不早些——当吉野还没有来的时候——对她说呢?!

"畜生!终于使她坦白了。"他出声地说。然而还是不能完全打消被这女子拒绝的耻辱。好,把她免职吧!不,还是设法把吉野赶走吧!

他的心情更加暴躁了。他在从街道尽头到舟纲桥之间的一里多公路上乱跑,考虑着复仇的办法,又无端地跑回来。然而他不愿被人看见,走到了街道尽头又转回来。这回走旧公路,向门前寺村方面跑去。

月亮升起了。

他碰到陆续上街来的附近村子里的男男女女。然而他并不注意他们。忽然他想起对吉野的友情。

"有什么呢！只当作没有这件事就好了。难道智慧子会对他说的?"这样一想,他心里稍微安定些。

"然而,"他又痛恨起吉野来,"这东西分明对我说'谢谢'!"

信吾的愤怒又发作起来。他把"谢谢"这句话反复回想了好几遍,终于怒发冲冠了。他的习惯,是用力把手杖乱挥,在空中发出呼呼的声音。

"信吾兄!"他听见一个女人的声音,吃惊地抬起头来,看见富江穿着白色的单衣,蒙着月光,向他走近来。大概因为她穿着草鞋,所以没有脚步声。

"啊,是神山先生啊!"他略微停一停脚,立刻又走了。

"喂,你到哪里去?"

信吾不回答,跨了五六步,突然回转身来,说:

"哈哈哈哈。你到哪里去?"

"门前寺村里的学生招待我……你一个人散步,不寂寞么?"

"你难道不是一个人么?"

"呵呵呵。我替你去叫智慧子姐出来好么?"

"混蛋!"

"呀,月夜散步,没有一个时髦小姐搀着手,岂不是乏味的么?真的!"

"你说什么话!"信吾暴躁地说。他突然拉住了富江的手,说:"我是来迎接你的!"

"呀,说得真好听!"富江并不怎么吃惊,只是笑着。

信吾看见这女人过于满不在乎,冒起火来;不禁心中发生了一个可怕的念头。他一声不响,紧紧地握住她的手。

富江也不说话,只是笑。后来说:

"我的手不好的,信吾兄! 不像女人的手吧?"

"……"

"我不是女人呀!"

"富江先生。"信吾叫着,毫无顾忌地把手搭在她的肩膀上了,"那么你是第三性么? 哈哈哈哈。"

"唉,重得很!"她这样说,然而并不想逃避,立刻装出认真的态度,眼睛盯住这男子的脸,"真的呢,我是石女。不会生孩子的女人不是女人,对不对?"说着,用衣袖抿住了嘴巴,立刻呵呵呵呵地笑起来。

这天晚上信吾在富江的宿舍里住到十点钟。宿舍的主人是一个老书记,这时候正住在隔离病院。主妇和孩子们都出门去看跳舞了。

信吾回到家里的时候,正门已经关上了。他似乎觉得自己家里的门槛高了些,推开了门,竭力保持肃静地走了进去。

8

走进了家门的信吾,心情异常萎靡。他和富江分别之后,怀着一种说不出的不愉快,走了一两里路。剧烈的×××××××××××××的疲劳,使得他今天焦躁了一天的心更加焦躁了。"浅薄,浅薄!"他几次出声骂自己。他似乎希望就此人不知鬼不晓地向某地方逃脱了。他想起了那张不知餍足的富江的饥荒的脸,心中发生一种说不出的厌恶之念。而且越是走近家门,对情敌吉野的无法无天的愤怒越是强烈地发作了。这愤怒又嘲笑他。信吾不想再见人面了。

于是他竭力保持肃静地通过廊下，走进自己的房间里去。家里的人似乎都睡觉了，肃静无声。通向厢房的走廊里发出很轻的脚步声，静子来了。四周光线幽暗。

"哥哥，迟得很了。你到哪里去了，现在才回来？"

"不要你管！"声音很轻，然而很倔强。

"咦！"

信吾想起了妹妹正在他的仇人吉野的房间里，一种不可遏止的不快和愤怒像洪水一般涌到他的头脑里了。

"我倒要问你，你到哪里去了，半夜里别人睡了之后！"

静子吃了一惊，睁圆了眼睛站着。这好像是一种严厉的责问，信吾的愤怒更加旺盛起来了。

"混蛋！你到哪里去了？"说时早就把静子打了一掌。

静子连忙用衣袖遮住了脸。

"哥哥……你这样……"

"到这里来！"信吾粗暴地拉住了妹妹的手，拉到自己房间里，用力一推，把她推倒在地。

"这畜生！瞒过了父母和哥哥的眼睛而……"

"哇！"静子倒在地上放声大哭。她先前从街上回来，等候哥哥，左等右等，总不见回来。那媒人的谈判怎样，母亲和姑母都没有对她说，她很担心。她自己也不开口探问，只是想靠哥哥信吾帮助。她想起信吾还不知道今天媒人来到，心里更加着急，忍不住了，刚才就悄悄地走到吉野的房间里，同他谈了哥哥迟迟不归的原因。

静子无缘无故受到哥哥的怀疑和打骂，觉得很冤枉，很苦恨，想要辩解，而喉头阻塞，只是愤愤地咬自己的衣袖，哀哀地号哭。

"混账东西!"信吾又含糊地骂,咬住了自己的下唇,两个紧握的拳头颤抖着,满面怒容地站着。

静子像死一样不动。

"好,"信吾咕哝着说,"你已经许给松原家了。像你这样的东西,放在家里,不知会做出什么事情来!"

"啊哟!"静子叫着,突然坐起身来,"哥哥……松原家今天有人来……所以……"

睡在隔壁房间里的志郎和昌作慌忙地拉开了纸裱门,闯了进来。

"怎么样了,哥哥?"

"不准讲话!"信吾怒吼,"不准讲话! 关你们什么事?"

他就乱暴地用脚踢静子。静子又倒下去,哭得比以前更响了。

"什么事情?"父亲信之也进来了,"什么事情? 信吾跑到夜深才回来,为什么又这样吵闹?"

"可恶!"信吾骂着,又踢静子。

"你做什么? 这混账东西!"昌作向信吾扑过去。志郎也扭住了哥哥的胸脯。

"你们做什么?"信吾热狂地咆哮,猛然把志郎和昌作推倒。

"不许!"父亲厉声说,抓住了信吾的肩膀,"岂有此理! 静子到那边去!"

"可恶!"信吾只骂了一声,就撇开了父亲的手,像负伤的野兽一般向昌作扑过去。

"你为什么欺侮我?"

"哥哥!"

"信吾!"

住在另一个房间里的媒人和厢房里的吉野听见了劈啪的骚乱声，也都跑过来。母亲柳姐也来不及束腰带，两手按着睡衣走过来。

"畜生！畜生！"信吾骂着，乱打昌作。

其十二

1

智慧子昨夜忍不住腹痛，离开了跳舞的地方回家之后，受了一夜苦。利代姐通夜不睡地看护，有时替她按摩肚子，有时用毛巾替她施温灸治疗。她刚刚蒙眬地交睫，就被便气塞迫和腹痛所催醒。到第二天早上四点钟为止，上了十三次厕所。然而还是没有通泰。

到了天色大明的时候，智慧子的体力已经非常衰弱，独自不能上厕所了。厕所在门外，利代姐跑去请医生了，智慧子忍耐不住，就独自走过去。去的时候扶墙摸壁，穿木屐的时候身体摇摇欲坠；回来的时候脱下了木屐，已经没有气力站起身来。好容易踏上了厨房里的地板，走进房间里，就倒身在被的边上了。肚子痛得像刀刺。孩子们还没有起来，屋子里肃静无声。窗下的桌子上一盏洋灯还朦胧地点着。

智慧子紧闭两眼，轻轻地呻吟着，忽然想起了刚才出去的时候所看见的日出前的水一般的晨光的流丽。

"天已经亮了。"她模模糊糊地想，似乎觉得自己不知从哪一天开始已经受了长时期的苦痛了。算起来还是昨夜的事，然而似乎觉得是很久以前的事了。

"那人和我约定今天来的! 不错,是今天。天已经亮了! ……那么今天是七月十五。昨天是十四……今天是十五了!"

麻雀喧噪地叫。智慧子无心地听着,好像是在很远很远的地方。

"先生……先生!"一个很远的声音叫她。突然醒来,方知道这时候曾经略微入睡。利代姐陪了加藤医师来,正在满面忧愁地扶她起来。

"先生,怎么睡在这里! 医生来了。"

"唉,对不起!"智慧子说着,靠利代姐的帮助躺在床里了。

房间里弥漫着通夜不熄的洋灯的油烟气和病的气息。利代姐把洋灯熄灭了,把窗开开了。早晨的光和凉风一同流进来。智慧子头发散乱,眼睛凹进,皮肤枯萎而无光泽,好像病了一星期也不止了。

加藤先问明了病的大概情况。智慧子耐着肚痛回答他的问话。

"病势不好呢!"医生说,于是替她诊察。脉搏和体温都稍稍增高。舌苔很厚,眼睛充血。又诊察肚子。

"痛么?"医生按着略微膨胀的下腹问。

"痛的。"难过的声音回答。

"这里痛么?"

"也痛的。"

"嗯。"加藤轻轻地按着肚子各部,皱着眉头。

然后由利代姐引导到后面的厕所里去看。

"是赤痢了!"智慧子这时候想起了。她心里就涌起不能和吉野再见的悲哀来。

智慧子的病是赤痢,而且是一种较厉害的窒扶斯性的赤痢。于是在上午九时躺在担架上,被送进隔离病院去。利代姐家的门口贴上了"断绝交通"的告白,家里充满了石炭酸的气味,檐下撒了许多石灰。

　　恰当智慧子进隔离病院的时候,小川家中信吾迟迟起身,正在和父亲谈判,要在今天回东京去。父亲斥责他。信吾激昂起来。结果父亲说:"听凭你吧!"信吾怀着说不出的不快和愤怒出发了。这是下午两点钟过后的事。

　　吉野因为与加藤有约,留在此地。于是他准备立刻迁居到加藤家里,被小川家的人多方挽留,决定延缓一天。小川家里立刻充满了不愉快的岑寂的空气。

　　到了晚上,吉野一人上街。他在加藤那里问得了智慧子的情况。吉野立刻到智慧子的宿舍去访问。街上又是到处融融地烧着桦火。他从后门进去,和利代姐谈了一会。利代姐交给他一封有石炭酸气味的信。这是智慧子用铅笔潦草地写成的。信中这样说:

　　　请你放心。一定请你放心。我不能见你,比生病的苦痛更
　　难受。

　　　吉野兄,务请你住在这村子里,直到我病好的时候。至盼,
　　至盼。

　　　我四五天之内一定会好。我相信你一定会答应我这请求。

　　　此致

　　吉野兄

　　　　　　　　　　　　　　　　　　智　慧

其十三

1

　　智慧子的病情最初十分危险。送进隔离病院那天的晚上,知觉模糊,甚至言语错乱。确定了窒扶斯性赤痢,加藤也寒心了;然而过了三天,居然脱出了危险。过了二十日,赤痢也差不多已经痊愈,不过身体极度衰弱,有肺炎的征候。于是听了加藤的劝告,转入了盛冈的医院里。

　　吉野和患病的智慧子一同离开了涩民村。他下决心:即使牺牲一切,也必须帮助智慧子。

　　信吾去了,志郎去了,智慧子去了,吉野去了,两个月之间发生的种种事件,暂时告一结束。

　　时光已经是八月底。静子也生病了。

　　静子的亲事,符合本人的愿望,终于破坏了。在这事件中,最感到没趣的是那个姑母。她月初到这里来的时候,受了柳姐的秘密嘱托,就去怂恿松原家,后来竟带了一个媒人来。然而到这里一看,柳姐的态度出乎意料之外,她以对方的松原中尉品行不良(是从志郎那里听到的)为理由,终于拒绝了这亲事。

　　静子不知道是什么病,总是身体不好。加藤诊断她是神经衰弱,劝她每天散步,乘便自己去取药。于是每天上午九点钟光景,脸色消沉、头裹白巾、手提药瓶上街去的静子的姿态总是出现在鹤饲桥上。

　　静子去取药的时候,一定和清子亲睦地谈话一小时或两小时,然后回家去。

有一天,两人在医院里面楼上一间幽雅的房间里,照例谈论着吉野的事情。

静子由于某种机会,谈起了和吉野初见面以来的事情,又隐约地谈到了他那本写生册。

清子热心地听她讲。

"静子姐,"清子的眼睛盯住了朋友的低着的脸,用凄清的声音说,"我很了解你的心!"

"呀!"静子说着,脸上微微泛红了,"清子姐,我的心怎么样?"

"静子姐,不要隐瞒,好不好?"

"……"

默默低头的静子的耳朵像火一样红了。清子觉得有些失言,无法接口,也默然了。

"清子姐,"过了一会静子说,她的眼睛润湿了,"我……真愚笨!"

"呀,哪里的话! 我失言了……"

"并没有。我反而高兴呢……"

"……"清子的眼睛里也涌出眼泪来。

"喂,清子姐!"静子又怯怯地说,"做一个女人真无聊啊!"

"的确是这样,静子姐。"清子完全同意似的说,拉住了朋友的手。

"你也这样想么?"看着清子的脸的静子的眼睛里,一两滴美丽的泪珠流到了颊上。

"静子姐!"清子说,"你……对于我的事,是误解了!"

她这样说过,突然俯伏在静子膝上了。

"呀,你的事情,是什么?"

2

　　两人一时没有话。

　　静子猜测这一定是关于哥哥信吾的事。然而她不知道应该怎样对她谈起关于哥哥的事。

　　过了一会,静子又说:"嗯? 我误解的是什么事?"

　　"我想,不说也罢。"清子厌恶似的说,慢慢地抬起头来。

　　"啊,怎么样?"

　　"关于哥哥……是不是?"

　　清子羞涩地低下了头。

　　"清子姐,我完全没有派你错呢。"

　　"的确没有。这一点我很明白。"

　　两人互相用亲爱的眼光对看。

　　"我嫁给这人家,你觉得可笑么?"过了一会清子不快地说。

　　"现在何必再……并不。"静子说时感到苦痛。自从那件事发生以后,静子对哥哥信吾的心不能了解了。她这时候很想探问这哥哥的不道德情况;然而毕竟是兄妹,不免感到苦痛。她看看眼前的清子,觉得自己在这世间的唯一的朋友正是这个人,胸中就涌起无限的爱慕之情来。

　　"我说这话,很对你不起!"清子说。

　　"唉,清子姐! ……你这样地……对我,你随便说什么都不妨。我把你当作姐姐,你允许我吧!"

　　"……我啊……很想和你做了真正的姐妹呢。"清子说着,握住了静子的手。

"我知道。"静子似听非听地回答,把眼睛闭上了。她的眼睛里溢出眼泪来。

"我真高兴。"清子紧紧地握住朋友的手。两人的眼泪都落在清子的膝上。

后来清子说:"这里的事情发生了的时候,我曾经和信吾兄会面一次呢……忘不了的:去年七月二十三日,在鹤饲桥上面的观音庵的树林里。"

"……"

"那时我真……男人总是厉害!"

"哥哥那时候怎么说?"

"……你哥哥劝我嫁给这人家呢。"

"原来如此啊!"静子郑重地说,"……清子姐,我真对你不起了……我一直没有知道。"说着,伏在清子的膝上啜泣起来。

"为什么这样!"清子也呜咽地说。一时两人相抱哭泣。

"做一个女人真无聊啊!"过了一会静子恳切地说。

"真的呢!"清子答应。

两人的亲爱之情增加了。

九月来到了。

自从信吾突然离去之后,富江两三次写很长的信寄东京。然而一张明信片的回音也没有。富江照旧不断地喧噪。

患肺病的矮子山内,终于在八月底回盛冈去。听说他和智慧子及吉野住在同一医院里。

滨野家,即智慧子的房东家,祖母的病不坏也不好。

利代姐拼命地做裁缝工作。有时也低声地把从智慧子那里学得的赞美歌唱给孩子们听。村子里发生了不好的传说,说利代姐受了智慧子的影响,变成了一个基督教徒,她每天晚上向上帝祷告,希望祖母早死。又说她要等祖母死了,然后到函馆的第一个丈夫那里去。

有一个晴朗的上午,昌作没精打采地在街上步行。走到邮政局面前,从怀中取出两张明信片来,塞在邮筒里了。——昌作到美国去的事不成功,明天要动身到六十里外的山地深处的某小学校去当代用教员。——这两张明信片是寄给盛冈的医院里的智慧子和山内的。给山内的明信片上,简单地写着问病的文句和关于他自己的情况。给智慧子的一张上,用堂皇的字体写着两句诗:

秋声先入耳,
斯人良可悲。

涩民村里秋风起了。

附记:这一篇是作者最初试作的报章小说,凡六十回。时届岁暮,不能依照预定而发展事件。只得至此暂时搁笔,作者不无遗憾。他日倘幸有机会,作者拟修正此稿,再写以智慧子和吉野为主人公的续篇。

足　迹

　　这里的冬季很长,阴暗的地方还有雪残留着,村子边上的沟里没有
一片青的芹菜叶子;然而晴空中时常云雾朦胧,融雪的泥路上处处干燥
起来,微温的春风已经来了。这是明治四十年〔1〕四月一日的事。

　　这一天是新学年始业式的日子,S村两级小学校的代用教员千早健
比平日早些时候到校。他穿着一件沾满粉笔灰的有纹章的布裓子,束着
一条边上已经破损的长裙,短发的团团的头上不戴帽子,——他根本没
有帽子,——挺起了瘦长的身子走进正门去的时候,每天总有许多早到
的学生从休息室的各处跑过来,恭恭敬敬地迎接他。其中也有专门为了
迎接他而在这里等候的人。这一天迎接他的学生人数特别多,竟有平日
的三倍或四倍⋯⋯常常迟到的成绩低劣的儿童也夹在里面。健立刻推
察到了充满在他们心中的升级的欢喜。他的心中不觉黯然了。

　　他这天早上身边带着辞职书。

　　职员室里有十来个男男女女,都是衣衫褴褛的农人,每人带着一个
眼色惊慌似的初等科新生。这房间里摆了四个职员用的桌子和椅子,以
及书橱等物,本来已经很狭窄;现在挤进了这许多人,身体回旋的余地也
没有了。女教师并木孝子也刚才到校,正在独自对付这许多人,样子颇

────────────

〔1〕　明治四十年即公历 1907 年。

有些狼狈。她坐也不坐,匆匆忙忙地翻着桌子上的册子。

她看见健走进来,叫道:

"啊,先生来了!"脸上表示放心的样子。

农人们蹲在地上,争先恐后地向健施礼。

"老婆婆,松三郎这个名字,我在村公所交来的学龄簿上找来找去,找不到呢。"孝子略微蹙拢眉头,对一个头上包旧帕子的老婆婆说。

"呵。"老婆婆说时眨着濡湿的眼睛,表示困窘的样子。

"不会没有的吧。不过这里的人,有的户籍上的名字和家里叫的名字是不同的。"健插嘴说。他又问那老太太:

"老太太家里是芋田铁匠铺么?"

"是的。"

"我翻了好几遍都找不到。她说向村公所也是报松三郎这名字的……"孝子又把名簿从头翻起,"通知书没有拿来,所以不能清楚地知道。"

"奇怪了! 老太太,村公所的确没通知书送给你么? 就是要你把孩子送进学校去的通知信?"

"送是送来的,不过只有写他弟弟名字的,写这孩子(她用下巴指点一下)的名字的通知书今年没有送来。所以我没有带来。"

"今年没有送来? 那么,这孩子今年是九岁,还是十岁?"

"九岁。"松三郎自己回答了,这孩子下面穿着一条膝盖上打补钉的裤子,上面臃肿地穿着好几件褴褛的短衣,看样子是个顽皮孩子。

"九岁的话,是去年的学龄。这里不会有的,这是今年的名簿。"

"是去年的么? 这一点我倒没有注意到……"孝子略微表示不高兴的样子,把这孩子的名字记录在另一本册子上了。

"这样说来，"健又对老太太说，"这孩子的弟弟今年八岁了。"

"是的。"

"你为什么不带他来呢？"

"是的。"

"不要'是的'。这孩子应该去年上学，你把他延迟到了今年。这是不行的，你应该把兄弟两个都带来。上学延迟；没有毕业就说要他带领婴孩了，要做什么了，叫他退学。因为这样，所以这里的人即使征兵录取了，也大都不能做了上等兵而回家来。"

"是的。"

"做爹娘的不行。"

"是的。不过，先生，兄弟两个都是一年级生，不是可笑的么？"老太太说的时候露出了黑浆脱落的牙齿[1]，怕难为情似的诮笑。

"这有什么！弟弟当内务部长，哥哥在乡下当郡长，也是有的。两个人同班，毫无关系！"

"是的。"

"照老太太的说法，哥哥死了，弟弟也非死不可。我的阿姐去年死了，但是我还是这样活着。喏，前几天死的马喰叔叔不是老太太的同胞兄弟么？"

"啊哈哈哈。"同在那里的农人大家笑起来。

"但是老太太很好地活在这里。哈哈哈。总之，你家的弟弟今年也得来上学。明天和后天休息，大后天四号开始上课。那时候你要带他和这孩子一同来。"

---

〔1〕 日本旧习，妇女以铁浆染齿，使成黑色。

"是的。"

"真的呢！倘使不送来,我要来接的呢！"

健这样说过之后,走到孝子邻近的桌子旁边,说:

"我来帮助你吧。"

"好,不过对不起了。"

"啊,已经八点钟了。"他抬起眼睛来看看孝子头顶墙上挂着的时钟,然后向隔着一重格子窗的值班室一瞥,用下巴一点,继续说:"还不出来?"

孝子笑着点点头。

在这值班室里,校长安藤和家属——一个太太和两个孩子——一同住着。这时候似乎早饭刚刚准备好,听见桌子上摆碗盏的声音。懒散的太太正在咕哝地骂孩子。

健把新生一个一个地在学龄儿童名簿上查对过,并且登记在学籍簿上;孝子正在制点名册。新生的父兄们每人都探问同样的事情:应当买什么书? 石板买石的好还是买纸的好? 漆板是否必须买? 孝子一个一个地答复他们。有一个人走到健面前来施礼,向他叙述他的孩子平日的行为和习惯,以及身体羸弱的情况,恳求先生照顾。新生陆陆续续地挤进狭窄的职员室来。

有一个名叫忠一的学生,这学年已经升入初等三年级,是校长的儿子。他并没有事情,小心翼翼地走进来,装出讨好的样子,靠在健的桌子边上。

"到那边去,走开!"健厉声地骂他,隔壁房间里也听得见。

"噢。"忠一应着,用顽皮而胆怯的眼光看看健的脸,慢慢地退出去。这是一个不规矩而倔强的孩子,过去是健所担任的二年级的学生。别的教师和学生都因为他是校长的儿子，无形中对他客气。只有健对他比对别人加倍严厉地叱责。叫他在五十分钟的上课时间内站在教室的壁角里，是不稀罕的事。三天一次，吩咐他在放学后扫除教室，作为惩罚。这时候那个懒散的母亲往往抱了一个叫作梅儿的婴孩，袒开了胸膛，把一只大乳房塞在婴孩嘴里了，走到健面前来对他说：

"千早先生，我家的忠一今天又做了什么坏事么？"

"哼。忠一越来越坏了。今天又把权太这孩子新买来的一锭墨藏在自己抽斗里了，装作不知道呢。"

"喂，你到那边去！"校长听不过去，骂他的太太。

"这孩子每天净做坏事，给千早先生添麻烦，你也得仔细问问看。等一会我也要好好地关照他。"

健若无其事，开始和邻桌的秋野老教师谈话了。校长太太似乎还想说什么，那双竖起的眉毛一挺一挺地动着，站在那里。这时候监督扫除的学生走来报告，说扫除已经完毕了。

"黑板也揩干净了么？"

"揩干净了。"

"是不是做得很好，先生看了也不会骂了的呢？"

"是的。"

"倘使做得潦草，明天要重新做的啊！"

"是，已经做得很好了。"

"好。"健莞尔一笑，接着说，"那么，大家回去吧，你也回去吧。还有，对忠一说，先生就来，叫他留在教室里等候。"

"是。"这学生高兴地笑着，活泼地行一个礼，走出去了。别的教师认为健这种训导法，对初等小学二年级生太严厉了。然而正因为如此，所以健所担任的一班学生,纪律很好,为别班的学生所羡慕;略微懂事的高等科学生们,竟处处留心,务求不被初等二年级讥笑。

不久健走到楼上的教室里去。校长太太就偷偷地跟在他后面,站在教室外面倾听她的儿子被叱责的情状。意气消沉的校长虽然是校长,然而写他明天的教案的时候也想像着自己儿子的哭丧的脸……

健对付校长的儿子特别严厉,当然是为了这孩子比别人加倍地长于恶戏,并且很倔强,有时竟会做出危害自己前途的事情来。然而一方面也是由于他的性情的关系,他这样做,似乎是为了追求某种感情的满足。其次,又是为了这样做可以使他在管理别的学生时得到便利。他对忠一的暴虐越是严厉,别的学生越是把他当作伟大的教师。

女教师孝子也不免把健的这种行动认为一件快事。孝子自己有时也把忠一叫到没有人的地方来,严厉地训叱他一顿。这在孝子也感到某种满足。

孝子自从半年前转任到这学校以来,日渐发现这学校里有一种其他任何学校所没有的特殊现象。这便是校长和健的对照:健只是每月薪水比她还要少四元的一个代用教员;但从学生对他的信任上说来,健竟像校长一样。而校长安藤呢,比她这个女教师更被学生看不起。孝子走出师范学校女子部的宿舍以来,还不到两年;她虽然不想把一生贡献给教育,但是她现在对教课和读书都正在感到兴味,并且是一个性情坚毅而富有判断力的女子;所以近来看到校长的无能,自己虽然是个女子,也觉得懊恼。尤其是那个吊儿郎当的太太,孝子一看见就讨厌,虽然每天见面,竟常常不理睬她。孝子觉得对于万事都起劲的健的那双充满热情的光辉的眼睛,——笑的时候像十七八岁的少年一般天真,而认真的时候像远在二十六七岁以上的壮年人一般有力的眼睛(孝子认为很像在图片上见过的拿破仑的眼睛），——这眼睛也就是这学校的精神。孝子相信：健的眼睛转向右，几百个学生的心就倾向右；健的眼睛转向左，几百个学生的心就倾向左。孝子自己的心也常常跟着健的眼睛而转动着，这一点她自己没有注意到。

讲到年龄，孝子二十三岁，健是比她小一岁的弟弟。但是健由于某种缘故，早已结婚，这时候已经有了孩子。他家里穷得有时连粮食都成问题，这是村里没有一个人不知道的，健自己也并不怎么隐讳。有一天，健从早上起就没精打采，每次休息十分钟的时候只是打呵欠。

"怎么啦，千早先生？今天你的脸色不大好看呢！"

孝子找个机会，这样问他。健忍住了正在打出的呵欠，笑着说："没有什么。"接着又说："只因为今天烟抽光了。"

孝子没有话可回答。健向来是一个令人吃惊的抽烟大家，一走进职员室，不管有什么要事，首先拿了烟管再说，这是孝子也确实知道的。邻桌的秋野摸出烟匣子来请他抽；但他似乎是准备这一天不抽烟的，没有带烟管来。于是借用了秋野的烟管，津津有味地抽了两三管。孝子看他抽，心里有些难过。她回宿舍以后，想起了这件事，曾经考虑：有没有办法找个适当的名义，送些钱给健？去年整个夏天，健终于穿着一件旧夹衣过去了，自己说并不觉得怎么热。这是孝子听他亲口说的；然而村子里的传说还不止此。据说：夏天每天到了夜深的时候，健家里——是租住某农人家的半间房子的——总是大开窗户，堆积些杉树叶子来熏烟，人在屋子里面不绝地用团扇来扇。这大概是因为没有蚊帐，所以用这方法来驱逐蚊虫，以便睡觉。生活这样苦，但他毫无伤心的样子。一天到晚——真正是一天到晚——和小孩子们在一起自得其乐地过日子。孝子初到这学校时的秋天，他每天从破晓到早饭时候，把住所附近的孩子召集来,教他们"早读"。每天早上,格子窗上刚刚映着黎明的微光的时候,就有竞赛早起的孩子们——大都是高等科学生——在人家门外高声地叫起他们的朋友来。这是孝子每天早上还睡在床上的时候所听到的。到了冬天,不能举行"早读"了,健就在每天晚上聚拢学生来,到九点钟为止,教他们算术、读书、作文,以及历史、地理、古来伟人的传记及逸话;有几个高年级的学生,他又教他们英语。今年二月里,村公所通知学校举办壮丁教育夜校。一共三星期,健一个人教了十六天。其余的五天他没有教,因为每天晚上熬着吹进衣裾里来的夜寒,在讲坛上站立两小时乃至三小时,伤了风,病倒在床上了。

健这样地工作,每月薪水只有八元。这八元常常是预支的。每月二十一日发薪水,但是健每次都不能和同事们一样收到。校长拿了四个人的收据到村公所去,回来的时候,交给孝子的十二元大都是钞票,也有银圆,交给检定试验及格的秋野的是十三元,旧制师范出身的校长自己所得的是十八元。然后校长脸上表示抱歉的样子,拿出一张字迹潦草的预支收据来还给健。他满不在乎地接了这收据,把它团皱,丢在火钵里。冒出几阵淡淡的火焰,纸团立刻毁灭了。他拿着参差不齐的火筷,去打那一小团白色的灰烬。打了几下,仰起头来脸上还是满不在乎的样子。

孝子觉得不好意思,装作没看见的样子,然而偷偷地看着健这态度。她胸中无端地郁结起来,似乎想哭的样子。这些时候孝子往往并无必要地翻翻簿册,故意迟迟回去。她不愿意表出收到薪水而得意地早归的样子。

孝子眼睛里所见的健,不是一个月薪八元的代用教员。孝子有一次写信给她的一个同学女朋友,信里面叙述着这青年教员的情状。她深恐引起别人猜疑,先详细叙述健是已有妻子的人,然后接着说:"我们的学校,竟可说是千早先生一人的学校。这人的样子很年轻,竟不像是已经有妻子的人。无论男学生或女学生,没有一个人不听千早先生的话。小野田教谕常常说:'教育者有两种人,一种是用教育的精神来教的,另一种是用教育的形式来教的。后者无论何人都会做。但是前者在百人中不过一人,甚至在千人中不过一人;这不是学得会的,这是所谓天生的教育者。'千早先生便是百人中仅有的一人。从教授法等说来,这位先生是乱来的,真是乱来! 有时对学生说:'这一课我同你们做"睨竞"〔1〕游戏,输的人要立壁角。'他说'游戏'是假的;他这么做,是要使学生的心集中在他一身,不致分散。他偶然请假,我代替他到初等二年级里去上课。学生决不肯听我的话。不仅我如此,其他无论何人去代课,学生都不听话。这时候我就对学生说:'千早先生教过你们,说上课时候可以这样噪闹的么?'学生立刻肃静无声。还有,这位先生不编教案。有一次郡视学来调查,为了这事同他辩论了两个钟头。那时候真好笑! 结果视学失败,马马虎虎了事。

"他所担任的初等二年级修身和体操,归校长担任;而校长所担任的高等科作文和历史地理,归他担任。凡是千早先生上的课,打过钟学生在休息室排队的时候,从高等生的脸色上可以看出。

"初等二年级里有一个名叫由松的孩子。这孩子生来是个低能儿,七岁的时候有一次弄火柴,把自家的房子烧着了,看见火势旺起来,拍手大笑,高兴得很,——是这样的一个傻孩子。千早先生说,他一定要把由松教得同普通孩子一样。于是他一有空,就坐在椅子上,叫由松坐在他的两膝之间,两手搭在他肩上,从上面凝视着他,对他讲种种的话。这时

〔1〕 "睨竞"是小儿游戏之一。两人相对凝视,谁先笑出,谁输。

候由松也驯良了,结果一定是欷欷歔歔地哭起来。有时他这样坐着默默地看由松的脸,至十分钟、二十分钟之久。还是两三天前的事:由松面对先生这样地坐着,突然眼睛闭拢,向后昏倒了。先生好好地抱了由松,走到校役室里,拿些水淋在他头上,他苏醒了。我们一时大为吃惊。先生说:'我的精神和由松的精神角力,我胜了。'这由松近来习字已经同别人一样端正了,只有算术,他拼命用功,还是做不好。

"秀子姐,从前我们的宿舍的谈话室里,墙上不是挂着一张描写裴斯塔洛齐〔1〕教导孩子的画么? 画中的裴斯塔洛齐是一个骨瘦棱棱的老人。我看到千早先生对由松讲话时的侧形,不期地想起这幅画来。他当然不打算把一生贡献于教育事业,他是为了家庭负担而暂时如此的。但我觉得这样的人不能长久留在教育界,是极可惜的事。他似乎正在考虑一件人们所不知道的大事,这是什么事,我们不懂得。然而听了他的话,常常觉得仿佛逐渐被他带到我们所极希望去的地方——什么地方则不知道——去的样子。他说他自己在教育界是狮子身上的一个虫。又说,要改造现今的社会,非先改造小学教育不可;他自己倘使有两个身体的话,他要用一个身体来终身当代用教员。问他怎样改造小学教育,他回答道:相差实在微几——教人照生下来时的样子长大起来。只要取这方针就好了。

"不过秀子姐,千早先生这个人,在我看来还是一个谜,还有不能了解的地方。然而每天和他同在一个学校里,每天看见他的行事,无论如何非敬佩不可。他的生活非常穷苦,这实在是一件憾事。他的夫人也是个好人,很文雅,很美丽(但肤色稍黑),很亲切。……"

―――――――――

〔1〕 裴斯塔洛齐(Pestalozzi,1745—1827)是瑞士有名的儿童教育家。

　　她在信里写着上述的话。这确是孝子对他的看法。在这女教师看来，健即使每月月底懒得计算学生出席缺席比例，实际上比其他庸庸碌碌的教师伟大得多。

　　然而她毕竟是女人心肠。例如健和郡视学等半开玩笑地辩论的时候，在父亲面前厉声叱责忠一的时候，孝子在旁边看了心里着急，抬不起头来。

　　现在健又高声叱责忠一，值班室里的话声突然中止了。孝子耳朵灵敏，早已听出这情况，等到忠一退出之后，她低声说：

　　"唉，先生啊！"

　　她闭着嘴微笑，看看健的脸。

　　"哈哈哈哈。"健轻轻地一笑。接着睁圆了眼睛，向站在他面前最近的一个新生说：

　　"你看着，你将来入学之后，倘使走到平日先生不许你去的地方去，就像现在这个人那样挨骂！"

　　"知道了。"这孩子应着，立刻低下了头。他后脑上被火烫伤的一个疤显了出来。

　　"忠一啊，忠一啊！"值班室里传出校长太太的叫声。健和孝子相视而笑。

　　不久，穿着一件遍染灰尘的竖领黑洋装的校长安藤从房间里走出来，代替健对付新生。健就回到自己的座位上，办理他所担任的教务。

　　九点半钟，秋野教师诉说着迟到的原因，走进职员室来。他把常常挂在这房间里的柱子上的一条黑缎子裙子穿上了。这时候陆陆续续进来的新生大部分已经走出去，职员室里空了。健把挂在桌子上面的一根索子用力拉一下，墙壁那面的号钟就响起来。坐在那里等待的学生立刻像春潮一般骚动起来。

过了五分钟,秋野又把索子一拉,先跑到学生休息室去了。这时候健走到校长面前,把一张八折的贡纸随随便便地递给他,同时说:

"这个已经写好了。费心。"

笑时眼梢皱纹很深、额须垂下、相貌寒酸而和善的安藤用胆怯的眼色看看这张纸,又看看健的脸。健昨夜曾经去问他辞职书的格式,所以现在他不须展开,就知道是辞职书。

于是校长用半吞半吐的声音说:

"您真的这样么?"

"嗳,请您收了。"

拿着刚刚订好的新点名册站起身来的孝子,向这张纸一瞥。她早已听说健四月里要走,想来这大概是辞职书。

"这,这怎么办呢……您这样坚决,那没有办法了。"校长打着土白说。

"费心,请照办。"

健说过之后,略略点头,就走出职员室。孝子也跟在他后面走出去。

在休息室里,有些学生因为班级是新编的,不知道自己应该排在哪里,正在喧哗噪闹。秋野夹在他们中间喊:"排在原来的地方,排在原来的地方!"但是学生们都认为自己是及格升级的,排在原来的地方仿佛不体面的样子,因此不肯听他的话。健看到这情况,就走到兼作号令台用的梯步上,厉声喊道:"为什么吵?"震耳欲聋的喧哗声就像暴雨骤歇似的静息下来,近三百个男孩女孩的眼光都集中在他脸上了。

"大家照从前的样子站在从前站的地方!"

脚步声乱了一阵,静下来的时候各级都已排成整齐的双行纵队了。

没有一个人讲话,全体肃静无声。新生的父兄们看到这光景,似乎觉得奇怪。

健缓步走下梯步,和秋野两人一同把各级学生引导到新的地点。孝子把新生召集来,教他们排成一行。

校长走出来,站在台上了。下面起了一片絮语声。健站在校长后面咳嗽一声,絮语声又肃静了。

"呃,从今天起,明治四十年度的新学年开始了……"校长尴尬地搓着两手,用轻轻的、怯怯的声音说出。讲不到两分钟,高等科里有一个学生用奇怪的声音说:"三年一万九百天。"

"嘘!"秋野喝住了他。忍笑的声音像细浪一般响出,其中又夹着絮语。

"三年一万九百天"——这是去年十月间并木孝子前面那个女教师转任到别的村子里去的时候安藤在送别会上说错的话。这女教师曾经在这学校里教过三年。自从开了这送别会以来,年长的学生常常说这句话,用以讥笑校长。这时候健正好也想起这件事,他也几乎笑了出来。

絮语声渐渐响起来了。其中也有出声笑的人。孝子尽力不使草鞋发出步声,悄悄地走到健身边,低声说:

"先生还是站在前面的好。"

"好。"健低声答应。

他悄悄地走向前面,站在最低一级梯步上了。全场又肃静无声了。

忽然他发觉所有学生的眼睛都不看着谆谆地继续训话的校长,而看着他自己了。这是向来如此的,他无意中感到一种满足。他略微牵动嘴唇,显出微笑。各处的学生的脸上也都露出了笑容。

直到校长的话讲完,他还是站在那里不动。

　　然后学生依照他的高声的——不知是从这瘦小的身体中哪里发出来的——号令,被引导到新的教室里去。

　　四个教职员重新回到教职员室里,已经将近十一点钟了。学年开始,各种簿册要改订,上学年的调查统计要结束,杂七杂八的事情很多。四个人不大讲话,孜孜不倦地做到了十二点钟。

　　"安藤先生。"孝子叫。

　　"嗳。"

　　"今天的新生一共是四十八名。其中七名是去年的学龄,三名是前年的学龄,今年的学龄只有三十八名。"

　　"噢! 那么总数是多少?"

　　"是四十八名。"

　　"不,我讲本年度的学龄儿童数。"

　　"村公所的通知,是七十二名。所以今天一天入学人数的百分比只有六六点六六七。"

　　"很少!"校长侧转了头。

　　"哪里! 每年今天总只有这一点。"在这学校里教了十年书的本地人秋野插嘴说,"到了开课的日子,大约还有二十个人要来呢。"

　　"很少!"校长再说一遍。

　　"怎么样?"健说,"今天不来的人,在明天后天两天之内叫村公所再去催催吧?"

　　"不必,到了大后天,一定还有二十个人来,可以保险的。"秋野一面削铅笔,一面说。

　　"即使来了二十个人,三十八名加二十名……不是还有十四个不入学的儿童么?"

"即使去催,要来的来了,不来的还是不来。"

"哈哈哈哈。"健无端地笑,"我们不穿草鞋,不会跑路,叫村公所里的工役去跑,好不好?"

"不来的还是不来啊!"校长自言自语似的说着无意义的话,把烟管头塞进桌子上的手炉里。

"一年级请并木先生担任,您的意见怎么样?"

健这样说,孝子微睁眼睛向他一看。

"这件事在我……"她正要说的时候,格子门嘶的一声拉开了,一个穿着淡黄色旧夹衣、不穿外套也不穿袜子的矮小的男人局促不安地走了进来。

"啊,我以为是谁,原来是东川先生!"秋野说。

"何必这样吃惊!"

东川这样说着,把一顶老式的黑铜盆帽放在书橱上了。

"啊,你们很忙吧。天气真好。"

他和大家打招呼,然后自己动手拖一张椅子过来,毫不客气地坐下了,同校长及秋野作简短的谈话,态度似乎有些着急。健注视着他的侧面。这个人年龄约有三十四五岁,头顶上浑圆而光秃,左眼失明,戴一副深度近视眼镜,鼻子小而尖。从这相貌看来,这是一个有脾气而严肃的人。

"说起,"东川好像是在等候机会说话的样子,把椅子拉过来向着健的桌子,继续说,"千早先生!"

"什么?"

"我实在是为了这件事情而来的。先生,已经拿出了么? 还没有吧?"

"什么东西?"

"你说'什么东西'。不要假痴假呆。拿出了么? 没有拿出么?"

"到底什么东西?"

"你这样听不懂! 我说辞职书呢。"

"噢,你说这个么!"

"拿出了么? 没有拿出么?"

"你问它做什么?"

"'问它做什么',我有缘故,所以要问。"

这个人爱唠叨,喜欢批评人,多少有点学识。健在这村子里当作朋友看待的,除了此人以外没有别人。他年轻时代曾经做过青云之梦,野心勃勃,似乎只要有机会竟可登宰相之位的样子。然而后来财产荡尽,只落得村中的一个笑柄。现在兼任着村议员和学务委员。

"拿出了。"健若无其事地说。

"真的?"东川郑重其事地问。

"哈哈哈哈哈。"

"你这种年轻小伙子真糟糕。人家多么担心,你一点也不知道,一味性急啊!"

"喂,喂,烟灰掉在膝上了。"

"啊!"东川呆了一下,立刻把烟灰掸掉了,又说:"先生,虽然拿出了,还只是今天的事,还在校长手里,你现在就收回吧。"

"为什么?"

"唉,不详细说,你是不会了解的。……实在是这样一回事,"他用郑重的语气说,"我一点也不知道,今天偶然到村公所去看看。种市副村长叫我到另一个房间里去谈话。我想,有什么事情? 走进去一谈,才知道是先生的事。他说昨天碰见你的时候,听说你明天要提出辞职。现在正是村教育渐渐发展的时机,千早先生辞职是不行的。可是现在村长出门去了,他出来挽留又觉得不便。两三天之内村长一定回来,本月七日村会也要开了。所以无论如何请你缓一下,等到那时候再说。为此,我终于做了种市副村长的代表,跑到这里来。你懂了么?"

"懂是懂了,……你辛苦了。"

"辛苦什么呢! 先生,因为这样,恳求你把它收回了。"

他说"恳求你收回","恳求"这两个字在矜持心强的健的耳朵里听来特别响亮。他就用坚定的语气说:

"这件事不可能。"

"这你就使我们为难了。"

"你的好意我很感谢;然而毫无办法,因为我已经提出了。"

秋野、校长和孝子大家屏息静气地听两人谈话。

"你说提出了,但是还在学校里,还是内部的事情,对不对?"

"东川先生,你特地来劝告我,我感谢你。然而你应该了解我的性情。我一旦提出了,无论如何不肯收回,即使对自己不利也不管。内部的,外部的,这些我不考虑了。"

健这样说过之后,脸色就回复平日的镇静,此后无论怎样说,看来动弹不得了。健的"一言既出,驷马难追"的性情,东川是清楚知道的。

东川把椅子转个方向。

"安藤先生。"

这声音很有力,好像就要吞食他的样子。健想:"威吓!"

"嗳?"安藤说时很狼狈,不知眼睛看着哪里好。

"先生真的接受了千早先生的辞职书么?"

"啊……不，是这样的：我刚才正想告诉你，看见你们正在讲话，不便插嘴，所以没有说。不多久以前打钟召集举行始业式的时候，千早先生拿了出来。喏，就是这个。"说时把砚匣底下的辞职书拿出来，"我想以后慢慢再说吧，就这样放着；可是直到现在还没有空，所以一直搁在这里。这真是料想不到的事。啊。"

"教我辞职书的格式的是谁？"健在心中嘲笑他。

"什么，已经提出辞职书了？我一点也没有知道呢。"秋野表示初听到时的态度说，"千早先生不知为了什么事情。不要这样急急地辞去，好不好？"

"安藤先生，"东川叫，"那么你也打算把这辞职书退还的么？"

"啊，是的。我是想以后再商谈，并非接受辞职书。这只是暂时寄存在这里的。"

"那么你退还他吧。"东川用命令似的语气说，"退还他吧。你刚才听见我说过，现在他提出辞职是不行的。"

"啊，我也这样想，退还他吧。"校长说时脸色暗淡，嘴里衔着烟管，凹进了两颊用力地吸。他的态度表示退还也不好、不退还也不好的样子。

健朝着一旁，吸着烟管，喷出长长的烟气来。

"退还他吧！我是以学务委员之一的资格来劝告你的。"

安藤极不好意思似的离开座位，站在健面前了。

"千早先生，刚才因为时间局促……"他谆谆地辩解，"刚才听说村公所方面也有种种原由。这是暂时寄存在这里的，现在奉还。"

这样说过之后，就把辞职书放在健面前了。他的手颤抖着。

健好像是等候着的，立刻显出为难的脸色，暂时凝神注视正在搓手的校长。后来说：

"那么,我直接送到郡公署去,好不好?"

"这真是糟了!"

"先生。""先生。"秋野和东川同时叫出。东川继续说:

"不要说这种话。今天给我一点面子,好不好?"

"不过……在安藤先生方面,听凭他延迟呈报或者不延迟呈报,我是无可奈何的。但是在我方面,这是很久以前就决定的事;并且我对无论什么事情,一经提出,决不肯收回。况且少了我一个人,村教育决不会受什么影响;恐怕我在这里反而讨厌呢。"他说到这里斜转眼睛去向校长一看。东川接着说:

"唉,唉,不要说这种话吧。很久以前就决定的事,就让它决定吧。现在请你答应村公所的要求,好不好?只不过请你等待一个星期啊。"

"总而言之要退还。"安藤说着,兴味索然地回到自己的座位里。

"安藤先生!"东川又好像要吞食他似的叫,"先生是不是还有些话要说?照现在的样子,先生仿佛只是为了我这样说,所以退还他的。千早先生在这学校里多么重要,先生难道不知道么?"

"啊?"安藤恐慌似的看看东川。他那张无气概、无能力的脸上,清清楚楚地显出困窘的样子来。

健看到这纠缠不清的争论,看到校长的极度困窘,不禁发生了兴味。他就爽然站起身来,重新把辞职书拿去放在校长的桌子上了。

"总而言之,这一定要送给你。至于怎样处理,这是你的权限了,……"他说过之后,不顾秋野的从旁阻止,就回到自己的座位里。

"怎么办呢?"校长把两手按在头上了。

瞎了一只眼睛的东川,脸上也表示感到恶意的兴味的样子,默默不语地看他们。秋野眼睛注视着烟斗吸烟。

直到现在一声不响地轮流观望着四人的脸的孝子,这时候毅然决然地站起身来。

"我冒昧了……这东西由我来保管吧。……因为千早先生已经拿出了不肯收回,而安藤先生也有困难,村公所又有意见……"

她说过之后,略微透了一口气,迅速地向呆然不动的四个人的脸一看。然后伸出她那只胖胖的手来把校长桌子上的辞职书慢慢地取了去。

"由我保管行不行? 虽然这是冒昧的。"

"啊? 啊。这怎么样……"安藤说着,偷偷地望望秋野的脸色。秋野默默地咬着烟管。

从月薪上说,秋野在孝子之上。然而从资格上说,两人虽然同是正教员,一个是检定试验及格,一个是女子师范出身,所以孝子位在校长之次。

倘使由秋野保管,因为他是男人,而且是本地人,由于种种关系,一定会引起反响。这一点孝子也考虑到。她又说:

"像我这样的无能者来保管,最为安全。呵呵呵呵。"她装出不自然的笑声,不等校长答复,就把这张八折的信纸塞在裙子袋里,回到自己的座位上。她的脸通红了。

健睁圆了眼睛看她这种平常没有的举动。

"不错!"这时候东川拍拍膝盖说,"并木先生真了不起。好了,好了,不错,这样最好!"又向健说:

"千早先生,这样好么?"

"并木先生。"健叫她。

"好了,好了。"东川举起手来制止他,"好了,就是这样好了。我的任务完成了。哈哈哈哈。"

他立刻改变了口气问：

"喂，安藤先生，今天的新生一共有多少？"

"啊！……新生么？……一共有，"校长完全狼狈了，蹙紧了眉头，表示硬要想出来的样子，"四十八名。是的。并木先生，是不是？"

"是的。"

"四十八名么？这人数比往年多，还是少？"

话题改变了。

"秋野先生。"一个头发斑白而腰背略弯的校工走进来叫。

"您府上有人来接您回去。"

"噢？有什么事情？"秋野就和校工一同出去了。

交叉手臂凝神思考着的健，这时候突然站起身来，说：

"对不起，我先走了。"

"啊？"大家仰起头来看看健的额骨广阔而嘴巴紧闭的脸。

"再会！"

健走出正门去了。运动场上的沙泥到处干燥起来，今年初见的两只黄蝴蝶正在低低地交飞。角落里的棚底下有四五只鸡钻进来，咯咯咯咯地叫着走来走去。

走到矗立着两根尖头大木柱的校门边，看见一个红色的小梳子掉在泥里，大约是女学生们遗落的吧。健用木屐的齿拨动这梳子，原来是折断了的。

健本来准备在这里任教一年就辞职。他最初遇见他所认识的郡视学时，曾经向他要求，一年后调往从前自己求学的故乡的学校里去任教。在此任职的一年中，他常常谈起这件事。健自己自不必说，凡是知道他的人，都认为健埋没在这荒村里当小学教师，是意想不到的事。他小时候壮志满胸,才气横溢,曾经一度遨游东京,不到二十岁就有一册著作问世。当时少数少年诗人之一的千早林鸟[1]的名字,现在也还有人记得吧。他在这荒凉的农村里度送单调的日月,一天到晚热心地、快乐地和挂鼻涕的小户人家孩子作对手,即使在这村子里的无知无识的老妪们看来,也觉得是奇怪而无聊的。

"他一定是有所企图的吧!"一年来周围的人们这样地疑心他。

况且,他家是六口之家:年老的父母、年轻的妻子、妹妹、初生的女儿和他自己。无论这荒村里的生活程度怎样低,无论他的母亲如何节俭,每月只有八元的薪水,到底是吃不饱的。三个女人六只手替人家缝衣服,然而这村子很小,每月一元五角的收入不一定有把握。

年近花甲的父亲乘云看到家中的惨状,过意不去,然而无法帮助家计。他年轻时候当过行脚僧,曾经有一时决意飘然出家,行踪不明,最近才有了确定的居处。

倘使不是健,一定要另找收入更多的职业。

"健啊,四月里你辞退了学校,到什么地方去呢?"他的母亲——身材非常矮小而伛偻得背脊比头高的母亲——常常担心地说。

"啊,有地方去。"每次他都这样回答。

"什么地方呢?"

"东京。"

到东京去! 去了怎么样呢? 他根据以前的经验,知道自己虽然已经多少成名,然而靠诗到底是不能生活的。况且这时候的健一点诗兴也没有。

---

〔1〕 林鸟是健的笔名。

作小说吧！——这希望很久潜伏在健的胸中。最初试作,是在去年夏天将近暑假的时候。所作的就是《面影》。他白天上学校去,晚上彻夜继续写作,四天写了一百四十张原稿纸。他把这原稿寄送东京的一个朋友。过了十二三天,这原稿被退回来了。他再寄送别人。又退回来。第三次寄送的时候,四分钱的寄费是有的,然而另附一封信的邮票却没有了。健拿出几十封旧信来,找来找去,发见其中有一张邮票上盖的戳子已经褪色。他就取用了这邮票。有一个下雨的日子,他的太太敏子终于拿了这包被雨打湿的换不来钱的原稿,走到他楼上的龌龊的房间里来了。

"又回来了么? 啊哈哈哈哈。"他笑起来,就把这包原稿拆也不拆地丢进书箱里,不再拿出来了。

他不知不觉地失去了自信心。然而这是他自己和旁人都没注意到的。

昨天晚上,他像写一封短信那样,爽利地写好了一纸辞职书;然而辞退学校之后怎么办,他却没有决定。

健照样略微挺起了瘦长的身体,跨着稳健的脚步,微笑着同路上遇见的男孩女孩打招呼;然而眼睛里始终显露着深思远虑的神色,只管在想:

"辞了职也吃不上,不辞职也吃不上……。"

他走进屋里,看见母亲蹲在院子里墙边的小灶面前,正在把柴塞进锅子底下去,大约是在烧干菜。"回来了? 肚子饿了么?"她强作笑颜地问。她一直考虑着一家的将来,胸中一定是郁结的吧。

她穿的一件窄袖衫,旧得连条纹都看不出了,袖口上都擦破了;白发丝丝的头上包着一个淡黄色帕子,白色的柴灰点缀在帕子上。

"不饿。"健回答着,脱了木屐。他的太太敏子穿着龌龊的布衣,背上负着女孩子,头上挂着蓬松的乱发,正坐在门口的踏步上擦洋灯罩子。

"今夜一定有客人来呢。"

"谁?"

没有回答。

"唉,今天忙得很。"健说着,劲道十足地跑上扶梯去了。

(其一。)

我自己想把以前所写的东西忘记,希望别人也忘记。我现在怀着自以为新的觉悟,开始写这长篇小说[1]。但到了将来,恐怕又想把这忘记,并且希望别人也把这忘记吧。——啄木

明治四十二年(1909)一月

---

[1] 这一篇只是长篇小说《足迹》的"其一",作者准备继续写下去。但这"其一"发表后,遭《早稻田文学》批评,说他是"夸大妄想狂"。作者意气沮丧,就不再续作。

明 信 片

　　××村的小学校里,校长田边经常住宿在值班室里,一个老年的校工替他煮饭。他在职员室里所用的茶和自己订的报纸,都由值班费中开支。值班费每晚八分钱。茶每月一斤半,计九角钱;报纸连邮费每月五角钱。值班费中除了这两项开支外,每月余一元。此外炭和火油都可任意使用学校里的;房钱当然不出。这样算来,校长每月无论如何可以多得五块钱。此木田训导在心中这样替他打算。因此(也许不是因此)校长有事不能值班的日子,此木田训导一定有故不代理。代理的差使总由代用教员甲田担任。还有一个叫作福富的,因为是女教员,当然不担任值班。

　　这一天,校长说要出门去督促缺席儿童,此木田就说家里的春蚕今天要上蔟,急急忙忙地回去了。校长因为约好几个年长的学生做引导,他们正在等候,所以也急急忙忙地擦好皮鞋,出门去了。出门的时候走到甲田的桌子前面来对他说:

　　"我要出去一趟,又麻烦你了。"

　　"好。慢去!"

　　"今天我本来打算请此木田先生值班,他急急忙忙地回去了,所以只得又麻烦你。"校长眼梢上显出皱纹,抱歉地笑着说。然后仔细地解开了冬装上衣的钩钮,拿了一根削得很适用的山桦手杖,出门去了。这是六月底某日的下午。

　　从职员室的一个窗子里,可以望见走向大门去的校长的后影。他头上郑重其事地戴着一顶变了色的德国帽,样子常常使人觉得可笑。他走路的时候往往拖着脚,好像是患脚气病的。甲田不禁想起:这个人真可怜。想过之后又立刻觉得可笑。那个唠叨的郡视学到这里来调查,讲了许多不满意的话,还是昨天的事。视学说:这学校的儿童出席百分比,在全郡二十九个学校中排在倒数第四名,这总是教职员不努力督促缺席者的缘故。他说负责者当然是校长。好好先生田边校长回答说:"是,确是这样。"就低下了头。因此,今天他自己先出门去督促。

　　其实所谓百分比,完全是不可靠的。这地方的农家,还有不少人认为送孩子上学不如叫他在家里带小孩。对女孩子尤其如此。如果严厉地督促他们,他们是不会不送来的,然而送来的孩子从半途里听课,完全听不懂教师的话,并且毫无兴味。在教师方面,也因为教课不能统一,大感困难。这样,过了两三天这些孩子又不来了。然而这样,并不影响百分比上升。因为这地方的教师,大家不约而同地在点名册上做花样。在没有谎报嫌疑的范围内把百分比提高了呈报上去。这学校里的教职员,从田边校长开始,也都实行着这秘方,然而还是被排在倒数第四名。这实在是不可靠的。甲田起初不知道这办法。可是有一次碰到了这样的一件事:三月中举行修业证书授与式的时候,此木田所担任的一班里,有两个学生没有缺席,因此获得奖品。甲田偶然听见这两个人在谈话。一个人说:"我其实有三天没有到。"另一个人说:"我也一共有七天不到。"于是两人都担心,以为先生弄错了。甲田这时候心有所悟,从下个月起他也就实行这办法,现在还在实行。后来还有这样的一回事:有一天早上,田边校长因为肚子痛,甲田代他到他所担任的一班里去上课。翻开

点名册来一看,这一星期完全没有点名。他问学生,学生说:"田边先生
常常不点名的。"甲田心中窃喜。他想:校长也是这样的。又想:女教师
福富大概也是这样的吧? 不,女人也许不会这样的吧? 心中怀疑。有一
次只有两人在场,他就直接问她。福富认真地说:"这种事情我不做的。"
甲田想:女人是老实的。

"那么,不做的只有你一个人。"他对她说。

"呀! 校长先生也做的么?"福富睁圆了眼睛问。

"当然做的,做得很厉害!"

于是甲田就把自己懂得这秘诀的情形讲给她听:校长平常不点名,
到了月底自造一个百分比,去报告郡公所。他是用不正确的出席总数加
不正确的缺席总数而求百分比的,结果求出来的百分比也是不正确的百
分比。假定当初不是有意作虚伪报告的,但是把不正确的百分比当作正
确的百分比去报告,其间至少已经显然含有犯罪的动机了。无论这校长
何等老成,何等无能,报告时说明这百分比不正确而表示抱歉——这样
傻的事情他大概不会做吧。那么结论是这样:田边校长在任的期间,这
村子里的教育最坏。因此我们对于麻烦的事情,也可以马马虎虎地对付
过去。郡视学又是一个宝贝:当他有希望当郡视学的时候,他每天拿了
礼物去拜访郡长。听说郡长对他说:"你这样地希望当郡视学吗?"后来
又说:"近来托你的福,我每天喝啤酒不必去买;但是倘使任命一公布,你
就不会再来,所以我要暂时搁它一搁。"这也许是谣言。然而这样的郡视
学如果懂得教育,这教育真糟糕了。这个人来查学的时候,如果学生都
到门口来鞠躬迎接,他就认为这是德育发达的村子。如果学校里置备许
多簿册,他就认为这一定是办理有方的学校。又如买许多教育杂志,等
他来的时候把它们陈列在桌子上,他一定给你加薪。这是可保证的。所

以与其受这样的家伙的指斥,还是早就在百分比上做花样聪明得多。

甲田十分热心地对她陈述这种不彻底的理论,体验到好比胆怯的医生初次拿着锐利的外科刀时的心情。说完之后,他脸上现出不胜兴奋之情,默然不语了。很粗的左眉一跳一跳地颤抖。这在他是难得有的情形。甲田平时即使碰到非同人争执不可的事情,也立刻觉得认真是愚痴的,就在不必笑的时候哈哈大笑,或者突然发表自己的理论,使得对方哈哈大笑。他不大有热心的事。如果十次中有一次不期地热心了,他那只粗眉毛就一跳一跳地颤抖。福富也不知不觉地同化在甲田的论调中,认真地听他讲。听完之后说:

"的确是这样的。与其笨头笨脑地去督促学生,远不如这样来得快活。"后来不久,月底报告的日子到了。这一天甲田和福富回家的时候一同走出校门。甲田问她:"怎么样,你照那个秘方做过了没有?"这女教师怕痒似的噗嗤一笑,说:

"哪里!"

"为什么不做?"甲田的语气好像是在责备当做而不做的人。福富就辩解:她的一班里本月的百分比是六二点四四四。比上月增加了百分之二。本月应该是农事渐忙而缺席渐多的月份,如果再把百分比提高到这以上,生怕郡视学要怀疑。又说:今后如果降低到六十以下,没有办法,我也一定要照这秘方做。甲田心里想:女人实在胆小。福富又用撒娇似的眼色向他一看,说:

"说老实话,不仅为此。我怕你对我这样说了,而自己不做。不是我一个人倒楣么?"

甲田哈哈大笑。他心中感到被对手从旁嗤笑似的一种侮辱。他想:"畜生! 也是个老狐狸。"福富比甲田大一岁,今年二十三岁。——这是两个月以前的事。

　　甲田常常不知不觉地在想福富的事。虽然说想，其实并没有什么大事。福富虽然是个少女，但是比较富有理智力。她相当善于判断事物，她的行为和言语中常常闪现出利害的观念。她是一个师范学校毕业的二十三岁的女子，照理是很普通的人，然而甲田常常觉得这人奇怪。甲田除了在小说中以外，很难得接近青年女子，因此他无论如何不能想像青年女子中会有冷静的重理智的人。他之所以这样想，也许是因为他是由一个终年脸色发青的歇斯底里性的母亲抚育起来的，并且有一个至今三十岁不嫁而专做针线的姐姐的缘故。他在过去读过的小说中，认为《思出记》[1]中的敏子最为可爱。然而在他的头脑里描出的敏子的脸上，全无半点理智的影迹。无论是浪子[2]或《金色夜叉》[3]中的宫姐都是如此。甲田认为女子的智情意的发达，大概是这般情况。他和福富谈话的时候，常常发现自己的见解的错误。这当然不一定使他感到不愉快。甲田认为对于初等科一二年级，女教师教比男教师更为适当。他的理由是这样：因为是女人，所以能够用母亲的爱情来对付顽皮的孩子。然而看看福富站在教坛上时的情形，无论如何也看不出母亲似的样子。横看竖看，只是一个普通教师。福富教课时不用母亲的爱情，而用五段教授法[4]。

　　然而甲田也并不深刻地考虑这些事，只是常常觉得奇怪而已。他觉

　　〔1〕　《思出记》是明治末年德富芦花所著的小说。
　　〔2〕　浪子是德富芦花所著小说《不如归》的女主人公。
　　〔3〕　《金色夜叉》是明治末年尾崎红叶所著的小说。
　　〔4〕　五段教授法是德国教育者戚勒（Ziller）所定的教授法，五段即预备、提示、比较、总括、应用。此教授法在十九世纪盛行于欧美各国。

得这学校倘使没有了福富，就没有生趣。福富很少为了伤风等小毛病而请假，只是每月初请假一天。有一次此木田说："福富先生每月一定请假一次。"说着，脸上现出奇妙的笑容。甲田听了这话，也觉得的确如此。这时候福富回答说："我因为月经很厉害。"甲田仿佛听到了非常的事情，对着她看；这女教师说过这话之后脸上略微泛红。福富请假的日子，甲田整天感到一种不满意。只是如此而已。两人互相访问私宅等事极少。甲田认为他在这村子里除了福富以外没有第二个谈话对手。这是实在的。然而决没有这以上的事情。甲田在没有人气似的古老的大房子里听着雨声不能成寐的晚上，觉得自己的神经里有一种有机的压迫，就发生一种不可告人的妄想。这时候的对象一定是福富。他想像她那削肩细腰而丰满的身体，在虚幻之中对她加以无限的侮辱。然而也只有这种时候有这种情形，每天在学校里相见，总是淡淡然的。只是无端地觉得两人之间仿佛存在着一个没有解决的问题，似乎是"男"和"女"之间的问题。有时他的母亲偶然向他说起娶媳妇的话，甲田就想：这世间也许有《思出记》中的敏子那样的女子吧。福富这女子，和他的结婚问题完全没有关系。福富是一个颜貌棱角显著而肤色浅黑的女子。

福富每天教课完毕之后，总花三十分钟或一小时奏风琴。奏罢之后，编制明天的教案，或者整理这一天的点名册，然后回家。福富常常比别人迟回家。田边校长常常托甲田代理值班，而甲田毫无怨言，便是为此。甲田一面清除烟管，一面听赏学生休息室那边的一年级教室里传来的风琴声。琴上的低音和高音不即不离地互相配合而忽升忽降，福富的嗓音忽浮忽沉地徘徊在琴声之间。她的声音并不怎么好，然而圆润、稳定而温和。"——握——住——主之——手——，身——安——心——无忧——。"她这样唱着。甲田想：又来了。

福富是一个基督教徒,喜欢唱赞美歌。甲田呢,讨厌基督教徒。他听人说起宗教信仰或社会主义,心中想:这种东西没有也罢。他还觉得福富或许是因为喜欢赞美歌才成为基督教徒吧。有一次福富说:无论怎样寂寞的时候,无论怎样不安心的时候,只要读《圣经》,心情自然会安定起来;无论出太阳,无论下雨,都会用虔敬之情来感谢上帝。甲田批评她:这是你独身的缘故。他想,这话说得太露骨了。然而福富装着认真的表情说你将来一定有一天非依靠上帝不可。甲田不喜欢她这种大姐姐态度的口气。

过了一会,风琴声停止了。他想:奏得够了,这里来吧。忽然听见一阵噪乱的轰响,这是放出风箱里的空气。接着听见风琴上盖的声音。

他想,她就要来了。这时候听见有人走进大门来。"对不起!"外面有人这样叫,声音低得几乎听不见。他走出去一看,一个身材矮小的男子站着。这个人问:

"您是这里的先生么?"

"是的。"

"让我在这里休息一下好不好?因为我非常疲倦了。"

甲田在回答之前,先把这人从头到脚打量一下。头发长到一寸五分光景,面貌像一只瘦狗,一只眼睛小些,肩膀上背着一个包袱。身上穿一件龌龊不堪的绀青飞白纹粗布夹衣,衣裾高高地撩起掖在腰带里,腰带是牛皮带。下面穿着一条白色的粗斜纹布裙子,这条不称身的裙底下露出一双穿草鞋的光脚。这人的模样实在寒酸得很,年纪大约二十岁,身材不满五尺。他用夹衣的袖子揩着额上渗出来的汗腻。

"你只要求休息一下么?"甲田问。

"是的。只要休息一下。今天我已经走了六十里路,疲倦极了。"

甲田向四周看看,对他说:

"到里面来吧。"

甲田走到校工室里一看,附近的两三个孩子聚集在里面,正在石板上写些东西做游戏。一只大炉子已经熄灭了。炉子旁边放着几张凳子。不久那个男子跟着走进来,鞠一个躬,准备脱草鞋。

"不脱也不要紧。"

"可以不脱么? 不过不脱草鞋似乎不像休息。"

这个人这样说的时候,眼睛里表示乞怜的样子。甲田对他说:"那里有脸盆,水也有。"

这时候听见福富穿过宽广的学生休息室走到职员室去的足音。孩子们脸上表出奇怪的样子,看着甲田和这男子。

这男子脱下了草鞋,坐在凳子上了。甲田觉得让他一个人坐在这里不好,就坐在他对面的凳子上了。

"你是这学校的先生么?"这男子又这样问,不过先前称"您",现在改称"你"了。

"是的。"甲田回答,他对于这人说话的不客气感到不愉快。又觉得自己在这样的乡村里当代用教员有点可耻。同时因为没有烟管,有点手足无措。

"啊,烟管忘记带来了。"他自言自语,就站起身来回到职员室去。

"有人来么?"福富低声问。

"一个乞丐。"

"乞丐怎么样?"

"说要在这里休息一下。"

福富表示不以为然的样子,看看甲田。因为这学校里平常不大有乞

丐来的。甲田拿了烟匣子和烟管,又来到校工室。这回他先问:

"你是从哪里来的?"

"从××来的。"那人回答的是北方二百四五十里地方的一个繁华的都市的名字。

说过之后又仿佛突然想到似的继续说:

"我是初次当乞丐,苦痛极了!"

甲田先前就看到他那条白色的斜纹布裙,疑心他是一个困穷的学生之类的人。他又想同他谈谈,然而又想不必谈吧。这时候这男子早已在表明他不是普通的乞丐了:

"我是××地方的中学三年级生。现在是想回家乡去。家乡是水户——离开水户四十几里的地方。"

甲田想:这个人在说谎,水户的人进××的中学,方向差得太多了。听这种话没有意思。他就对他说:

"为什么回家乡去?"

"父亲死了。"这个学生板着脸说。接着又说:"我过去是靠自己养活的。"

甲田想起了自己也是为了父亲死去而从东京回来的。

"什么时候死的?"

"听说是一个月之前。我去年到了××,没有对家乡的人说明我的住处。因为想不到父亲现在会死的。因此他们向东京方面各处去打听,最近信才寄到。如果我不回去,我的母亲也要死了。今后我非回去养母亲不可。学校已经不能再进了。"

他这样说过之后,较小些的左眼睛更加小了,嘴巴紧闭了。仿佛觉得中途停止学业是十分可惜的样子。甲田又认为这个人在说谎,就问他：

"你在东京也住过么？"

"住过的。在 K 中学读书。但是 K 中学去年停办了。你不知道么？报上也登载的。"

"噢，是这样的么？"

"嗳。唉，老兄，那时候风潮闹得不得了！"

"真的么？"

"风潮闹得厉害！我们就没有学校了。"接着就把当时的种种情形津津有味地讲给他听。然而甲田并不感到什么兴味。他只觉得在这种地方听讲东京学校里的闹事，有点奇怪。这学生最后说：曾经照料他的 K 中学的教导主任某先生，当了××中学的校长，他全靠这先生的帮助，来到××。他在 K 中学是三年级生，但是××中学三年级没有空额，他只得进了二年级。他在××是当送报人的。

甲田无意中想起了一件事，就问他："××中学里有一个与田先生，现在在不在？"

"与田先生么？在的，在的。是数学教师么？这个人分数打得真紧！你怎么认识他的？"

"他以前在○○中学。后来被驱逐到××去的。我们曾经罢课。"

"啊，你也是中学出身么？不是师范生吧。"

甲田这时候看见这学生老实不客气地把他当作朋友看待，又觉得不愉快。甲田两年前在○○中学毕业之后，到东京去，准备考高等学校；正要开始入学试验的时候，他的父亲患急病死了，他就回家。后来和母亲几次争论，又独自烦闷，然而母亲无论如何不许他再到东京去。他生活无聊，每天骑了马出去游玩，暂时把自己的一生看得无足轻重了。这时候村里的学校缺少一个教师,村长是他们的亲戚,就和母亲两人一同劝他,他就在暂任的条件之下当了代用教员。他常常焦灼不安,恨不得插翅飞去。然而去做什么事情呢?却没有目标。这期间他觉得世间尽是不平,苦闷不堪。苦闷了一会,又觉得种种事情都没意义。去年秋末,福富转到这里之后,他似乎不觉得十分苦闷了。

这学生听见甲田是中学出身,就表示看轻他的样子。又说:

"老兄,对不起,让我抽一管烟。我从昨天起没有抽过。"

学生受了甲田递给他的烟管,津津有味地抽了好几管。甲田默默地看他,他已经不喜欢和这学生讲话了。这时候他想,福富也许已经回去了。这学生又说话了:

"我今天打算走到○○市,你看来得及么?"

"不会来不及吧。"甲田冷淡地说。学生看看他的脸,又说:

"这里去有多少路?"

"三十里。"

"还有这许多路!"学生说过之后叹一口气。又急急忙忙地抽烟了。甲田默默不语。

过了不久,学生下决心似的抬起头来,说:"老兄,真是对不起了:你能不能借些钱给我?我回到家乡一定寄还你。我现在身上只有一块钱,可是我想在回到家乡以前最好不用这一块钱。否则很不安心。不拘多少。一定寄还你。老兄,我动身到现在,三晚都在寺庙里过夜。因为住小店也费钱。"

甲田听他说在寺庙里过夜,动了好奇心,想再同他谈谈。然而他又想:还不如给他些钱,让他回去吧。他心里决定了,就走到职员室里,一看,福富还没有回去。甲田就向她借钱,说明天拿来还她。女教师说:

"我只带着一点点呢。"她就从腰带里摸出一只橄榄色的线结的荷包来,把钱倒在桌子上。倒出来的是两张一元钞票,一个五角银币和几个零钱。福富问:

"你给他钱么?"

甲田只答应一声"嗳",就拿了一个五角银币,说:

"我问你借这一点。这个人是个学生。"

他走到校工室里,看见那个学生还在抽烟。

学生说了好几遍"一定由邮局汇还",然后收了这银币。接着他问甲田的姓名。甲田说:"不必还吧。"然而学生不答应。他从包袱里拿出一本笔记簿来,一定要他把姓名告诉他。他说:即使万一不能还钱,但是连自己受恩的人的姓名都不知道,在他认为是一种苦痛。甲田还是说"这不必了"。有两个孩子先前就在那里看他们两人的脸,学生就问这两个孩子:这位先生叫什么先生?甲田觉得可笑,又觉得讨厌,就把自己的姓名告诉了他。

不久这学生道了谢,走出去了。走出去的时候详细地探问向○○市去的路径。他说今夜一定要在○○过夜。又问现在几点钟。这时候是下午三点二十二分。福富也从教职员室的窗子里望见他走出去时的后影。后来她听了甲田的话,说:"这人真可怜!"

然而第二天早上甲田在到学校去的路上,看见福富跑着快步从后面赶上来,对他说:

"先生,昨天那个乞丐,我今天早上又看到了。"说的时候好像很得意的样子。甲田脸上表示不会有这事的样子,问她:

"你在哪里看到他?"

福富的话是这样:福富所住的宿舍的前面,是这村子里唯一的客店。

今天早上，福富照例出门散步回来，在门口站一下，看见昨天那个男子从客店里出来，向南方——○○市方面——走去了。不久客店里的老板娘走出来，她问她，知道这男子是昨天傍晚时候来投宿的。

"一定是看错了人吧。"甲田说，然而心里也在想：大概就是那个学生了。福富坚持地说："不，不会错的，一定不会错的。"就详细说出他的衣服、相貌来。末了又说：

"一定是这样的：他从先生那里弄到了钱，就不肯跑路了。傍晚以前一定是躺在什么地方。到了傍晚，偷偷地回到村子里来投宿。"

甲田听了这话，心里不大高兴。到了学校里，他就叫客店里的儿子——一个高等科学生——过来，问他昨夜有没有怎么怎么样的一个男子来投宿。这孩子说有的。甲田愈加觉得自己是上了当。他再问这孩子："他有没有说起关于我们学校里的话？"孩子听见老师这样问，似乎觉得奇怪，表示疑虑的样子，说他睡得早，没有详细听到；但似乎听见这人同他父亲说起老师。

"他怎么说？"甲田问。

"他说的是，他说像这位先生那样的人，让他住在这种乡村地方是可惜的。"

甲田苦笑几声。

第二天，教课刚刚完毕，大家齐集在职员室里的时候，邮差送报纸来，同时送到给甲田的一张明信片。甲田看见上面写着发信人"○○市高桥次郎吉"，搔一搔头。反转来一看，写的是这样：

My dear Sir，阁下厚谊，千万道谢。承蒙俯察行乞返故乡
之小生之苦衷，宏恩永远不忘。昨日告别后，途中腹痛，困苦之

极,午后十一时始安抵该市。勿劳远念。安抵故乡,即呈上此

letter。临末 I wish you a happy。

六月二十八日午前六时发于〇〇市

甲田读了,噗嗤地笑出来了。他想:这人自己说是中学三年级生,照这明信片看来,他的学力不过中学一年级生程度。此木田老训导说:"怎么啦? 有什么有趣的事么?"就站起走过来看明信片,一看到就说:"啊,写着英文呢。"

甲田把明信片交给他看,并且把借钱给一个过路学生的事讲给他听。又告诉他:这人说是到〇〇市去,却偷偷地投宿在客店里,到第二天才去。末了这样说:

"他似乎也觉得不好意思,所以说途中腹痛,困难之极,捏造些谎言。无非是要表示他在那天到达〇〇市的。"

"可是他今后总不会再碰见你了,为什么要写这明信片来呢?"田边校长说。他侧着头考虑一下,又继续说:"他是什么用意呢?"

这时候福富手里拿着明信片说:"他写的日子是昨天上午六时;但是昨天上午六时,岂不正是他从这村子里出发的时间么? 而且邮局的戳子是今天早上五时至七时。可见他这明信片是今天早上写的。"

此木田突然大声地笑起来。他说:"甲田先生也太好事了。当乞丐的人得了五角钱,他当然不肯走路了。现今的人大都懂得一点点英语,是中学生,是什么,天晓得了!"

这几句话剧烈地刺痛甲田的心。他想:不管对方是何等样人,旅途困顿,给他些钱,怎么说是"好事"呢? 他只是对此木田苦笑一下。甲田

这时候已经把前天给钱时自己的心情忘记了。他只相信自己是因为对方困苦而给他钱的。

"不,中学生呢,大概的确是中学生。倘使真是个乞丐,不会寄这样的明信片来,说谎不说谎不去管他。"校长这样说。他又说:"他写的时候夹杂些英语,真有趣! 头上的'马伊·低啊·搜啊'我也懂得;末了的一句是什么意思呢,甲田先生?"

"我愿你有一个幸福。——是这意思么?"福富低声地把它直译。

此木田站起身来,准备回家,一边说:

"即使真是中学生,要是我们,与其借了钱给他而受他欺骗,情愿买杯酒来晚上喝吧。"

"这倒是真的。"校长表示同意,"即使给他,五角钱也太多了。"

"我先走了。"此木田向大家告辞。甲田从先前开始心中就纳闷,现在觉得此刻若不把这个此木田老头儿严惩一番,就失去机会了。他正想开口,然而不知道说些什么好,只得睁睁眼睛,挺挺眉毛。立刻改变了念头:算了吧,现在不说也好。

此木田回去了。不久福富拿了刚才的明信片,来放在甲田的桌子上了,笑着说:"年纪老的人没有同情心啊。"就到有风琴的一年级教室里去唱赞美歌了。今天奏的似乎是一只新歌曲,常常把同一地方断断续续地反复好几遍。

甲田一面听着风琴,一面看着桌上的明信片,心中想:把钱送给那个过路的学生是没有意义的事。又想:即使给他,五角钱也太慷慨了。

明治四十二年(1909)十月《昂星》第十期

李奥柏特作品三种

［意］李奥柏特　著

丰子恺　译

目　　录

大自然与灵魂的对话

大自然——来呀！来呀！珍重的可爱的女儿！你是数十代以来被称为我的珍重的女儿的。——那么来呀！勇猛地向前，来同不幸相会！

灵魂——我前世犯了什么恶业，要受这样的罚？

大自然——什么罚？

灵魂——母亲刚才不是叫我来同不幸相会么？

大自然——是的。这是因为要给你伟大的运命。你倘不遭逢不幸，不能成为伟大。你不是担任着赋生命于人的形骸的职务的么？人必然是生下来就不幸的。

灵魂——那么，母亲反对地制定人必然是幸福的，岂不更为适当呢？即使这不是母亲的力所能致，但至少不要把人生在这世界上，是母亲所当然做得到的罢！

大自然——这种处置，都不是我的力所能办到。因为我自己也是受"运命之神"的支配的。这"运命之神"，不晓得是什么理由，但必须这样制定，你与我，都逃不出他的规范。所以现在你既被创造，受了宿于人的肉体中的运命，无论我的力，或别的力，都不能安全地把你从规定的人的不幸中救出。不但如此，又因为我给你高尚优越的性质，所以你必须当受特别的更大的不幸。

灵魂——我刚才出生，当然什么都应该学习。大概是因为这缘故，所以不大懂得母亲所说的话。请母亲教我:高尚的气质与异常的不幸,是本质相同的么? 倘然不同,可否用母亲的力来把这二者分开?

大自然——动物,在某程度内原是这样的;但在人,这二者不妨说实际上是同一物。为什么呢? 因为能力愈加高尚,对于人的生活状态的知觉愈加鲜明。即对于不能从人生分离的不幸的知觉很鲜明。所以那不幸更为强大。知觉的明晰增加起来,同时自己爱护的范围也就扩大,幸福追求的意念也就增进了。其结果,不能达得目的的悲观的心也增大,人生难避的不幸就愈加剧烈了。这种运命,都是从开辟之初就内在于被造物的原始的永久的性质中的。要变动这性质,决不是我的力所能及。

加之你的过分锐敏的智慧,受了你的灵动的想像力的帮助。把你的支配感情的力大为减却。比人下等的动物,都能使用其所有的才能与能力来成就他自己所定的目的;只有人,在无论何时往往不能充分地发挥他的能力。为什么呢? 因为人的活动,普遍总是从其人的理性与想像的影响受着多少的障碍的。总之,此二者能牵入无数的疑惑于人的思虑中,而对于人的计划的实行起无数的故障。在实际上,计量思想与分析意向的能力最少的人,或最不惯于这种习惯的人,正是决心最敏速、行动最直接的人。反之,像你常常耽于内省,反而妨碍其莫大的能力,故在实际的目的上比较的无能,在思想与行为上就常常为优柔寡断的饵食了。这在影响于人生的处理的一切灾害中,最为致命的。

加之你靠你自己的优越的能力,在深邃的知识与困难的艺能的点上果然容易凌驾你的同辈的生物;然而看似些细而其实在人生的实务上最为必要的许多的事件,你往往不能实行。同时即使在人格上实际没有可轻蔑的点,然而比你下等得多的人们,反能毫无所苦地从容地成就又实行这种事件,不是明白的事么？伟大的灵魂,往往伴着像刚才所说的困难及其他无数的困难与苦行,而受它们包围。然而这种灵魂,因了名声,或高尚的精灵的伟大所赢得的赏赞,或名誉,或残留于子孙的不朽的追忆,而获得对于以上的试练的充分的报酬。

灵魂——母亲所说的赏赞,名声,是谁赐给我的呢？神的手呢,还是母亲？是谁给我的呢？

大自然——这是人所给的。因为这只有人能给。

灵魂——那么,请想想看:我没有实行人生的实务的极必要的活动的能力,而如母亲所说,在极少智慧的人们反能实行。那么照我想来,人们应该不赏赞我,给我名誉；而骂我,敬远我了。即不然,也应该作一个难于适合人间社会的人,而在无名中过度一生,不为人们所知了。

大自然——我没有绝对正确地望见将来,或万无一失地预言你在地上的期间人们对你的意见与行为的能力。但从过去的经验推测起来,人们的羡慕而追求你,可断定是确有的事实。这是高尚其灵魂而普通其运命的人。倘不是这样,就要轻蔑,疏略,而使你动怒也未可知。且Fortune(运命的女神)自己,其他普通一切机会,对于你大都也是怀着敌意的。

然而你有时也死后不久就受非常的赏赞而上天。像卡孟士[1]这人,便是如此,也有经过五六年而达到的,例如另一个叫作密尔登(Milton)的人,便是如此。虽不能说是受一切人的赏赞,然至少有判断事物与辨认事物的力的一部分的人,是必然赏赞的。且你在地上时所宿

---

[1] 卡孟士(Camons,1524—1580)为葡萄牙的诗王。他的杰作叫作 Lusiads。生地为首府里斯本,然不正确。服军务于东洋诸国、印度、中国、南洋诸岛都到过。一生转徙流浪,于不幸中死去。死后不久就受世人的伟大的赞美。

的人的肉体的遗骸,必然被安置在宏壮的坟墓中,又其人的容貌必被模写在种种的贵重的金属上而永久保存在人间。在别方面其生涯中的一切事件,又被许多文人作种种的记录,这等事件的追忆被珍重地保存,不久其名声震响于文明世界全体的时候就来到了。你要是不因了"运命的女神"的恶意或自己的天赋才能的过度而阻碍你显示自己的价值的适当的证据于人们,你一定能做到像我刚才所说的地步。然而实际上因受阻碍而不能显示的,很多。这只有我与"运命的女神"晓得。

灵魂——母亲! 别的事体我还全然不懂;唯母亲所种在我胸中的最强的欲求,不,我所意识到的唯一的欲求,是幸福的欲求。这是我所懂得的,又感到的。即使我能盼到光荣,但这是善的呢还是恶的? 倘这不是保证幸福的,或至少有引导到幸福的力的,我决计不盼望它。照母亲现在所说,母亲所赐给我的性能正是得光荣所必要的又有用的;但这明明是不引导向幸福,而反向不幸了! 且这性能,在我死以前绝不导我向光荣。到这珍贵的我死了的时候,即使给我大地全部的利益,在我有什么幸福,什么快乐呢? 且以这样的不幸为代价而才能得到的这光荣的影像,在我死以后也不一定是我的所有物,这不是母亲自己也承认的事么? 母亲最初说是很爱我的;然而给我的性能只是这样的东西! 那么母亲实际上是嫌恶我,比只能在我降于地上的时期中嫌恶我的人与"运命的女神"更为恶意——这是必然达到的结论了! 因为母亲自己明明认知其功能;而对我的唯一的欲求——幸福——的达到,竟毫不踌躇地拿那极有力的故障的"高尚的人格"的一种极致命的赐物来给我!

大自然——我的女儿! 我已经说过,无论我如何不愿意,无奈人的灵魂都是由运命指定要遭逢不幸的。但在人的难避的运命的这一般的不幸中,又在人的一切快乐、希望的无际限的虚荣中,只有光荣是赐给人的最大的善,所以这一向被视为人的努力的最有价值的目的。所以我不是嫌恶你,我是出于真的诚心的特别的好意与慈爱,尽我的力而给你这个性能,使你能达得这目的。

灵魂——请母亲教我:如母亲所说,在下等的生物中,有赋得比人更不完全的生活力与比人更不充分感受的东西么?

大自然——当然有。植物以外的一切生物,在这点上多少比人低劣一点。人在地上的一切生物中是最完全的,故赋得比别的被造物丰富得多的活力与感情。

灵魂——母亲倘真果爱我,请把我宿在最不完全的人身中!如果这做不到,也请你把你所认为可使我高尚的那种致命的才能取去,而给我宿在你所造的最迟纯最无感觉的人的身体中!

大自然——这是我的力所能允许你的。你只要不受我所指定给你的不死的神性,我就容易答允你的请愿了。

灵魂——我不要什么不死的神性,只要给我快快度死。母亲!我请愿你!

大自然——让我同 Desting(运命之神)商谈起来看。

民国十七年(1928)《小说月报》第十九卷第六号

大地与月的对话

　　大地——唉！月姑娘！我晓得你是能说话的，又能回答种种问话的，因为我常常听见诗人们说起，你是人；我的孩子们也说你真果有口、鼻、眼，同他们自己一样；又说他们自己的眼可以看出，因为孩子们的时代眼睛锐利罢。你大概晓得我也是人，我年轻的时候有许多孩子们，所以我现在开口问你话，请你绝不要吃惊！

　　月姑娘！我与你已经有不可胜计的数十代的长时间相接近了，可是一向没有交过一句话。这是因为我非常忙碌，竟没有饶舌的时间。现在我的事务已渐渐减少，可以独自做自己的事；然而独自对独自，反而厌倦起来了。所以以后想常同你谈谈话，让我对于你的事务也感到一点兴味，倘然于你没有妨碍……

　　月——这请你不必客气！毫无妨碍，全不要紧。我的"运命之神"给我保证没有别的妨碍及于我，所以全不要紧。你倘然有话，请尽管随意地对我说。我，大概你也晓得，原有好沉默的性质；但是你的话我欢喜听，你有问我当然回答。

　　大地——那么我问你：你也会听见天体回转的时候所发的那微妙的音乐么？

　　月——说真话，一点也不听见。

　　大地——啊，我也一点不听见，虽然风从我的两极走到赤道的时候或从赤道走到两极的时候我听到一种呻吟声。但彼塔各拉斯(Pythagoras)说天体在奏一种不可思议的微妙的音乐,又说你也参加在内,现正在当这宇宙的竖琴的第八弦。他又说我对于这音乐是聋子,所以不听见。

月——那么,我对于这音乐也是聋子了。因为这种我全不听见。也并不晓得自己是竖琴的线。

大地——那么我们谈别话罢。你的世界真有人住居过的么?数百的哲学者,从古昔的奥尔斐奥斯到新近的特·拉·浪特[1]都这样主张着。据我说来,我好比伸着角的蜗牛,人们称我的角为"山",而爬到其上面去眺望你,然而角无论伸得如何长,在你的世界中一个人也看不出来。只有眼睛比林西亚斯[2]还锐利的法勃理西斯[3]这男子,说曾经看见你的世界中的一个人在太阳光里晒亚麻布。

月——你的所谓角,我全然不懂;真实说来,在我的世界中住居着的东西,有是有的。

大地——那么你的人是什么颜色的呢?

月——人?什么叫作人?

大地——住居在你的世界中的当然是人罢! 你刚才不是说有东西住居着么?

月——有是有的,但那是一种……

---

〔1〕　特·拉·浪特(1732—1808)是法兰西的天文学者,于天体研究的理论方面有巨大的贡献。

〔2〕　林西亚斯是希腊神话中的人物。

〔3〕　法勃理西斯(1564—?)是德意志天文学者。

　　大地——住在那里的总不会统是兽!

　　月——也不是兽,也不是人。老实说,什么叫作兽?什么叫作人?我全不懂得。所以你对我说人,我真是一句话也不懂了。

　　大地——那么你的住居者是什么样的一种生物呢?

　　月——有各种各样的许多种类,都是你所不知道的。与我的不知道你的人一样。

　　大地——真不可思议啊! 倘不是从你口中听到,无论如何不能使人相信呢! 那么你曾经被你的住居者征服过么?

　　月——你的话我真不懂。被征服?什么样被征服?为什么被征服?

　　大地——为了野心,或好奇心。借政治上的条约或武器的力来征服。

　　月——你所谓武器、野心、政治上的条约等我全然不懂。老实说,你的话的全体,什么就是什么,我都不懂。

　　大地——武器你不懂,战争你总懂的罢。因为很古的时候——十分古也并不——这下界的哲学者借了用人目可以望见很远的地方的"望远镜"的一种机械的力,明白地看见你的世界中有筑着高的城堡的第一流要塞。有要塞,便是你的住居者曾经有过攻城或城壁战的证据。

　　月——不,夫人! 我不过处于你的婢女的地位,这样回答,或者使你觉得太不谦逊,但是请原谅! 老实对你说,你倘然以为这宇宙中一切场处的事物都是与你的世界中同一时,或者假定 Nature(大自然)造一切事物的时候都只是照你的样子模写的,那未免太自慢了! 我说我有住居者,你立刻武断我的世界中的住居者是人。我说住在我的世界中的不是人,你就推测这是别种生物,立刻假定其有与你的世界中的住民同样的性质,且在同样的状态之下生活,就对我讲什么望远镜,什么哲学者。但我以为这望远镜,倘然它不能使你比看我更正确地看出别的东西,那么像你刚才所说的,看出(连我自己都不懂的)我的口、鼻、眼的你的世界中的孩子们的正确,与这眼镜的正确,不是同样的么?

　　大地——照你这样说来,那么"你的国中有广的道路,你的世界中有田"等都是谣言了。但借望远镜的力,从德意志地方原可明了看出,[1] 不过……

　　月——有田筑着,但我并不留意到;又如你所说,我的世界的表面有道路,这更是我所完全不看见的了。

　　大地——月姑娘!我告诉你:我实在是无教育的,对于物的理解很迟钝,所以人容易欺瞒我。但我还是要对你说:即使如你所说,你的世界中的住居者于你的征服的欲望没有明白表示,但你不是可以永远完全远离这危险的。因为这下界的各处的住民,想征服你,正在积极地设种种计划,作种种准备,来达这目的。这种人爬到我的表面的最高的山顶上,踮起脚尖,尽力伸手,只要结果不是无论如何不能接触你,他们的企图定然是要成功的。不但如此,过去数百年间,我的住民曾经仔细观察你的世界的一切部分,画出你的世界的各国的地图,我现在正在看这图呢。我这里的人又测量你的世界的山脉的高低,连一一的名称都晓得。我对你怀着好意,所以把这种事实告诉你,以后发生的事故,当然要你自己当心了。

　　再问问你别的事罢。我们的狗常常对你吠,不知你如何耐得? 你对于在明窗中当作朋友眺望你的人,不知作何感想? 你究竟是女呢是男?

---

　　〔1〕 一八二四年,德国有格罗伊邱伊陈者,发现如本文所述的月界的特色,在德国报纸曾登过几条新闻。

因为这问题从来有种种不同的议论。[1] 又亚卡提亚人[2]据说是你在没有被造出的时候早已住在这地上的,不知是否真实? 还有,听说你的世界中的妇人——名称是什么都不妨,总之,女性的住居者——是产卵的,其一个卵在我所不知道的太古时代落到这下界来,不知是否真实?[3] 像近来的哲学者所主张,说你有像玉一样的明的孔;又有一个英国人信为你的身体是由未熟的干酪作成的;谟罕默德说有一天或一晚把你像西瓜地从中央割开,你的身体上切下来的很大的一片,掠过谟罕默德的袖而落下来,是可靠的话么? 又你欢喜挂在 minaret(回教寺院的高尖塔)的顶上,是什么意思? 又你对于罢伊拉姆的祝祭,作如何感想?

月——请你尽管再问多几种罢! 因为任凭你那样饶舌,我可不回答你,我能像平时一样地安然地继续我的沉默。如果你欢喜在这种话中梦梦,而不能说出更有道理的话来,那么你与其拿那种我所不懂的话来问我,还不如命令你的世间的人,使他们来造一个回绕你的周围,照你的意思组织又住人的新的卫星罢! 实在,你除了人、狗及其他我所全然不懂的东西之外,不能再说什么了。我对于这种东西,同对于我们所回绕的那大的太阳一样,全然不晓得。

大地——真真对不起! 我与你谈话的时候,每逢于我特别有关系的问题,就拼命地饶舌,所以愈弄愈不行了。但以后我当心了。把我的世界里的大洋的水交互上下地搅弄的,是不是你?

---

〔1〕 关于月的性的问题,有种种人议论。就中马克洛皮亚斯与塔邱良二人最为著名。古代人多奉月为男性的神而崇拜,不视为女神。今日则条顿族的国语月的名词大致是男性的,但照拉丁语是女性的。

〔2〕 亚卡提亚为古代的牧畜民族,据说其生存比月更古。记录在希腊的美南达的作物中。

〔3〕 这一节及其上下所举的可笑的思想,常有人认真地说述。

月——也许是我。即使是我所为，或我有别的影响及于你，然我自己对于这种事体是全然不晓得，正与你的不晓得你所及于我的表面的种种影响同样。且你比我，形体与力量均优胜，从这比例上看来，你给我的影响一定比我给你的影响大，这想像大概是不错的。

大地——我也不晓得有什么影响给你；我只觉得我常常使你不受太阳光，或自己不受你的光，此外全不觉得什么。我晓得当你在夜的世界的时候，我用了赫赫的光向你照，因为这是我自己常常在眺望的。但我有一件平生最关心的事几乎忘却了。这便是那亚理奥斯托。[1] 亚理奥斯托曾经说，人类不绝地在损失去的青春、美、健康等种种特质，以及人在追求世俗的名誉的时候，教育儿童的时候，或增进所谓有益的目的的时候所耗费的一切努力等，都向你那里蒸发去，结果像栈房地堆积在你那里，除了决不能离开人间的"愚蒙"以外，人间界的事物都可在你那里看到。这话究竟真不真我颇想晓得。倘然是真的，我想到现在你那里一定已经堆积了许多东西，差不多没有空地了。尤其是近来的人，爱国心、德行、宽大、正直等种种的许多东西都放弃，你那里的拥挤一定更甚了。这在一部分的人或例外的人，原不尽然；但世界一般的人的全体，确是这样的。总之，这种东西倘不是流到你那里的，另外还有什么可流去的地方呢？所以现在我要同你商量一件事，这商量事件的条件，要求你的同意，把这种东西还给我。一次还也好，分期还也好。大概你也欢喜整理这些障碍物的罢，common sense(常识)等大概你尤其愿意把它们整理出来，因为我晓得你那里的空处大部分被这种东西占领着了。至于我这方面呢，命令我这里的人，对于你的好意每年重重地送一笔钱罢。

_____

〔1〕　亚理奥斯托(L. Ariosto,1474—1533)为意大利有名诗人。

月——又是啰嗦地在说我所不要看的那种人的事了！你只管为那不离开你的世界的"愚蒙"讲了许多话,似乎把我当作白痴看;又你探求那种人的 common sense 似乎要把我自己的 commnon sense 都拿去的样子。人的东西流到哪里去了,或遗失在宇宙的哪一角里了,我全然不晓得。我所晓得的,只是这种东西在我界中的世是找不出的;不,你所请愿的别的一切,也全然是找不出的。

大地——那么教我一件事罢:你的住居者也在经验恶德、恶行、不幸、苦痛、衰老,——总之,凡是不好的事——么？无论如何,这等名词的意义你总懂得的罢。

月——这倒很懂得,不但名词,就是什么意义我也懂得,实在太懂得了。因为在我的世界里,你前面所说的各种东西一件也没有,而现在所说的东西充满着!

大地——在你的住居者中,美德与恶德何者居多?

月——自然恶德多得多!

大地——那么,在你的世界中,大概善与恶何者有势力呢?

月——当然恶德有势力! 决不可比较!

大地——大体说来,你的住居者是幸福的呢,还是不幸的?

月——当然是不幸的! 叫我同他们中的最幸福者调换地位,我都不愿意哩!

大地——这里也是这样的。你的别的各点都同我全然不同;而只有这一点完全相同,我觉得真是奇迹!

月——哪里! 不但如此,圆的,回转运动的,受着太阳的光而照着的等点,也是与你同样的。你所认为不可思议的奇迹,其实比我们这等别的酷似点并无何等特殊的不可思议,为什么呢? 因为"恶"的一事,是宇宙一切星中所共通的,至少我们的太阳系的星中所共通的状态,这不是与我刚才所说的圆、回转、受太阳光等点同类的么? 实际,如果你现在向那天王星、土星,或我们太阳系中的任何星大声呼喊,问他们的世界中有没有不幸,在他们的世界中善与恶何者更有势力,一定谁也用与我所说同样的话来回答你。我这样断定,大体是不会错的,因为金星与水星的对于我,比我对于你接近得多,而我曾经对他们发过这样的问。又对于通过我旁边的彗星,我也问过,他们的回答都是一样的。我晓得太阳自己,及其他的恒星,一定也都是同样的。

大地——唉,你虽然这样说,但是我总希望善的降临,近来尤甚。因为人类要我保证他们的将来的大幸福呢。

月——希望你尽管希望。不过我要告诉你,你恐怕非永远只拿希望二字来满足不可了。

大地——嘿! 请看! 有什么事起来了。人与动物在动了。你大概晓得的,我的世界现在正是夜,正在睡着。他们听见了我们这样辩论,大家吃惊,恐怖,而起来了。

月——我这里不是白昼么?

大地——是的。我也不想惊吓这下界的生物,打搅他们的睡眠,因为这是可怜的他们所有的最大的慰安。那么再会了,下次再谈罢,再会!

月——再会! 对不起!

民国十七年(1928)《小说月报》第十九卷第六号

百 鸟 颂

　　隐遁哲学者亚美理亚斯[1]先生于春日的某晨,在自己的别庄的树荫深处设一座,陈置书籍,耽心于研究,却被周围啭着的各种鸟声牵惹了注意,就抛却了正在阅读的书籍,倾耳静听,而沉于冥想之中。慢慢地拿起笔来,当场草成下面的文章——

　　鸟,天生是世界上最愉快的生物。这意思不但是说鸟的姿态及其歌的音色常常给人心以欢喜,恐怕是为了它自己比别的任何种动物具有更多的愉快喜悦的感情的缘故。别的生物,差不多都装着苦涩而认真的样子,且其中实在有大多数好像耽着忧郁。它们的喜悦的征候的表示,实在稀有得很。表示的时候,也不过是极轻微的,一时的。就是正在欢乐的时候,也没有恍惚的神情与大欢喜的表示。青青的原野,时时微笑着的景色,艳艳的日光,爽快优柔的空气等,一定给它们快感,然而它们别无何种感情的表示。唯在兔情形不同——据才诺封说:兔这东西,在有月亮的晚上,尤其是满月的晚上,见了皎皎的月光,喜悦之余,常常一齐狂跳,舞蹈起来。倘这话是有几分真实的,兔应该算是例外的了。

　　至于鸟,则姿态、动作,普遍都表示着非常幸福的样子。只看它们的

---

　　〔1〕　亚美理亚斯为第三世纪中叶的新柏拉图派的希腊文学者。他的著书遗存于今日的,只有关于《圣约翰福音书》《约翰传》的初头的注释的断片。

样子,实在已可使我们增加元气。且它们的恰好的态度都表示着可以享受快乐的天生的能力与特别的性向。上述的特征,实际上不可视为错误的欺瞒的。试看它们一感到欢喜立刻就歌唱,这欢喜愈加强烈,它们的节调的量也愈加充分地洗练。且它们醒着的时间,大部分是唱着歌而过去的,从这点也可推知它们是常常愉快而幸福的了。它们在交尾期中,比在别的时季中更美更长地歌唱,原是从来所认定的事。然而我们不能因此而想像雌雄相慕之情为使它们歌唱的唯一的感情。为什么呢?试看温和晴朗的日子,比阴天或雨天更多鸟的鸣声,是明白的事实。在暴风雨的日子或可使它们惊惧的一切时候,它们就不歌唱了。等到暴风雨过去,无可惊惧的时候,它们就立刻开始用照常的愉快的调子来反复歌唱,又互相嬉戏了。它们朝晨一醒觉立刻歌唱。这明明是为了一则从新的日子的破晓得到的快感,二则它们自己的身体经过睡眠而恢复元气,因而感到一切生物所共通具有的满足的感情,所以这样地欢喜。还有原野与森林的光辉的绿色,溪谷的丰丽的样子,清冽明澄的小川及一切富于魅力的景色等,也给它们以无上的欢喜。

以上的事实,可以证明我们所感到愉快的,在鸟亦感到其魅力。这只要看那猎鸟者诱它们入网的时候所常用的品物,或者看那鸟的来往最密而歌声一息不止地热烈地继续着的土地的特色,就可明白。别的动物,除了饲养在家庭中的,与人同居的若干种以外,恐怕都没有这种选择位置的快适与秀美的能力。然这并没有什么不可思议,因为一切的野性动物,都是对于纯粹无杂的自然感到欢喜的。今日我们所呼为"自然的",大部分不是真的自然的;而是技巧的,人为的。为什么呢?因为耕作的田野,经过人工的形式整齐的树木或别的植物,制限在明确地区划的堤防中间,而只流通于特别的某一方面的河水,及其他一切这类的地方,都不是照自然的状态放置的,故当然不带着自然所表出的外形。所以文明人所住的国中,除了纯粹的人类集合地的都会及别的场处以外的土地,其外观都宛然是技巧的,到底与自然状态的样子不同。然而这人类的集合地,常常为鸟所欢喜。在实际上,在像我们所居的文明的土地中,比较野蛮人或无教育的人所住的地方,鸟声优美柔和得多,其音调也调节得更好。所以有重视这特色的人,从这事实推测,说鸟虽在自由的状态,但从同居的人们的文明上已有所得。

无论这议论是否事实,对于同一种族的生物同时给以歌的赐物与飞的机能,的确是有特殊的用意存在的。即以用自己的音乐来娱悦别的一切动物为职务的鸟,必将其音调从高处散布,使能达于多数的听众的耳,故必须在高处飞回。于是就把“空气”的音乐的特别领分的元素使音乐的声乐的生物去占领。在事实上,鸟的歌不但给人类以强烈的欢喜,又及于别的一切动物。据我想来,这不仅因为其谐调的优美与变化,这种性质当然也重大;但其主要的原因,是潜在于一切的歌,尤其是鸟的歌的内面的喜悦的暗示。简单一句话,这是这种生物的“笑”即它们在幸福的时候就笑了。

从这事实看来,可说只有鸟具有与人类共通的“笑”的能力与特权。这能力与特权,在别的无论何种动物都是没有的。从这点想来,人是定义为理智的理性的动物的;但同时又可区别为笑的动物,因为笑的能力是与理性的赐物同样地为人所特有的。人是一切动物中最多苦患者;[1]这笑的能力为大地上一切别的生物所不得的赐物,独有人得到,

[1]　人在一切动物中受苦患最多,这句明明是暗示荷马的《伊利亚特》(*Iliad*)第十七卷四四六行以下这数句的:在呼吸而活动的一切生物中,像人这样的不幸者在地上实在没有了。

这真是不可思议的事！且我们使用这机能时的用法，也是不可思议的。何以言之？试看在最激烈的灾厄中，或生活厌倦的时候，或最鲜明地看出了地上万物的虚无性的时候，又或欲得欢乐而不能得，希望已经死灭的时候，人还是会笑的！不，越是自觉地上的欢乐的虚空与人生的苦患的实相，或越是陷于绝望与不愉快，便越是会笑的人，世间也是有的！这笑的一事的本性及其支配的原理与动机，实在是非常难于说明的，有时把它看作一种一时的癫狂或精神的一时的激奋，极为适切。何以故？因为实际上人要得到真的满足与真的喜悦，是决计没有的事，我们人间的笑，是没有正当的合理的理由的。人类到底怎样地，或在甚样的状态之下最初晓得自己具有这机能？又到底怎样地，或在甚样的状态之下开始使用这机能？研究起来一定是一件珍奇的事。因为当原始的野蛮时代，人类大都与下等动物同样地作苦重的举动，又实际具有阴郁的感情，是明白的事实。从这理由推察，我不但确信笑在泪之次出现于世界，这一点大概可以没疑问——又确信从能笑到笑的发现，也必定经过很长的时间。在那时代，可假定母亲不对孩子微笑，孩子也不微笑而认识母亲，这实际像维琪尔（Virgil）的明确的叙述一样。但在现在，至少在文明社会中，人生下来立刻会笑。我的意见，以为这是模范与模仿的结果；孩子会笑，是因为别人笑的缘故。

　　据我一己的意见，笑是起源，其本身是由于人类所特有的状态的"酩酊"上出发的。我们晓得酩酊是在人类未进于文明之域的远昔早已流行的事。其证据，便是极野蛮的人都晓得某种酒类且常常贪饮的事实。这决不是可惊异的事，何以故？因为人是在一切动物中遭逢不幸最多者，所以只有他们欢喜招致自我忘却，可在其间减却或暂时镇定其苦恼之感，这实在是从等于生命暂时中绝的一种缓和的发狂中找求慰安，这事与笑的关系,即平时装认真的忧郁的相貌的野蛮人,一旦入了酩酊,就突然笑出,或与平日的习惯相反对地饶舌或唱歌。我目下正要起草"笑的历史",预备在其中把这问题更充分地论述。我拟在这历史中先研究笑的起源,然后历叙其发达变迁之迹,以及于现代。在现代,笑非常丰富且繁昌,在文明生活的组织中,笑占有与以前的美德、公正、名誉等约略同等的位置,有不下于这等大德目的感化,在许多情形之下能矫正人类的恶癖,使人类不作恶意的行为,这是我们所目睹的事。

现在且归到鸟的歌唱的本题上,我们看见他人正在感到幸福的光景,只要不起羡望之念,总是愉快的,人间的音乐与欢乐,只限于使他们自己或他们的朋友感到其滋味;而鸟的节奏,——一种的喜悦的发现,又如我所说,一种的笑——则是一种不取分文的公开的演奏,大自然的恩惠真足赞美!规定这种用愉快的节调来不绝地赞美宇宙的生存的生物——无论其为何等空幻,总是保证世界的欢喜,而劝诱一切别的动物向幸福的生物——充满在天地之间的大自然的心,何等宽洪!

鸟比别的一·切生物,实际幸福得多,且有明白的事实表示着,并不是没有理由的话。何以故?像我在前面所说,因为它们天生成在一切动物中最适于享受快乐。第一,是它们的不知倦怠,即不苦于单调的事实。它们常常变更它们的巢。自由地从一地飞到别地,又在使人不能相信的短时间中极容易地从低的地面翔入太空的极高处。故可知它们能自由地把生活作无限的种种的变化,又不绝地运动其身体,它们的生活富于外部的愉快。别的一切动物,一到其物质的必要的准备完结之后,大都立刻贪图休息,懒惰,安逸。其中除了鱼与有翅昆虫以外,单为游戏而作长距离的旅行的动物,实在没有。同理,野蛮人不喜作无报酬的活动。他们只要不是受自然力的驱逐,或灾变的威吓,除了为日常的必要物的供给略费一些努力以外,就拒否一切的别的努力。它们欢喜安逸与无刺激的静止,默默坐在那粗陋的小舍中,或户外,或岩石间,洞穴中,无所事事地度过其大部分的光阴。鸟却决不长久徘徊于同一的土地,往往无端地从一处飞到他处,全无何种明白的理由。似乎就此一点飞扬的力,已给它们以满足与欢喜。它们又常常仅为欢喜变化,而远远地飞到离巢百里的地方,又在当日的夕暮飞回巢中。即在某特别场所暂停的时间,也决不装休息的样子,总是作一种笔墨难于形容的敏速活泼的运动,不绝地从一方迁到他方,或倾侧其身体,伸转其颈,拍动其翼,作种种好看的动作。简单一句话,鸟从出卵到死,除了夜眠的时间以外,没有一瞬间的休息。照上述的情形想来,我们可以说:别的一切动物(人也在内)的普通状态是静止;鸟的普通状态是活动。

　　我又觉得,它们的心的能力(假定这样称)与它们的肉体的构造联合,而使它们能比别的生物感受更多的幸福。它们的听觉感官非常锐敏,视觉感官之强又为我们所不能想像。靠着这能力,它们能眺望面积最广而变化最富的景色,又在太空中调节身体的均衡,而在一瞬间遍览我们所不能认清楚的广大的地域。由此可推知它们必然具有异常活泼的有生气的情感,与极生动的想像力。但这想像当然不是像但丁(Dante)或塔索(Tasso)所有的产生无限的忧愁与苦恼的,致命的赐物的,深刻热烈猛恶的想像,而是丰富的,多趣的,慧敏的,活动的空想,恰好比孩子们的心,为充满着愉快的思想、美丽的幻想及种种的慰藉与欢喜的源泉。简单说来,这是大自然给予生活的万物的最大的恩惠。所以鸟没有因这能力而来的苦痛及有害的发达,它所赋得的只是其最良的部分。它们又不但丰富地享乐外的客观的生活,在生活的内的主观的方面也受不少的享乐。这也不像大多数的大人地受到许多不幸,而恰像小儿地只感到幸福,在肉体的敏速及感情性向的点上,鸟明明是很近于孩子的。倘然儿童时代的喜悦其通于人生的其他的时代,又倘然成年时代为试练与幼年时代的同样地温和,人一定可以得到忍耐而堪受他的运命的根据了!

据我看来,鸟的天赋,从一切点上观察来,比别的生物的天赋更近于完全。这结论,可说是从它们的"听觉与视觉"的生物的能力中最重要的二感官比别的一切生物优胜的事实上发生的。不但如此,我们又看到别的一切动物天生成不活动的,而鸟天生成能活动。所谓活动,当然是比不活动更富于元气与生气的充实的状态。不但如此,活动实在含着生活的精髓。鸟不但富有这活动力,又有优胜的听觉与视觉,故其结论,当然是鸟的生活在主观的与客观的均比别的生物充实得多。倘生活本身已是一完全状态,又倘并胜的生活的充实与丰富与并胜的生物的完全为同一意义,那么,鸟的天赋在生物界是最完全的了。此外还须附说一事,即鸟的适于堪受寒热两极及其急激的变迁。它们往往从大地的暖和的怀中飞到寒气凛冽的太空的最高处;其移居的时候,也往往非常敏速地从一种气候迁向他种气候。

阿那克兰翁[1]情愿化作置在他所爱的女子的身旁而常受顾盼的镜子,化作那女子所穿的衣裳,化作那女子所涂的香油,化作那女子沐浴的水,化作结在那女子胸前的组,化作悬在那女子颈中的真珠,甚至化作那女子的足所履的鞋也情愿。我也想——即使暂时也好——化作鸟,一尝尝它们的生活的喜悦的滋味。

民国十七年(1928)《小说月报》第十九卷第七号

---

〔1〕 阿那克兰翁(Anakreon,B.C.560—B.C.418)为有名的希腊抒情诗人,其歌多关于酒色。